Mascha M. Fisch

Der Tag, an dem Sybille verschwand

Eifel-Krimi aus Mayen

AF208345

Mascha M. Fisch

Der Tag, an dem Sybille verschwand

Eifel-Krimi aus Mayen

TRiGA
Der Verlag

Bibliografische Information der Deutschen Nationalbibliothek
Die Deutsche Nationalbibliothek verzeichnet diese Publikation in der
Deutschen Nationalbibliografie;
detaillierte bibliografische Daten sind im Internet über
http://dnb.d-nb.de abrufbar.

1. Auflage 2015

© Copyright bei der Autorin
Alle Rechte vorbehalten

Herstellung: TRIGA – Der Verlag
Leipziger Straße 2, 63571 Gelnhausen-Roth
www.triga-der-verlag.de

Coverfoto: © wira91 – Fotolia.com

Druck: Books on Demand GmbH, Norderstedt
Printed in Germany

ISBN 978-3-95828-010-6 (Print-Ausgabe)
ISBN 978-3-95828-011-3 (eBook-Ausgabe)

Für die Bewohner der Stadt Mayen
und die Moselaner von Ediger-Eller
und dem Calmont.

Die ganze Welt ist eine Bühne
und alle Frauen und Männer bloße Spieler,
sie treten auf und gehen wieder ab.

(William Shakespeare)

1. Kapitel

Schweigend stapften sie hintereinander her. Wie lange schon? Fünf Minuten, zehn oder noch länger? Sie wusste es nicht. Aber sie fühlte sich wohl so. Einfach ohne Worte einhergehen, den eigenen Gedanken nachhängen, die Natur beobachten, neue Eindrücke sammeln. Es gab Menschen, mit denen konnte man so etwas wundervoll tun, ohne dass die Stille peinlich oder störend gewesen wäre. Auch ohne Worte blieb man weiterhin verbunden miteinander, das Gefühl der Gemeinsamkeit riss nicht ab, manchmal verstärkte es sich sogar.

Ein solcher Mensch war Sybille. Pia betrachtete die Gestalt, die ein paar Meter vor ihr ging. Klein und zierlich wirkte Sybille, fast wie ein Kind. Sie versank völlig in ihrem grünen Pullover, der ihr bestimmt drei Nummern zu groß war und sie etwas plump erscheinen ließ. Doch das war ihr egal. Sie sagte, sie liebe es, sich in geräumige Kleidungsstücke einzumummeln, sie fühle sich darin kuschelig sicher und geborgen. Die blonden Haare, die zu einem Pferdeschwanz zusammengebunden waren, wippten bei jedem ihrer Schritte fröhlich hin und her. Mit robusten, halbhohen Schuhen trat sie fest auf die Erde auf, so, als wenn sie betonen wolle: Hier komme ich. Auch wenn man es mir nicht ansieht, aber ich bin stark und ich kann mich durchsetzen.

Pia lächelte in sich hinein. So war Sybille schon in der Schule gewesen. Immer die Kleinste und Unscheinbarste in den hinteren Reihen, aber wenn es darauf ankam, stand sie vornan und erklärte überzeugend ihre Meinung, auch wenn diese manchmal mit der Realität wenig zu tun hatte. Sie beharrte einfach darauf und deshalb galt sie bei vielen als uneinsichtiger Starrkopf. Auch nannte sie die Dinge ohne Umschweife immer gleich beim Namen, nahm nie ein Blatt vor den Mund und wirkte auf diese Weise oft beleidigend, wobei man ihr aber nie so richtig böse sein konnte.

So wie jetzt, als sie plötzlich stillstand, sich zu Pia umdrehte und ihr zurief: »Sag mal, vögelt denn dein Norweger besser als andere?«

Pia fing laut zu lachen an. »Also weißt du, du bist ja ganz schön neugierig.«

»Du kennst mich doch. Also, wie ist er?«

»Das geht dich gar nichts an«, konterte Pia.

Sie dachte an den Nachmittag vor einer Woche, als sie mit Sven und Tinchen im Café an der Brückenstraße saß. Die Sonne schien, es war noch richtig warm, man spürte wie es dem Sommer schwerfiel, sich zu verabschieden. Sven streckte völlig entspannt seine langen Beine von sich und seufzte etwas, das sich anhörte wie »Überhaupt keine Lust, morgen wegzufahren«. Tinchen löffelte Vanilleeis und Taps, der natürlich auch dabei war, hatte es sich unter Pias Stuhl bequem gemacht. Von dort aus hatte er eine gute Sicht auf die hin und her eilenden Beine. Pia schloss die Augen und genoss die Sonnenstrahlen auf ihrem Gesicht. Rings um sie herum herrschte munteres Treiben, Leute an den Nebentischen unterhielten sich, lachten, andere riefen sich im Vorbeigehen irgendetwas zu. Sie jedoch hatte das Gefühl, als wenn sie sich, umhüllt von Zufriedenheit und Glück, auf einer kleinen Insel befände, auf der es nur Sven, ihre kleine Tochter, ihren Mischlingshund und sie gab. Schon länger als ein Jahr war es her, dass sie Sven auf einem Parkplatz an der A 48 kurz vor Koblenz kennengelernt hatte und sie fühlte sich noch genauso verliebt wie damals.

»Das ist doch nicht möglich! Pia, du?! Wer hätte das gedacht.«

Von ihrer Insel gerissen öffnete Pia jäh die Augen. Sie erkannte die kleine Gestalt sofort, die sich aus der vorübergehenden Menge gelöst hatte, und war genauso überrascht wie diese. »Sybille, Sybille Grundmann, was machst du denn hier?«

»Das Gleiche kann ich dich fragen.« Sybille griff nach der Lehne des freien Stuhles an ihrem Tisch. »Darf ich kurz, nur eine Sekunde?« Und bevor Pia genickt und Sven seine langen Beine etwas weggezogen hatte, saß Sybille bereits am Tisch. »Oder störe ich etwa?«

»Nein, nein«, winkte Pia ab. Aber so ganz froh war sie nicht über die plötzliche Störung. Sie erklärte Sven, dass Sybille eine alte Schulkollegin von Ediger-Eller her war. »Jahrelang saßen wir in der gleichen Klasse, aber nachher verloren wir uns völlig aus den Augen. Wie ist es dir denn so ergangen?«

»Nichts Besonderes.« Sybille strich sich übers Haar und rückte ihren Pferdeschwanz zurecht. »Ich fing in Daun eine Lehre als Bürokauffrau an, kam aber nicht bis zum Ende. Ich heiratete vorher und lebte einige Jahre in Köln. Dann ließ ich mich scheiden und jetzt habe ich keinen Mann und auch keinen Beruf. Scheiße irgendwie. Aber mein Ex zahlt genügend Unterhalt, ich verhungere also nicht.«

Eine junge Serviererin trat an ihren Tisch und sah Sybille fragend an. Doch diese schüttelte den Kopf. »Nein, für mich nichts. Ich muss gleich weiter.« Dann beugte sie sich zu Tinchen vor. »Deine Tochter?«

Pia nickte. »Ja.« Als sie Sybilles fragenden Blick in Richtung Sven bemerkte, erklärte sie: »Das ist mein Freund Sven. Und er ist nicht der Vater von Tinchen, das willst du doch bestimmt wissen. Deine Neugierde von früher habe ich nicht vergessen, wie du siehst.«

Sybille musste dann schnell weiter. Sie hatte einen Zahnarzttermin. Sehr zu beider Überraschung stellte sich heraus, dass Sybille seit ein paar Wochen in Mayen lebte. Sie hatte in Köln einen Typen kennengelernt und hatte geglaubt, mit ihm würde eine neue Beziehung entstehen. Er stamme hier aus dieser Gegend und er habe sie hierher gelockt. Doch nach kurzer Zeit war alles zu Ende und nun sitze sie allein hier. Bevor Sybille sich verabschiedete, tauschten sie ihre Telefonnummern aus. »Ich rufe dich bald an«, versprach Sybille.

Das geschah auch gleich am anderen Tag. Und da Sven mit seinem Truck bereits wieder auf Fahrt war, schlug Pia vor, Sybille solle sie doch am Abend besuchen kommen, was diese dann auch gleich zusagte. Denn das sei ja ganz fantastisch, sie würden so nah beieinander wohnen. Es sei nur ein Katzensprung von der Marktstraße bis zum Trinnel. Besser könnte es doch gar nicht sein. Am andern Abend wollte Sybille ihrer nach so langer Zeit wiedergefundenen Schulkameradin dann auch gleich noch ihre Wohnung zeigen, die sich in einem der Häuser fast am Ende der Fußgängerzone befand. Es war eine geschmackvoll eingerichtete Dreizimmerwohnung, der man sofort ansah, dass es der Bewohnerin nicht an Geld fehlte. »Geldsorgen habe ich nicht«, meinte Sybille, als sie Pias bewundernde Blicke sah, »aber wie das alte Sprichwort »Geld allein macht nicht glücklich« besagt, mich bedrücken ganz andere Dinge. Irgendwie komme ich mir vor, als wenn ich den Anschluss verpasst hätte. Vielleicht, weil ich die Lehre geschmissen habe. Aber nein, nicht nur deshalb. Ich war während meiner Ehe zu sehr auf meinen Mann fixiert. Ich kannte nur seine Freunde und Bekannten und hatte den Kontakt zu meinen Leuten völlig abgebrochen. Das machte sich bitter bemerkbar nach der Scheidung. Ich stand völlig allein da. Die Freunde meines Ex wollten mit mir nichts mehr zu tun haben und ich klammerte mich wohl gerade deswegen an eine neue Bindung. Ach komm, lassen wir das. Ich bin sehr glücklich, dich wieder getroffen zu haben. Da können wir doch ab und zu etwas zusammen unternehmen.«

Die folgenden zwei Tage musste Pia in Koblenz im Büro ihres Bruders arbeiten. Seitdem dieser mit einem Freund ein Detektiv-Büro eröffnet hatte, ging es steil bergauf damit. Es hatte sich längst herumgesprochen, dass das Büro »Engel-Hinrichs« seriös, diskret und schnell die kniffeligsten Aufträge übernahm und hervorragende Resultate erzielte. Das kam natürlich auch Pia zugute. Sie hatte vermehrt zu tun im Büro, war oft drei bis vier Tage in Koblenz. Einerseits freute sie dies, denn somit klingelte bei ihr umso mehr die Kasse, andererseits jedoch hatte sie viel weniger Zeit für ihre kleine Tochter. Diese befand sich die meiste Zeit bei Oma in Ediger-Eller. Pia hatte oft ein schlechtes Gewissen deshalb, obwohl Tinchen sich dort sehr glücklich fühlte und auch eine kleine Freundin im Nachbarhaus hatte, mit der zusammen sie den Kindergarten besuchte.

Am nächsten Tag hatte Pia frei. Ihr Vater brachte am frühen Morgen Tinchen nach Mayen zurück und eine halbe Stunde später rief Sybille an. Sie schlug vor, einen langen Spaziergang durch den Wald zu machen. Es sei doch immer noch so herrliches Wetter. Dabei könnten sie Ausschau nach Pilzen halten. Von ihrer Mutter habe sie ein paar leckere Pilzrezepte, die sie anschließend zusammen ausprobieren sollten. Pia hatte nichts dagegen. Sie wusste zwar fast nichts über Pilze, aber die frische Luft und der warme Sonnenschein würden ihnen allen guttun. Und Sven kam sowieso erst Ende nächster Woche wieder nach Mayen.

Sybilles Wagen war in der Werkstatt. So nahmen sie Pias Fiat Punto und fuhren nach Kürrenberg hinauf. Kurz hinter der Ortsausfahrt befand sich an der B 258 Richtung Blankenheim am Waldrand ein Parkplatz für Wanderer. Sybille kannte ihn. Sie sei schon mal hier gewesen und deshalb wisse sie auch, dass es im Wald von Pilzen nur so wimmeln würde. Sie hängte sich ihre Tasche über die Schulter, griff nach dem Körbchen, das sie für die Pilze mitgebracht hatte. Ein spitzes Messer in einer ledernen Schutzhülle lag darin und Sybille sagte, dass sie einst ein richtiges Pilzmesser hatte mit vorn gebogener Klinge und einer kleinen Bürste hinten am Griff, mit der man die Pilze gleich vorsäubern konnte. Dieses Messer habe sie jedoch im Haus ihres Ex zurückgelassen und deshalb müsse sie heute mit diesem Jagdmesser – wisse Gott woher sie das habe – vorliebnehmen.

Pia hatte kein Körbchen dabei. Sie kenne sich doch nicht aus mit den verschiedenen Sorten und noch weniger wisse sie, was giftig und was essbar sei. Tinchen jedoch hatte darauf bestanden, ihr rotes Körbchen, in dem sie normalerweise Murmeln aufbewahrte, mitzunehmen. Taps zog bereits ungeduldig an seiner langen ausziehbaren Leine, denn hier im Wald durfte er nicht frei herumlaufen, was ihm nicht zu behagen schien.

So zogen sie los. Pia blieb bald hinter Sybille zurück, denn Tinchen sammelte alles Mögliche, was ihr gefiel. Kleine weiße Steine, Wurzelstücke und Zweige, nur keine Pilze. Sybille, quirlig wie sie war, lief vor ihnen her. Pia genoss die Ruhe, die sie umgab. Zwischen den Baumkronen sah sie den blauen Himmel, ein leichter Wind fächelte durch die Blätter, ihre Füße raschelten im Laub. Noch im Auto hatten sie sich angeregt über Gott und die Welt unterhalten, seitdem sie durch den Wald gingen, schwiegen sie. Und das tat gut. Pia dachte an Sven. Gerne wäre sie jetzt mit ihm hier durch den Blätterwald gegangen,

Wieder einmal bedauerte sie, dass sie nur so wenig Zeit zusammen verbringen konnten. Seit sie sich kannten, waren es lediglich sechs einzelne Wochen, die sie, an einem Stück miteinander verbracht hatten. Die übrige Zeit bestand aus Abschied, Sehnsucht, Vorfreude aufs Wiedersehen und täglichen Telefongesprächen. Und trotzdem, sie fühlte sich mit keinem anderen Menschen so nah verbunden wie mit Sven. Sie war davon überzeugt, dass sie seit ewigen Zeiten sozusagen zueinander gehörten und durch nichts und niemanden mehr zu trennen waren. Nie hatte sie ein solches Gefühl empfunden für einen Mann, nicht einmal für Volker, den Vater von Tinchen, mit dem sie schlussendlich drei Jahre lang Tag und Nacht zusammengelebt hatte. Da war es ganz anders gewesen. Wie oft gab es Differenzen und Streit. Pia hasste Streit. Sie lebte gerne harmonisch. Sie liebte es aber auch, frei zu leben. Nur nicht aneinanderkleben, dauernd auf den anderen schauen und auf ihn Rücksicht nehmen müssen. Vielleicht ging es ja gerade deshalb so gut mit Sven. Er schrieb ihr nichts vor, bemängelte nichts, kritisierte sie nicht, er nahm sie so, wie sie war, und sie tat das Gleiche. Sie gehörten zusammen, jeder konnte sich auf den anderen verlassen, aber sie gaben einander auch die notwendige Freiheit für ein eigenständiges Leben.

Nur einmal hatte es zwischen Sven und ihr einen größeren Disput gegeben. Damals, vor einem Jahr, als in ihrem Haus der Bewohner der Parterre-Wohnung umgebracht worden war und Pia auf eigene Faust Nachforschungen angestellt hatte. Das hatte Sven ganz und gar nicht gefallen, denn er hatte Angst, dass ihr dabei etwas passieren könnte. Schön war das, dass er Angst um sie hatte. Sie hatte ja auch welche um ihn. Stunden-, nein, tagelang auf der Autobahn. Da konnte es schnell zu einem Unfall kommen bei dem Verkehr, der dort herrschte.

Vielleicht sollten sie doch heiraten und an die Mosel ziehen. Pias Eltern wären allzu glücklich, wenn sie das täten. Das Weingut brauchte junge, kräftige Hände. Vater machte es von Jahr zu Jahr mehr Mühe, an den steilen Hängen herumzukraxeln, und Mutter litt zusehends an Rheuma. Auch ihr fiel die tägliche Arbeit immer schwerer. Von Pias Bruder Wolfgang war in dieser Hinsicht nichts zu erwarten. Er wollte seine Detektei in Koblenz nicht aufgeben, vielmehr vertrat er den Standpunkt, die Eltern sollten alles verkaufen und sich einen geruhsamen Lebensabend gönnen. Doch davon wollten weder Vater noch Mutter etwas wissen.

Pia betrachtete ihre kleine Tochter, die mit ihrem roten Körbchen ein paar Schritte vor ihr her trippelte. Für diese wäre es auch besser, wenn sie alle zusammen in einer Familie leben würden. Dieses dauernde Hin und Her zwischen Ediger-Eller und Mayen war doch auch nichts für das Kind. Außerdem hatte sich Tinchen sehr eng an Sven geschlossen. »Warum geht Sven schon wieder fort?«, klagte sie jeweils, wenn er wieder wegmusste. »Er soll doch hier bei uns bleiben und uns nicht allein lassen.« Auch sprach sie immer von ihm, wenn er nicht da war. Nach Volker, ihrem eigentlichen Vater, fragte sie nie. Der zahlte zwar pünktlich den Unterhalt, aber sonst kümmerte er sich sehr selten um seine Tochter. Vielleicht deshalb, weil seine jetzige Lebenspartnerin ihm einen Sohn geschenkt hatte, der sein Ein und Alles war. Da schien niemand anders mehr Platz zu haben, selbst Tinchen nicht.

»Kommt ihr endlich?!« Der Abstand zur vorauseilenden Sybille war größer geworden. Diese hatte eine Weggabelung erreicht. Der eine Weg führte etwas den Berg hinauf, der andere ging geradeaus weiter. An der Abzweigung stand eine große Buche, darunter eine Bank. Mit einem Plumps ließ sich Sybille darauf nieder und sah den Herannahenden entgegen.

»Du hast mir immer noch nicht gesagt, welche Qualitäten dein Norweger beim Liebeskrabbeln aufweist. Erzähl schon endlich.«

Pia wies auf Tinchen, die erneut irgendeinen kostbaren Schatz in ihrem Körbchen verstaute. »Wir sind nicht allein. Lass endlich den Quatsch!« Sie setzte sich neben Sybille auf die Bank. »Erzähl du doch. Weshalb ist deine Ehe auseinandergegangen?«

»Da gab es verschiedene Gründe.« Sybille streckte ihre Beine mit den klobigen Schuhen an den Füssen von sich. »Und heute kann ich nicht einmal mehr sagen, was der Hauptgrund war. Weißt du, Mirco war ein richtiger Macho. Er verlangte von mir, dass ich mein ganzes Sinnen und Trachten nur an ihn verschwende. Er wollte von vorn und hinten bedient werden und vertrat die längst veraltete Meinung, dass es Aufgabe und Sinn des Lebens einer Frau sei, einzig und allein für ihren Mann da zu sein. Du kennst doch diese Typen. Wenn ihre Ehe dann scheitert, strecken sie ihre Fühler raus aus Deutschland, auf die Philippinen, nach Thailand, nach Russland. Sie sagen, mit einer deutschen Frau könnten sie nicht, sie bräuchten etwas Anschmiegsameres, Willigeres, etwas, was ihnen abends die Pantoffeln vor den Lehnsessel stellt und das Bier auf den Beistelltisch.«

Pia begann laut zu lachen. »Nun übertreib mal nicht. Die heutigen Männer sind doch nicht mehr ganz so wie zu Omas Zeiten. Da hat sich einiges geändert.«

»Na so viel nun auch wieder nicht. Jedenfalls hat Mirco sich kurz nach unserer Scheidung eine Russin gekrallt, ein blondes, sanftes Wesen, das ihn nun gehörig abzockt. Da ist nämlich eine große Familie hinter dem Ural, die unterstützt sein will. Aber geschieht ihm recht. Er wollte es ja so.«

»Und schafft er das denn auch finanziell? Unterstützung nach Russland, Unterhalt für dich, und dann für seine neue Frau und sich selbst?«

»Keine Sorge. Geld spielt bei dem keine Rolle. Zum einen hat er eine Menge geerbt von seinen Eltern und zum anderen hat er ein ansehnliches Immobilienunternehmen aufgebaut und immensen Zaster in den neuen Bundesländern verdient.«

»Ein Immobilienhai sozusagen«, meinte Pia. Sie bückte sich, um einen kleinen Stein aufzuheben, den sie gedankenverloren in die Luft warf, worauf Taps, der sich unter der Bank in eine Kuhle aus Laub eingebuddelt hatte, blitzschnell hervorgeschossen kam, um zu erforschen, was da vom Himmel gefallen war.

»Und wie war es bei dir und dem Vater von deinem Tinchen? Ihr gingt ja auch auseinander.«

Pia nickte gedankenverloren. »Ja, wir passten einfach nicht zusammen. Das merkt man aber jeweils erst, wenn es zu spät ist. Aber was soll's. Am Anfang war ich ziemlich unglücklich, gerade wegen der Kleinen. Seitdem ich Sven habe, geht es mir wieder gut.«

»Wie hast du ihn denn kennengelernt?«

»Ich war auf der Autobahn unterwegs nach Koblenz zu meinem Bruder und ich hatte kein Benzin mehr. Ich fuhr auf einen Parkplatz, um mit dem Reservekanister nachzufüllen. Da stand er mit seinem Truck. Er war gerade am Telefonieren mit seinem Vater in Kristiansand. So kam es. Er half mir und sagte, wenn er mehr Zeit habe, würde er mich besuchen kommen. Nach einer Woche war er bereits da.«

»Er sieht ja ganz gut aus, so ein richtiger skandinavischer Typ, groß, blond, blauäugig. Würde mir auch gefallen.« Sybille lachte. »Pass auf, ich spann ihn dir aus!«

Nun lachte auch Pia. »Da habe ich keine Angst.«

»Na, sei dir da nicht so sicher. Den Kerlen ist nicht zu trauen. Aber keine Sorge, der ist doch selten hier, du hast doch gar nicht viel von ihm.«

»Stimmt, das ist nicht schön. Aber bei ihm ist es wie bei mir. Sein Vater hat das Transportunternehmen aufgebaut und Sven ist der einzige Sohn, der es nach dem Wunsche der Eltern übernehmen sollte. Bei uns ist es das Weingut in Ediger. Meine Eltern möchten auch, dass mein Bruder und ich es einmal übernehmen.«

»Ach ja, dein Bruder. Ich erinnere mich noch genau an ihn. Er ist ein paar Jahre jünger als du. Und bei dem arbeitest du, hast du gesagt?«

»Ja, er hat zusammen mit einem Freund ein Detektiv-Büro aufgemacht. Vom Weingut will er sowieso nichts wissen. Deshalb hoffen meine Eltern im Stillen, dass Sven, wenn wir heiraten, an die Mosel zieht. Aber das geht eben nicht wegen seiner Eltern und des Transportunternehmens. Blöd ist das alles. Irgendwie müssen wir einen gemeinsamen Weg finden.«

Eine Weile schwiegen die beiden Freundinnen und hingen

ihren Gedanken nach. Sybille kramte in ihrer Tasche und holte eine Tüte Bonbons heraus. »Tinchen, magst du?«, rief sie.

»Oh ja«, schallte das helle Stimmchen der Kleinen durch den stillen Wald, sodass ein paar Vögel erschrocken aus den Bäumen flatterten. Mit einem Satz sprang sie von dem großen Stein neben der Bank, auf den sie hochgeklettert war. Und da stieß sie gleich einen noch lauteren Schrei aus, durch den noch mehr Vögel hochschreckten. Tinchen war mit dem linken Fuß umgeknickt und lag im Laub. Pia sprang von der Bank auf und lief zu ihrer Tochter. »Hast du dir wehgetan?«

»Ja«, jammerte die Kleine und ließ sich von Pia hochheben. »Mein Fuß tut weh.

»Zeig mal.« Sybille nahm den kleinen Fuß und drehte ihn vorsichtig hin und her. »Geht es oder tut es noch mehr weh?«

Tinchen schüttelte schluchzend den Kopf.

Pia setzte die Kleine neben sich auf die Bank und begann, ihr das Flussgelenk zu massieren. »Wird gleich wieder gut, du bist doch mein tapferes Mädchen.«

Tinchen nickte schniefend, Tränen flossen schon keine mehr.

»Wisst ihr was? Ihr bleibt mal schön hier sitzen und ich gehe weiter Ausschau nach Pilzen halten.« Sybille ergriff ihren Korb und wollte gerade losmarschieren, als ihr etwas einfiel. Sie streifte ihre Tasche von der Schulter und legte sie neben Pia auf die Bank. »Behalte sie hier. Die stört mich nur. Bei dir ist sie gut aufgehoben.« Und weg war sie. Pia sah ihr nach, wie sie den leicht ansteigenden Weg entlangging, dann nach rechts abbog und den Abhang hinaufkletterte.

»Gehen wir jetzt nach Hause?«, fragte Tinchen. »Ich bin müde.«

»Gleich, Schatz, wir warten auf Sybille, die wird nicht lange wegbleiben. Dann fahren wir nach Hause und ich mache dir heißen Kakao.«

Pia betrachtete ihre kleine Tochter. Niedlich sah sie aus mit ihrem schwarzen Wuschelkopf und den tiefschwarzen Augen. Für ihre vier Jahre war sie nicht allzu groß, aber im letzten Jahr sehr gewachsen. Das konnte man an den Pullovern, Hosen und Röckchen sehen, die immer ganz schnell zu klein wurden. In zwei Jahren würde sie eine Erstklässlerin sein. Sie wolle unbedingt in Ediger zusammen mit ihrer Freundin in die Schule gehen und nicht in Mayen. Omi habe auch gesagt, das wäre besser. Es sei genügend Platz in dem Haus. Sie habe ja ihr eigenes Zimmer, das von Onkel Wolfgang. Das dürfe sie haben, er sei sowieso nur selten an der Mosel. Und Mami und Sven hätten auch ihr Zimmer. Sie sollten alle hier zusammen leben und nicht mehr in Mayen, wo der böse Mann, der unten im Haus gewohnt hatte, getötet wurde.

Pia seufzte leise. Sie lehnte den Kopf an den dicken Baumstamm und schloss die Augen.

»Das Leben könnte so einfach sein, wenn man es sich nicht selbst schwer machen würde«, sagte sie leise vor sich hin. Sie wollte nicht von Mayen weg. Sie lebte zwar erst einige Jahre hier, aber während dieser Zeit hatte sie die kleine Stadt mit ihrer Genovevaburg in ihr Herz geschlossen. Wenn sie gefragt wurde, weshalb denn das so sei und was es Besonderes hier gebe, wusste sie keine richtige Antwort. Es war einfach das Ganze, was ihr zusagte, und keine Einzelheiten. Früher hätte sie gerne in einer Großstadt gelebt, wo das Leben pulsierte, wo man vom Strudel der Ereignisse mitgerissen wurde, wo man keine Zeit hatte, sich trübe Gedanken über die täglichen Unannehmlichkeiten zu machen; Berlin, Hamburg oder München, ja das wäre es gewesen. Da wollte sie die Universität besuchen, Medizin studieren oder auch etwas anderes und das Leben genießen, ins Kino gehen, ins Theater, mit Freunden nächtelang in Kneipen diskutieren, sich aktiv am politischen Geschehen beteiligen, einfach mittendrin am Puls der Zeit stehen.

Doch dann kam Tinchen. Und das kleine Mädchen bewirkte eine große Veränderung in ihrem Denken. Sie hatte mit diesem Kind ein wunderbares Geschenk bekommen und für dieses Geschenk trug sie die volle Verantwortung. Ihr ausgeprägtes Pflichtbewusstsein, das sie von ihrem Vater geerbt hatte, war stärker als all die Wünsche für ihr eigenes Leben. Sie wollte, dass ihre Tochter in einer ruhigen und geordneten Umgebung eine behütete, glückliche Kindheit erleben durfte und zu einem vollwertigen, gesunden Menschen heranwachsen konnte. Deshalb gefiel es ihr auch in Mayen. Die Stadt war klein, kaum mehr als 20 000 Einwohner. Aber es war alles da, was man zum täglichen Leben brauchte, und alles war übersichtlich und leicht zu handhaben. Wenn Tinchen in die Schule kam, würde sie die St. Veit-Schule oben an der Koblenzer Straße besuchen. Die war nicht weit. Pia konnte die Kleine leicht hinbringen und abholen, ohne viel Zeit zu verlieren. Mit ihrem Bruder war das auch zu regeln. Sie würde einfach mehr Büroarbeiten von zu Hause aus erledigen. Die Wohnung Im Trinnel wollte sie auf keinen Fall aufgeben. Die lag so schön zentral. In wenigen Minuten war sie im Stadtzentrum. Und trotzdem vermittelten das Flüsschen Nette und der kleine Park vor dem Haus den Eindruck, im Grünen zu leben. Nein, nein, sie wollte hier in Mayen bleiben, das war ihr fester Entschluss. Hier fühlte sie sich zu Hause.

Sie erinnerte sich an eine Bekannte, die sie in den Jahren mit Volker einmal kennengelernt hatte. Es war eine Österreicherin aus Linz oder aus Graz, das wusste Pia nicht mehr. Aber das, was sie ihr sagte, das hatte sie nie vergessen: »Mein Wunsch war es immer, in Deutschland zu leben«, so berichtete sie. »Als kleines Mädchen stand ich oft, wenn der Mond in voller Pracht in die dunkle Nacht leuchtete, am Fenster. ›Mondenschein und Giebeldächer in einer deutschen Stadt, ich weiß nicht, warum dieser Anblick mich stets verzaubert hat.‹ Es ist das Einzige, was mir von diesem Gedicht blieb, auch an den Dichter erinnere ich mich nicht mehr. Aber diese Zeilen haben sich unauslöschlich in mir eingeprägt. Eines Tages werde ich in Deutschland leben, eines Tages, sagte ich immer wieder. Davon war ich fest überzeugt. Und so kam es auch. Ich habe in den vielen Jahren hier in der Bundesrepublik an einigen Orten gelebt, auch in Großstädten, aber erst seitdem ich hier in Mayen wohne, ist in mir die wohltuende Gewissheit und die innere Ruhe, die durch nichts zu erschüttern ist, eingekehrt, dass ich richtig gehandelt habe, dass hier meine wirkliche Heimat ist.«

Jetzt an diesem Herbstnachmittag, hier auf der Bank unter den hohen beschützenden Bäumen, durch deren Blätter die Sonnenstrahlen huschten, konnte Pia diese Bekannte voll und ganz verstehen. Das Gefühl, an seinem Platz im Leben angekommen zu sein, die Empfindung, seine Heimat gefunden zu haben, das war so etwas wie ein warmes Feuer, das in der Brust loderte und sich von dort aus im ganzen Körper ausbreitete, sodass man nie mehr frieren musste.

»Mami, schreibst du mir dieses Jahr einen Brief an den Weihnachtsmann, du weißt schon, du hast die Adresse aus der Zeitung ausgeschnitten und mir vorgelesen«, wurde Pia von ihrer kleinen Tochter in die Gegenwart zurückgerufen.

»Ach, du meinst Himmelpforten. Ja, da wohnt der Weihnachtsmann. Aber er hat noch Filialen, zum Beispiel in Engelskirchen oder Himmelstadt. Du kannst es dir aussuchen. Ich habe den Zeitungsartikel aufgehoben. Was wünschst du dir denn, Schatz?« Sie drückte Tinchen an sich und strich ihr durch das wilde Haar.

»Das verrate ich nicht«, war die prompte Antwort. »Das soll eine Überraschung werden.«

»Aha, gut, ich werde meine Neugierde zügeln. Und ich werde auch nicht lesen, was du mir zu schreiben aufträgst«, fügte sie schelmisch hinzu.

»Versprochen?«

»Großes Indianerehrenwort.«

Tinchen lachte. »Das sagt Onkel Sven auch immer, wenn er mir etwas verspricht. Wann kommt er wieder?«

»In ein paar Tagen. Mir wäre es jedoch im Moment lieber, es wäre Sybille, die kommt, dann könnten wir nach Hause fahren. Die Sonne ist am Untergehen, es wird bald dunkel.«

»Vielleicht hat sie viele Pilze gefunden und muss alle erst abschneiden.«

»Trotzdem, sie hat gesagt, sie käme gleich wieder.«

Doch von Sybille keine Spur. Dafür kam ein frischer Wind auf. Pia wickelte ihre Tochter fester in ihre Jacke ein, die sie vorsorglich mitgenommen hatte. »Weißt du was? Wir gehen langsam zum

Auto zurück. Sybille wird uns einholen. Es ist zu kalt, um hier herumzusitzen.«

Taps war froh, dass er wieder in Bewegung sein konnte, wenn auch nur an der langen Leine. Diese erlaubte ihm jedoch, von einer Seite des Weges zur anderen zu zerren, um die Nase in alle möglichen interessanten Dinge zu stecken.

Immer wieder blieben sie stehen und sahen den Weg zurück, in der Hoffnung, auf diesem die ihnen nacheilende kleine Gestalt in dem zu großen Pullover zu entdecken. Doch vergeblich. Der Weg blieb leer. Pia bekam allmählich ein unheimliches Gefühl. Wo war denn diese Sybille nur abgeblieben? Es musste ihr doch auffallen, dass die Dämmerung schnell zwischen die Bäume fiel und dass sie zusehen musste, so schnell wie möglich zum Auto zu kommen.

Typisch Sybille. Genau wie damals auf dem Schulausflug. Sie waren das Enderttal hinunter Richtung Cochem gewandert. Ein Bus hatte sie in die Eifel hinauf gebracht und von Cochem aus wollten sie dann den Zug zurück nach Ediger-Eller nehmen. Nach einer Rast, während der sie ihren Reiseproviant verputzten, fiel plötzlich einem der Schüler auf, dass Sybille nicht mehr da war. Sie warteten eine Weile, dann blieben zwei zurück und die übrigen gingen weiter. Doch Sybille blieb verschwunden. Erst auf dem Bahnhof, kurz vor der Abfahrt des Zuges tauchte sie auf. Die Lehrer waren böse, die Mitschüler ebenfalls, doch sie erklärte lachend, sie sei bei der Ostermühle eingekehrt. Dort habe sie nämlich Bekannte. Und da hätte man sich eben verschwatzt und sie hätte die Zeit vergessen. Aber das sei doch wohl nicht so schlimm. Sie habe ja den Weg allein gefunden und sei pünktlich zur Abfahrt des Zuges hier.

Ob die sich nun einen ähnlichen Scherz erlaubt, dachte Pia. Weiß Gott, wohin sie gelaufen ist. Um den Ahlert herum, vielleicht bis Nitztal hinunter. Sie hatte ja gesagt, dass sie schon hier gewesen sei und sich auskenne. Und nun führte sie sie an der Nase herum und trieb ihre Späße. Pia wurde wütend. Wenn dem so war, konnte die was erleben. Sie waren doch keine kleinen Kinder mehr.

Sie erreichten das Auto. Der Parkplatz war völlig leer. Die paar Wagen, die bei ihrer Ankunft da gestanden hatten, waren weggefahren. Pia verfrachtete Tinchen und Taps auf den hinteren Sitz. Sie selbst blieb neben dem Fiat stehen. Das war doch nicht normal, wie Sybille sich verhielt. Pia wurde immer ärgerlicher. Die Dämmerung begann sich allmählich in Dunkelheit zu verwandeln. Was sollte sie nur tun? Länger warten oder einfach nach Hause fahren? Schließlich war nicht sie es, die sich diesen Schabernack erlaubte. Verantwortungslos war das. Solche Scherze trieb man nicht, gerade wenn ein kleines Mädchen mit dabei war.

»Es reicht jetzt«, sagte Pia laut. Sie öffnete die Wagentür und setzte sich hinters Steuer.

»Wo bleibt denn Tante Sybille?«, fragte Tinchen. »Warum kommt sie nicht? Hat sie keine Angst im dunklen Wald?«

»Ich weiß es nicht, mein Schatz. Wir jedenfalls fahren jetzt. Soll sie selbst sehen, wie sie nach Hause kommt.«

Pia sah noch einmal den Waldweg zurück, auf dem sie gekommen waren. Doch er blieb leer. Fast bedrohlich ragten die Bäume in den dunklen Himmel empor. Kurz entschlossen startete sie den Motor, löste die Handbremse und fuhr los. Ein zwiespältiges Gefühl machte sich in ihr bemerkbar. Einerseits war sie richtig wütend auf Sybille, andererseits hatte sie so etwas wie ein schlechtes Gewissen. Es kam ihr vor, als wenn sie ihre Freundin einfach ihrem Schicksal überlassen würde.

»Vielleicht ist Tante Sybille schon zu Hause«, ließ Tinchen vernehmen, »sie hat uns einfach vergessen und ist mit jemand anders zurückgefahren.«

»Das könnte sein.« Irgendwie würde das sogar zu Sybille passen. Ihre Spontaneität, die bereits in der Schulzeit an Unberechenbarkeit grenzte, ihre sprunghaften Entscheidungen und ihre oft ausgefallenen Ideen konnten sehr wohl zu so einem Vorgehen geführt haben. Sie hatte oben am Abhang jemanden getroffen, der vielleicht ebenfalls Pilze sammelte, jemanden den sie kannte und der ihr den Vorschlag machte, sie mit dem Auto zurück nach Mayen hinunter zu nehmen. Das würde wirklich zu ihr passen.

Pia schüttelte den Kopf. Überflüssig und zwecklos, sich über das Verbleiben von Sybille Gedanken zu machen. Die wusste sich selbst zu helfen, auch wenn es rücksichtslos anderen gegenüber war. Aber das war ihr im Endeffekt egal.

Trotzdem, zu Hause angekommen, lief Pia als erstes zum Telefon. Ihr Handy hatte sie nämlich am Nachmittag zu Hause liegen lassen. Das passierte ihr oft und deshalb musste sie sich von ihrem Bruder und ihren Eltern, aber vor allem auch von Sven, des Öfteren Vorwürfe anhören, weil sie nicht ständig zu erreichen war. »Ich will immer wissen, wo du bist, Engelchen«, mahnte Sven, »sonst habe ich keine Ruhe.«

Doch bei Sybille erklärte lediglich der Anrufbeantworter, dass diese nicht zu Hause war. Pia fühlte sich nicht mehr wohl. Zwar war der Zorn immer noch da, aber er machte mehr und mehr der Angst Platz. Sie hätte doch nicht wegfahren, sondern warten sollen. Was konnte sie nur tun? Sollte sie nochmals hinauf nach Kürrenberg auf den Parkplatz fahren? Vielleicht war Sybille inzwischen ja eingetrudelt und wartete bereits.

»Mami, krieg ich jetzt meinen Kakao?« Tinchen war bereits im Schlafanzug und stand mitten im Wohnzimmer. »Und dann erzählst du mir noch eine Geschichte.«

»Ja, Schatz, ja, natürlich.« Pia ging in die Küche, holte einen Topf aus einem Schrank und goss Milch, die sie aus dem Kühlschrank nahm, hinein. Während diese auf dem Herd erwärmt wurde, gab sie zwei Löffel Kakaopulver in eine große Henkeltasse und rührte nach einer Weile die heiße Milch dazu. Dann ging sie zu Tinchen ins Wohnzimmer zurück.

»Trink jetzt schön, mein Schatz, und dann wird geschlafen.« Pia musste nicht ein zweites Mal dazu auffordern, Tinchen war todmüde und nachdem sie in ihrem Bett lag mit dem Plüschtier Hans, das sie am meisten liebte, im Arm, schlief sie ein, noch bevor Pia ihr eine Geschichte vorgelesen hatte.

Wieder im Wohnzimmer ging Pia erneut zum Telefonapparat und drückte die Wiederholtaste. Doch außer der Stimme auf dem Anrufbeantworter kein lebendiges Zeichen von Sybille. Völlig ratlos ließ sie sich auf die Couch sinken. Was sollte sie nur tun? Sie musste mit jemandem sprechen, fragen, wie man in einem solchen Fall handelte. Sven? Wenn er anrief, könnte sie ihm alles erzählen. Doch Blödsinn, sie konnte ihren Freund doch nicht mit so etwas belästigen. Und helfen konnte er schon gar nicht. Er befand sich irgendwo in Italien unten und musste, bevor er die Rückfahrt antrat, noch nach Wien. Er hatte genug mit sich selbst zu tun und damit, dass er seinen Fahrplan einhielt.

Martin! Dass sie nicht früher daran gedacht hatte, Martin anzurufen. Bei ihm war sie an der richtigen Adresse. Warum nur war ihr das nicht früher in den Sinn gekommen? Sie hatte eine ehrliche Erklärung dafür: Sie verdrängte bewusst die Gedanken an Martin. Jedes Mal, wenn sie an ihn dachte, ertönte eine mahnende Stimme in ihr, die ihr befahl, nicht an ihn zu denken. Obwohl sie in der gleichen Stadt wohnten, hatten sie sich seit dem Mordfall, der sich vor einem Jahr in ihrem Haus ereignet hatte, nie mehr gesehen. Zwei oder drei Mal noch hatte er sie angerufen, weil es noch ein paar Details zu klären gab, aber das war alles. Sie hatte das Gefühl, dass auch er es vermied, sie zu sprechen oder zu sehen.

Aber jetzt war etwas eingetreten, was eigentlich einen Anruf bei ihm rechtfertigte. Sie machte sich wirklich große Sorgen wegen des Verschwindens von Sybille. Außerdem hatte sie Martin versprechen müssen, nie mehr auf eigene Faust irgendwelche Nachforschungen anzustellen, so wie sie es nach der Ermordung von Peter Mosbach getan hatte. Obwohl er ihr auch dankbar war, dass sie mitgeholfen hatte, denn ohne sie wäre die Kripo Mayen bei ihren Ermittlungen nicht so schnell vorangekommen. Darauf war sie auch ordentlich stolz. In einem Artikel in der Rheinzeitung, in der ausführlich über den Mord und die Aufklärung des Falles berichtet wurde, war sie sogar lobend erwähnt worden, weil sie herausgefunden hatte, dass der Tote unter falschem Namen in Mayen lebte. Später hatte sich sogar auch noch das Lokalfernsehen gemeldet. Trotzdem hatte Martin sie eindringlich ermahnt, nie mehr solche Extratouren auf eigene Faust zu unternehmen, weil das viel zu gefährlich sei.

Pia schaute auf die Uhr gegenüber an der Wand. Es war bald elf und wirklich nicht die Zeit, zu der sie Martin im Büro der Kripo im Forum erreichen konnte. Ganz sicher war er schon längst zu Hause bei seiner Frau und den Zwillingen. Und dort wollte sie ihn bestimmt nicht anrufen, auch wenn sie seine Telefonnummer schon längst im Telefonbuch ausfindig gemacht hatte. Was sollte sie denn sagen, wenn seine Frau den Hörer abnahm? »Hallo, ich bin Pia, die erste Liebe von Martin. Vielleicht hat er Ihnen schon von mir erzählt. Wir tauschten hinter der Kapelle ›Christus in der Kelter‹ in Ediger-Eller heiße Küsse aus und schworen uns ewige Liebe.«

Pia lächelte vor sich hin. Nein, das ging wirklich nicht. Sie würde sich ja lächerlich machen, wenn sie um diese Uhrzeit anrief. Seine Frau wäre sofort misstrauisch und Martin würde sich auch seinen Teil dazu denken. Er könnte meinen, sie sitze allein in ihrer Wohnung und langweile sich. Deshalb suche sie einen Grund, sich bei ihm zu melden. Das Vernünftigste war, bis morgen früh zu warten. War Sybille dann immer noch nicht erreichbar, konnte sie Martin im Büro anrufen und ihm ganz förmlich und offiziell berichten, dass sie sich wegen ihrer Freundin Gedanken mache. Er würde dann entscheiden, was zu tun war. Er hatte ja Erfahrung in solchen Sachen und wusste, welche Ermittlungen einzuleiten waren. Am besten, sie ging jetzt zu Bett, um erst einmal über das Ganze zu schlafen. Spät aufstehen konnte sie sowieso nicht. Vater wollte um acht Uhr in der Früh da sein, um etliche Kartons mit Wein zur Einlagerung in ihren Keller zu bringen und auf der Rückfahrt Tinchen mitnehmen. Sie selbst musste nach Koblenz zu ihrem Bruder mit dringenden Unterlagen, die sie am Morgen noch fertig geschrieben hatte, bevor sie mit Sybille zum Pilze-Sammeln aufgebrochen war. Anschließend würde sie dann ebenfalls nach Ediger zu den Eltern fahren.

Aber als sie kurz vor neun Uhr dem davonfahrenden Wagen ihres Vaters und Tinchen, die aus dem Rückfenster heftig winkte, nachsah, fasste sie kurz entschlossen einen anderen Plan. Sie ging mit schnellen Schritten zu ihrem Fiat, bugsierte Taps auf den Rücksitz und fuhr los, die St.-Veit Straße hinunter, dann den Boemundring hinauf bis zum Obertor. Dort bog sie links in die Kelberger Straße ab und fuhr dann weiter Richtung Kürrenberg.

Der Parkplatz, auf dem sie gestern gestanden hatten, war völlig leer. Taps freute sich auf den unerwarteten Spaziergang und zog heftig an der langen Leine. Wie gestern schien die Sonne zwischen den Bäumen hindurch auf den belaubten Waldboden. Ein frischer Morgenwind wehte ihr ins Gesicht, als sie auf dem Weg daher ging. An der Weggabelung, wo die Bank stand, machte sie kurz Halt. Alles noch so wie gestern. Nichts wies darauf hin, dass vielleicht Sybille hier gewesen sein könnte. Pia atmete tief durch. Was erwartete sie denn? Dass ihre Freundin mit großen Lettern auf die Bank geschrieben hatte »Ich war da, aber ihr habt nicht auf mich gewartet« oder dass ihr unförmiger Pulli herumlag oder sonst etwas von ihr?

Die Furcht vor der Ungewissheit und die Angst, dass Sybille etwas passiert sein könnte, krochen plötzlich wieder in ihr hoch und setzten sich wie ein Kloß in ihrem Hals fest. Mit schnellen Schritten ging sie weiter, und zwar genau so, wie Sybille es getan hatte. Erst ein Stück auf dem Weg nach rechts und dann den Abhang hinauf. Taps zog wie wild nach oben und schleifte sein Frauchen förmlich hinter sich her. Ob er eine Spur hatte? Oder was war sonst los mit dem Hund?

Oben angekommen musste Pia erst einmal auspusten. Sie sah sich um. Etwas Auffälliges konnte sie nicht entdecken. Wald so weit das Auge reichte. Tannen, Buchen, Eichen, Fichten, alles bunt gemischt. So etwas nennt man Mischwald, dachte Pia, aber leichter wurde ihr dabei nicht ums Herz. Parallel zum Weg, den sie unten verlassen hatte, führte hier oben ein etwas breiterer Weg weiter, die Kuppe des Abhangs entlang. Hier mussten auch schon Autos gefahren sein, denn sie entdeckte Reifenspuren.

Pia überlegte. Nach rechts war Sybille wahrscheinlich nicht gegangen. Da wäre sie wieder Richtung Parkplatz gekommen. Und das wollte sie sicher nicht. Sie war ja auf der Suche nach

Pilzen. Sie musste dem Weg nach links gefolgt sein. Das war logisch. Aber was bedeutete das Wort logisch schon für Sybille. Taps hatte sich wieder beruhigt. Er hatte wahrscheinlich nur den Abhang hinauf gehechelt, weil er erwartete, oben etwas Interessantes zu finden. Jetzt stand er unbeweglich neben Pia und witterte mit seiner Knopfnase in alle Richtungen.

Irgendwelche Besonderheiten konnten sie nicht entdecken. Doch, in der Tat, hier gab es sehr viele Pilze. So, wie Sybille es gesagt hatte. Waren das nun essbare Pilze, zum Beispiel Steinpilze, Pfifferlinge oder wie sie sonst noch alle hießen? Für Pia war das ein Buch mit sieben Siegeln. Man müsste sich schon mehr für die Natur und ihre mannigfaltigen Gaben interessieren, sagte Pia vorwurfsvoll zu sich selbst. Aber wenn sie nun mal nicht gerne Pilze aß, konnte es ihr schlussendlich ja egal sein, wie sie hießen und ob sie giftig oder nicht giftig waren.

»Komm, wir gehen noch ein Stück«, sagte Pia zu Taps und schlug den Weg nach links ein. Sie waren noch keine fünfzig Meter gegangen, als der Wald heller wurde. Sie erreichten eine Lichtung. Sanft wand sich eine große Wiese, an den Seiten von Wald umgeben, ins Tal hinunter. Ein Reiher schwebte lautlos durch die Luft und zog große Kreise. Seine breiten Flügel waren weit ausgebreitet und bewegten sich nur so viel, um die Höhe halten zu können. Es schien, als wenn die Luft glasklares Wasser wäre, durch das er elegant hindurchschwamm.

Dann entdeckte sie das Haus. Sie zog Taps leicht an der Leine, das hieß, er soll ruhig sein. Langsam und vorsichtig näherte sie sich. Es war ein solides aus Holz gebautes Haus, wahrscheinlich ein Jagdhaus, sehr großzügig und komfortabel angelegt, das geschützt unter den Bäumen direkt am Anfang der Lichtung stand. Die Eingangstür war mit dicken Eisenstäben gesichert und die Fenster mit Holzläden verriegelt. Rechts vom Eingang führte eine schmale Treppe auf einen Balkon, der um das ganze Haus herum führte. Das Dach war mit Schiefer gedeckt, auch der Kamin war mit Schiefer verkleidet.

»Da hat sich aber ein Jäger eine vornehme Bleibe gebaut«, ging es Pia durch den Kopf. Dann erinnerte sie sich schlagartig wieder daran, dass sie nicht hierher gekommen war, um ein Jagdhaus zu bewundern, sondern dass sie sich auf der Suche nach Sybille befand. War ihre Freundin auch auf dieses Haus gestoßen? War das vielleicht ein Anhaltspunkt im Dickicht des Nichtwissens über ihren Verbleib?

Pia ging langsam auf die andere Seite des Hauses, wo sich eine weitere Tür befand. Da das Haus am Abhang stand, hatte man allem Anschein nach hier eine Art Einliegerwohnung gebaut. Zwei kleine Fenster, an denen rot-weiß karierte Gardinen hingen, waren weit geöffnet. Es war also jemand da. Wer mochte das sein? Ihre Neugierde war wieder voll da. Sie zögerte einen Moment, schritt dann aber entschlossen auf die Tür zu.

Plötzlich bemerkte Pia weiter unten am Rande der Lichtung eine Bewegung. Taps stellte sich vor Erregung auf die Hinterbeine, um besser sehen zu können. Drei Rehe sprangen aus dem Schutz der Bäume auf die Wiese hinaus. Sie blieben einen Moment stehen, die Köpfe in Richtung Pia und Taps gewandt, dann jagten sie mit großen Sätzen über die Wiese, um im gegenüberliegenden Gebüsch zu verschwinden. Taps fing fürchterlich zu bellen an. Sein Gebell schallte aufdringlich durch die stille Gegend.

In diesem Moment wurde die Tür aufgerissen. Pia fuhr zusammen. Sie sah sich einem groß gewachsenen, schlanken Mann gegenüber. Er trug blaue verwaschene Jeans und einen grauen Rollenkragenpullover. Pia schätzte, er war ungefähr im gleichen Alter wie sie.

»Zum Teufel, was ist hier für ein Krach?«, schrie er sie an. »Ihr Köter vertreibt ja das ganze Wild. Schauen Sie zu, dass der die Schnauze hält!«

»Entschuldigung«, stotterte Pia mehr erschrocken als verlegen.

»Wer sind Sie überhaupt? Und was wollen Sie hier?« Herausfordernd musterte er sie von oben bis unten. Strähnen seiner braunen Haare fielen ihm über die Stirn. Irgendwie war Pia der Typ nicht sympathisch, aber sie konnte nicht sagen weshalb genau.

»Ich bin zufällig hier«, erklärte sie. Ein Versuch, sich aus der

Situation zu retten. »Das Haus gefällt mir sehr gut, es ist schön ruhig hier.« Mein Gott, was quassele ich da nur für einen Stuss zusammen, dachte sie und verstummte.

Taps hatte inzwischen das Bellen eingestellt. Er zog an der Leine, weil er den Fremden aus der Nähe beschnüffeln wollte, doch Pia hielt ihn zurück.

Der neugierige Blick des Mannes hatte sich bei ihrer Verlegenheitsrede in Misstrauen verwandelt. Und er machte daraus auch gar keinen Hehl. »Sie wollen mir doch nicht erzählen, dass Sie wegen des schönen Hauses extra hierher gekommen sind. Los, raus mit der Sprache! Weshalb sind Sie hier?«

Pia kam sich ertappt vor und fand es dämlich, eine solch fadenscheinige Ausrede benutzt zu haben, anstatt gleich mit der Wahrheit herauszurücken.

»Ja, gut«, fing sie an, »ich weiß zwar nicht, wer Sie sind, aber vielleicht könnten Sie mir helfen. Ich suche nämlich meine Freundin.«

Der Mann lachte laut auf. »Und Sie denken, ich hätte Sie gestohlen, oder was?«

»Nein, es ist so: Wir waren gestern Nachmittag hier in der Gegend beim Pilze sammeln.«

»Na und«, warf er etwas wegwerfend ein, »das tun viele. Dabei kommt doch die Freundin nicht abhanden.«

Pia versuchte, höflich zu bleiben, obwohl seine kurz angebundene und unhöfliche Art ihr auf die Nerven ging. Aber es brachte sicherlich nichts, wenn sie jetzt auch patzig wurde. Mit Höflichkeit war mehr zu erreichen. Diese Erfahrung hatte sie schon oft gemacht. Deshalb nahm sie sich zusammen.

»Wir waren auf dem unteren Weg, nicht hier oben, meine kleine Tochter hatte sich einen Fuß geknickt, deshalb ging meine Freundin allein weiter, den Abhang hoch, hierher in diese Richtung, während wir unten auf einer Bank warteten. Aber sie kam einfach nicht mehr zurück. Als es dunkel wurde, bin ich mit meiner Tochter zum Auto zurückgegangen und nach Hause gefahren.«

»Ich nehme an, Ihre Freundin hat eine Wohnung, wie Sie auch.

Haben Sie schon versucht, sie dort zu erreichen?« Sein Ton war um eine Spur weniger spöttisch.

»Aber ja, sofort nachdem ich bei mir zu Hause war. Aber sie nahm das Telefon nicht ab. Auch heute Morgen nicht. Deshalb bin ich hierher gekommen, um mir Gewissheit zu verschaffen.«

»Gewissheit worüber?«

Pia zuckte die Schultern. »Das weiß ich selbst nicht. Ich bin eben beunruhigt, dass etwas passiert sein könnte.«

»Na, wir wollen ja nicht das Schlimmste hoffen«, in seiner Stimme war so etwas wie Anteilnahme zu hören.

Deshalb wagte Pia die Frage: »Haben Sie denn nichts bemerkt gestern Nachmittag?« Sie hätte gerne noch mehr Fragen gestellt, zum Beispiel woher er kam, ob das Haus ihm gehörte und dergleichen. Und wenn sie nur den geringsten Anhaltspunkt bekommen würde, wo sie weiterforschen konnte, wäre das ja schon eine große Hilfe.

»Liebe junge Dame«, seine Antwort war enttäuschend, »gestern war ich noch in Hamburg. Ich bin nach Mitternacht losgefahren und heute in den frühen Morgenstunden hier angekommen. Leider kann ich Ihnen da nicht weiterhelfen.«

»Das ist sehr schade.« Pia zog Taps an der Leine zu sich heran. Dann fiel ihr noch etwas ein. »Kennen Sie sich hier aus? Ich meine, da sind ja überall so viele Waldwege. Wenn ich jetzt diesen hier auf der Kuppe weitergehe, wo komme ich dann hin?«

»In diese Richtung geht es abwärts ins Nitzbachtal. Alles durch den Wald.« Er sah sie nachdenklich an. »Ehrlich, wenn Sie sich hier nicht auskennen, würde ich Ihnen das nicht empfehlen. Da sind zwar überall die Wanderwege angegeben, aber Sie und Ihr Hund könnten sich doch verlaufen so allein. Nein, tun Sie das nicht.«

Wie fürsorglich, dachte Pia. Vielleicht ist der Kerl ja doch nicht so übel, wie ich erst annahm. Wenn der die halbe Nacht hinter dem Steuer gesessen hatte, war der natürlich müde und wollte sich ausruhen. Und da kam sie mit Taps und riss ihn aus seinem Schlaf. »Tut mir leid, dass ich Sie gestört habe«, sagte sie deshalb.

»Sie haben recht, ich gehe besser zum Parkplatz bei Kürrenberg zurück.« Dabei dachte sie an Sybille. Wenn die auf diesem Weg weitergegangen war und sich irgendwo verirrt hatte, zudem noch in der Dunkelheit, Gott weiß, was da geschehen war. Vielleicht war es doch besser, ganz schnell Martin aufzusuchen und ihm alles zu berichten.

»Soll ich Sie vielleicht fahren? Das macht mir nichts aus. Ist ja ein ganz schönes Stück zu dem Parkplatz an der Straße vorn. Mein Wagen steht dort.« Er wies zu einer niedrigen Hecke, die den Wald von der Lichtung abgrenzte und hinter der Pia Metall blitzen sah. Um was für ein Auto es sich handelte, konnte sie nicht erkennen und auch die Autonummer nicht.

»Nein, vielen Dank, wir gehen zu Fuß zurück. Das tut uns beiden gut.« Sie neigte sich zu Taps hinunter und streichelte seinen Kopf.

Gerade als sie sich wieder aufrichtete, sah sie auf dem Fensterbrett vor einem der kleinen Fenster etwas stehen, das ihr nur allzu bekannt vorkam. Hellbraun, geflochten, mit einem großen Henkel, den man sich bequem an den Arm hängen konnte. Auf der einen Seite des Griffs war eine rote Kordel befestigt. Es war das Körbchen, das Sybille zum Pilze sammeln mitgenommen hatte. Nur etwas war anders. Das Körbchen war leer. Das Messer fehlte.

2. Kapitel

»Meinst du wirklich, das sollten wir tun?« Wolfgang Engel saß hinter seinem Schreibtisch, auf dem auf der einen Seite ein Stapel Akten lag, die er bearbeiten sollte, auf der anderen stand ein blauer Pott mit der Aufschrift »Chefsache« voll dampfenden Kaffees. Er strich sich mit der linken Hand durch sein blondes kurz geschnittenes Haar und trommelte leise mit den rechten Fingern auf die Schreibtischunterlage.

»Aber ja doch«, bekam er von seinem Freund Hans Hinrichs zu hören. Und das nicht zum ersten Mal, denn die Diskussion, in der sie sich gerade befanden, war nicht neu. Hinrichs war ein paar Jahre älter als sein Partner Wolfgang und oft der etwas Ungeduldigere. Er wollte expandieren, die Firma vergrößern. Vor ein paar Jahren hatten die beiden Freunde als Privatdetektive angefangen und hatten sich Büroräume in der Nähe des Koblenzer Bahnhofs angemietet. Die waren nicht gerade billig, dafür lagen sie aber im Zentrum. Auf Drängen von Hinrichs hatten sie dann auch mit Wirtschaftsermittlungen wie Industriespionage, Schwarzarbeit und dergleichen angefangen. Und trotz starker Konkurrenz von großen Detekteien in der Umgebung konnten sie sich über die Auftragslage freuen. Und das war auch der Grund, weshalb Hinrichs endlich eine zweite Sekretärin einstellen wollte.

»Platz haben wir doch genug hier, daran kann es wirklich nicht liegen.« Hinrichs ging mit großen Schritten zur Tür und wies in den Nebenraum. »Da, schau doch nur. Pias Büro ist groß genug. Da passt wunderbar noch ein Schreibtisch rein. Und zudem ist sie ja nicht jeden Tag hier. Wir brauchen wirklich jemanden in einem Fulltime-Job. Und deine Schwester wird dann auch etwas entlastet. Wie oft nimmt sie Arbeiten mit nach Hause.«

Wie auf Stichwort wurde draußen die Eingangstür geöffnet. Gleich darauf stürmte Taps ins Büro und begrüßte die beiden Männer, als hätte er sie ein Jahr lang nicht mehr gesehen. Pia folgte etwas atemlos. Ihr schwarzes Haar war leicht zerzaust.

»Auweia! Tut mir leid, dass ich mich so verspätet habe, es ging aber nicht anders.«

»Gerade haben wir von dir gesprochen.« Hinrichs blickte der schlanken Gestalt nach, die an ihm vorbei in ihr Büro zum Schreibtisch lief. Er wunderte sich erneut darüber, wie zwei Geschwister so verschieden aussehen konnten. Wolfgang, blond mit blauen Augen und heller Haut, und dann Pia, schwarzhaarig, mit braunen Augen und brauner Haut. Niemand wäre darauf gekommen, dass es sich bei ihnen um Bruder und Schwester handelte, aber die beiden stellten einen eindeutigen Beweis dafür dar, wie viele Völker – Kelten, Römer, Germanen und noch mehr – sich in den vergangenen Jahrhunderten an der Mosel herumgetrieben und vermischt hatten.

»Wollt ihr mir noch mehr aufbrummen?« Pia setzte sich an den Schreibtisch und schaltete den Computer ein. »Ich habe weiß Gott schon genug zu tun.«

»Ja, eben deshalb. Aber entschuldigt mich, ich habe einen Termin.« Hinrichs wandte sich an der Tür nochmals zu Pia um. »Dein Bruder wird dir alles erzählen.«

Nachdem Hinrichs gegangen war, ging Wolfgang zu seiner Schwester hinüber und setzte sich halb auf deren Schreibtisch. »Wir wollen eine zweite Sekretärin einstellen, ganztags, es gibt immer mehr zu tun.« Dann beugte er sich nach vorn zu Pia hinunter. »Aber erst zu dir, Schwesterherz, was gab es denn heute früh so Wichtiges, dass du dich so verspätet hast.«

»Ach, nichts Besonderes«, winkte Pia ab.

»Komm, ich sehe es dir doch an. Du hast etwas. Was ist los?«

Pia wusste, dass ihr Bruder nicht locker lassen würde. Sie lehnte sich in ihrem Sessel zurück und sagte: »Erinnerst du dich noch an Sybille Grundmann?«

»Wie kommst du denn jetzt auf die? Klar, erinnere ich mich. Sie war doch in deiner Klasse und du warst eine Zeit lang auch mit ihr befreundet, was ich ehrlich nicht verstehen konnte, denn ich konnte die nicht ausstehen.«

»Ich habe sie vor ein paar Tagen in Mayen getroffen. Sie wohnt jetzt auch da. Sie hat erzählt, sie sei geschieden und wegen eines neuen Freundes nach Mayen gekommen, doch der habe sie sitzen lassen. Jetzt sei sie ganz allein.«

Wolfgang lachte laut auf. »Kein Wunder, die war doch echt komisch. Einerseits spielte sie das kleine hilflose Mädchen, andererseits war sie frech wie Anton. Man wusste nie, woran man bei der war und was man ihr glauben sollte.«

»Ich mochte sie eigentlich ganz gut leiden.« Pia hatte vorgehabt, ihrem Bruder die ganze Geschichte von Sybilles Verschwinden zu erzählen. Aber irgendetwas hielt sie davon zurück. Deshalb wollte sie das Gespräch beenden. Doch Wolfgang bohrte weiter. »Und was war jetzt heute Morgen?«

»Ach, ich war mit ihr gestern Nachmittag spazieren, Pilze suchen, und da haben wir uns irgendwie plötzlich verloren. Heute Morgen war sie auch nicht in ihrer Wohnung.« Pia wusste nicht, wie sie sich weiter herausreden konnte, ohne ihren Bruder anzulügen. Deshalb war sie mehr als froh, als das Telefon zu klingeln begann.

Am Abendhimmel schwebten weiße Wolken, die von den letzten Strahlen der untergehenden Sonne rosa gefärbt wurden. Pia lächelte vor sich hin. Wie oft hatte sie sich schon gewünscht, als Kind und auch später, als sie erwachsen wurde, von so einer weißen, weichen Wolke umarmt zu werden, sich in sie zu kuscheln, sich darin geborgen und beschützt zu fühlen, einfach nur still dazuliegen und auf die Welt hinunter zu schauen.

Ausfahrt Mayen 1000 m. Das blaue Schild ließ sie wieder in die Gegenwart zurückkehren. Sie verlangsamte die Fahrt und betätigte den rechten Blinker. Nur gut, dass das Klingeln des Telefons heute Morgen sie davor bewahrt hatte, ihrem Bruder mehr über Sybilles Verschwinden erzählen zu müssen. Dieser hatte Sybille nie gemocht und hätte auch nicht verstanden, weshalb sich Pia deshalb solche Sorgen machte. Sie verstand es ja selbst auch nicht. Am Nachmittag hatte sie noch ein paar Mal versucht, Sybille telefonisch zu erreichen, aber vergebens, es kam immer nur der Anrufbeantworter. Warum nur hatte sie Martin immer noch nicht angerufen? Gestern Abend war es zu spät gewesen und sie hatte sich vorgenommen, dies heute Morgen zu tun. Hatte sie es nur vergessen oder glaubte sie einfach, dass das Rätsel um Sybilles Verschwinden sich bald von selbst auflösen würde?

Langsam senkte sich die Dunkelheit über die hügelige Landschaft. Pia fuhr hinter ein paar anderen Autos den Autobahnzubringer hinunter Richtung Mayen. Drüben, auf der anderen Seite der Stadt, sah sie den Mayener Vorderwald mit dem Bleiberg, Schälkopf und wie die Hügel alle hießen. Ja, dort drüben irgendwo war es gewesen gestern Nachmittag. Da verschwand Sybille. Plötzlich zuckte Pia ein Gedanke durch den Kopf. Die Tasche. Mein Gott, wie konnte sie diese vergessen. Als sie auf der Bank saßen und Sybille sagte, sie gehe allein weiter und Pia und Tinchen sollten auf sie warten, hatte sie ihre Tasche auf die Bank gelegt mit der Bemerkung, sie würde sie nur stören beim Pilze Suchen. Die Tasche hatte Pia dann automatisch mitgenommen und sie im Auto hinter den Fahrersitz auf den Boden gelegt. Pia tastete mit der linken Hand zwischen Autotür und Sitzlehne nach hinten. Tatsächlich, da lag sie immer noch.

Plötzlich wurde Pia ungeduldig. Die Autos vor ihr fuhren ihr zu langsam. Aber ans Überholen war nicht zu denken. Abwärts Richtung Stadt gab es nur eine Fahrbahn. Dann endlich stand sie vor der Ampel, die gerade auf Rot umschaltete. Sie war die Einzige, die in die Stadt wollte, alle anderen Wagen waren nach rechts Richtung Schnellstraße zur Autobahn 61 abgebogen.

Endlich war sie Im Trinnel auf ihrem Parkplatz. Sie hängte ihre Tasche und die von Sybille über die linke Schulter, nahm Taps an die Leine, der bereits aus dem Auto gesprungen war, um schnell an einem Grasbüschel das Bein zu heben, und eilte über die Straße zu ihrer Haustür. Jetzt war es bereits ein Jahr her seit dem Mord in der Parterrewohnung. Immer noch schauderte es sie, wenn sie daran dachte. Die Wohnung war seit einigen Monaten bereits wieder vermietet. Ein älteres Ehepaar war eingezogen. Pia begegnete der Frau ab und zu im Treppenhaus. Sie grüßte freundlich, schien aber sehr zurückhaltend zu sein. Auch der Mann, ein Rentner anscheinend, der gerne spazieren ging. Eigentlich wunderte sich Pia, dass die beiden sich nie bei ihr nach Einzelheiten des Mordes an dem Mieter dort erkundigt hatten. Vielleicht war es ihnen peinlich, weil sie jetzt die neuen Mieter waren. Obwohl die Räume, auch Küche und das Bad, vollständig renoviert wurden, hätte sich doch manch einer gescheut, da einzuziehen, wo eine Leiche aufgefunden worden war.

Im Briefkasten war nichts Gescheites, nur Werbung. Pia ging die Treppe hinauf. Vor der Eingangstür im ersten Stock blieb sie einen Moment stehen. Auch hier wohnten neue Mieter. Ein junges Pärchen, von irgendwoher zugezogen. Pia hatte überhaupt keinen Kontakt mit ihnen. Auch sie hatten sich nicht weiter nach dem Mord in dem Haus erkundigt. Aber verständlich. Sie waren frisch verheiratet und vollauf mit sich selbst beschäftigt.

Langsam ging Pia weiter die Treppe hoch. Ihre Eltern hatten zuerst gedacht, dass sie sich nach all dem, was geschehen war, eine neue Bleibe suchen sollte. Aber Pia wollte das nicht. Die Wohnung war ihr lieb geworden. Sie fühlte sich hier daheim zusammen mit Tinchen, Taps und Molly. Und vor allem mit Sven, wenn er bei ihr war. Nein, nein, ein Umzug kam für sie nicht infrage.

Trotz der großen Neugier auf den Inhalt von Sybilles Tasche rief Pia erst in Ediger an. Ihre Mutter war am Apparat. Ja, ja, alles sei in Ordnung. Tinchen sei ein bisschen müde, sie sei mit Opa im Weinberg gewesen. Dann kam Tinchen an den Apparat. »Mami, bringst du mir den Teddy Hans mit, wenn du kommst? Ich habe ihn heute Morgen vergessen und du weißt doch, ich schlafe nicht gerne ohne ihn.«

Oh, ja, Teddy Hans, ein ganz besonderes Kuscheltier. Dunkelbraun, mit noch dunkleren glänzenden Knopfaugen. Sven hatte ihn Tinchen vor einiger Zeit mitgebracht und erzählt, Hans sei lange durch Norwegens Wälder gewandert, bis er ihn getroffen habe. Und Hans habe ihm gesagt, er möchte gern zu einem kleinen Mädchen, das in Deutschland, in der schönen Stadt Mayen wohnt. Seither war Hans nicht mehr von Tinchen zu trennen. Nur heute Morgen, da war alles so hektisch gewesen. Pias Vater hatte sich verspätet, was sonst nicht seine Art war. Aber er hatte kurz vor der Abfahrt zu Hause einen Freund getroffen, mit dem er sich verquatscht hatte. Und sie selbst, Pia, war viel zu sehr abgelenkt gewesen wegen Sybilles Verschwinden. So war der Teddy auf Tinchens Bett liegen geblieben.

»Schatz, tut mir leid«, sagte Pia, »aber heute Abend nicht mehr. Ich bin eben erst in Mayen angekommen. Es wird zu spät. Lass dich besser von Oma ins Bett bringen. Ich komme dann morgen. Nicht traurig sein, Kleines.« Wieder einmal hatte Pia so etwas wie ein schlechtes Gewissen, weil sie so oft von ihrer Tochter getrennt war.

Dann verabschiedete sich Pia auch von ihrer Mutter und erklärte ihr, dass in Koblenz ein anstrengender Tag gewesen war.

Diese unterbrach sie. »Es wird einfach zu viel für dich, Kind. Du kannst doch nicht auf allen Hochzeiten tanzen. Dieses ewige Hin und Her macht dich noch krank.«

»Ja, ja, Mama, aber eine gute Nachricht: Hinrichs und Wolfgang stellen eine zweite Sekretärin ein. Die ist dann den ganzen Tag anwesend und nimmt mir eine Menge Arbeit ab.«

»Gott sei Dank«, war durchs Telefon zu hören. »Auch Vater sagt, dass du langsamer treten musst. Übrigens, weshalb nennen Wolfgang und du Hinrichs immer nur mit dem Familiennamen? Er heißt doch Hans, oder?«

Pia lachte. »Ach, das will Hinrichs selbst so. Hans sagt zu ihm kein Mensch. Nur seine Frau, wenn sie ihn ärgern will. Er will einfach nicht mit dem Vornamen angesprochen werden. Vielleicht hat deshalb Tinchen ihren Teddy Hans getauft.«

»Sie mag Hans Hinrichs sehr, nicht wahr?«

»Oh, ja. Der verwöhnt sie auch nach Strich und Faden. Gute Nacht, Mama.«

So, jetzt aber. Pia griff nach Sybilles Tasche, die sie zusammen mit der ihrigen in einen Sessel im Wohnzimmer geworfen hatte. Es war eine kleine braune Tasche, in die nicht allzu viel hineinpasste, die aber völlig genügte, wenn man nur einen Waldspaziergang machte. Pia schüttete den Inhalt auf den Couchtisch. Wie erwartet, es war wenig drin, aber so wenig hätte sie dann doch nicht erwartet. Die Tüte mit Fruchtbonbons, von denen gestern Tinchen eins bekommen hatte, als sie sich den Fuß verrenkte, ein kleiner Spiegel, ein Kamm, ein Lippenstift sowie ein Päckchen Papiertaschentücher. Und ein Schlüsselbund mit Haustür-, Briefkasten- und Wohnungsschlüssel. Pia stutzte. Und hier an einem dünnen Ring, an dem eine kleine blaue Ente hing, die Autoschlüssel. Hatte Sybille nicht gesagt, ihr Auto sei in der Werkstatt? Normalerweise bleiben dann auch die Schlüssel dort, damit der Wagen hin und her gefahren werden kann. Weshalb also die Schlüssel hier in der Tasche? Oder handelte es sich hierbei um die Ersatzschlüssel? Doch die ließ man eigentlich zu Hause.

Pia drehte gedankenverloren die Autoschlüssel in der Hand herum. Was stimmte hier nicht? Das ungute Gefühl, das sie schon seit Sybilles Verschwinden begleitet hatte, machte sich noch deutlicher bemerkbar. Sie versuchte es nochmals mit dem Telefon. Aber wie die unzähligen Male zuvor an diesem Tag war lediglich der Anrufbeantworter dran. Sie spürte Molly, die ihr um die Beine strich. »Mein Gott, dich habe ich ja völlig vergessen. Du hast Hunger, nicht wahr?« Pia ließ den Autoschlüssel zu den übrigen Dingen auf den Tisch fallen und ging in die Küche, gefolgt von Molly, und blitzschnell war auch Taps dabei.

Nachdem Pia den beiden Vierbeinern die Fressnäpfe gefüllt und auch für frisches Wasser gesorgt hatte, wollte sie gerade für sich eine Tasse Tee aufsetzen, als das Handy klingelte. Sie schaute auf die Küchenuhr. Halb acht. Das konnte nur Sven sein. Das war seine Zeit.

»Engelchen«, hörte sie seine Stimme, »was machst du gerade?«

»Ich bin eben nach Hause gekommen und habe die zwei Tiere gefüttert. Und jetzt will ich selbst auch noch etwas futtern. Und du, mein Schatz, wo steckst du?«

»Weit weg von dir, viel zu weit, in der Nähe von Salzburg. Ich habe solche Sehnsucht nach dir, Kleines. Morgen muss ich weiter nach Wien, dann komme ich zurück. Ich werde mich beeilen, damit ich schnell bei dir bin.«

Sonst freute sich Pia immer, wenn Sven anrief. Es tat gut, seine Stimme zu hören, seinen Worten zu lauschen. Es war beruhigend, ihm nahe zu sein, auch wenn Hunderte von Kilometern zwischen ihnen lagen. Heute Abend jedoch war Unruhe in ihr, sie konnte gar nicht richtig zuhören, was er ihr zu erzählen hatte, irgendwie war sie froh, als das Gespräch zu Ende war. Hunger hatte sie keinen mehr. Eine merkwürdige Nervosität überfiel sie. Sie konnte nicht einfach nur herumsitzen, als wenn nichts geschehen wäre. Sie musste herausfinden, weshalb Sybille gestern verschwunden war. Es musste doch einen Grund dafür geben. Vielleicht war etwas Schlimmes passiert. Vielleicht war sie entführt worden und lag gefangen irgendwo in einem Verließ. Wie oft bekam man solche Dinge im Fernsehen zu sehen. Vielleicht war es ihr auch gelungen, ihrem Peiniger zu entkommen, hatte es mit Mühe und Not geschafft, in ihre Wohnung zu gelangen, und da lag sie nun, hilflos, verwundet und konnte nicht einmal mehr das Telefon erreichen.

»Pia«, ermahnte sie sich selbst, »hör auf zu fantasieren! Wie sollte sie denn ohne Schlüssel in die Wohnung gekommen sein?« Sie sah nach dem Schlüsselbund auf dem Couchtisch. Und einer plötzlichen Eingebung folgend zog sie rasch ihre Jacke an, nahm die Schlüssel und rief Taps. »Komm, wir machen noch einen Spaziergang.«

Eine frische Brise fächelte über ihr Gesicht, als sie das Haus verließ.

Taps zog erwartungsvoll an der Leine. Er hatte den kleinen Park angepeilt, der sich der Nette entlang bis zur kleinen Fußgängerbrücke gegenüber der evangelischen Kirche zog. Pia ließ sich in Gedanken versunken hinter ihm herziehen. Sollte sie wirklich das tun, was sie vorhatte? Eigentlich war das Einbruch, sie konnte dafür bestraft werden. Aber es ging doch um Sybille. Wenn ihr wirklich etwas zugestoßen war – ihr nicht zu helfen wäre ebenso falsch, dann ginge es doch um unterlassene Hilfeleistung.

»Guten Abend, Frau Engel«, wurde sie plötzlich aus ihren Gedanken hochgeschreckt. »Den üblichen Abendspaziergang noch mit dem Vierbeiner?«

Pia blieb vor dem Mann, der auf dem schmalen Weg aufgetaucht war, stehen. »Guten Abend, Herr Meurer, wie geht es denn?« Drüben auf der anderen Seite der Nette fuhr ein Auto vorbei. Einen Augenblick drang sein Licht herüber und beleuchtete die beiden Personen unter den Bäumen. Pia bemerkte, dass der Mann immer noch ziemlich ungepflegt aussah. Sein langes Haar hing in Strähnen auf die Schultern, die graue Jacke war speckig, der oberste Knopf fehlte, und wann er sich zum letzten Mal rasiert hatte, war nicht zu ergründen. Trotzdem, Pia war diesem Mann heute noch dankbar. Er machte keinen Hehl daraus, dass er Pia verehrte und ihretwegen immer an der Nette entlangspazierte, wenn er sie dort mit Taps erwartete. Gerade deshalb hatte er genau gesehen, wer damals in der Mordnacht das Haus Im Trinnel betrat und wieder verließ. Er wohnte irgendwo in der Nähe und Pia hatte ihn damals überreden können, bei der Polizei seine Beobachtungen zu Protokoll zu geben. Seitdem sah es der arbeitslose Mann, der ziellos und völlig allein dahinlebte, als seine Pflicht an, Pia zu beschützen und ihr im Notfall zur Seite zu stehen. Das hatte er sogar bei der Polizei erklärt, dass er auf Pia aufpassen werde.

»Ich muss weiter«, sagte Pia, »der Bursche hier«, sie wies auf Taps, »will einige weitere Bäume beschnüffeln. Noch einen schönen Abend.« Sie wusste, dass sein schöner Abend in irgendeiner Kneipe mit ein paar gleichgesinnten Heimatlosen stattfinden würde.

Pia überquerte auf der schmalen Brücke die Nette und bog dann nach rechts in den Keutel ein. An der Ecke Brückenstraße betrachtete sie die verwaisten Tische und Stühle vor dem Café. Es kam ihr eine Ewigkeit vor, dass sie mit Sven hier gesessen hatte und von Sybille angesprochen wurde.

Sybille. Ja, ihretwegen war sie doch hier. Sie beschleunigte ihre Schritte. Es waren nur noch wenige Menschen unterwegs.

Da waren vor Jahren die Öffnungszeiten der Geschäfte verlängert worden, um die Kauflust der Kunden zu fördern. Aber hatte das etwas gebracht? Wohl nicht allzu viel. Abends wollten die meisten Leute zu Hause sein und nicht noch lange shoppen gehen. Pia hatte die Marktstraße erreicht. Vor ihr die St. Clemens Kirche mit dem gewundenen Kirchturm, dem Wahrzeichen der Stadt Mayen. Der Sage nach hatte der Teufel, aus Wut darüber, dass die Gemahlin eines Ritters die Armen mit Speis und Trank versorgte, den Kirchturm ergriffen und ihn gedreht, als wenn er eine Weidenrute in den Händen hätte. »In Wirklichkeit haben die Konstrukteure des 13. Jahrhunderts beim Bau einfach nur Scheiße gebaut«, erklärte Pia Taps, der sich aber mehr für eine kleine weiße Hundedame interessierte, die mit ihrem Herrchen des Weges einher kam.

Pia ging weiter Richtung Mühlenturm. Dann blieb sie vor einem der Häuser stehen, die rechts und links die Fußgänger-zone säumten, und schaute an der Fassade hoch. Dort, im zweiten Stockwerk wohnte Sybille. Aber alle Fenster waren dunkel. Sie zögerte. Noch konnte sie zurück nach Hause, zurück in ihre kuschelige Wohnung, sich einen Tee aufbrühen oder gar ein Glas Wein trinken und es sich vor dem Fernseher gemütlich machen. Und all das, was sie im Begriff war zu tun, würde sich in Luft auf-lösen. Sie müsste kein Herzklopfen haben, kein schlechtes Gewissen, keine Angst, erwischt zu werden.

Langsam zog sie den Schlüsselbund aus ihrer Jackentasche. Im Fernsehen sah das immer so einfach aus. Den Polizisten oder auch den Einbrechern dort gelang es ganz schnell, das fremde Schloss zu knacken, auch wenn sie keinen passenden Schlüssel hatten. Wenn es mit dem Schlüssel nicht klappte, hatten sie auch immer gleich eine Kreditkarte zur Hand, mit der sie ruckzuck die Tür aufkriegten. Sie hingegen fingerte an den Schlüsseln herum und versuchte, einen ins Schloss zu stecken. Natürlich war es der Falsche.

Zwei junge Männer mit Bürstenschnitt kamen vorbei. Sie unterhielten sich laut, lachten und beachteten sie nicht. Gott sei

Dank. Da, endlich, der andere Schlüssel passte. Schon war sie in dem langen, schmalen Hausflur, den sie von ihrem Besuch bei Sybille kannte. Rechts war der Lichtschalter. Sie drückte drauf. Es wäre ja auffällig gewesen, im dunklen Flur herumzutappen, falls einer der Hausbewohner die Treppe herunterkommen sollte.

Endlich stand sie vor Sybilles Wohnungstür. Taps wollte aufgeregt weiter nach oben hecheln. Aber Pia hielt ihn an der Leine fest. Das gefiel ihm ganz und gar nicht. Zu Hause rannte er immer ganz schnell die Treppen hoch und wartete dann jeweils ungeduldig, bis sie nachkam und die Tür aufschloss.

Gut nur, dass es, wie bei ihr Im Trinnel, in jedem Stockwerk nur eine Wohnung gab. Und demzufolge auch nur eine Wohnungstür. So konnte man nicht von einem Etagennachbarn überrascht oder durch das Guckloch beobachtet werden. Pia lauschte eine Weile an der Tür. Doch in der Wohnung schien alles totenstill zu sein. Sie drückte den Klingelknopf, wartete wieder. Nichts rührte sich.

»Na denn«, flüsterte Pia und steckte einen der Schlüssel ins Schloss, dieses Mal gleich den richtigen. Vorsichtig öffnete sie die Wohnungstür. »Sybille«, rief sie, »bist du da?« Wieder nur Totenstille. Sie betrat den viereckigen Flur. Taps wollte aufgeregt weiter, denn er war damals, als Pia zum ersten Mal Sybille besuchte, nicht dabei gewesen. Für ihn war das alles Neuland, das es zu erschnüffeln galt. Doch Pia hielt ihn fest. »Du bleibst hier sitzen!«, ermahnte sie ihn und zur Sicherheit befestigte sie die Leine an der Türklinke. Sie wollte nicht, dass der neugierige Hund in alle Zimmer rannte und wenn möglich noch irgendwelche Dinge umschmiss. Sämtliche Türen waren geöffnet. Links, zur Marktstraße hin, lag das Wohnzimmer. Hier hatte sie neulich an einem Glas Likör genippt, nachdem Sybille ihr die Wohnung gezeigt hatte. Durch die Gardinen an den breiten Fenstern drang genügend Helligkeit von der Straßenbeleuchtung herein. Pia war froh, dass sie sich in dem Halbdunkel zurechtfinden konnte und kein Licht anmachen musste. Wie bei ihrem ersten Besuch staunte sie erneut über die prunkvollen teuren Möbel. Eine pompöse Couchgarnitur mit Lederbezug beherrschte einen Großteil des Raumes. Pia ging langsam über einen dicken roten Teppich zu einem der Fenster. Sie sah auf die Marktstraße hinunter. Kein Mensch weit und breit. An der gegenüberliegenden Häuserreihe waren einige Fenster erleuchtet. Ein Zeichen, dass sich hinter diesen irgendwelches Leben abspielte.

Gerade als Pia sich umdrehen wollte, begann die Glocke vom Kirchturm der St. Clemenskirche zu schlagen. Eins, zwei, drei ..., zählte sie automatisch mit. Nach dem zehnten Schlag verstummte die Glocke. »Mein Gott, ich muss nach Haus«, durchfuhr es Pia. Was trödelte sie denn hier herum? Ihr Blick fiel auf die Essecke, von der aus man direkt in die Küche gehen konnte.

In der Küche war es schummriger als im Wohnzimmer. Trotzdem konnte Pia den Kochtopf auf dem Herd erkennen und einen Suppenteller mit Löffel in der Spüle. Auf dem Tisch stand ein Körbchen mit einem vertrockneten Stück Vollkornbrot. Pia hob den Deckel des Topfes. Ein Rest Suppe – Gemüsesuppe, Kartoffelsuppe oder so was Ähnliches – war drin. »Da hat sie also nicht gelogen«, sagte Pia leise und dachte daran, wie Sybille sie zum Pilze suchen abholen kam. Als Pia ihr etwas zum Essen anbot, lehnte sie ab mit den Worten, sie habe zu Hause schon Suppe gegessen.

Warum aber hatte sie gesagt, ihr Auto sei in der Werkstatt?, dachte Pia weiter. Und außerdem, weshalb hatte sie denn keine Brieftasche mit Ausweispapieren, Führerschein, Kreditkarten und so weiter in ihrer Tasche? Auch wenn man nur spazieren ging, nahm man doch irgendein Identitäts-Papier mit.

Wieder kam es Pia so vor, als wenn Sybille ihr gegenüber nicht aufrichtig war oder ihr etwas verheimlichte. Sie waren eine Zeit lang Freundinnen gewesen, dies kam vor allem daher, weil sie in der Klasse nebeneinander saßen und dann auch, weil ihre Väter miteinander befreundet waren. Ja, natürlich, wenn sie morgen nach Ediger fuhr, sollte sie ihren Vater fragen, ob er noch Kontakt zu Sybilles Vater hatte. Jupp hieß der, ja, Jupp Grundmann. Warum war ihr das nicht schon früher eingefallen? Vielleicht war

Sybille zu ihren Eltern gefahren. Nein, das konnte nicht sein. Sie hatte doch gesagt, dass sie mit niemandem in Ediger mehr Kontakt habe. Warum eigentlich? Sie war Einzelkind gewesen. Aber warum hatte sie sich mit ihren Eltern entzweit? Sie war doch für alle das »verwöhnte Püppchen«, das alles bekam, was es wollte. Jupp hatte seine kleine Tochter völlig vergöttert, er war der Meinung, sie sei eine kleine Prinzessin, die sich an die Mosel verirrt hatte. Eines Tages aber würde ein Prinz kommen und sie auf sein Schloss holen.

Pia ließ sich auf einen Küchenhocker fallen und von ihren Erinnerungen einlullen. Sybille hatte auch immer die schönsten und teuersten Kleider. Deshalb waren ihre Schulkolleginnen und auch sie selbst, das gab sie ehrlich zu, manchmal neidisch, weil Sybilles Mutter ihre Tochter dermaßen herausputzte. Und diese natürlich ließ alle anderen wissen und spüren, dass sie, Sybille Grundmann, etwas Besonderes war. Trotzdem, Pia ging oft zu Sybille nach Hause. Dort saßen sie stundenlang im Garten hinter dem Haus und dachten sich irgendwelche Geschichten aus. Oder sie strickten. Sybille hatte viele Puppen und die brauchten neue Strümpfe oder Pullover mit passenden Mützen. Wenn sie nicht weiterwussten, rief Sybille nach ihrer Mutter. Die nahm sich dann viel Zeit und erklärte ihnen ausführlich, wie sie mit ihren Stricknadeln weiter umzugehen hatten.

Von draußen aus dem Flur kam ein leises Winseln. Taps war unglücklich, dass er allein an der Tür sitzen musste und es so lange dauerte, bis man endlich nach Hause konnte. Pia stand schnell auf. »Ich komme ja schon, Kleiner, nur noch einen Moment.« Sie beugte sie zu ihm hinunter und kraulte ihn hinter den Ohren.

Dann ging sie in die andere Richtung des Flurs. Soweit sie sich erinnern konnte, waren gleich links die Gästetoilette und anschließend das Bad. Eine geräumige Luxus-Nasszelle, hellbraun gekachelt, mit runder Badewanne, in der man zu zweit die Welt vergessen konnte und gar nicht mehr heraussteigen wollte. Die nächste Tür führte ins Schlafzimmer. Die Fenster gingen hier nach hinten hinaus in einen Garten, oder besser gesagt auf ein Rasengrundstück, umgeben von einer Mauer, die aber durch dichtes Buschwerk verdeckt wurde.

Wieder dachte Pia daran, wie komisch es doch war, dass Sybille mit keinem Wort ihre Eltern erwähnt hatte, weder während des Spaziergangs durch den Wald noch vorher, als sie sich bei Pia zu Hause und dann hier in dieser Wohnung trafen. Zwar hatte Pia auch nicht viel von ihren Eltern erzählt. Sie hatten überhaupt nicht über die Vergangenheit in Ediger gesprochen. Ja, das war doch irgendwie seltsam. So, als wenn Sybille etwas verdrängt hätte. Sie wollte bewusst nicht darüber sprechen. Warum? Vielleicht weil sie etwas vergessen wollte, etwas, das ihr unangenehm war, das sie belastete. Aber was? Pia bemühte sich krampfhaft, sich an irgendetwas zu erinnern, irgendwo in ihrem Unterbewusstsein ein Fadenende zu finden, das sie bis zum Anfang zurückverfolgen konnte. Aber nichts fiel ihr ein. Vielleicht auch deshalb nicht, weil sie sich in den letzten zwei Schuljahren auseinandergelebt hatten. Sie waren plötzlich keine Freundinnen mehr. Sybille hatte einfach andere Interessen als Pia. Je älter sie wurden, desto tiefer zeigte sich der Unterschied zwischen ihnen. Zum Teil tat dies Pia Leid, sie vermisste sogar die stillen Nachmittage mit Sybille, im Sommer hinter dem Haus, im Winter in der warmen Wohnstube am Kachelofen. Die Grundmanns hatten einen riesigen Kachelofen, in dessen Röhre sich wunderbar Äpfel braten ließen. Bei Engels gab es schon längst keinen solch gemütlichen Ofen mehr, ihr Vater hatte im ganzen Haus eine Zentralheizung einbauen lassen.

Und dann war natürlich auch Martin da. Ihre große Liebe. Sybille lachte sie aus deswegen. »Der ist doch ein armer Schlucker, seine Eltern haben nichts und was hat er für eine Zukunft!? Der wird nie Kohle machen.« Ja, das war das Wichtigste in Sybilles Leben. Kohle machen. Geld haben, um es mit vollen Händen ausgeben zu können. Diese Einstellung hatte Pia immer mehr von Sybille getrennt.

Pia betrachtete das breite Doppelbett, über das eine schwere bunte Decke mit modernem Design ausgebreitet war. Ein riesiger

Schrank mit mehreren Türen stand an der Wand, den Fenstern gegenüber. Die Versuchung lockte. Mal sehen, was für Klamotten Sybille hier drin versteckt hatte. Doch dann fiel ihr Blick auf den kleinen Schreibtisch neben der Tür.

Mit drei Schritten stand Pia vor dem zierlichen Möbelstück. Papiere lagen darauf. Es war zu dunkel, als dass sie etwas hätte lesen können. Aber da stand eine kleine Lampe. Die konnte sie anknipsen, was sie auch nach kurzem Zögern tat. Der Lichtstrahl war schwach, er erhellte gerade mal die Tischplatte. Aber das genügte. Pia wollte nicht herumschnüffeln, sie schob den Stapel mit den Papieren zur Seite. Sie wollte sehen, ob es irgendwelche Ausweispapiere, Pass, Führerschein oder Ähnliches hier gab. Doch Fehlanzeige. Nichts dergleichen war zu finden. Auch in den zwei Schubladen nicht. Nur belangloses Zeug. Pia schämte sich ein bisschen für das, was sie hier tat. Sie kam sich vor wie eine Einbrecherin, die nach wertvollem Schmuck oder Geld suchte. Doch nein, Einbrecher schämen sich doch nicht für ihr Tun. Sie brechen ein, um zu klauen. Sie hingegen hatte nicht die Absicht etwas zu stehlen, sie wollte lediglich nachsehen, ob sie etwas entdecken konnte, was ihr half, Sybilles Verhalten zu verstehen. Sie fand aber nichts. Weder Pass, noch sonst etwas, was Sybille identifizierte. Anscheinend hatte sie all ihre Papiere mitgenommen. Aber womit und worin?. Vielleicht in ihren Hosentaschen. Was trug sie denn überhaupt? Eine Hose, keine Jeans. Eine graue Stoffhose, ganz normal, darüber einen langen, grünen Schlabberpullover. Ziemlich unförmig sah sie darin aus. Am Arm hatte sie das Körbchen. Hatte sie auch eine Jacke? Pia konnte sich nicht daran erinnern. Ja, doch, irgendetwas hatte sie über die Schulter gehängt, das eine Jacke hätte sein können. Aber sicher war sich Pia nicht.

Sie knipste die Lampe aus. Eigentlich war sie genauso schlau wie vorher. Sie hatte nichts gefunden, was ihr weitergeholfen hätte. Am besten sie ging jetzt nach Hause. Gegenüber dem Bad war noch ein kleines Zimmer, das als Gästezimmer benutzt wurde, wie Sybille gesagt hatte. Ein kurzer Blick hinein genügte. Da war auch nichts, das sie weitergebracht hätte. Taps erwartete sie aufgeregt und hechelte ihr entgegen. Gerade als sie die Leine von der Türklinke lösen wollte, fiel ihr das Telefon ein. Wo hatte Sybille das stehen? Im Wohnzimmer? Ja, natürlich. Sie hatte gar nicht darauf geachtet. Jetzt bemerkte sie es auf einem kleinen Tischchen zwischen den Fenstern. Das Lämpchen des Anrufbeantworters blinkte ihr entgegen, als sie ins Wohnzimmer zurückging.

Sie drückte – wieder mit etwas schlechtem Gewissen – die Play-Taste. »Hallo, Sybille, wo bist du? Melde dich doch bei mir. Was ist geschehen?« So und ähnlich hörte sie etwa sieben oder acht Mal ihre eigene Stimme. Mein Gott, sie hatte wirklich unzählige Mal angerufen und in ihrer Stimme war ehrlich Sorge und vielleicht auch ein bisschen Zorn. Plötzlich war es nicht mehr ihre Stimme, die sagte: »Hallo, Sybille.« Es war eine männliche Stimme, tief und leicht heiser, die keine Wärme verbreitete. »Baby, du entkommst uns nicht. Wir werden dich finden und wenn es am Ende der Welt ist. Du wirst uns das zurückgeben, was du uns weggenommen hast. Sonst ... du weißt schon, was dann mit dir passiert.«

3. Kapitel

»Ich komme gleich.« Martin Borchert schaltete den elektrischen Rasierapparat aus und legte ihn auf das oberste Regal des Badezimmerschranks. Eine reine Vorsichtsmaßnahme. Vor den Zwillingen war nichts und nirgendwo mehr etwas sicher. Vor ein paar Tagen, als er den Rasierer aus Versehen auf der Ablage des Waschbeckens liegen ließ, hatte er Ronny dabei erwischt, wie er diesen ausprobieren wollte. Er sei doch auch ein Mann, wie Papi, und deshalb müsse er am Morgen die Haare im Gesicht wegmachen, erklärte er.

Martin schüttete ein paar Tropfen Rasierwasser – ein Geschenk von Marion – in die rechte Hand und begann, seine Wangen und sein Kinn zu massieren. »Bald Mitte dreißig«, dachte er und betrachtete seine Falten auf der Stirn, die zwar noch keine Furchen bildeten, aber damit drohten, dass sie es in etlichen Jahren einmal tun würden, weil das Gesetz des Alterns dies so wollte. Martin verzog die Lippen zu einem leichten Grinsen. Alter – was soll das? Darum scherte er sich noch lange nicht. Auch wenn er unter den dunkelblonden Haaren bereits vereinzelt mal ein graues Haar entdeckte. Er war zufrieden mit seinem Aussehen, ebenfalls mit seiner Figur. Er tat ja auch etwas dafür. Jeden Morgen ging er joggen. Hier am Heckenberg, wo Marion und er ein geräumiges Haus mit Garten erworben hatten, war man gleich im Stadtwald. Da war genügend Platz für Sportliebhaber und Hungrige nach frischer Luft.

»Kommst du nun endlich? Der Kaffee ist schon längst fertig.«

»Bin gleich da.« Martin ging in lockerem Schritt die Treppe hinunter und betrat die Wohnküche. Er umarmte Marion, die gerade zwei Vollkorntoasts in die Schlitze des Toasters steckte. »Morgen, mein Schatz.« Und sich umsehend fragte er: »Wo sind denn die beiden Rabauken? Es ist ja so still im Haus?«

»Guck mal auf die Uhr«, forderte ihn Marion auf. »Die sind mit Lerma bereits auf dem Weg zum Kindergarten. Du bist spät dran.«

»Ich war aber gestern auch spät zu Hause. Du hast bereits tief geschlafen.« Martin setzte sich an seinen Platz am oberen Ende des Tisches, von wo aus er durch das Fenster eine schöne Aussicht in den Garten hatte. Der Apfelbaum neben der Terrasse wippte mit seinen Ästen, als wenn er seine Besitzer auffordern wolle, endlich mal die reifen, roten Äpfel zu pflücken.

Martin warf einen Blick auf die Rheinzeitung, die ihm Marion jeden Morgen neben die Kaffeetasse legte. Mit In-aller-Ruhe-lesen war heute wohl nichts. Er musste sich eigentlich sputen, um in sein Büro bei der Kriminalpolizei im Forum Mayen zu kommen, wo eine Menge Arbeit auf ihn wartete.

Martin sah seiner Frau zu, wie sie Kaffee einschenkte. Sie war der gleiche Jahrgang wie er und sah immer noch genauso verführerisch aus, wie damals, als er sie in Mainz bei einem Schulfest kennenlernte. Seine kleine Nichte hatte darauf bestanden, dass Onkel Martin auch mitkam, zusammen mit ihren Eltern. Wie hätte er der Zweitklässlerin diesen Wunsch abschlagen können. Im Nachhinein war er ihr sogar dankbar, dass sie so gequengelt hatte, bis er Ja sagte. Denn plötzlich stand er Miras Klassenlehrerin gegenüber, in der er absolut keine Lehrerin sehen konnte, sondern eine attraktive Frau, mit der er gern mehr Zeit verbringen wollte.

Als sie sich zum ersten Mal verabredeten, war natürlich die lebhafte Mira das Einstiegsthema, um sich etwas näher kennenzulernen. Doch dann kam das Gespräch sehr bald auf mehr private Dinge. Martin erzählte, dass er vom Hunsrück stamme, aus Idar-Oberstein. Marion lachte. »Und ich komme von der anderen Seite der Mosel. Ich bin in Mayen aufgewachsen.« Und dann war sie nicht mehr zu bremsen. Sie sei ja gerne hier in Mainz, fahre aber so oft wie nur möglich zu ihren Eltern nach Mayen. Dort fühle sie sich einfach wohl. Martin bekam die Geschichte von der Genoveva-Burg zu hören, die auf einem kleinen Hügel oberhalb des Marktplatzes throne und in der jeden Sommer Freilichtspiele stattfänden. Sie erzählte von dem Stein- und Burgfest im Herbst und dann natürlich vom Lukasmarkt, der weit in die

Lande bekannt sei. »Oh, ja«, unterbrach sie Martin, »sogar bis zu uns hinüber in den Hunsrück, ich war sogar schon einmal da.«

Und dann war er plötzlich für ganz da. Nach einem halben Jahr heirateten sie. Die kleine Mira freute sich unbändig, dass ihre Lieblingslehrerin ihren Lieblingsonkel heiratete und versprach, in die Ferien oft zu ihnen zu kommen. Als dann die Zwillinge sich ankündigten, gab es für Marion kein Halten mehr. Zurück nach Mayen hieß ihre Devise. Sie könne später ja auch in Mayen als Lehrerin arbeiten. Und ihre Mutter würde ihr helfen, bis die Zwillinge aus dem Gröbsten heraus waren. Es sollte so sein, wie Marion es sich wünschte. Als eine Planstelle in Mayen frei wurde, bewarb sich Martin und hatte Erfolg. Dies war vor bald vier Jahren und bereut hatte er diesen Schritt nicht einen Tag.

Marion streckte Martin das Brotkörbchen entgegen und sah ihren Mann prüfend an. Seine blauen Augen wirkten etwas matt, er schien müde zu sein. Doch fragen wollte sie nicht. Das hatten sie von Anfang an so ausgemacht. Sein Beruf war tabu. Darüber wurde nicht geredet. Nur einmal, vor ungefähr einem Jahr, als Im Trinnel ein Mord geschehen war, hatte Martin davon erzählt. Und zwar nicht wegen des Ermordeten, sondern weil im gleichen Haus eine junge Frau wohne, die er seit seiner Kindheit kenne. Er sei immer von Idar-Oberstein in den Sommerferien zu einer Tante an die Mosel gefahren. Und da sei eben diese Pia gewesen. Viel mehr hatte Martin darüber nicht gesagt, aber Marion spürte, dass da noch einiges mehr gewesen sein musste. Tief drinnen in ihr gab es einen kleinen Stich, den man den Beginn einer Eifersucht nennen konnte. Gleichzeitig jedoch musste sie über sich selbst lachen. Das waren doch Erinnerungen an ferne Kindertage, sonst nichts. Sie beruhigte sich sehr schnell, wohl auch deshalb, weil ihr Mann diese Pia nie mehr erwähnte.

Draußen wurde die Haustür aufgeschlossen. Gleich darauf kam ziemlich atemlos ein schwarzhaariges, etwas untersetztes Mädchen herein. »Da bin ich wieder«, rief sie vergnügt. »Die Zwillinge sind gut angekommen im Kindergarten.«

»Komm, Lerma, setz dich zu uns und iss etwas.« Marion musterte das Mädchen von der Seite. Vor drei Monaten war Lerma als Au-pair-Mädchen zu ihnen gekommen. Sie stammte aus Madagaskar, war eine Bauerntochter und hatte sieben Geschwister. In Madagaskar haben fast alle Familien viele Kinder, so erzählte sie. Sie konnte sich schon ganz gut in Deutsch verständlich machen. In der Schule habe sie das gelernt und sie sei nach Deutschland gekommen, weil sie einmal einen Beruf erlernen wolle oder vielleicht sogar studieren. Jedenfalls so ein armes Leben wie ihre Eltern möchte sie nicht führen, sie wolle es einmal zu etwa bringen.

»Was macht das Deutschstudium?«, fragte Martin und nahm den letzten Schluck aus der Kaffeetasse.

»Oh, sehr gut.« Lerma lachte. Sie lachte gerne. Bei jeder Gelegenheit konnte man ihr Lachen hören. »Da sind zwei andere Au-pair-Mädchen mit dabei, eine aus Rumänien und eine aus Nepal. Wir verstehen uns prima.«

Gleich nach ihrer Ankunft hier in Mayen hatte Marion Lerma für einen Deutschkurs angemeldet. Die Volkshochschule bot solche Kurse an, die ein Mal pro Woche nachmittags in der Realschule plus stattfanden.

»Ja, wir lernen viel«, sprudelte es aus Lerma heraus. »Auch vieles über Deutschland und die Geschichte. Hier früher auch viele arme Menschen lebten. Unsere Lehrerin hat uns ein Gedicht gesagt. In den Bergen, in einem Tal, viele Menschen hungerten, ein kleiner Junge ist tief in den Wald gegangen und hat gerufen nach gute Geist, der Rübezahl hieß. Der soll kommen und helfen. Der Junge wollte Leinen verkaufen an Geist, damit die Mutter Brot kaufen kann. Und er rief und rief: Rübezahl, Rübezahl. Aber Geist kam nicht.«

Marion lächelte, blieb aber ernsthaft dabei. »Ach, du meinst das Gedicht ›Aus dem schlesischen Gebirge‹ von Ferdinand Freiligrath. In der Tat, in jener Zeit herrschten fast überall großes Leid und schlimme Not.«

Martin sah seine Frau mit einem Augenzwinkern an. »Oh, oh, da kommt die Lehrerin wieder zum Vorschein.« Nach einer kurzen

Pause meinte er: »Aber die Zeiten haben sich geändert. Damals riefen sie nach Rübezahl, heute schreien sie nach Hartz IV.«

»Also Martin, mach dich nicht lustig. Das ist alles eine bitterernste Sache.«

»Aber ja, Schatz, du kennst mich doch. Übrigens, ich muss los.« Martin schob seinen Teller etwas zurück und stand auf. Er strich seinen hellen Pullover, den er zu den schwarzen Jeans trug, glatt und zog Marion leicht an ihrem blonden Pferdeschwanz.

»Lass das!«, wehrte Marion ab. »Du weißt, dass ich das nicht mag.« Sie stand auf und begleitete Martin zur Tür. »Kommst du heute wieder später oder bist du zum Abendessen hier?«

Martin legte die Arme um sie und zog sie an sich. »Liebling, ich weiß es noch nicht. Wir haben einen neuen Fall und wie es aussieht, ist der nicht ganz unkompliziert. Wartet besser nicht auf mich.«

Er fuhr nicht die Alte Hohl hinunter, die ihn auf dem schnellsten Weg in die Stadtmitte führte, sondern bog rechts in die Eichenstraße ab, die in die Kelberger mündete. Dort wollte er an der Tankstelle erst tanken, das war dringend notwendig, wie ein Blick auf den Benzinanzeiger bewies. Gestern war es ihm nach dem aufregend anstrengenden Tag einfach zu viel gewesen, da hatte er den Kopf voll mit anderen Dingen. – Ja, Marion sehnte sich danach, wieder als Lehrerin zu arbeiten. Es brauchte ja nicht gleich Vollzeit zu sein, sondern für den Anfang würde sie sich mit Teilzeit zufriedengeben. Er hatte bestimmt nichts dagegen, im Gegenteil, er unterstützte ihr Vorhaben. Er versuchte zwar, so viel Zeit wie möglich seiner Familie zu widmen, aber das gelang nicht immer. Gerade jetzt würde er seine ganzen Kräfte wieder für den Beruf einsetzen müssen. Sie waren einfach zu unterbesetzt. Aber dieses leidige Lied hörte man nicht nur in Mayen und nicht nur bei der Kriminalpolizei. Dabei hätte man meinen können, dass in kleinen Städten und ländlichen Gebieten das Leben noch gemächlich dahin fließt und dem Verbrechen weniger Platz einräumt als in den großen Metropolen, in denen Tausende von Menschen aufeinanderprallen. Diese Vorstellung war aber in seinem Hinterkopf, als er von Mainz in die Eifel umsiedelte. Zwar hatte er nicht gedacht, dass er als Dorfpolizist in der Gegend herumschleichen würde, um irgendwelche Hühnerdiebe zu fangen, dass aber alles ein bisschen ruhiger verlaufen würde, das hatte er schon gedacht. Doch weit gefehlt. Hier wurde genauso eingebrochen, gestohlen, vergewaltigt, gemordet – aus Habgier, Eifersucht, Rache und aus weiß Gott welch anderen niedrigen Beweggründen. Da wurde ein Ehepaar in Kruft bei seiner Heimkehr von drei Einbrechern überfallen und dermaßen zusammengeschlagen, dass beide ins Krankenhaus eingeliefert werden mussten. Da erschlug angeblich die Schwiegertochter in Andernach ihre Schwiegereltern, um an Geld zu kommen, damit sie ihre Schulden bezahlen konnte. Da wurde in Bullay an der Mosel ein Rentner, der dafür bekannt war, dass er Menschen in Not, die an seine Tür klopften, unter die Arme griff, in seinem Haus bestialisch ermordet. So viel zur himmlischen Gerechtigkeit und Gemütlichkeit in der stillen Eifel mit der malerischen Mosel, um nur ein paar Beispiele aus dem ländlichen Verbrechenskatalog herauszupicken. Und jetzt auch noch ein Toter hier in Mayen, oben in Kürrenberg im Wald.

Gestern Morgen kurz nach elf kam der Anruf eines Lehrers der St. Veit-Schule. Er war mit seiner Klasse auf einer Wanderung. Von Nitztal aus waren sie unterwegs den Bleiberg hinauf Richtung Kürrenberg. Sie waren schon ziemlich weit oben und wollten bald eine Rast machen. Da entdeckten die Schüler, die vorn an der Spitze gingen, den Toten, von dem nur die Beine auf den Weg hinaus ragten. Alles andere war im Gestrüpp verdeckt. Nein, nein, sie würden nichts anfassen. Die Polizei solle aber schnell kommen, viele der Schüler, gerade die Mädchen, seien völlig geschockt. Ja, ja, sie würden weg vom Tatort gehen, in die Wiese hinunter und dort warten.

Als Kriminalkommissar Martin Borchert mit seinem Kollegen Konstantin Röhrig am Tatort eintraf, hatte die Spurensicherung das Gelände schon weiträumig mit rot-weißen Bändern abgesperrt. Der Weg, auf dem der Tote lag, führte auf der einen Seite am Waldrand entlang, auf der anderen befand sich eine Wiese.

Und auf dieser saßen etwa zwanzig Jungen und Mädchen, die teils erwartungsvoll, teils erschreckt, den beiden Kommissaren entgegensahen.

Ein etwa 50-jähriger hagerer Mann mit leicht gekrümmtem Rücken kam auf sie zu. Auffallend in dem blassen glatt rasierten Gesicht war seine spitze Nase, auf der eine Hornbrille mit dicken Gläsern thronte. Allem Anschein nach war er sehr kurzsichtig. Etwas nervös reichte er den Kommissaren die Hand. »Mein Name ist Bernhard Wächter, ich bin Biologie-Lehrer an der St. Veit-Schule und das ist meine 6. Klasse.« Ein Gemurmel ging durch die Schar, was wohl als Begrüßung zu deuten war.

»Wie ich schon am Telefon sagte«, begann Lehrer Wächter, »bin ich mit meiner Klasse auf einer Wanderung. Wir wollen Pflanzen finden, die als Heilkräuter oder Gewürze verwendet werden können. In der heutigen Zeit denkt man gar nicht mehr an all die schönen und nützlichen Dinge, die einem von der Natur kostenlos geschenkt werden.«

Martin ließ einen Blick über die Schülerschar schweifen. Fast alle der Mädchen hatten große Sträuße mit allem möglichen Grünzeug in der Hand, mit dem er nichts anzufangen wusste. Sah teilweise aus wie Unkraut. Was sollte wohl daran interessant sein?

Der Lehrer bemerkte den fragenden Blick von Martin und schnell war er in seinem Element. »Schauen Sie nur, das Mädchen da hat Seifenblumen gepflückt. Die kann man mit etwas Wasser verreiben und schon bildet sich Schaum. Auf diese Art und Weise haben die Menschen früher gewaschen. Oder die Schafgarbe, die ist eine wahre Universalpflanze, die …«

Konstantin Röhrig unterbrach etwas harsch den Redefluss. »Wer von den Kindern hat als erster den Toten entdeckt?«

Der Lehrer lächelte verlegen. »Entschuldigen Sie, ich bin ein alter Schulmeister. Natürlich sind Sie nicht wegen der Heilpflanzen hergekommen.« Dann drehte er sich leicht zur Seite und wies auf eine Gruppe Jungen hin, die etwas abseits im Gras hockten. »Das waren Benny und Alex, die zwei dort. Und Manuel war auch dabei.«

»Sie sollen mal herkommen«, meinte Konstantin Röhrig.

Bernhard Wächter winkte die Jungen heran. »Kommt, kommt, keine Angst!«

Die Drei näherten sich und blieben in gebührendem Abstand vor den Kommissaren stehen.

»Erzählt mal«, forderte Konstantin Röhrig sie auf.

»Na, also, wir gingen etwas schneller als die anderen. Das heißt, die Mädchen trödelten eben herum, weil sie Pflanzen suchten. Wir hatten keine Lust dazu. Oben bei der Hütte wollten wir auf sie warten. Da sahen wir plötzlich zwei Beine aus dem Gebüsch auf den Weg herausragen.«

»Beine in Hosen, natürlich«, unterbrach der Kleinste der Jungen mit keckem Blick. »Und Socken und Schuhe an den Füßen. Wir dachten sofort, dass das ein Mann sein musste.« »Wieso, wenn ihr nur die Beine sehen konntet?« Martin musterte den Kleinen. Schien ein aufgewecktes Bürschchen zu sein, schwarzhaarig, mit leicht abstehenden Ohren.

»Weil er Männerschuhe trug und so große Füße hatte, so große Füße hat keine Frau«, war prompt die Antwort.

»Und dann? – Seid ihr hingelaufen zum Gebüsch, um mehr zu sehen?«

»Nein, nein, da hätten wir ja Spuren verwischen können«, fuhr der Junge, der bis dahin geschwiegen hatte, fort. »Das sieht man doch immer im Fernsehen. Wir standen sofort still und riefen den anderen zu, sie sollen nicht näher kommen. Dann war auch schon Herr Wächter da und er schickte uns auf die Wiese hinunter, wo wir warten sollten. Er rief sofort die Polizei an.«

»Habt ihr denn, als ihr hier durch das Tal herauf kamt, irgend-etwas Ungewöhnliches bemerkt oder jemanden gesehen?«, fragte Konstantin Röhrig.

Die Jungen schüttelten die Köpfe. »Nein, nichts und niemanden. Wir haben natürlich auch nicht darauf geachtet.«

Martin sah, wie die Spurensicherung sich inzwischen daran machte, das Gebüsch vorsichtig auseinanderzubiegen, um den Toten auf den Weg herauszuziehen.

»Halt, einen Moment noch«, rief er den Männern in den weißen Überzügen zu, und zu Lehrer Wächter gewandt sagte er: »Sie gehen jetzt am besten mit den Schülern nach Hause. Das ist nichts für empfindliche Nerven. Wenn wir noch weitere Fragen haben sollten, melden wir uns oder kommen direkt in die St. Veit-Schule.«

Nachdem der Lehrer mit den Kindern auf dem Weg talabwärts verschwunden war, gingen Martin und Konstantin zu den Männern der Spurensicherung. Der Tote lag inzwischen auf dem Weg. Es handelte sich um einen Mann um die vierzig, schlank, muskulös, anscheinend spielte Sport in seinem Leben eine größere Rolle, dunkles Haar, teurer Anzug, wahrscheinlich maßgeschneidert, auch die Schuhe schienen nicht aus einem Billigmarkt zu stammen. Er lag auf dem Bauch, so wie er im Gebüsch gelegen hatte. Was man aber vorher nicht sehen konnte, kam jetzt zum Vorschein. Der Mann war erstochen worden. Auf dem Rücken waren mehrere Einstiche zu sehen, das hellgraue Jackett war völlig von Blut durchtränkt.

»Wir wären dann soweit«, bekamen Martin und Konstantin von der Spusi zu hören. »Fotos sind gemacht, wir könnten ihn umdrehen.«

Martin nickte. »Kann man schon sagen, wie lange er hier liegt?«

»Bereits etliche Stunden«, war die Antwort. »Der Mord muss schon gestern passiert sein. Wenn diese Schüler nicht gekommen wären, hätte man ihn unter Umständen noch lange nicht entdeckt.«

»Weiß jemand, wem dieses Jagdhaus da oben gehört?«, wollte Martin wissen. »Scheint ja eine feudale Unterkunft für Jäger zu sein.«

Keiner wusste es. Nur Konstantin Röhrig erinnerte sich daran, dass es mal irgendeinem Arzt in Mayen gehört hatte. Der war aber schon vor längerer Zeit gestorben. »Ich kläre ab, wer der jetzige Besitzer ist.« Er beugte sich zu dem Toten hinunter. »Also, der scheint mir kein Jäger zu sein. So pikfein, wie der angezogen ist, geht doch keiner wandern oder gar auf die Jagd. Wenn du mich fragst, passt der hierher wie der Fuchs in einen Hühnerstall. Die Frage ist demnach: Was wollte er hier?«

»Hühner fangen«, feixte einer der in Weiß gekleideten Spusi-Leute, der sich daran machte, sämtliche Taschen an Hosen und Jackett des Toten zu durchsuchen.

Das Gesicht des Ermordeten wies etliche Kratzer auf, die allem Anschein nach von den Zweigen des stacheligen Gebüschs herrührten, als er vornüber zu Boden stürzte. Es musste ein Überraschungsangriff gewesen sein. Der Täter hatte von hinten auf ihn eingestochen, und das ziemlich gekonnt. Schon der erste Stich war tödlich gewesen, aber der Mörder hatte seinem Opfer noch etliche Zugaben verpasst, um sicherzugehen, dass sein Opfer auch wirklich tot war.

»Nichts.« Der Spusi-Mann richtete sich auf und sah Martin an.

»Wie, nichts? Er muss doch irgendetwas in seinen Taschen gehabt haben.«

»Nein, nichts. Alle Taschen sind leer.«

»Na toll«, mischte sich Konstantin Röhrig ein. »Da spaziert ein feiner Herr in teurem Anzug und ebensolchen Schuhen hier im Mayener Wald herum, ohne Geld, ohne Autoschlüssel, vor allem ohne Ausweispapiere, er wird ermordet und fällt in ein Gestrüpp.«

»Hier haben wir etwas!« Ein junger Mann, der erst seit einigen Wochen bei der Spusi mit dabei war, kroch ein paar Meter weit von der Leiche entfernt aus dem Gestrüpp. »Die Tatwaffe.« Ein Kollege half ihm, diese in eine Tüte zu packen. Er hielt sie vor Martin und Konstantin in die Höhe. »Voller Blut. Der Täter hat sie scheinbar achtlos weggeschmissen.«

»Aber bevor er weglief, hat er dem Opfer gründlich die Taschen geleert, damit wir nicht so schnell herausfinden, um wen es sich hierbei handelt.«

Martin betrat sein Büro. Bevor er sich hinter den Schreibtisch setzte, warf er einen kurzen Blick auf die Hahnengasse und das Mayener Rathaus mit dem Zunftbaum auf der Wiese davor. Ja, der gestrige Tag. Der war nicht ohne gewesen. Und trotz aller Mühe recht ergebnislos. Noch lange hatten sie oben im Wald um das Jagdhaus herum nach weiteren Spuren gesucht, aber nichts Verwertbares gefunden. Hinter dem Jagdhaus gab es Anzeichen von Reifenspuren. Da aber der Waldboden und die Wege mit dichtem Laub bedeckt waren, würden die wohl auch nicht allzu fruchtbar sein. Vom Parkplatz aus hinter Kürrenberg an der B 258, die zum Nürburgring führte, war es möglich, mit einem Auto bis zum Jagdhaus zu fahren, nur musste man natürlich die Schlüssel für die Schranken, die das Jagdgebiet abgrenzten, haben. Das hieß, dass nur der Eigentümer des Jagdhauses, der Förster oder Jagdaufseher solche hatten. Eine der Schranken war von der Polizei geöffnet worden, damit die Spurensicherung und die Kriminalbeamten näher zum Tatort fahren konnten. Auch wurde der Förster verständigt, der am Nachmittag zum Jagdhaus kam. Doch auch er war völlig ahnungslos. Das Jagdhaus gehöre einem Verwandten des verstorbenen Arztes, der ab und zu mit Freunden zur Jagd komme. Alle passionierte Jäger, die er aber nicht näher kenne. Nein, den Toten hier habe er nie gesehen, der gehörte nicht dazu, da war er sich ganz sicher.

Auch hier anscheinend eine Sackgasse. Martin setzte sich hinter den Schreibtisch, zog die Quittung der Tankstelle aus seiner Jacketttasche und verstaute sie in der obersten Schublade des Schreibtisches. Er seufzte leicht. Die Spesenabrechnung musste er noch machen. Immer dieser Bürokram. Der nahm eine Menge Zeit in Anspruch. Das ging ihm gehörig auf den Wecker. Sein Blick fiel auf das Bild an der Wand gegenüber, was ihn erneut seufzen ließ. Immer noch dieser Jäger, der mit seinem Fernglas in irgendwelche Weiten starrte. Auch der ging ihm auf den Wecker. Überhaupt, heute schien ihn alles Mögliche zu stören. Wahrscheinlich waren das Merkmale der berühmten Herbstdepression, die ihn zu dieser Jahreszeit nicht heftig, aber doch spürbar überfiel.

Wie damals an der Mosel, in Ediger-Eller, wenn die Sommerferien zu Ende gingen und seine Eltern ihn bei Tante Erika und Onkel Leo abholten. Wie war ihm da weh ums Herz, wenn er hinten im Auto saß und der Vater über die Senheimer Brücke hinauf in den Hunsrück Richtung Idar-Oberstein fuhr. Es galt Abschied zu nehmen: vom Sommer, der Freiheit, den Tagen des unbeschwerten Nichtstuns und vor allem – von Pia. Das war das Schwerste, sich von Pia zu trennen. Wie würde er es vermissen, mit ihr hinter der Kreuzkapelle zu sitzen, sie zu spüren, ihren warmen, weichen Körper, den Duft ihrer Haut einzuatmen, ihre Lippen zu küssen. Von Jahr zu Jahr wurden sie ein immer engeres Liebespaar. Die Mädchen in seiner Klasse in Idar-Oberstein interessierten ihn nicht. Er fand sie alle blöde Kühe im Vergleich mit Pia. Nur sie zählte. Und so litt er wochenlang unter der Trennung von ihr. Nicht das ganze Jahr über natürlich, aber doch bis zu den Herbstferien. Ab Januar konnte er sich dann wieder auf den Sommer freuen.

Wie es ihr wohl ergangen war in den letzten Monaten seit dem Mord in ihrem Haus? Schon des Öfteren hatte er den Wunsch verspürt, sie zu sehen oder wenigstens anzurufen. Da wohnten sie beide in der gleichen Stadt, aber selbst zufällig waren sie sich nie über den Weg gelaufen. Nach dem Mordfall hatte er sie ein- oder zweimal angerufen, jedoch rein dienstlich, er musste für den Schlussbericht noch ein paar Details klären. Er konnte aber nie spüren, dass sie ihn gern getroffen hätte. Sie hatte eben ihren neuen Freund, da wollte er auch nicht dazwischenfunken; ganz abgesehen von seiner eigenen Situation. Er war Familienvater, hatte Verantwortung und ein geordnetes Leben. Nein, die Vergangenheit konnte man nicht zu neuem Leben erwecken, die musste man ruhen lassen und keine zusätzlichen Probleme heraufbeschwören. – Wieso eigentlich? Er wollte sie ja nur wieder einmal sehen und sich mit ihr unterhalten. Mehr wollte er nicht. Nein, gewiss nicht. – War er sich da so sicher? War da in seinem tiefsten Inneren nicht doch eine leise Stimme, die ihn davor mahnte, irgendetwas zu tun, was nachher nicht wiedergutzumachen war?

Ein Klopfen an der Tür riss Martin in den Büroalltag zurück. Es war Konstantin Röhrig, der mit verheißungsvollem Lächeln den Raum betrat und ihm eine graue Mappe auf den Schreibtisch legte. »Guten Morgen, mein Lieber. Verschlafen? Oder warum warst du nicht in der Teamsitzung? Hier, die Fotos von gestern.«

»Ebenfalls guten Morgen. Stimmt, ich war spät heute Morgen. Aber ich habe gestern noch bis Mitternacht hier am Computer gehockt. War was Wichtiges in der Sitzung?«

»Nee.« Konstantin Röhrig grinste Martin vielsagend an. »Jedenfalls nichts Wichtigeres als das, was draußen vor der Tür steht und zu dir will.« Er hielt die Tür noch weiter auf und sagte laut: »Bitte treten Sie ein, Miss Marple von Mayen.«

Ehe sich Martin versah, stand Pia mitten im Büro und lachte ihm entgegen. »Überraschung, Martin, nicht wahr? Aber ich habe mir deine ernsten Worte damals beim Mordfall an Peter Mosbach zu Herzen genommen.«

Martin überlegte einen Moment. Was meinte sie damit? Welche ernsten Worte?

»Ich lasse euch mal allein. Wenn was ist, ich bin nebenan in meinem Büro.«

Nachdem Konstantin Röhrig verschwunden war, sahen sie sich eine Weile stumm an. Die Wiedersehensfreude war beiden anzusehen. Er hätte sie am liebsten in die Arme genommen und sie hätte wahrscheinlich nichts dagegen gehabt.

»Entschuldige, dass ich so hereinplatze«, sagte sie dann, »aber ich muss gleich anschließend zu meinen Eltern nach Ediger-Eller und dort ein bisschen helfen. Außerdem ist Tinchen dort, ich will sie wieder nach Mayen holen.«

Eine Pause entstand. Sie nestelte an ihrer dicken Steppjacke herum. »Ist ein bisschen warm hier drin«, meinte sie.

»Komm, gib sie mir, ich hänge sie auf.« Er half ihr aus der Jacke, nahm ihr auch den Schal ab und legte alles über den freien Stuhl vor dem Schreibtisch. Er war neugierig, was sie zu berichten hatte, und wenn sie die Jacke ausziehen wollte, schien es ja eine längere Angelegenheit zu sein. »Setz dich. Was hast du auf dem Herzen? Da bin ich aber gespannt.«

»Ja, das ist so eine Sache. Ich weiß gar nicht, wo ich anfangen soll. Aber du hast mir ja damals, als ich so spät zur dir kam, weißt du noch, mit dem Amulett, einem Beweisstück, da hast du mir Vorwürfe gemacht und gesagt, ich hätte nicht so lange damit warten dürfen.«

Martin nickte. »Ach, das meinst du. Nun sag nur, du hast schon wieder ein Beweisstück gefunden oder so etwas Ähnliches.«

»Nein, nein«, begann sie lachend. »Ich kann auch nicht mit einer Leiche aufwarten. Aber erinnerst du dich an Sybille Grundmann?«

»Sybille Grundmann?« Er dachte eine Weile nach. »Ach ja, so schwach. War das nicht eine Schulfreundin von dir? Eine Kleine, Blonde, ziemlich kess, um sie nicht frech zu nennen.«

»Ja, stimmt. Sie war immer sehr vorlaut, wollte alles besser wissen. Aber das kam von ihrem Vater. Der verwöhnte sie schrecklich. Sie war ein richtiges Papa-Kind. Und wenn es in der Schule Schwierigkeiten gab, stand der Vater sofort auf der Matte und verteidigte seine Tochter. Meistens war sie selbst Schuld an den Streitigkeiten, aber sie erzählte es natürlich zu Hause umgekehrt, da war sie immer die Unschuldige. Und der Vater, auch die Mutter, glaubten ihr. Und wir in der Klasse bekamen dann die Schelte.«

»Du hast mir oft von ihr erzählt. Du warst eine Zeit lang auch eng mit ihr befreundet und warst oft bei ihr zu Hause, stimmt's?

Pia nickte. »Ja, ja. Sie hatte ja keine Geschwister, war Einzelkind. Die Mutter war richtig froh, wenn ich zu ihnen kam. Sie war eine sehr stille Frau, das weiß ich noch genau. Als Kind begreift man vieles nicht so richtig, aber heute glaube ich, sie war immer traurig und bedrückt. Warum weiß ich nicht. Ich weiß auch nicht, was aus ihr und ihrem Mann geworden ist. Heute, wenn ich in Ediger-Eller bin, will ich meine Mutter danach fragen.«

»Aber wieso nur kommst du denn wegen dieser Sybille zu mir? Das ist doch alles schon ewig her.«

»Also, ich habe Sybille neulich getroffen. Zufällig, hier in Mayen«, begann Pia. Und sie erzählte, wie sie sich gegenseitig besucht hatten und Sybille den Vorschlag machte, während eines Spaziergangs Pilze zu suchen, weil das Wetter so schön war. Tinchen sei während einer Rast von einem Stein gesprungen und habe sich den Fuß verletzt. Sybille sei deshalb allein weiterge-gangen. Sie und Tinchen hätten auf einer Bank gewartet, eine Stunde und mehr. Als es dunkel wurde, sei sie mit ihrer Tochter und Taps, der auch dabei gewesen wäre, zum Auto zurückgegan-gen und nach Hause gefahren. Sie habe den ganzen Abend pro-biert, Sybille telefonisch zu erreichen, doch die habe nicht geant-wortet. Das sei vorgestern gewesen. Gestern Morgen, es habe ihr einfach keine Ruhe gelassen, sei sie dann, bevor sie nach Koblenz zu ihrem Bruder ins Büro fuhr, nochmals nach Kürrenberg hinauf gefahren, um …

Bis jetzt hatte Martin zwar aufmerksam zugehört, aber sein Interesse an dieser Geschichte war recht minimal. Vielmehr sollte er an dem laufenden Fall weitermachen, das war wirklich wichti-ger, ging es ihm durch den Kopf, während sie weiter redete. Doch als das Wort »Kürrenberg« fiel, war er auf einmal hellwach.

»Kürrenberg?« Er starrte Pia ungläubig an. »Ihr wart Pilze suchen in Kürrenberg oben, im Wald? Wo denn da genau?«

»Da ist doch nach Kürrenberg ein Parkplatz für Wanderer. Da hatten wir das Auto hingestellt, dann gingen wir zu Fuß weiter.«

»Wie weit?« Martin wurde innerlich ungeduldig, wollte es aber nach außen hin nicht zeigen.

»Ich kenne mich da nicht so gut aus. Ehrlich gesagt, war ich zum ersten Mal da oben. Wir kamen dann zu einer Bank. Dort verletzte sich Tinchen. Und wie ich sagte, von da an ging Sybille allein weiter.«

»Aber du bist sie gestern Morgen suchen gegangen. Bist du da auch nur bis zur Bank gelaufen?«

»Nein, das wollte ich dir ja gerade erzählen, aber du hast mich unterbrochen. Ich ging auf dem Weg weiter, den Sybille einge-schlagen hatte, dann rechts eine Böschung hoch und kam dann zu einer Jagdhütte. Ach was, keine Hütte, ein komfortables Jagd-haus ist das.«

Martin fehlten die Worte. Erst ein Mord im Haus, in dem Pia wohnte. Und jetzt ein Mord im Wald, in dem Pia spazierenging und in dem ein Toter lag. Sie schien ja in der Tat die Miss Marple von Mayen zu sein. Obwohl ihm dieser Vergleich von Anfang an nicht gefallen hatte. Wenn er an diese Miss Marple aus den vielen Filmen dachte, mit ihrem Hut und ihren krummen Beinen, dann konnte er beim besten Willen keinen Vergleich mit Pia erkennen, die rank und schlank mit ihren wohlgeformten Beinen in den blauen Jeans vor ihm saß und ihn etwas verwundert ansah, denn sie spürte, wie seine bis jetzt ruhige Art zunehmend drängender wurde.

»Und weiter? Was war mit diesem komfortablen Jagdhaus? Erzähl!«

»Da war ein Mann.«

»Was für ein Mann? Pia, lass dir nicht alles aus der Nase ziehen. Du bist doch sonst auch nicht so wortkarg.«

»Unten auf der Wiese waren ein paar Rehe. Taps hat sich furchtbar aufgeregt und angefangen zu bellen. Seitlich am Jagdhaus ist eine Tür, es sieht aus, als wenn da ein Eingang zu einem separaten Raum ist, so eine Art Einliegerwohnung. Da sind auch zwei kleine Fenster mit Gardinchen. Plötzlich kam ein Mann herausgeschossen und schrie mich an wegen des Bellens von Taps. Er war sehr wütend.«

»Wie sah der Mann aus?« Martin trommelte mit den Fingern der rechten Hand auf die Schreibtischplatte. War da ein Pfad in dem undurchsichtigen Nebel des Nichtwissens? War das vielleicht der Tote im Gebüsch? Ohne Pias Antwort abzuwarten, drängte er weiter: »Um wie viel Uhr war das? Pia, versuche, dich genau zu erinnern.«

»Mein Vater war bereits um halb acht in der Früh bei mir und holte Tinchen ab. Ich wollte gleich nach Koblenz, aber da hatte ich die Idee, vorher nochmals nach Kürrenberg hinauf zu fahren. Das war nach acht, nein eher halb neun.«

»Kannst du den Mann beschreiben?«

»Er war groß, ziemlich groß, nicht ganz schlank, blondes, nein eher rötliches Haar, er wirkte auf mich sehr unsympathisch. Er war eben wütend, weil ich ihn aus den Schlaf geschreckt hatte.«

»Wie war er gekleidet?«

Pia seufzte. »Was ist denn an dem Typen so wichtig? Hat der etwa etwas mit Sybille zu tun?«

»Beantworte jetzt einfach meine Fragen, Pia.«

»Jawohl, Herr Kommissar«, konterte Pia etwas ironisch.

»Wenn schon, dann Oberkommissar. – Aber nun ernsthaft, wie war er gekleidet?«

»Ich erinnere mich an seine verwaschenen, etwas schmuddeligen Jeans und an einen Rollkragenpullover in Grau, oder vielleicht war der auch nur schmuddelig.«

»Wie alt würdest du ihn schätzen?«

»Mit dem Schätzen habe ich etwas Probleme. Aber ich denke, er war so in meinem Alter, vielleicht ein, zwei Jahre älter als ich.«

»Was hat er denn noch gesagt?«

»Erst war er unwirsch, ich hatte den Eindruck, dass er mich so schnell wie möglich loswerden wollte. Dann fragte ich ihn, ob er meine Freundin gesehen habe einen Tag zuvor. Da hätten wir zusammen Pilze gesucht und sie sei plötzlich verschwunden. Da hat er mich ausgelacht. Er habe sie sicherlich nicht gestohlen, meinte er dann. Und außerdem sei er am Nachmittag noch gar nicht hier gewesen. Erst gegen Morgen sei er hier angekommen, deshalb habe er geschlafen. Er war dann auf einmal auch ganz höflich und wollte mich mit dem Auto zurück zum Parkplatz fahren.«

»Hast du sein Auto gesehen?«

Pia schüttelte den Kopf. »Nein, es stand hinter einer Hecke, ich habe lediglich zwischen den Blättern etwas blitzen sehen. Ich wollte auch nicht gefahren werden, sondern ich ging zu Fuß zurück zu meinem Auto.«

»Hat er gesagt, woher er kam?«

»Ja, er erwähnte, dass er nach Mitternacht in Hamburg losgefahren ist.«

»Das ist alles? Hast du mir jetzt auch wirklich alles gesagt?«

Pia zögerte. »Nein, Martin, und das ist es ja, was mir Sorgen bereitet. Sybille muss am Jagdhaus gewesen sein.«

»Wieso bist du dir da so sicher?« Martin ahnte, dass er jetzt noch eine Überraschung aufgetischt bekam. Er kannte doch Pia.

Nur weil Sybille verschwunden war, kam sie doch nicht zu ihm. Da musste noch einiges mehr dahinter stecken.

»Sybille hatte zum Pilze suchen ein Körbchen mitgenommen, ein hellbraunes mit einem Henkel und einer roten Kordel. Und sie hatte auch ein Messer dabei, das in dem Körbchen lag. Sie sagte, das richtige Pilzmesser habe sie im Haus ihres Ex-Mannes zurückgelassen. Um Pilze zu schneiden, verwende man so ein besonderes Messer, vorn gebogen und hinten am Griff eine Bürste, um die Pilze zu säubern. So habe sie eben ein anderes Messer mitnehmen müssen.«

»Und wie sah dieses Messer aus?« Nun wurde Martin wieder ungeduldig.

»Es hatte eine spitze Klinge, aber zum Schutz steckte es in einem ledernen Futteral.«

Martin öffnete den Aktendeckel vor sich auf dem Tisch, den ihm sein Kollege Röhrig vorhin gebracht hatte. Er zog ein Foto heraus. »Könnte es dieses hier sein?«

Pia betrachtete das Foto vor ihr auf dem Tisch. Sie erkannte es sofort. »Ja«, sagte sie langsam, »das ist das Messer. Ich erkenne es genau.«

Beim weiteren Betrachten des Fotos durchfuhr sie eine jähe Erkenntnis. »Mein Gott, was ist das denn?«

»Was?«

»An der Klinge, das sieht aus wie ...«

»Blut«, fuhr Martin fort. »Pia, ich muss dir jetzt etwas sagen.«

Doch Pia hörte ihm nicht zu. »Was ist geschehen, Martin? Um Gottes Willen, sag mir doch, was geschehen ist! Und wo ist das Körbchen? Das ist es ja, was ich dir noch mitteilen wollte. Als ich mich von dem Mann verabschiedete, entdeckte ich das Körbchen auf einem Fensterbrett der kleinen Fenster. Aber es war leer, es war kein Messer mehr drin.«

Martin öffnete erneut den Aktendeckel und durchblätterte die zahlreichen Fotos. »Wo soll das Körbchen gestanden haben?«

»Eben, auf einem Fensterbrett, ich glaube auf dem neben der Tür.«

»Da ist aber nichts auf den Fotos. Das Fensterbrett ist leer. Jemand muss es vor uns weggenommen haben.«

Nun war es Pia, die ungeduldig wurde. »Martin, was ist los? Warum sagst du mir nicht, was geschehen ist? Weißt du etwas von Sybille?«

Martin schüttelte den Kopf. »Nein, ich weiß nichts von Sybille. Ich weiß überhaupt nichts. Wir tappen völlig im Dunkeln.«

»Glaubst du denn, dass Sybille etwas zugestoßen ist?« Pia fühlte ihr Herz bis zum Hals hinauf klopfen.

Martin gab keine Antwort. Stattdessen zog er ein anderes Foto aus der Akte hervor und legte es vor Pia hin. »Ist das der Mann, den du vor dem Jagdhaus getroffen hast?«

Pia betrachtete auch dieses Foto wieder lange. »Mein Gott, der ist tot, nicht wahr?« Sie erschauerte leicht, so, als wenn sie frieren würde. Dann sagte sie langsam, aber bestimmt: »Nein, das ist er nicht. Diesen Mann hier habe ich noch nie gesehen.«

4. Kapitel

Eine längere Pause entstand, in der beide ihren Gedanken nachhingen. Pia blickte aus dem Fenster. Am Himmel zogen graue Wolken heran. Sollte es etwa Regen geben? In der Wettervoraussage im Radio hatten sie zwar das Gegenteil gesagt. Blödsinn. Was dachte sie denn an Regen und die Wettervoraussage, wenn ein ganz anderes Unheil heraufzog, von dem sie zwar noch keine Ahnung hatte, aber das sie wie eine Riesenschlange zu umschlingen begann, sodass sie bereits das Gefühl hatte, erdrückt zu werden.

Plötzlich fiel ihr Sybilles Tasche ein, die sie mitgebracht hatte, und dass sie Martin die Geschichte noch gar nicht zu Ende erzählt hatte. Martin sah Pia an, wie es in ihr zu brodeln begann. Da war noch was, das spürte er genau. »Du hast noch etwas auf dem Herzen. Pia, mach mir nichts vor, raus damit!«

Nun kam der unangenehmere Teil der Beichte. Bestimmt würde Martin ihr wieder Vorwürfe machen. Aber es musste sein. Sie konnte nicht kneifen. Verlegen lächelte sie Martin an. Warum mussten sie hier in diesem Büro sitzen? Warum waren sie nicht am Berg oben bei der Kreuzkapelle und hielten sich einfach nur die Hände?

Langsam begann sie zu erzählen, wie Sybille ihre Tasche auf der Bank zurückgelassen hatte. Als sie dann nicht zurückkam und Pia mit Tinchen nach Hause fahren wollte, habe sie die Tasche mitgenommen. Erst gestern auf der Rückfahrt von Koblenz kam ihr diese dann wieder in den Sinn. Zu Hause habe sie nachgesehen, was da drin war und sie habe die Wohnungsschlüssel entdeckt.

»Du bist doch nicht etwa in Sybilles Wohnung gegangen?«

Pia senkte den Kopf und kam sich wie eine Sünderin vor, die sämtliche zehn Gebote auf einmal gebrochen hatte. »Doch«, sagte sie zaghaft.

»Ist denn das die Möglichkeit! Pia, kannst du denn deine Neugierde nicht bezähmen. Weißt du, was das heißt? Das nennt man

Hausfriedensbruch, wenn man in eine fremde Wohnung einfach so hineinspaziert.« Martins Stimme war um einige Grade lauter geworden. »Wirst du denn nie erwachsen?«

»Aber ich dachte doch, dass Sybille vielleicht zu Hause ist und Hilfe braucht. Ich habe nur kurz nachgeschaut und bin dann wieder gegangen. Das heißt, ich habe den Anrufbeantworter gesehen. Das Lämpchen blinkte. Da waren Anrufe gekommen. Und ich habe sie abgehört.«

Martin sah seine Jugendfreundin kopfschüttelnd an. »Pia, man sollte dich wirklich übers Knie legen.« Dann, nach einer kurzen Pause, fragte er dennoch: »Was war denn drauf auf dem Anrufbeantworter?«

»Meine Stimme. Ich hatte ja am Abend vorher und gestern während des Tages mehrmals angerufen und aufs Band gesprochen. Ich glaube mehr als sieben Mal. Aber ganz am Schluss war eine andere Stimme. Die Stimme eines Mannes, der Sybille drohte. Ungefähr sagte er, dass sie ihm etwas zurückgeben müsse, er würde sie überall finden und dann wisse sie, was mit ihr geschehe. Ich habe richtig Angst bekommen und bin ganz schnell nach Hause gegangen mit dem festen Entschluss, sofort am anderen Tag zu dir zu kommen. Und hier bin ich nun.«

Jetzt war alles raus. Es kam ihr vor, als wenn ein schwerer Mühlstein hier mitten im Büro vor ihre Füße geplumpst wäre. Sie sah zu Martin hinüber, der auf die Schreibtischplatte starrte. Was überlegte er wohl? Und vor allen Dingen: Was war mit Sybille geschehen? Warum sagte Martin ihr nichts? Er wusste doch bestimmt etwas. Ob Sybille tot war? Ermordet mit ihrem eigenen Messer? Von dem Typen im Jagdhaus? Frage um Frage jagte durch ihren Kopf. Ihr wurde ganz schwindelig dabei.

Mit einem jähen Ruck stand Martin auf. »Komm, du kannst noch nicht nach Ediger fahren, erst gehen wir zur Wohnung von Sybille.« Er half Pia in ihre Jacke. Sie drehte sich zu ihm um und legte beide Hände auf seine Schultern. »Du bist jetzt Oberkommissar?«

Er nickte. »Ja, seit vergangenem Frühjahr.«

»Da darf ich aber nicht vergessen, dir herzlich zu gratulieren.«
Sie stellte sich auf die Zehenspitzen und küsste ihn rechts und
links auf die Wangen. »Gratulation, Herr Oberkommissar.«

Als sie im Fahrstuhl nach unten fuhren, musste sie plötzlich
lachen. »Weißt du noch, Martin, damals, als du bei einem Sport-
fest in Idar-Oberstein Erster wurdest?«

Nun fing auch er zu lachen an. »Natürlich. Ich erhielt sogar
einen Pokal und habe den nach Ediger mitgebracht, um ihn dir
zu zeigen.«

Beide erinnerten sich sehr lebhaft an jenen Nachmittag. Sie
waren unten an der Mosel. Martin hatte den Pokal in einer Plas-
tiktüte dabei und Pia eine Flasche Wein, die sie in Vaters Weinkeller stibitzt hatte. Gläser hatten sie keine, sie mussten aus der
Flasche trinken. Das störte sie aber nicht im Geringsten. Martins
Triumph musste doch gefeiert werden. Sie fühlten sich wunderbar. Sechs Wochen Sommerferien lagen vor ihnen. Sechs Wochen
lang jeden Tag zusammen verbringen. Was konnte es Schöneres
geben. Sie legten sich ins Gras und schauten, wie die Wolken über
das Mosel-Tal segelten. Der Wein machte sie übermütig, sie lachten und alberten herum. Dann wurden sie müde und Pia schlief
im Arm von Martin ein, um mit einem plötzlichen Schmerzens-
schrei hochzuschrecken. Sie hielt den rechten Fuß in die Höhe.
Der große Zeh blutete. »Aua«, schrie sie, »so ein Mistvieh. Der hat
mich doch glatt gebissen.«

Fauchend wich das »Mistvieh« zurück und watschelte zurück
zum Ufer. Es war ein Schwan, der sich herangeschlichen hatte,
während sie schliefen, und da er in ihrer Nähe nichts Essbares
gefunden hatte, zwickte er Pia in den großen Zeh. Und zwar ziemlich heftig. Martin verband ihr notdürftig die Wunde mit seinem
Taschentuch. »Mein armes Mädchen, tut es sehr weh?«

»Ja«, flunkerte Pia, »sehr. Ich leide furchtbar.«

Martin nahm sie in die Arme und streichelte ihr Gesicht.
»Schon besser?«

Da stand plötzlich Wolfgang, Pias Bruder oder »der Kleine«,
wie er genannt wurde, vor ihnen. »Ach, da schmust ihr herum. Ich

habe euch oben an der Kapelle gesucht.« Er entdeckte die leere Weinflasche im Gras. »Ihr wisst, dass ihr das nicht dürft.«

»Der verpetzte uns abends bei der Mutter und es gab einen Riesenkrach, weißt du noch?«, sagte Pia, als sie aus dem Fahrstuhl traten.

»Und ob, Onkel Leo hat auch mir gehörig die Leviten gelesen.« Als sie das Forum verließen und den Weg durch die Hahnengasse zum Marktplatz einschlugen, begann es zu regnen. Pia holte ihren Knirps aus der Handtasche, den sie für solche Notfälle bei sich hatte. Martin nahm ihn ihr ab und spannte ihn auf. Ganz selbstverständlich hakte sie sich beim Weitergehen an seinem rechten Arm ein. »Wie in alten Zeiten, Martin, nicht wahr?«

Er gab ihr keine Antwort, sondern fragte: »Wie geht es denn Sven? Du bist doch noch mit ihm zusammen?« Fast wünschte er sich, ein Nein zu hören, aber sie sagte: »Ja, natürlich. Nur schade, in den letzten Wochen hatte er nicht so viel Zeit, in Mayen Station zu machen. Sein Vater erlitt einen Schlaganfall und Sven musste sich in Kristiansand um die Aufträge und den ganzen Bürokram kümmern. Seine Mutter hätte es alleine nicht geschafft. Gott sei Dank war es nur ein leichter Schlaganfall, der Vater hat sich bereits wieder erholt.«

»Vielleicht sollten Sven und du heiraten. Dann könntest du in Kristiansand im Betrieb mithelfen.«

»Jetzt fang du auch noch an. Sven möchte das schon lange. Und auch seine Eltern. Aber was soll denn an der Mosel werden. Meine Eltern haben ja auch einen Betrieb und möchten gerne kürzertreten. Das ist alles nicht so leicht. Ich mag gar nicht daran denken.«

Als sie beim Alten Rathaus vorbeikamen, wurde der Regen stärker. Sie mussten einer Frau mit Kinderwagen ausweichen, die bei dem herabströmenden Nass schnell den Marktplatz überqueren wollte, um irgendwo ins Trockene zu gelangen. Martin wollte ihr Platz machen und neigte den Schirm zur Seite. Dabei verhedderte sich eine Schirmspeiche in Pias Haar. »Dau Toobat«, rief sie lachend und brachte ihre Frisur wieder in Ordnung.

»Du sprichst Mayener Platt? Das ist mir ja ganz neu.«

»Nein, nur ein paar geläufige Ausdrücke. ›Dau Toobat‹ gehört dazu. Ich habe mal irgendwo gelesen, dass dies der geläufigste Mayener Ausdruck ist.«

»Und wie wird er ins Hochdeutsch übersetzt?«

»Frag mich etwas Leichteres. Ich würde es mit Tollpatsch umschreiben. Ist deine Frau nicht aus Mayen? Du hast mir doch einmal erzählt, dass du wegen ihr hierher versetzt werden wolltest. Sie kann doch sicherlich perfektes Mayener Platt.«

»Gewiss. Wenn sie mit ihren Eltern oder ihrer Schwester spricht, sitze ich daneben und komme mir vor wie auf einem fremden Stern. – Aber komm, es regnet ja fürchterlich. Gehen wir hier im Café einen Cappuccino trinken.«

Kurze Zeit später saßen sie sich an einem Fensterplatz gegenüber. Vor ihnen auf dem Tisch dampften zwei Tassen heißen Kaffees. Das Café war ein wahrer Fluchtpunkt für viele Passanten geworden, die vor dem Regen Reißaus genommen hatten. Fast alle Tische waren besetzt. Lebhafte Unterhaltungen und lautes Lachen schallten zu ihnen herüber.

Eine Weile sahen sie dem Regen zu, der draußen auf das Pflaster der Göbelstraße hinunter platschte. »Bist du glücklich, Martin?«, sagte Pia plötzlich. Ihre Stimme war in dem Lärm kaum zu vernehmen, doch Martin verstand sie sofort.

»Ja, sicher«, sagte Martin langsam. »Wenn man davon ausgeht, dass Glücklichsein nicht ein endlos während er Zustand ist, dann kann ich sagen, dass ich glücklich bin. Natürlich gibt es immer Momente im Leben, wo man davonlaufen möchte, weil man sich alles andere als zufrieden und glücklich fühlt. Wie sagte schon ein Dichter? ›Da, wo du nicht bist, ist das Glück.‹ Aber solche Momente gehen vorüber und dann spürt man wieder, dass es das Leben doch gut mit einem meint und dass alles so, wie es ist, richtig ist. – Wieso fragst du? Bist du etwa nicht glücklich?«

»Doch, natürlich, ich dachte nur eben daran, wie alles gekommen wäre, wenn wir uns nicht aus den Augen verloren hätten.«

Martin fasste über den Tisch hinweg nach ihren Händen.

»Denkst du etwa, ich wäre Winzer auf dem Weingut deines Vaters geworden oder was geht in deinem Köpfchen vor? Du warst doch einst so unternehmungslustig, wolltest die Welt sehen, Menschen kennenlernen, herumreisen, dir frischen Wind um die Nase wehen lassen.«

»Das will ich ja immer noch. Aber ich möchte eben auch hier bleiben. Ich möchte beides. Manchmal weiß ich überhaupt nicht, was ich will.«

»Du bist in einem Zwiespalt, oder besser gesagt, du bist an einem Bahnhof angekommen, an dem du nicht weißt, in welchen Zug du einsteigen sollst, weil dir nicht klar ist, in welche Richtung du fahren willst. Das ist es. Du musst eine Lösung finden, dir klar werden darüber, was das Beste für dich ist, und auch für Tinchen. Wie steht es denn mit Wolfgang? Ach ja, der will auch nichts vom Weinanbau wissen.«

»Der möchte, dass die Eltern verkaufen. Er meint, es würde viele Winzer geben, die etwas Neues, zum Beispiel mit Öko-Wein, anfangen möchten. Aber Vater sagt, bis jetzt hätte er noch keinen getroffen. Es ist doch vor allem eine Preisfrage. Die Produktion von Wein in Handarbeit am Steilhang ist fünfmal so teuer wie in der flachen Ebene. Deshalb liegen auch so viele Anbauflächen an steilen Lagen brach.«

»Hier spricht die Tochter eines Winzers vom Calmont«, blinzelte er ihr belustigt zu. »Aber nun komm, der Regen hört auf. Du willst ja heute noch an die Mosel runter.« Martin stand auf und nahm das Tablett mit den beiden leeren Tassen, um es auf den Wagen für benutztes Geschirr zu schieben.

Sie gingen die Marktstraße entlang. »Siehst du, hier haben wir gleich das nächste Problem. An der Mosel verkleinern sich die Anbauflächen, und hier gibt es immer mehr leere Ladenlokale.«

»Ja, das finde ich auch so schrecklich«, pflichtete Pia ihm bei. »Aber das ist nicht nur in Mayen so, sondern überall in den Städten.«

»Das ist der Lauf der Zeit. Früher waren wir traurig, weil in den Dörfern die Tante-Emma-Läden starben. Es kamen die Supermärkte und Discounter. Dann kamen die Gewerbegebiete auf der ›grünen Wiese‹. Und vor allen Dingen das Internet. Dagegen kann man wohl ankämpfen, aber aufzuhalten ist die Entwicklung nicht. Es ist doch so bequem, auf dem Sofa zu sitzen und dabei im Internet einzukaufen.«

»Aber Mayen war doch immer eine Einkaufsstadt. Menschen aus der ganzen Umgebung kaufen hier ein. Ich erinnere mich daran, wie meine Eltern jedes Jahr mit Wolfgang und mir hierher kamen, um größere Einkäufe zu machen. Und zwar nicht nur während des Lukasmarktes, nein, auch im Frühjahr und im Sommer. Da muss man doch etwas unternehmen, damit es nicht noch schlimmer wird. Mayen hat zudem viel mehr zu bieten. Denk doch mal an die Burgfestspiele. Über 25 Jahre gibt es diese schon. Tinchen ist immer ganz wild auf die Kinderstücke, die jeweils gespielt werden. Sie will die unbedingt sehen, sei es ›Michel in der Suppenschüssel‹, ›Dornröschen‹ oder ›Der Dieb von Bagdad‹ und wie sie alle heißen.«

Sie kamen an der St. Clemenskirche vorbei und überquerten die Brückenstraße. »Wir sind gleich da«, sagte Pia, »da vorn rechts.« Vor einer Haustür blieben sie stehen. »Hier im ersten Stock ist Sybilles Wohnung.«

Martin sah an der Hauswand zu den großen Fenstern empor. Dann zog er sein Handy aus der Jackentasche. »Einen Moment bitte, Pia.« Er rief seinen Kollegen an. »Konstantin, ich bin hier an der Marktstraße. Würdest du mir einen Gefallen tun und mal checken, seit wann eine Sybille Grundmann in Mayen gemeldet ist? Und dazu noch all den üblichen Kram wie Auto, wo sie früher lebte und so weiter.«

Martin hatte den Schlüsselbund aus Sybilles Handtasche mitgenommen. Erst drückten sie vor der Haustür auf den Knopf, neben dem sich ein Schild mit dem Namen »S. Grundmann« befand. Sie warteten, aber nichts rührte sich. Alles blieb still.

Das Gleiche wiederholten sie, als sie vor der Wohnungstür standen. Doch auch hier erfolglos. »Du siehst, sie ist nicht da«, flüsterte Pia. »So war es gestern Abend auch.«

Martin trat als Erster in den Flur. »Frau Grundmann?« Keine Reaktion. Nichts geschah. Martin rief noch zwei Mal »Frau Grundmann«, doch kein Lebenszeichen kam aus irgendeinem der Zimmer. Martin ging den Flur entlang, gefolgt von Pia. Sie hatte zwar nicht mehr das gleiche unheimliche Gefühl wie gestern, das sich mit Angst vermischt hatte, denn sie war ja jetzt nicht allein, Martin war ihr Beschützer, es konnte ihr nichts passieren, aber sie spürte weiterhin die Schlange, die sie umklammerte und zu erdrücken drohte. Was nur war mit Sybille geschehen? Martin hatte ihr immer noch nicht gesagt, was bei dem Jagdhaus im Wald oben bei Kürrenberg vorgefallen war und was es mit dem blutigen Messer, das Sybille gehörte, auf sich hatte. Es musste etwas Schlimmes sein, wenn Martin es ihr nicht sagen wollte. Er wusste etwas und er verschwieg es vor ihr. Sie musste einfach herausbekommen, was das war.

Martin inspizierte nacheinander alle Räume. Das Bad, die Gästetoilette, das Gästezimmer, dann das Schlafzimmer. Doch nichts.

»Alles sieht noch genauso aus wie gestern, als ich hier war«, bestätigte ihm Pia.

Sie gingen auf den Flur zurück und betraten die Küche. Auch hier alles noch so, wie Pia es am Abend vorher angetroffen hatte. Selbst der Topf mit den Suppenresten stand noch genauso da.

Gerade als sie das Wohnzimmer betreten wollten, klingelte Martins Handy. Er hörte eine Weile zu, sagte »Ja«, hörte wieder eine Weile zu, sagte noch ein paar Mal »Ja« und drückte dann auf Aus. Schweigend stand er im Durchgang zwischen Küche und Wohnzimmer. Pia betrachtete ihn. Da musste wieder etwas geschehen sein. Sie kannte doch Martin seit ihrer Kindheit. Seine Gesichtszüge waren ihr vertraut, sie konnte an seinen Gesichtszügen ablesen, was in ihm vorging. Aber wieder sagte er nichts. In Gedanken war er weit weg. Sie wollte ihn nicht stören, sondern still abwarten. Ihr Blick glitt durch das Wohnzimmer bis zum Anrufbeantworter.

Pias unterdrückter Schrei holte Martin in die Gegenwart zurück. »Was ist, Pia, was hast du?«

»Das Lämpchen! Das Lämpchen leuchtet nicht mehr.«

Martin hielt Pia an der Schulter fest, als er merkte, dass sie zum Anrufbeantworter laufen wollte. »Stopp! Stopp! Bleib hier stehen. Er zog ein Paar Latex-Handschuhe aus der Tasche und streifte sie sich über. Dann ging er zum Anrufbeantworter und drückte die Play-Taste. Doch keine Ansagen ertönten, weder die zahlreichen von Pia noch diejenige von dem unbekannten Mann. Jemand musste hier gewesen sein und sie gelöscht haben.

»Pia, setz dich hier in den Sessel und denk genau nach. Es ist jetzt sehr wichtig. Jede geringste Kleinigkeit. Was alles hat Sybille dir erzählt, seitdem du sie getroffen hast?«

Pia ließ sich widerstandslos zum Sessel neben dem Fenster führen und hineinfallen. Sie starrte Martin an. Plötzlich traten ihr Tränen in die Augen. »Ach, Martin, ich weiß gar nichts, du verschweigst mir etwas, sag mir doch bitte endlich, was los ist. Ist Sybille tot?«

Martin schüttelte den Kopf. »Nein, – das denke ich nicht. Sie ist weg, verschwunden, spurlos verschwunden, aber oben im Kürrenberger Wald, etwas unterhalb vom Jagdhaus, haben wir einen Toten gefunden. Ich habe dir das Foto gezeigt. Und der Verdacht erhärtet sich, dass Sybille diesen Mann umgebracht hat.«

»Um Gottes Willen!« Pia nahm das Taschentuch, das Martin ihr entgegenhielt, und trocknete sich die Augen.

Er durfte sie nicht allzu sehr drängen, wusste er doch, wie sensibel sie war. Die fröhliche, unternehmungslustige Pia war tief in ihrem Herzen sehr weich und empfindsam veranlagt. Wie konnte sie früher schluchzen, wenn irgendwo im Dorf ein Hund, den sie kannte, gestorben war. Und als erst Fritz, das Pferd ihrer Tante in Lutzerath, aus Altersgründen das Zeitliche segnete, war sie kaum noch zu beruhigen. Tagelang musste er sie trösten. Und jetzt saß sie vor ihm und starrte ihn mit verschreckten Augen an. Jetzt ging es nicht um den Tod eines Tieres, sondern um einen unbekannten Toten und ihre einstige Freundin, die eine Mörderin sein sollte. Nein, sagte er zu sich, du darfst sie nicht in die Arme nehmen, sie nicht trösten, auch wenn sie noch so einsam und verloren in ihrem Sessel kauert.

»Das kann ich alles gar nicht glauben«, flüsterte Pia mehr zu sich selbst als zu Martin und gab ihm das Taschentuch zurück.

»Geht's wieder, kannst du mir jetzt einige Fragen beantworten? Was hat Sybille von sich und ihrem Leben erzählt?«

»Also«, begann Pia langsam, »als sie mich mit Sven vor dem Café an der Brückenstraße entdeckte, hatte sie nicht viel Zeit. Sie sagte, sie hätte einen Zahnarzttermin.«

»Hat sie gesagt, bei welchem Zahnarzt?«

Pia schüttelte den Kopf. »Nein.«

»Weiter, was hat sie noch erzählt?«

»Ich weiß das alles nicht mehr so genau, Martin. Nach der Schule hat sie eine Lehre als Bürokauffrau angefangen, ich glaube in Daun. Sie hat die Lehre aber nicht zu Ende gemacht, weil sie Mirco kennenlernte. Sie heiratete ihn, war aber nicht so besonders glücklich. Er hatte eben eine Menge Geld, das war ihr wichtig. Aber er sei ein Macho gewesen, der sie nach seiner Pfeife tanzen ließ.«

»Wo lebte sie mit diesem Mirco?«

»In Köln. Er habe viel Geld gemacht als Immobilienmakler in den neuen Bundesländern. Und auch sonst sei er gut betucht gewesen, habe viel geerbt von seinen Eltern. Jedenfalls, seit ihrer Scheidung von ihm habe sie keine finanziellen Probleme. Er sei sehr großzügig mit den Unterhaltszahlungen.«

»Wieso kam sie hierher nach Mayen?«

»Sie habe eine neue Bekanntschaft gemacht. Der Mann stamme aus dieser Gegend. Woher genau, hat sie nicht gesagt. Die Beziehung sei aber plötzlich zu Ende gegangen und jetzt sei sie allein. Ich glaube, sie leidet darunter, dass sie beruflich nichts erreicht hat.«

»Meinst du wirklich? Könnte es nicht sein, dass sie dir etwas vorgespielt hat?«

»Aber nein, wir waren doch einmal so enge Freundinnen. Warum auch sollte sie mir etwas vorspielen? Sie tat mir sogar ein bisschen leid, weil sie jetzt so allein ist und auch so ziellos, trotz ihres vielen Geldes.« – Pia hielt plötzlich inne, dachte eine Weile nach. »Da fällt mir noch etwas ein. Mir ist aufgefallen, dass sie während unserer Gespräche nie von Ediger-Eller und ihren Eltern gesprochen hat. Es war, als wenn sie abblocken würde, sie wollte nicht darüber sprechen. Mir kam es fast so vor, als verdränge sie etwas. Ich hatte dann auch mehrmals das Gefühl, als verheimliche sie mir etwas oder sei nicht aufrichtig mir gegenüber. Ja, stimmt, vielleicht hat sie mir teilweise doch etwas vorgespielt.«

»Wohnen ihre Eltern denn noch in Ediger-Eller?«

»Ich habe keine Ahnung. Ich verlor den Kontakt mit ihnen, nachdem Sybille und ich uns entzweit hatten. Der Vater ist, glaube ich, gestorben. Ich will meine Mutter fragen, wenn ich heute an die Mosel runter komme. Irgendetwas ist mit ihm passiert, aber ich weiß beim besten Willen nichts Genaues.«

Martin streckte Pia die Hände entgegen und zog sie aus dem Sessel hoch. »Du willst ja zu deinen Eltern fahren, fast habe ich das vergessen. Aber wenn es dir morgen möglich ist, so komm bitte ins Forum, damit wir ein Protokoll machen über all das von heute.«

Bevor sie die Wohnung verließen, stand Martin vor der Eingangstür nochmals still. »Kennst du eine Angelika Ritter?«

Pia sah ihn überrascht an. »Angelika Ritter? Wer soll das sein? Nein, die kenne ich nicht.«

»Ich habe vorhin von Konstantin erfahren, dass sie als die Mieterin dieser Wohnung eingetragen ist und das bereits seit fünf Jahren. Eine Sybille Grundmann hingegen ist weder hier noch anderswo beim Einwohnermeldeamt in Mayen gemeldet.«

5. Kapitel

»Ich halte das nicht mehr aus«, sagte sie laut und die Worte durchdrangen die Stille des Zimmers wie das Tuten eines Schiffes auf hoher See in dunkler Nacht. »Dieses Warten, diese Ungewissheit, diese Angst und dieses Hoffen, dass doch noch alles gut wird, machen mich völlig kaputt. Ich kann nicht mehr.«

Sybille stand von dem schmalen Bett mit dem geblümten Überwurf auf und trat ans Fenster. Sie schaute auf die Straße hinunter, auf der reges Treiben herrschte. Vor der roten Ampel stauten sich Autos. Menschen hasteten über den Fußgängerübergang, dann wechselten die Farben und die Autokolonnen auf beiden Seiten fuhren weiter, während sich an den Ampeln neue Menschentrauben formten, die darauf warteten, dass es für sie wieder Grün wurde.

Was war nur geschehen? Alles hatte doch bis vor drei Tagen gut geklappt. Sie könnten heute schon weit weg von Deutschland sein und in ein neues Leben starten. Alles hatten sie bis ins kleinste Detail geplant und vorbereitet, alle Risiken besprochen, alle Gefahren in Betracht gezogen und Auswege gesucht. Was um Himmels Willen war dazwischengekommen und hatte all die Pläne zunichtegemacht? Warum? Warum? Vor allen Dingen, warum konnte sie ihn nicht erreichen? Warum war sein Handy stumm? Auch die Mailbox war nicht eingeschaltet.

Sybille ging zurück zum Bett und ließ sich drauffallen. Hier war sie wenigstens sicher. Hier war ihr Versteck, ihre Zuflucht. Keiner würde sie hier finden. Sie hatte gut aufgepasst, dass niemand ihre Spur verfolgen konnte, als sie von Kürrenberg weggelaufen war. Einen Fehler hatte ihr Plan jedoch gehabt, das war ihr klar geworden. Sie hätten einen zweiten Treffpunkt verabreden sollen, falls es beim Jagdhaus nicht klappte. Aber eben, was hätte da nicht klappen sollen? Sie waren ganz sicher, dass alles wie am Schnürchen laufen würde.

Und dann hatte sie auch noch Pia getroffen. Ein reiner Glücksfall. Pia – ein Geschenk des Himmels. Besser hätten sie es sich nicht ausdenken können. Pia passte wunderbar in diesen Plan. Als Kinder waren sie einmal enge Freundinnen gewesen, wie Schwestern, das konnte man schon sagen. Sybille hatte sich immer eine Schwester gewünscht, aber sie blieb ein Einzelkind. Und Pia hatte nur ihren Bruder, auch sie hätte gerne eine Schwester gehabt. Mit Pia verstand sie sich gut. Es war auch einfach mit ihr. Sie glaubte Sybille alles, was diese ihr erzählte. Genauso, wie Papa und Mama ihr glaubten.

Das mit der Wahrheit war bei ihr so eine Sache. Das hatte sie schon als kleines Kind herausgefunden. Wenn sie einem nützte, war das gut, da konnte man sie sagen. Wenn sie einem aber schadete, war es besser, sie zu umgehen und die umgekehrte Seite zu sagen, also die Unwahrheit, die Lüge. Na ja, es musste ja nicht immer gleich eine Lüge sein, man konnte es auch Ausrede nennen, oder »die andere Wahrheit«. Das tönte nicht gleich so brutal, so hässlich.

Mit Pia kam sie in dieser Beziehung sehr gut zurecht. Pia vertraute ihr völlig. Deshalb waren sie ja auch Schwestern geworden. Und Schwestern, so wie sie es waren, vertrauten einander. Pia traute ihr auch nichts Böses zu. Sie hätte nie geglaubt, dass sie, Sybille, irgendetwas Unrechtes tun könnte. Das hatte sich damals bei der Haarspange mit den drei glänzenden Steinen bewahrheitet. Sybille hatte sie einer ihrer Mitschülerinnen gestohlen, weil ihr die bunte Verzierung so gut gefiel. Das Mädchen, Amanda hieß sie, hatte fürchterlich geweint, weil sie glaubte, sie hätte die Spange verloren. Sie sei ein Geschenk ihrer Lieblingstante gewesen, die im letzten Jahr gestorben war. Sybille hatte schon ein wenig ein schlechtes Gewissen. So abgebrüht war sie dann doch nicht, dass ihr das nicht nahe ging. Amanda tat ihr leid, aber sie konnte doch die Spange nicht einfach zurückgeben, zumal natürlich der Verdacht wieder einmal auf sie fiel. Die Lehrerin hatte nach dem Unterricht mit ihr allein gesprochen, sie gebeten, falls sie etwas damit zu tun habe, es wieder gutzumachen und Amanda die Spange zurückzugeben. Sie erledigte es dann wie immer in solchen Fällen: Sie rannte nach Hause, heulte laut drauf los, erzählte den Eltern von den schlimmen Verdächtigungen und beteuerte ihre Unschuld. Am gleichen Tag noch nahm sich ihr erboster Vater die Lehrerin vor, die nur ein paar Straßen entfernt von ihnen wohnte, und erklärte ihr, dass er es sich verbitte, seine Tochter des Diebstahls zu verdächtigen. Sie sei ein ehrliches kleines Mädchen, das nie so etwas tun würde.

Da bekam Sybille dann doch etwas Angst. Wenn der Vater die Spange in ihrem Zimmer entdecken sollte? Was dann? Er wäre ja so furchtbar enttäuscht. Und das wollte sie nicht. Sie durfte ihn nicht enttäuschen. So ging sie am gleichen Nachmittag zur Mosel hinunter und warf die Spange in weitem Bogen ins Wasser. Sie konnte doch damit überhaupt nichts anfangen, hätte sie immer verstecken müssen. Also weg damit und das Problem war erledigt. Und außerdem, als später die Lehrerin nochmals die Klasse fragte, ob denn wirklich niemand wisse, wo die Spange wäre, konnte sie ehrlichen Herzens den Kopf schütteln. Wo die Spange in der Mosel gelandet war, davon hatte sie wirklich keine Ahnung.

Ausgerechnet in dem Moment, als die Spange auf den Wellen der Mosel schaukelte, kam Pia angelaufen. Sie hielt eine Tüte in der Hand. Natürlich waren Brotstückchen drin für die Schwäne. Dauernd ging sie die Schwäne füttern, obwohl die Mutter ihr immer wieder Vorhaltungen deswegen machte. Man solle die Tiere nicht so verwöhnen, die müssten selbst ihr Futter suchen, meinte diese. Doch Pia hörte nicht. Sie war der Überzeugung, dass die Tiere Hunger leiden mussten, gerade in der kalten Jahreszeit, vor allem im Winter.

»Hast du auch die Schwäne gefüttert?«, fragte Pia atemlos, denn sie war über das Wiesenstück zum Fluss gerannt, nachdem sie Sybille entdeckt hatte.

»Klar«, sagte Sybille. »Ich will doch auch gut zu den Tieren sein, so wie du.« Dabei schielte sie auf den Fluss hinaus, auf dem die Spange von der Strömung abwärts getrieben wurde und zu versinken begann.

Sybille setzte sich in ihrem Zimmer auf, griff nach der Wasserflasche auf dem Schränkchen neben dem Bett und füllte das Glas, das daneben stand, bis zum Rand voll. Sie trank es in großen Zügen aus, so, wie es Vater jeweils tat, wenn er sich eine Flasche aufmachte. »Trink doch nicht so viel«, sagte Mutter häufig, denn Vater entkorkte immer öfter eine Flasche aus seinem Weinkeller. Vater schrie sie dann jeweils an: »Ich lasse mir von dir nichts sagen!« Wenn er das Glas geleert hatte, wandte er sich Sybille zu. Er schrie nicht mehr, er sprach fast zärtlich zu ihr: »Meine kleine Prinzessin, du sollst es einmal viel besser haben. Das ist mein Herzenswunsch. Es soll dir an nichts fehlen.« Und er strich ihr sanft über das Haar. »Mein goldiger Blondschopf.«

Mit Mutter lief nicht immer alles so perfekt. Diese hatte sie nicht wenige Male bei einer Lüge ertappt und war deshalb aufmerksam geworden. Es fing an mit den Weihnachtsplätzchen. Sybille hatte schon mehrmals davon stibitzt, wenn die Gelegenheit günstig war. Aber einmal kam die Mutter unerwartet aus der Waschküche zurück. Sybille konnte gerade noch rechtzeitig die Büchse ins Regal zurückstellen und die Tür zur Vorratskammer schließen. Aber Mutter hatte doch etwas davon mitbekommen. »Was hast du da herausgeholt?«

»Nichts, die Tür war offen, ich habe sie nur geschlossen.«

»Und was hast du da in der Jackentasche?« Mutter hielt sie am Arm fest und fasste in die Tasche, in der einige Plätzchen waren. »Und was ist das?«

»Das sind Plätzchen, die habe ich noch von heute Nachmittag, die hast du mir ja selbst gegeben.«

»Ich gab dir zwei.«

»Nein, du gabst mir mehr. – Aua, du tust mir weh!«

Da kam Vater in die Küche. Er hatte den Disput gehört. »Lass doch die Kleine los. Was hat sie denn getan?«

»Sie hat mich angelogen. Sie hat Plätzchen aus der Vorratskammer genommen. Und jetzt sagt sie, ich hätte ihr diese heute Nachmittag gegeben.«

»Wirst du ja wohl auch. Du weißt ja anscheinend selbst nicht mehr, was du tust, und jetzt soll es die Kleine ausbaden.«

Mutter wandte sich ab. Sybille wusste warum. Sie begann wieder mal zu weinen und wollte nicht, dass Vater das bemerkte. In solchen Momenten zog sie sich an ihre Nähmaschine zurück. Mutter hatte Schneiderin gelernt und nähte für ihre Tochter und sich fast alles selbst, Kleider, Bluse, Röcke, Hosen. Sie konnte das sehr gut und die Klassenkameradinnen waren nicht selten neidisch auf Sybille, weil sie immer so tolle Klamotten trug. Manchmal richtig ausgefallene, Mutter hatte sehr viel Fantasie beim Nähen. Wenn sie Muster aufzeichnete, Stoffe zuschnitt oder die Nähmaschine rattern ließ, schien sie glücklich zu sein. Ansonsten war Mutter eine äußerst stille Frau, die nur für die Familie lebte. Nach außen hin hatte sie keine großen Kontakte, obwohl sie in Ediger geboren war und viele Leute kannte.

Nachdem die Mutter gemerkt hatte, dass Sybille es mit der Wahrheit nicht so genau nahm, beobachtete sie ihre kleine Tochter genauer und versuchte, mit ihr darüber zu sprechen. »Schau, Sybille, auch wenn es manchmal wehtut, aber man darf nicht lügen, man muss immer die Wahrheit sagen.«

»Die sag ich doch. Was willst du denn von mir? Ich sage immer die Wahrheit!«, beharrte Sybille und sah ihre Mutter trotzig an. Dabei wusste sie genau, dass sie schon wieder eine Lüge aussprach.

Ihre Mutter sah sie dann traurig an und das wurde Sybille meist zu bunt. Immer diese traurigen Augen ihrer Mutter, entweder wegen ihr oder wegen Vater. Das war nicht auszuhalten. Da musste man einfach weglaufen. Einfach irgendwohin, nur weg von diesen traurigen, anklagenden Augen. Am besten zu Vater. Der quälte sie nicht mit Ermahnungen und Vorwürfen. Der verstand sie.

»Was ist, Sybille, was hast du auf dem Herzen?«

»Ach, Papa, Mutter behauptet, ich würde nicht immer die Wahrheit sagen. Das ist gar nicht wahr. Ich sage sie doch immer.«

»Das weiß ich doch, Prinzessin, mach dir keine Sorgen. Ich spreche mit Mama.«

Dieses Sprechen endete dann meistens in einem Riesenkrach, bei dem Vater immer lauter wurde und Mutter anbrüllte. Anschließend ging er in seinen Weinkeller. Sybille hatte ihn da öfter ange-troffen, auf einem umgekehrten Weinfass sitzend mit einem vollen Glas in der Hand.

Sybille stand erneut von ihrem Bett auf und begann im Zimmer hin und her zu gehen. Was sich als schwierig erwies, denn das Zimmer war klein und die wenigen Möbel versperrten fast allen freien Platz. Ihr Blick glitt zu der Kommode mit dem großen Spie-gel darüber, daneben ein kleines Tischchen mit einem Fernseher drauf, dann weiter zu dem Schrank, in dem sie ihre wenigen Kla-motten untergebracht hatte. Daneben war eine Tür, die in ein klei-nes Badezimmer führte. Der Teppich im Zimmer machte einen etwas abgewetzten Eindruck, aber wenigstens war alles sauber. Sie war froh gewesen, dass sie, als sie in Koblenz ankam, auf Anhieb dieses kleine Hotel gefunden hatte. Und dann noch in der Nähe des Bahnhofs. Da konnte sie sich wirklich nicht beklagen.

Aber wie sollte es weitergehen? Was würde nun werden? Das war doch kein Zustand – dieses Warten. Warten war noch nie ihr Ding gewesen. Bei ihr musste immer alles sofort und schnell geschehen. Wenn sie etwas wollte, gab es kein langes Warten. Ungeduldig nahm sie sich jeweils das, was sie haben, was sie besitzen wollte. Und wehe, es stellte sich ihr jemand in den Weg bei ihrem Vorhaben, das konnte sie ganz und gar nicht leiden, da wurde sie richtig biestig.

Nur jetzt, in ihrem momentanen Zustand blieb ihr nichts ande-res übrig, als einfach zu warten. Sie war von der Außenwelt völlig abgeschottet, hatte keine Ahnung, was tatsächlich geschehen war. Und das machte sie einfach wahnsinnig. Hilflos war sie ihrem Schicksal ausgeliefert, sie konnte nicht eingreifen in das Rad des Lebens und dieses so drehen, wie sie es haben wollte. Mani-pulieren nannte man so etwas. Oft wurde ihr vorgeworfen, sie würde dauernd versuchen, ihre Mitmenschen zu manipulieren. Da konnte sie innerlich nur grinsen, denn sie freute sich, wenn ihre Umgebung nach ihrer Pfeife tanzte, obwohl sie ja nur ein kleines, harmloses weibliches Wesen war. Gerade die Rolle des schwachen, hilflosen Weibchens spielte sie sehr gerne und auch sehr gut, fast bis zur Perfektion, wie sie sich selbst eingestand. Mit dieser Masche hatte sie viel erreicht.

Auch bei Pia. Diese verteidigte ihre Freundin Sybille bei jeder Gelegenheit, bei der es sich als notwendig erwies. Sie waren eben Schwestern, und Schwestern gingen zusammen durch dick und dünn. Pia war nicht naiv, nein, das konnte man nicht sagen, aber sie war leicht-, oder besser gesagt, gutgläubig, was ihre Freundin betraf. Es war leicht, sie hinters Licht zu führen. Das änderte sich aber. Wann eigentlich? Wann war es ihr aufgefallen, dass Pia nicht mehr so war wie früher? Das war ... Ja, das war, als sie Martin kennenlernte.

Martin! Den hatte sie ganz vergessen. Was wohl aus dem geworden war? Sybille mochte ihn von Anfang an nicht. Aus dem Hunsrück kam er jedes Jahr in den Sommerferien zu Verwandten in Ediger. Schreiner war sein Vater, soweit sie sich erinnern konnte. Idar-Oberstein war zwar die Stadt der Edelsteine, aber in dieser Gegend gab es auch viel Holzindustrie. Martins Vater betrieb einen kleinen Holzverarbeitungsbetrieb. Und wenn er nach Ediger in die Sommerferien kam, erzählte er oft voller Stolz, dass sein Vater in seiner Freizeit Holzfiguren schnitze. Er brachte Pia auch immer etwas mit, eine kleine Holzpuppe, ein Pferd oder ein sonstiges Tier. Einmal schenkte er ihr sogar eine Weihnachtskrippe mit Maria und Josef, mit einem klitzekleinen Jesuskind und vielen Schafen und einem Esel. Alles aus Holz geschnitzt. Pia freute sich so sehr darüber, dass sie die Krippe den ganzen Sommer lang in ihrem Zimmer aufstellte und an Weihnachten natürlich dann im Wohnzimmer unter dem Weihnachtsbaum.

Sybille hielt mit ihrer Wanderung durch das Zimmer inne. »War Tinchen etwa das Kind von diesem Martin? Könnte ja sein. Pia hatte lediglich erwähnt, dass Sven nicht der Vater ihrer Tochter sei. Martin war blond gewesen, so viel wusste sie noch. Ein schlanker, sportlicher Typ, sah nicht schlecht aus, jedenfalls war Pia völlig verknallt in ihn. Und er in sie. Die beiden waren unzertrennlich. Hinter der Kreuzkapelle hockten sie dauernd und schmusten. Sie, Sybille, war während dieser Zeit abgeschrieben,

Pia hatte keine Zeit mehr für sie. Eigentlich richtig schäbig, wo sie doch Schwestern waren. Und dann begann Pia sich zu verändern. Sie zweifelte oft an dem, was Sybille ihr erzählte. Früher hatte sie alles hingenommen, egal was Sybille sagte. Jetzt begann sie zu fragen. »Stimmt das auch wirklich, oder erfindest du das nur?« Manchmal erklärte sie sogar: »Nein, das glaube ich nicht, das ist nicht wahr.«

So kamen sie immer mehr auseinander. Ganz klar, das war Pias Schuld. Wie konnte sie Sybille einfach so allein lassen und wie konnte sie – das war noch viel hässlicher – an ihren Worten zweifeln? Das tat ihre Mutter doch schon dauernd. Mit ihrer Mutter wurde es immer schlimmer. Eine Mutter sollte doch ihre Tochter lieben, aber ihre Mutter, nein, die liebte sie nicht. »Ich bin so enttäuscht von dir, Sybille«, bekam sie dauernd zu hören. Und dann hob sie Pia als Beispiel hervor. »Von der solltest du lernen, sie ist so ein aufrichtiges Mädchen.« Wenn Pia bei ihr zu Hause war und sie zusammen Puppenkleider strickten, war ihre Mutter ganz anders. Sie lebte völlig auf und zeigte Pia stundenlang, wie man dieses oder jenes Muster strickte oder welche Farben beim Häkeln besser zusammenpassten. In solchen Momenten mochte sie ihre Freundin nicht mehr. Mehr noch, sie hasste sie sogar. Wie die sich bei ihrer Mutter einschmeichelte und »liebes Mädchen« spielte. Ekelhaft, richtig ekelhaft. Ja, es war schon ganz gut, dass sie sich als selbst ernannte Schwestern auseinanderlebten und ihre eigenen Wege gingen.

Sie sahen sich dann sowieso nicht mehr, als Sybille in Daun eine Lehrstelle als Bürokauffrau anfing. Sie wollte Sekretärin werden. Ihr Vater hatte ihr den Floh ins Ohr gesetzt. Wenn sie einmal in einem Großbetrieb die Sekretärin eines Direktors oder gar eines Vorstandsmitglieds sei, würde es ganz leicht sein, auch dessen Ehefrau zu werden, so hübsch wie seine Tochter war. Und so klug. »Ja, ja, Prinzessin, du wirst deinen Weg schon machen.«

Sybille trat ans Fenster und lachte bitter vor sich hin. Ihren Weg hatte sie wahrlich gemacht. Aber absolut nicht, wie sich ihr Vater das vorgestellt hatte. Dabei hatte er noch sein Geld zusammengekratzt und ihr die Fahrschule bezahlt. Und ihr dann auch noch einen kleinen Gebrauchtwagen gekauft, sie wusste nicht mehr, welche Marke es war, Hauptsache er lief und war in Ordnung. So gondelte sie am Anfang früh am Morgen hinauf in die Eifel nach Daun und abends nach Feierabend wieder zurück, hinunter an die Mosel. Doch das wurde ihr sehr bald zu viel. Und auch Vater meinte, das sei alles zu anstrengend für sie.

Zum Glück gab es Tante Agathe, die jüngere Schwester ihrer Mutter. Die wohnte in der Nähe von Laubach. Das war nicht so weit von Daun entfernt. Und so blieb Sybille die Woche über in der Eifel oben. Tante Agathe gab ihr in ihrem Bauernhaus ein kleines Zimmer. Sie war nett, die Tante Agathe. Morgens bereitete sie das Frühstück vor, abends, wenn Sybille mit ihrem Vehikel auf dem Hof vor dem Haus eintrudelte, stand auch bereits ein leckeres Abendessen auf dem Tisch.

Tante Agathe war Witwe. Schon viele Jahre. Den Bauernhof betrieb sie auch schon lange nicht mehr. Nur ein paar Hühner gackerten auf der Wiese neben dem Haus herum. Onkel Rudi hatte in Laubach in einer Metallbaufirma gearbeitet und Tante Agathe kam ganz gut aus mit der Witwenrente. Sie bewirtschaftete auch noch ihren kleinen Gemüse- und Obstgarten und war ganz glücklich, dass Sybille zu ihr kam und ein bisschen Leben in die Bude brachte. Der einzige Sohn, war schon einige Jahre weg. Ihn zog es in die Ferne, er war als Seemann auf den Weltmeeren unterwegs und schrieb ab und zu eine Karte, um mitzuteilen, dass es ihm gut gehe.

Draußen wurde es allmählich dunkel und der Verkehr unten auf der Straße nahm ab. Eine weitere Nacht der Ungewissheit lag vor ihr. Ihr graute davor. Wie lange würde sie das noch ertragen können? Sie ging zum Fernsehapparat und schaltete ihn ein, obwohl sie absolut keine Lust hatte, fernzusehen. Aber immerhin besser, sich von irgendetwas berieseln zu lassen, als tatenlos herumzusitzen.

Sie hörte erst gar nicht hin, was der Nachrichtensprecher an Neuigkeiten aus aller Welt erzählte. Doch plötzlich versteifte sich ihr Körper und wurde wie zu einer Statue. Sie spürte das Blut durch ihre Adern rasen, Schweißtropfen traten ihr auf die Stirn. Sie hatte das Gefühl, als wenn ihr Herz dem Blutstrom nicht mehr Herr und gleich aus ihrem Brustkorb platzen würde. Sie hörte die Stimme des Nachrichtensprechers wie aus weiter Ferne. »Und nun bittet die Polizei um Ihre Mithilfe. Wer kennt diesen Mann? Er wurde vor drei Tagen im Wald in der Nähe von Kürrenberg bei Mayen tot aufgefunden. Allem Anschein nach ist er ermordet worden. Er hatte keine Ausweispapiere bei sich und auch sonst nichts, was ihn identifizieren könnte ...«

Sybille hörte nicht mehr, was der Sprecher noch sagte. Sie starrte wie hypnotisiert auf das Foto, das auf dem Bildschirm erschien. Dann sank sie aufs Bett und schlug die Hände vors Gesicht. Sie wusste wer der Mann war, sie wusste es sehr genau.

6. Kapitel

»Um Himmels Willen, wo bleibst du denn nur?« Konstantin Röhrig kam seinem Kollegen Martin Borchert mit eiligen Schritten im Flur entgegen. »Ich warte schon seit einer Ewigkeit auf dich.«

»Hast du es denn so eilig? Oder was ist los?«

»Nichts ist los. Wenigstens bei mir nicht. Was man aber von dir offensichtlich nicht sagen kann. Und ich möchte endlich wissen, was es ist.«

Martin sah seinen Kollegen belustigt an. Er amüsierte sich immer wieder von Neuem darüber, wie wenig Konstantin seine Neugierde verbergen konnte. Er wirkte in solchen Momenten wie ein großer Junge, der endlich sein Geburtstagsgeschenk auspacken möchte. »Lass uns doch erst einmal in mein Büro gehen, dann berichte ich dir alles.«

Nacheinander betraten sie den Raum, in dem Stunden vorher Pia auf dem Besucherstuhl gesessen und ihm von den Erlebnissen mit ihrer Freundin Sybille berichtet hatte.

Nun setzte sich Konstantin auf diesen Sessel und begann gleich, Martin mit Fragen zu löchern. »Hast du neue Erkenntnisse über den Toten in Kürrenberg? Erzähl doch endlich.«

»Das kann man wohl sagen. Aber nein, der Reihe nach. Erzähl du erst mal, was du über diese Angelika Ritter herausgefunden hast.«

»Hat die denn mit unserem Fall etwas zu tun?«

»Das wird sich herausstellen. Es könnte sein. Also, was hast du herausgefunden?«

»Da gab es nicht viel herauszufinden. Wie ich dir am Telefon bereits sagte, hat sie vor fünf Jahren die Wohnung an der Markt-straße gemietet. Die Miete wird vom Bankkonto abgebucht, auch alle anderen regelmäßig fälligen Zahlungen wie Strom, Autover-sicherung und eben all dieser Kram, denn die Dame ist meistens verreist. Sie arbeitet als Unternehmens- und Anlageberaterin und ist häufig im Ausland. Die Firma, für die sie tätig ist, hat ihren Sitz in Polch und heißt FGS, Financial Global Services. Mit der habe ich bereits telefoniert. Frau Ritter ist zurzeit wieder im Ausland, in Singapur, wo die FGS gerade ein paar wichtige Projekte am Laufen hat. Mehr wollten sie am Telefon nicht sagen. Wir sollten so schnell wie möglich hinfahren, die erwarten uns noch heute gegen Abend.«

Martin warf einen Blick auf seine Armbanduhr. »Na dann los, komm. Du hast die Adresse?«

»Ja, aber was ist mit dem, was du mir erzählen wolltest?«

»Im Auto. Komm schon.«

Als sie in der Tiefgarage zum Auto gingen, fragte Martin: »Wie geht es denn Klein-Konstantin?«

Konstantin begann zu strahlen. »Prima, er wächst und gedeiht. Ich kann mir gar nicht mehr vorstellen wie es ohne sein Gequäke zu allen möglichen Tages- und Nachtzeiten wäre.«

Vor einem halben Jahr war der Röhrig-Nachwuchs zur Welt gekommen. Es gab ein längeres Gerangel zwischen den Eheleuten wegen des Namens für den Junior. Vater Konstantin wollte unbedingt einen Sohn Konstantin. Britta wollte einen Lars oder einen Niklas. Aber dann siegte der Vater und somit gab es Papa Konstantin und Klein-Konstantin.

Sie fuhren die Polcher Straße entlang und erreichten den Zubringer zur Autobahn A 48. Konstantin, der hinter dem Steuer saß, hielt sich genau an die Geschwindigkeit von 80 Stundenkilometern, die auf der mittleren Fahrbahn für Personenkraftwagen vorgeschrieben war. »Ich warte ja nur darauf, dass einer wieder rechts überholt, weil es ihm zu langsam geht«, brummte er vor sich hin. Dann wandte er sich wieder an Martin. »So, nun erzähl, wieso kam Miss Marple zu dir und was ist mit dieser Sybille Grundmann?«

Sie kamen an dem kleinen Parkplatz kurz vor der Autobahnauffahrt vorbei. Martin warf einen Blick auf das dort geparkte kleine, weiße Wohnmobil und auf die drei Personenwagen, die davor standen. »Sieh mal, die Bordsteinschwalbe mit ihrem Lustmobil hat Hochkonjunktur.«

»Das hat die meistens, da kannst du vorbeifahren, wann du willst. Also, was ist, willst du mir nicht endlich berichten? Mir scheint, du weichst mir aus!?«

»Quatsch! Es scheint, dass Miss Marple, wie du Pia dauernd nennst, tatsächlich wieder in etwas verstrickt ist. Ich weiß auch nicht, wie sie das macht. Jedenfalls war sie gestern Morgen am Jagdhaus in Kürrenberg und hat dort einen Mann angetroffen.«

»Etwa den Toten?«

»Nein. Also von Anfang an. Sybille Grundmann ist eine alte Schulfreundin von Pia. Sie gingen in Ediger zusammen in eine Klasse und waren eine Zeit lang Busenfreundinnen. Dann kam ich dazwischen. Ich merkte gleich, dass diese Sybille ein kleines Luder war, die Pia ganz schön gängelte und irgendwie auch ausnutzte. Mir war sie von Anfang an zuwider. Sie bog sich ihre Welt so zusammen, wie sie sie gerade haben wollte und ich verstand überhaupt nicht, dass Pia mit so einer befreundet sein konnte. Ich machte sie dann darauf aufmerksam, dass sie bei dieser Sybille etwas vorsichtiger sein und ihr nicht alles glauben soll. So war ich eigentlich der Grund, weshalb diese Freundschaft dann zu Ende ging.«

Eine Weile fuhren sie schweigend weiter. Sie kamen unter der Autobahn durch, umkurvten den Kreisel an der Autobahnausfahrt und bogen nach links Richtung Polch ein. »Also«, fuhr Martin fort, »die beiden hatten all die Jahre keinen Kontakt mehr zueinander, aber wie es das Leben so will, durch Zufall trafen sie sich neulich in Mayen wieder. Sybille sagte, sie würde jetzt auch in Mayen wohnen, sie schleppte Pia sogar in ihre Wohnung an der Marktstraße und überredete sie vor drei Tagen, mit ihr Pilze suchen zu gehen. Oben bei Kürrenberg. Und dort verschwand sie sang- und klanglos und ließ Pia mit Tinchen und Hund Taps einfach auf einer Bank im Wald sitzen. Eigentlich wollte sie zurückkommen. Doch Pia wartete vergeblich auf ihre Rückkehr. Seither ist Sybille verschwunden. Pia machte sich natürlich Sorgen und fuhr am anderen Morgen nochmals nach Kürrenberg hinauf, nachdem sie unzählige Male vergeblich versucht hatte, Sybille telefonisch zu erreichen. Sie ging dann auf dem Weg weiter, den Sybille eingeschlagen hatte, und kam zu dem Jagdhaus. Und da kam irgendein Typ heraus, der angeblich dort geschlafen hatte. Es war aber nicht der Tote. Ich habe ihr das Foto gezeigt. Sie ist sich sicher, dass das jemand anders war.«

»Hat sie denn den Toten gesehen?«

»Nein, wie denn? Der lag doch viel weiter unten, den konnte man vom Jagdhaus aus gar nicht sehen, wie du dich sicherlich erinnern kannst.«

»Und dann?«

»Du kennst ja Pia. Sybille hatte ihre Handtasche bei Pia gelassen und Pia nahm sie mit nach Hause. Darin hat sie den Schlüsselbund entdeckt.«

»Und wie Miss Marple so ist, marschierte sie kurz entschlossen zur Marktstraße hinüber und inspizierte die Wohnung? Oh Mann, jetzt kennst du sie seit Kindesbeinen und hast sie immer noch nicht im Griff.«

»Das wird mir wohl nie gelingen. Eben weil ich sie kenne. Aber sie kam wenigstens gleich heute Morgen zu mir, denn sie hat natürlich auch den Anrufbeantworter abgehört und da war eine Männerstimme, vor der sie Angst bekam. Der Anrufer drohte damit, wenn er von ihr nicht zurückbekäme, was ihm gestohlen wurde, würde ihr etwas Schlimmes geschehen.«

Wieder schwiegen sie eine Weile und überlegten. »Was denkst du, Martin?«

»Ich denke, dass diese Sybille Pia für etwas benutzte, genau wie früher. Die hängt in irgendetwas drin. Davon bin ich überzeugt. Denn das Messer, die Tatwaffe also, die hat Pia auch gleich erkannt. Dieses Messer hatte Sybille mitgenommen zum Pilze suchen.«

»Dann haben wir sie doch. Von der KTU kam nämlich heute Morgen die Meldung, dass auf der Tatwaffe Fingerabdrücke von lediglich einer Person festgestellt wurden. Jetzt brauchen wir nur noch einen Vergleich aus der Wohnung und sie ist fällig.«

»Und wo bitte sollen wir anfangen mit dem Suchen? Die hat

bewusst ihre Spuren verwischt. Aber wohin ist sie? Hatte sie jemanden, der ihr bei dem ganzen Unternehmen half? Wir müssen in Kürrenberg fragen, vielleicht hat man dort etwas bemerkt.«

»Sie könnte auch nach Nitztal hinuntergelaufen sein, auch da müssen wir Erkundigungen einziehen.«

»Ja, und weißt du was? Sie hat zu Pia gesagt, als sie sich zum ersten Mal trafen, sie hätte einen Zahnarzttermin. Wir müssen die Zahnärzte in Mayen abklappern. Aber jetzt sollten wir uns vorerst auf diese Angelika Ritter konzentrieren.«

»Hat der unbekannte Anrufer, den deine Pia auf dem Anrufbeantworter gehört hat, den Namen Sybille erwähnt?«

»Wieso?«

»Es ist doch die Wohnung von Angelika Ritter. Es könnte ja sein, dass der nicht Sybille anrufen wollte, sondern diese Ritter.«

»Eine Verwechslung also? Könnte sein. – Es könnte so vieles sein. Ist es noch weit zu dieser Firma?«

»Nein.« Konstantin schaltete einen Gang runter und betätigte den Blinker nach rechts. »Gleich sind wir da. Es muss das letzte Haus am Ortsausgang sein.« Dann bog er nochmals nach rechts ab und hielt vor einem großen zweistöckigen Haus, das etwas zurückgesetzt von der Straße in einem gepflegten Garten stand. Eine breite Einfahrt führte zu einer Doppelgarage, die neben dem Haus angebaut war. Auf der anderen Seite der Straße gab es keine Nachbarschaft. Hier fingen gleich die Wiesen und Äcker an, die sich weit über das Maifeld hinweg dehnten.

Martin betrachtete einen Moment die Aussicht. Der Regen vom Vormittag, vor dem er mit Pia in ein Café geflüchtet war, hatte sich endgültig verzogen, ebenfalls die Wolken, sodass die Sonne ungestört ihre Strahlen über die herbstliche Landschaft ausbreiten konnte. »Schön hier«, sagte er geruhsam. »Und diese Aussicht. Dort am Horizont ist bereits der Hunsrück zu erahnen.«

»Hast du Heimweh nach da drüben?«

»Nee, nee, du wirst lachen, mir gefällt es hier sehr gut. Ich habe mich prima eingelebt.«

»Fährst du denn noch ab und zu rüber in deine alte Heimat?«

»Meine Mutter starb ja bereits vor drei Jahren, vor einem Jahr auch mein Vater, aber das weißt du ja, da war ich bereits hier. Ab und zu besuche ich meinen jüngeren Bruder, der die Schreinerei übernommen hat. Und muss ich dir vielleicht erklären, dass mir einfach die Zeit fehlt? Ich wäre schon froh, wenn ich mich Marion und den Zwillingen mehr widmen könnte.«

»Wem sagst du das? Mir geht es doch gleich. Und nun haben wir auch noch das Haus in Reudelsterz gekauft. Da muss noch einiges dran getan werden. Gott sei Dank hilft der Schwiegervater mit.«

Die beiden Kommissare gingen über den Plattenweg zur Haustür, die aus dunkelbraunem massiven Holz gefertigt war und die mit den Fensterrahmen derselben Farbe in einem harmonischen Kontrast zur weißen Hausfassade stand. An der Haustür war ein Schild angebracht, auf dem in großen Lettern »FGS GmbH – Financial Global Services« zu lesen stand.

Martin drückte auf den Klingelknopf. In Sekundenschnelle wurde von innen die Türlinke heruntergedrückt, die Tür ging einen Spalt weit auf. Martin und Konstantin warteten, bis derjenige hinter der Tür diese ganz öffnen würde. Nichts geschah. Sie warteten noch eine Weile.

»Hallo«, rief Konstantin, »wir sind es. Wir sind verabredet.«

Wieder nichts. Martin drückte mit dem rechten Schuh die Tür weiter auf. Vor Schreck traten die beiden Männer einen Schritt zurück auf den Kiesweg. Vor ihnen in der Haustür stand breitbeinig eine große, schwarze Dogge und schaute sie neugierig an. Dabei hing ihr seitwärts zwischen den Zähnen die Zunge heraus. Gleichzeitig tönte aus dem Inneren des Hauses eine Stimme. »Henry, hast du wieder die Tür aufgemacht? Lass den Unsinn! Los, auf deinen Platz!«

Lachend trat ein Mann – ungefähr im gleichen Alter wie die beiden Kommissare – an die Tür und streckte ihnen die Hand entgegen. »Entschuldigen Sie, Henry ist völlig ungefährlich, auch wenn er bedrohlich aussieht. Meine Tochter hatte nichts Gescheiteres zu tun, als ihm beizubringen, wie man Türlinken herunterdrückt, damit Türen aufgehen. Das ist jetzt sein Hobby geworden. – Bitte, kommen Sie herein.«

Konstantin und Martin betraten eine geräumige Eingangsdiele und folgten dem jungen Mann in einen noch größeren Raum, der auf den ersten Blick verriet, dass es sich um ein riesiges Büro handelte. Drei Tische mit Computern und allem, was dazu gehörte. An den Wänden Aktenschränke mit Ordnern in allen möglichen Farben, alle fein säuberlich geordnet, die roten auf der einen Seite, die grünen gegenüber, die blauen, braunen und gelben waren in anderen Regalen untergebracht. Hier scheint Ordnung zu herrschen, Donnerwetter, ging es Martin durch den Kopf.

»Ich muss mich erst mal vorstellen. Mein Name ist Olaf Breitner. Zurzeit bin ich allein hier, mein Kollege Bernd Simon ist in Berlin und unsere Angelika befindet sich – wie ich bereits am Telefon sagte – in Singapur. Aber bitte setzen Sie sich doch.«

Er führte die beiden Besucher in eine Ecke neben der Tür, in der eine Couch und ein paar bequeme Sessel um einen runden Tisch herum platziert waren. Auf dem Tisch stand ein bunter Blumenstrauß.

»Sie haben doch sicherlich nichts gegen eine Tasse Kaffee?« Mit flinken Schritten ging Olaf Breitner zur Tür und rief: »Beatrice, bringst du uns bitte Kaffee?" – Er wandte sich zu den Kommissaren um. »Oder möchten Sie lieber Tee oder etwas anderes?«

Die beiden schüttelten den Kopf. »Nein, nein, Kaffee ist schon gut«, meinte Konstantin.

Olaf Breitner setzte sich in einen der Sessel gegenüber der beiden Besucher, die auf der Couch Platz genommen hatten. Von da aus hatten sie durch die Fensterfront einen wunderbaren Ausblick in den Garten. Es war sehr hell in dem Raum, denn die Fenster reichten von der Decke bis auf den Fußboden und dienten auch gleichzeitig als Tür auf die Terrasse und in den Garten hinaus.

»Sie wundern sich vielleicht und fragen sich, wieso eine Finanz- und Wirtschaftsberatung sich hier auf dem Land niedergelassen hat. Aber heute ist ja alles global vernetzt und verbandelt. Wir haben vor Jahren in Frankfurt angefangen. Wir dachten, je näher am Finanzmarkt desto besser.« Er begann zu lachen. »Und auch desto teurer. Was meinen Sie, was wir für ein viel kleineres Büro als dieses hier allein schon an Miete bezahlen mussten. Und was dann alles noch dazu kam. Zudem stamme ich aus dieser Gegend. Das Haus habe ich von meinem Vater übernommen, der lebt jetzt mit meiner Mutter in einer Seniorenresidenz in Bad Neuenahr.«

Sein Redefluss wurde unterbrochen. Eine junge Dame, ein Tablett vor sich hertragend, betrat den Raum. Sie stellte Teller und Tassen auf den Tisch, goss Kaffee ein, stellte ein Kännchen Milch dazu und eine Dose mit Zucker. »Sie können auch Süßstoff haben«, sagte sie zu den zwei Besuchern. Doch diese bedankten sich. Konstantin nahm lieber Zucker und Martin trank Kaffee gerne schwarz, ohne etwas. Die junge Dame verschwand wieder. Sie trug dunkle Leggins und eine lange geblümte Tunika. Die hellbraunen Haare trug sie glatt nach hinten gekämmt.

»Also, meine Herren, womit kann ich Ihnen dienen?«, fing Olaf Breitner an, nachdem die junge Dame verschwunden war.

»Es geht um ihre Mitarbeiterin, Angelika Ritter, ich sagte es Ihnen schon am Telefon. Wir müssen genau wissen, wo sie sich zurzeit befindet und wann sie wieder hier sein wird.«

»Sie ist noch gar nicht lange weg. Wenn Sie ein paar Tage früher gekommen wären, hätten Sie sie noch angetroffen. Zurückkommen wird sie allerdings nicht so schnell. Wir sind an einigen größeren Projekten dran, aber das sagte ich ja auch schon am Telefon, wir haben lange drum gekämpft. Angelika ist eine super Mitarbeiterin, wir sind froh, dass wir sie haben.«

Olaf Breitner war kein großer Mann, Martin schätzte ihn auf nicht mehr als 1,70 m. Er war sehr schlank und irgendwie wendig wie ein Wiesel. Offensichtlich gehörte er zu jener Sorte von Menschen, die dauernd in Bewegung sein müssen und selten zur Ruhe kommen. Er stand auf und ging an den mittleren Schreibtisch, blätterte in einem dicken Notizbuch und sagte: »Abgereist ist sie am vergangenen Dienstag, also vor drei Tagen. Ihr Flug ging am frühen Vormittag, sie ist in aller Herrgottsfrühe nach Frankfurt gefahren.«

Er kam zurück an den Tisch zu den beiden Besuchern und setzte sich wieder: »Das kann sie gut, ganz früh aufstehen. Bereits um vier oder fünf Uhr ist sie frisch und munter. Mein Kollege Bernd und ich sind da eher Morgenmuffel.« Er lachte. »Dafür macht es mir nichts aus, die ganze Nacht durch zu arbeiten. – Entschuldigung, ich komme vom Thema ab. Ihr Flug ging kurz nach neun. Wir haben von ihr dann erst wieder gehört, als sie in Singapur in ihrem Hotel war. Darf man denn wissen, worum es überhaupt geht?«

Statt einer Antwort fragte Martin: »Hat Frau Ritter jemals den Namen Sybille Grundmann erwähnt?«

»Sybille Grundmann?« Olaf Breitner sah erstaunt erst Martin, dann Konstantin an. »Nein, diesen Namen hat sie nie erwähnt. Wer soll denn das sein?«

»Das möchten wir eben Frau Ritter fragen. Deshalb ist es sehr wichtig für uns, so schnell wie möglich mit ihr in Kontakt zu kommen.«

»Wenn es nur das ist, kein Problem.« Behände sprang Olaf Breitner erneut von seinem Sessel hoch und eilte mit schnellen Schritten zur Tür. Von dort aus rief er in einen Nebenraum: »Nadine, bitte stell doch eine Skype-Verbindung mit Angelika her.« Dann kam er ebenso schnell zurück und setzte sich wieder. »Was wären wir doch ohne unsere supermoderne Technik.«

Draußen im Garten stand plötzlich Henry, die Riesen-Dogge. Gleich darauf kam ein etwa zwölfjähriges Mädchen mit langem blonden Haar um die Ecke. »Meine Tochter Sonja«, erklärte Olaf Breitner und man hörte seinen Stolz aus diesen Worten. »Sicherlich bringt sie Henry wieder irgendwelchen Unfug bei. Die beiden sind unzertrennlich. Sie hat sogar darauf bestanden, dass Henry auch eine Bettcouch in ihrem Zimmer bekam, damit er es genau so kuschelig hat wie sie. Meine Frau war absolut nicht begeistert, ich zwar auch nicht, aber ich bin froh über Henry. Sonja könnte keinen besseren Beschützer haben. Ich glaube, der würde jeden in Stücke reißen, der ihr etwas tun wollte.

»Wir haben sie!«, rief eine weibliche Stimme aus dem Nebenraum. »Ich schalte zu Ihnen um.«

Gleich darauf erschien auf dem Bildschirm des mittleren Computers das Gesicht einer Frau mit glatt nach hinten gekämmtem dunklen Haar. Sie trug eine Hornbrille, deren Umrandung die gleiche Farbe wie ihre Haare hatte. Hinter den Gläsern blitzten lebhafte graugüne Augen. Die ganze Erscheinung wirkte intelligent und kompetent. Wenn sie am Äquator Sonnenbänke verkaufen würde, wären die im Nu weg, ging es Martin durch den Kopf. Er verstand, dass ihre beiden Partner sie sehr schätzten.

»Angelika, ich grüße dich. Hier sind zwei Herren von der Kripo, die dich gerne sprechen möchten«, begann Olaf Breitner das Gespräch. Dabei winkte er die beiden Beamten näher an den Bildschirm heran.

Das Gesicht von Angelika Ritter zuckte mit keiner Miene. Falls sie erstaunt oder gar erschrocken war, konnte man ihr das überhaupt nicht anmerken. Sie schien zwar überrascht zu sein, aber wer wäre das nicht, wenn er im fernen Singapur plötzlich zwei unbekannte Kripo-Beamte auf dem Bildschirm empfing. »Was ist denn los?«, fragte sie interessiert.

»Wir wollen es kurz machen, Frau Ritter«, fing Martin an, »aber kennen Sie eine Sybille Grundmann?«

Die Antwort kam umgehend. »Aber natürlich. Sybille ist eine Bekannte von mir. Zurzeit wohnt sie in meiner Wohnung in Mayen. Ist was mit ihr passiert?«

»Das wissen wir noch nicht«, fuhr Konstantin fort. »Wieso lassen Sie sie in Ihrer Wohnung wohnen? Und woher kennen Sie sie?«

»Wir sind uns in Köln während eines Empfangs der Deutschen Bank begegnet und kamen da ins Gespräch. Sie schien nicht gerade glücklich zu sein. In ihrer Ehe haperte es. Ich wollte aber nicht zu viel fragen. Ich glaube, sie wollte von ihrem Mann weg. Jedenfalls tauschten wir unsere Telefonnummern aus und einige Zeit später rief sie mich an. Sie war ganz verzweifelt. Ihr Mann bedrohe sie, sie müsse unbedingt weg aus Köln, am besten irgendwohin, wo er sie nicht finden könne. Da ich sowieso nicht oft in Mayen bin, bot ich ihr meine Wohnung als Unterschlupf an.«

»Wann haben Sie Sybille Grundmann denn zum letzten Mal gesehen?«

»Vor drei Tagen. Da bin ich abgereist. Ich musste früh am Morgen weg zum Frankfurter Flughafen. Ich bin ins Gästezimmer, aber sie schlief noch und ich wollte sie nicht wecken. Ich ging dann einfach. Wir hatten uns ja am Vorabend voneinander verabschiedet.«

»Wenn wir Sie richtig verstanden haben, haben Sie ihr Unterschlupf gewährt, weil sie sich vor ihrem Mann verstecken wollte.« Martin fand Angelika Ritter sehr sympathisch und auch glaubwürdig. »Wieso aber hat sie am Klingelknopf unten an der Haustür und auch bei dem vor der Wohnungstür den Namen ›Grundmann‹ aufgeklebt. Damit gibt sie doch ihr Versteck preis.«

Angelika Ritter lächelte. »Ja, das habe ich ihr auch gesagt. Aber sie wollte das unbedingt. Sie erzählte etwas von einer alten Schulfreundin, die sie getroffen habe und sie möchte dieser nicht sagen, dass das nicht ihre eigene Wohnung ist.«

»Warum?«

»Keine Ahnung. Ich habe sie nicht weiter ausgefragt, weil ich merkte, dass sie nicht gerne von sich erzählen wollte. Sie hat mir auch nichts Näheres von ihren Eheproblemen berichtet.«

»Hat Sie aber etwas über diese alte Schulfreundin erzählt?«

Angelika Ritter schüttelte den Kopf. »Nein, weiter nichts. Nur, dass diese auch in Mayen wohnt. Aber, Entschuldigung, weshalb fragen Sie mich das alles? Ist etwas mit Sybille nicht in Ordnung?«

»Das wissen wir leider nicht«, war Konstantin Röhrigs Antwort. »Sie ist seit dem Tag Ihrer Abreise spurlos verschwunden.«

»Frau Ritter«, fuhr Martin fort, »wir sind heute Morgen in Ihrer Wohnung gewesen, weil wir Sybille Grundmann suchen. Wir dachten, irgendwelche Anhaltspunkte zu finden.«

»Haben Sie?«

»Nein, nur noch eine Frage. Hat noch jemand anders als Frau Grundmann einen Schlüssel zu Ihrer Wohnung?«

»Nein, ist in der Wohnung etwas nicht in Ordnung?«

»Nein, nein, da ist alles bestens, machen Sie sich keine Sorgen. Aber wenn Sie wieder in Mayen sind, melden Sie sich bitte bei uns im Forum. Mein Name ist Martin Borchert und das ist mein Kollege Konstantin Röhrig.«

Ein paar Minuten später verließen die beiden Kommissare das Haus. Für die Rückfahrt setzte sich Martin hinters Steuer. Eine Zeit lang war jeder mit seinen eigenen Gedanken beschäftigt. Sie ließen Polch hinter sich und fuhren westwärts Richtung Kehrig.

»Wir haben rein gar nichts«, sagte Konstantin. »Wir wissen nicht wo diese Sybille ist, wir wissen nicht, wer der Tote in Kürrenberg ist, und, was vor allen Dingen wichtig ist, wir wissen nicht, was deine Pia als Nächstes anstellt.«

Martin gab keine Antwort. Konstantin hatte nicht einmal unrecht. Zwar hatte Pia ihm wieder einmal hoch und heilig versprochen, dass sie ohne seine Einwilligung keine weiteren kriminalistischen Nachforschungen anstellen werde, aber dafür wollte er nicht die Hand ins Feuer legen. Wie schnell vergaß sie ihre Versprechen, wenn sie eine Fährte fand, der sich nachzuspüren lohnte.

Sie waren gerade unter der Autobahnbrücke der A 48 durchgefahren und fuhren auf dem Zubringer nach Mayen hinunter, als Konstantins Handy klingelte.

»Hier ist PK Mittler von der Polizeiinspektion Mayen. Man hat mir drüben im Forum gesagt, dass ihr unterwegs seid. Wo seid ihr gerade?«

»Auf dem Zubringer Richtung Mayen, wir sind in ein paar Minuten da.«

»Nein, nein, fahrt nicht erst in die Stadt. Fahrt gleich auf die B 258 Richtung Kürrenberg hinauf. Waldarbeiter haben auf einem Waldweg ein Auto entdeckt, das schon seit Tagen dort herumsteht. Sie haben uns gleich verständigt. Kollegen sind schon vor Ort.«

»Was ist das für ein Auto?«

»Es handelt sich um einen Mercedes, einen Mietwagen. Er war unverschlossen.«

»Und? Haben die Kollegen nachgeschaut?«

»Ja, die Wagenpapiere sind drin. Und der Mietvertrag. Der Wagen wurde in Frankfurt angemietet, vor drei Tagen, von einer Angelika Ritter.«

Kapitel 7

»Mami, Mami, da bist du ja endlich!« Das kleine Mädchen kletterte flink vom Küchenhocker und lief Pia entgegen, die eben die Küche betrat, gefolgt von einem stürmischen Taps, der sich vordrängte, weil er unbedingt der Erste sein wollte. »Hast du auch meinen Teddy mitgebracht?«

Pia hob ihre Tochter hoch, drückte sie an sich und küsste sie. »Aber ja doch, mein Schatz, ich habe deinen Hans nicht vergessen. Hier in der Tasche ist er.« Sie stellte die Kleine wieder auf den Boden und ließ zugleich ihre große Umhängetasche von der Schulter fallen. »Da hast du ihn.« Und zu Taps gewandt meinte sie: »Und du, renn doch nicht gleich alles über den Haufen.« Doch diese Worte verhallten ungehört. Taps war dabei, Tinchen und die Oma gleichzeitig zu begrüßen. Deshalb flitzte er jaulend vor Freude in der ganzen Küche herum.

Tinchen drückte den Teddy an sich und lief zur Oma, die am Herd stand und mit einer Kelle in einem Topf rührte. »Schau, Omi, Hans ist da.«

»Ja, mein Schatz, ich sehe ihn.« Weiter am Herd hantierend wandte sie sich an ihre Tochter. »Pia, du kommst aber spät. Ich hatte dich bereits zum Mittagessen erwartet.«

Pia trat hinter ihre Mutter und umarmte sie. »Ging nicht, Mama, es ist etwas dazwischengekommen. Ich musste zu Martin ins Forum.«

Erschreckt drehte sich Berta Engel um. »Ist etwa wieder etwas Schreckliches geschehen?«

»Nein, nein«, winkte Pia ab. »Was kochst du denn da? Ich habe einen schrecklichen Hunger.«

»Oma hat gestern Spaghetti mit Tomatensoße gekocht, weil ich die so gerne mag.«

»Natürlich, Oma verwöhnt dich nach Strich und Faden, während ich Kohldampf schieben muss.« Pia setzte sich lachend neben ihre Tochter an den Küchentisch.

»Der Gemüseeintopf ist gleich fertig. Du kannst sofort einen Teller voll haben. Willst du?«

»Und ob ich will, Mama, gerne.« Nach einer kurzen Pause fragte sie: »Sag mal, erinnerst du dich noch an Sybille Grundmann?«

Berta Engel hielt mit dem Rühren ein und drehte sich erneut zu ihrer Tochter um. »Wie kommst du denn jetzt auf die? Ja, sicher erinnere ich mich an sie. Aber die ist doch seit einer Ewigkeit weg aus Ediger. Und ihre Eltern sind auch schon lange tot.«

»Ja, eben, deshalb frage ich ja. Ich weiß gar nichts Genaues darüber.«

»Ach, kein Mensch weiß etwas Genaues darüber. Es sind alles nur Gerüchte.« Mutter Engel wandte sich erneut dem Gemüseeintopf zu. »Sybille fing doch mit einer Bürolehre an, ich glaube oben in der Eifel, in Daun. Doch die schaffte sie nicht bis zum Ende, ich weiß nicht, weshalb. Jedenfalls – so tuschelten alle – trank ihr Vater immer mehr. Er hatte ja schon immer viel getrunken, aber jetzt wurde er zu einem wirklichen Säufer. Die Mutter sah man überhaupt nicht mehr. Die verließ kaum noch das Haus. Jedenfalls fuhr der Jupp, so hieß doch der alte Grundmann, eines Morgens mit dem Trecker in einen seiner Weinberge, hinter Bremm, bei Sankt Aldegund, oder noch weiter oben. Und da ist es dann passiert. Wahrscheinlich war er völlig betrunken, der Trecker kippte um, fiel den Abhang hinunter und überrollte den Jupp, der herausgefallen war. Er sei auf der Stelle tot gewesen.«

»Mein Gott, davon hatte ich ja keine Ahnung«, entfuhr es Pia. »Du warst ja schon in der Eifel oben, in Mayen, und so viel ich mich erinnern kann, hattest du deine eigenen Sorgen mit deinem Mann.«

»Und Sybilles Mutter, was geschah mit der?«

»Die ist endgültig schwermütig geworden, das war sie doch schon immer. Sie kam in so eine psychiatrische Einrichtung, dort starb sie dann nach wenigen Monaten. Wenn du mich fragst, sie ist an gebrochenem Herzen gestorben. Dieser Jupp hatte ihr das Leben nicht leicht gemacht und dann diese Sybille. Das war doch ein böses, verlogenes Kind. Ich hatte gar nicht gern, dass du mit ihr befreundet warst. Gott sei Dank kam dann Martin. Der hat dich von ihr weggeholt. Ich bin ihm ewig dankbar dafür. Ach so, wie geht es ihm überhaupt? Und weshalb musstest du zu ihm?«

»Eben wegen Sybille. Ich habe sie neulich in Mayen getroffen. Sie hat dort eine Wohnung, eine sündhaft teure, mitten in der Stadt. Und ganz toll eingerichtet ist sie. Die muss in Geld nur so schwimmen.«

»Wie kann man in Geld schwimmen?«, ließ Tinchen sich hören, die dabei war, auf ihrem Malblock ein Bild zu zeichnen. »Man kann doch nur in Wasser schwimmen.«

»Das sagt man halt so, wenn jemand sehr viel Geld hat.« Oma Engel nahm einen Teller aus dem Schrank und füllte ihn mit dem duftenden Eintopf. Sie stellte ihn vor Pia und holte noch einen Löffel. »Komm, iss jetzt, Kind. Wie ist die denn zu so viel Geld gekommen? Das kann auch nicht auf ehrliche Weise geschehen sein. Und überhaupt, lass dich nur nicht wieder mit der ein, sie ist kein guter Mensch. Das hat dir Martin sicherlich auch wieder gesagt.«

»Aua, ist das heiß!«, schrie Pia auf, die gerade einen Löffel Suppe schlürfen wollte.

»Musst ein bisschen warten. Komm, hier ist noch frisches Brot. Willst du auch Butter?«

»Danke, Mama.« Pia nahm das große Stück Brot, das ihre Mutter ihr entgegenhielt. »Brauchst dir keine Gedanken zu machen. Sybille ist nämlich verschwunden. Ich war mit ihr oberhalb von Mayen im Wald spazieren. Sie wollte Pilze sammeln. Und da hat sie Tinchen, Taps und mich einfach auf einer Bank sitzen lassen und ist verschwunden.«

»Siehst du, so war die doch immer. Unberechenbar und irgendwie hinterhältig. Auf niemanden und nichts hat sie Rücksicht genommen. Wenn du mich fragst, die hat ihre Eltern in den Tod getrieben.«

»Na, Mama, so kann man das doch auch nicht sagen. Jedenfalls war sie weg und wir fuhren allein nach Hause.«

»Und deshalb musstest du zu Martin?«

»Nein, da war noch etwas. Ich ging sie gestern Morgen suchen. Es ließ mir einfach keine Ruhe. Aber ich fand sie nicht. Dafür hat die Polizei ein Stück weiter weg einen unbekannten Toten gefunden.«

»Um Gottes Willen, nicht schon wieder, Pia. Das ist ja furchtbar. Ich habe noch genug vom letzten Jahr. Was ist denn das für eine Stadt, in der dauernd Morde geschehen?«

»Mama, nicht dauernd. Mayen ist eine ganz normale Stadt, in der ich gerne lebe. Schau doch nur mal in die Zeitung. Da kannst du täglich von Mord und Totschlag lesen. Denk an den Rentner in Bullay, der wurde in seinem Bett umgebracht. Und irgendwo in einem Eifeldorf versuchte eine Frau, ihren eigenen Bruder mit einer Axt zu erschlagen. Oder am Rhein, in Königswinter, da brachte ein Mann seine Frau um, dann erzählte er der Polizei, dass sie ihn verlassen habe, dabei hat er sie im Keller in ein Podest einbetoniert.«

»Hör auf, Pia! Hör sofort auf! Ich kann ja nachts nicht mehr schlafen nach diesen Schauergeschichten. Was musstest du denn mit dieser Sybille spazieren gehen! Jetzt bist du wieder mitten drin in einer sicherlich sehr gefährlichen Geschichte.«

»Warten wir es erst einmal ab. Vielleicht taucht sie von alleine wieder auf und hat eine ganz einfache Erklärung für ihr Verschwinden.«

»Du nimmst sie in Schutz, so wie du es früher auch immer getan hast. Kind, ich begreife dich nicht.«

»Weißt du, keiner mochte sie richtig. Alle waren gegen sie. Sie tat mir einfach immer wieder leid. Es stimmt schon, dass ich mich oft über sie geärgert habe, sehr sogar, weil sie so bestimmend war, alles hatte so zu sein, wie sie es wollte. Wenn das nicht der Fall war, zog sie gleich beleidigt ab. Aber wie gesagt, ich hatte dann einfach wieder Erbarmen mit ihr, wenn sie reumütig zurückkam. Es war ein Wechselbad der Gefühle. Ich war wütend auf sie, dann hatte ich Mitleid mit ihr und so ging das hin und her, einmal Zorn, einmal Mitleid, dann wieder Zorn, dann wieder Mitleid.«

Die Haustür wurde geöffnet. Taps, der sich unter der Eckbank von seinen Begrüßungszeremonien erholte, schoss hervor und begann zu bellen. Tinchen kletterte erneut von ihrem Stuhl und lief zur Küchentür, die gleich darauf aufging.

»Opa, Opa, endlich ist Mami gekommen. Sie konnte nicht früher. Sie hat zur Polizei gemusst, weil wieder ein Mann totgemacht wurde.«

»Was erzählt da die kleine Maus für Geschichten?« Reinhard Engel beugte sich zu seiner Enkeltochter hinunter und strich ihr durch das zerzauste Haar. »Ja, ja, auch du Taps, du willst auch gestreichelt werden.« Dann richtete er sich auf und trat zu Pia hin, die ihren Teller fast geleert hatte. »Was ist passiert, was meint die Kleine?«

»Nichts Besonderes, ich habe gerade Mama von Sybille Grundmann erzählt. Die habe ich in Mayen getroffen und die ist seit ein paar Tagen verschwunden.«

»Es verschwinden doch immer Menschen, die nach kurzer Zeit wieder auftauchen.« Reinhard Engel setzte sich Pia gegenüber an den Tisch.

»Aber einen Toten haben sie auch gefunden«, ereiferte sich Berta Engel. »Und Pia war ganz in der Nähe des Tatorts, weil sie diese Sybille suchen ging.«

Vater Engel schüttelte den Kopf. »Was musst du denn diese Sybille suchen gehen. Hast du nichts Besseres zu tun? – Mutter, kann ich auch einen Teller Eintopf haben? Übrigens, ich war in unserem Weinberg auf der anderen Moselseite drüben. In einer Woche können wir mit der Lese anfangen. Sieht alles gut aus. Die Trauben reifen wunderbar.«

»Und kommen Marek und Elsbieta aus Polen auch wieder?«

»Oh ja, und sie bringen noch zwei Verwandte mit.« Reinhard Engel lehnte sich zurück und warf einen Blick aus dem Fenster. Die grauen Wolken am Himmel hatten sich aufgelockert, da und dort waren kleinen Flecken von Blau zu sehen. »Man kann ja viel über die Europäische Union sagen«, meinte er nachdenklich, »aber es gibt auch einiges was gut ist. Nimm zum Beispiel die ausländischen Lesehelfer. Die müssen wir jetzt nicht mehr über die Arbeitsagenturen oder sonstigen Vermittler anfordern. Die können wir jetzt direkt kommen lassen und ihnen den vollen Lohn bezahlen, ohne dass ihnen etwas abgezogen wird. So ist für die Polen Deutschland auch wieder interessanter. Anstatt nach England zu gehen, kommen sie wieder vermehrt zu uns.«

»Ja, und morgen müssen wir Großeinkäufe machen«, unterbrach ihn Berta Engel. »Da habe ich wieder einiges zu tun in der Küche.«

»Nur keinen Stress, Mama«, meinte Pia. »Ich komme dir helfen. Aber jetzt müssen wir uns langsam auf die Socken machen. Sven kommt heute Abend. Er erwartet mich an der Elztal-Raststätte.«

»Das ist doch auch so eine Sache, wo man Angst haben muss«, die Stimme von Berta Engel verriet Sorge. »Die wurde doch vor einiger Zeit von drei Kerlen überfallen. Zwei Angestellte wurden verletzt und mussten sogar ins Krankenhaus. Was ist, wenn du da ankommst und es schlagen wieder welche zu?«

»Mama, die Diebe wurden gefasst und sitzen bereits hinter Gittern. Und außerdem haben Sven und ich ausgemacht, dass er versucht, jeweils vor mir da zu sein. Es kann doch nichts passieren. Du machst dir zu viele Sorgen.«

»Eine Mutter macht sich eben Sorgen. Du machst dir ja auch welche um Tinchen.«

Sie fuhr die Straße hinauf Richtung Brauheck. Tinchen hielt zufrieden ihren Teddy im Arm und Taps hatte sich zum Schlafen hingelegt. Ediger lag bereits unter ihnen, denn es ging steil bergauf. An einer Kurve war ein kleiner Parkplatz mit einer Bank. Von hier aus hatte man eine herrliche Aussicht über die Dächer des Dorfes, zur Mosel und hinüber zu den Weinbergen auf der Hunsrückseite.

Kurz entschlossen bremste Pia den Wagen ab. »Komm, Tinchen, wir setzen uns ein paar Minuten auf die Bank.«

»Aber Onkel Sven wartet doch.«

»Ja, ja, es ist noch genügend Zeit. Komm.«

Sie half der Kleinen aus dem Wagen und nahm Taps an die Leine. Ein leichter Wind wehte, langsam senkten sich die Schatten über das Tal. »Lange bleiben wir sowieso nicht, es wird kühl.«

Die Stille des Abends war wohltuend. Pias Gedanken glitten zurück. Wie oft hatte sie mit Martin hier oben gesessen und gewartet bis es dunkel wurde. Er hatte den Arm um sie gelegt und ihr gesagt, dass er sehr glücklich sei und dass es nie anders sein sollte als eben jetzt und dass dieses Jetzt nie vorübergehen dürfe. Heute Morgen im Café hatte sie ihn gefragt, ob er glücklich sei. Diese Frage war ihr einfach über die Lippen gekommen, ohne dass sie richtig darüber nachgedacht hatte. Er hatte ihr ehrlich geantwortet, dass das Glück kein fortwährender Zustand sei, dass es Momente gebe, in denen man andere Gefühle habe, aber ja, er sei glücklich. Und doch. War da nicht auch noch etwas anderes herauszuhören, etwas, das er nicht preisgeben wollte, das sein Geheimnis war? Und bei ihr selbst? Sie war doch auch glücklich. Glücklich mit Sven, mit Tinchen, ihrem ganzen Leben. Aber ganz tief in ihr drin – gab es da nicht im hintersten Versteck ihrer Seele eine kleine Tür, die verschlossen war und die sie nicht öffnen durfte? Vielleicht ruhten da geheime Sehnsüchte, unerfüllte Träume, unerfüllbare Wünsche. »Aber nein, das ist doch alles Quatsch!«, sagte sie zu sich selbst. »Los, kleines Mädchen, fahren wir.«

Tinchen und auch Taps waren glücklich, dass die Fahrt weiterging. Kurz nach Büchel musste Pia abbremsen. Eine Gruppe Menschen marschierte auf der Straße mit Transparenten und Fahnen.

»Was machen die Leute?«; fragte Tinchen und drückte fast ihre Nase an der Scheibe platt.

»Das sind Demonstranten. Ich habe dir doch erzählt, dass vor einiger Zeit ein großes Flugzeug, ein Militärflugzeug, ein Tornado, hier in der Nähe abgestürzt ist. Die Leute wollen darauf aufmerksam machen, dass die Atomwaffen, die angeblich auf dem Flugplatz Büchel von den Amerikanern gelagert werden, endlich abgezogen werden. Viele wollen sogar, dass der ganze Flugplatz geschlossen wird.«

»Und deshalb laufen die jeden Abend auf der Straße herum?«

»Nein, natürlich nicht jeden Abend. Sie kommen ja von überall her, aus ganz Deutschland. Und ich denke, die müssen ja auch mal arbeiten und können nicht jeden Abend demonstrieren.«

Pia bog von der Hauptstraße nach rechts in Richtung Laubach ab. Von dort aus ging es auf die Autobahn. »Wir sind gleich da, Schatz«, sagte sie. Sie bekam keine Antwort, denn Tinchen war mit dem Teddy im Arm eingeschlafen.

Tinchen wurde erst wieder wach, als Pia auf den Parkplatz der Raststätte Elztal fuhr. Von Weitem schon entdeckte sie den Truck mit dem norwegischen Schild und dem schlanken blonden Mann, der sich an die Fahrertür lehnte.

»Da seid ihr ja«, wurden sie begrüßt. »Ich warte schon seit Stunden!« Er umarmte Pia und drückte sie an sich. »Engelchen, endlich habe ich dich wieder.«

Pia spürte die Wärme und die Stärke, die von ihm ausging. Das war immer so, wenn sie nach längerer oder auch kürzerer Trennung wieder zusammenkamen. In seinen Armen fühlte sie sich sicher und geborgen, ein wunderbares Gefühl war das, das sie voll ausfüllte und das nichts anderem Platz ließ.

»Wartest du wirklich schon so lange?«

»Aber nein, ich bin gerade vor ein paar Minuten angekommen«, sagte er lachend. »Ich hole meine Tasche, dann können wir nach Mayen fahren. Ich freue mich auf ein paar Tage mit dir.«

Pia ging zum Heck ihres Fiats und öffnete die Kofferraumklappe. Sie sah Sven zu, der seine große Reisetasche neben dem Fahrersitz herunterholte und den Truck abschloss. Sie liebte es, diesen sehnigen starken Körper zu betrachten, seine Bewegungen zu verfolgen, die ausdrückten, wie sicher und verwurzelt er mit der Erde war, auf der er stand. Seine Worte von neulich kamen ihr in den Sinn: »Engelchen, du musst dir vorstellen, dein Leben ist ein Truck auf einer endlosen Autobahn. Du hast den Blick nach vorne gerichtet, während du auf dem grauen Band geradeaus steuerst, ab und zu kommt eine leichte Kurve nach rechts oder links, dann geht es abwärts in eine Senke, dann wieder aufwärts auf eine Anhöhe. Wichtig ist, nach vorne zu schauen. Natürlich wirfst du so oft wie möglich einen Blick auf die Landschaft neben der Autobahn, da, wo die grünen Wiesen, die Felder, die Wälder, die ganzen Schönheiten unserer Erde liegen. Auch ein Blick in den Rückspiegel ist wichtig. Man muss wissen, ob von hinten unerwartet eine Gefahr droht oder durch eine Unachtsamkeit des Fahrers eines herannahenden Gefährts dein Truck beschädigt werden könnte. Sonst aber verschwende keine Zeit, nach rückwärts zu schauen. Was vorbei ist, ist vorbei. Deine Erinnerungen, deine Erfahrungen hast du eh bei dir im Laderaum. Und es tut gut, wenn man mal an einem Rastplatz anhält, diesen ganzen Vergangenheitskram sortiert und das wegschmeißt, was man nicht mehr braucht. Es gibt an allen Rastplätzen große Mülltonnen. Und dann geht die Fahrt weiter, mit leichterem Gepäck, und man fährt vielleicht grauen Wolken entgegen oder gar einer schwarzen Gewitterfront, doch man weiß mit Bestimmtheit: Wenn die Dunkelheit überwunden ist, kommt man wieder in einen hellen Tag, an dem die Sonne vom blauen Himmel scheint.«

»Was träumst du denn wieder, Pia? Komm, steig ein!« Sven hatte seine Tasche im Kofferraum verstaut und die Heckklappe bereits geschlossen.

»Ich dachte eben daran, wie du während deines letzten Besuches so schön über das Leben als Trucker auf der Autobahn philosophiert hast. Das hat mir sehr gefallen.«

»Und deshalb sollen wir jetzt bis Mitternacht hier auf dem Parkplatz bleiben? – Wird wohl besser sein, wenn ich fahre, so kannst du neben mir weiterträumen und wir erreichen sicher unser Zuhause.«

Es war bereits dunkel, als sie Im Trinnel ankamen. Tinchen war wieder am Schlafen und seufzte leise, als Sven sie aus dem Auto hob.

»Ich trag sie hoch in die Wohnung«, sagte er, »Kannst du denn meine Tasche nehmen oder ist sie dir zu schwer?«

»Nein, nein, das geht schon.« Mit der Reisetasche in der Linken und mit Taps an der Leine an der Rechten ging sie neben Sven zur Haustür und schloss sie auf.

»Geh schon vor«, sagte sie, »ich komme gleich. Da ist noch Post im Briefkasten.«

Sven war schon im ersten Stock oben. Taps war hinter ihm hergeflitzt. Pia öffnete das Türchen des Kastens und zog einen weißen Briefumschlag heraus, auf dem mit Kugelschreiber geschrieben »Pia« stand. Eine Weile sah sie nachdenklich das Kuvert an. Ein ungutes Gefühl machte sich breit in ihr. Sie riss den Umschlag auf. Es war kein Brief, kein Zettel, nichts Geschriebenes drin, nur ein einzelner Schlüssel. Ein Schlüssel, den sie noch nie gesehen hatte.

8. Kapitel

Tante Agathe aß gerne Milchschokolade. Am liebsten solche mit gehackten Nüssen. Als sie an dem Süßwarengeschäft vorbeiging, erinnerte sich Sybille daran, wie sie jeweils abends von der Arbeit in Daun zu ihrer Tante zurückkehrte, wie diese mit dem Abendessen auf sie wartete und sich über die mitgebrachte Schokolade freute.

Kurz entschlossen betrat Sybille den Laden. Seitdem sie der Enge des Hotelzimmers entflohen war, fühlte sie sich besser. Der frische Wind tat ihr gut, sie spürte, wie ihr Kopf freier wurde und sie mit jedem Schritt wieder klarer denken konnte. Fast eine Stunde war sie ziellos durch die Straßen gelaufen. Angst, erkannt zu werden, brauchte sie nicht zu haben. Mit der Perücke mit den schwarzen Haaren war sie nicht zu erkennen. Nur gut, dass sie gleich bei ihrer Ankunft in Koblenz den Koffer aus dem Bahnhof-Schließfach holte, den sie bereits vor einer Woche dort deponiert hatte. Darin war alles vorhanden, um ihr eine perfekte Tarnung zu geben, von der Perücke angefangen, über künstliche Augenwimpern bis zu einer modischen Brille – wenn auch mit Fensterglas, denn mit den Augen hatte sie bis jetzt keine Schwierigkeiten, sie war weder kurz- noch weitsichtig. Das hatte sie von ihrem Vater geerbt. Der konnte auch mit zunehmendem Alter weiterhin ausgezeichnet sehen.

Ihr Vater! Jedes Mal, wenn sie an ihn dachte, verspürte sie einen Stich in der Brust, der sehr quälend war, der weh tat und sie grauenhaft störte. Deshalb schob sie die Gedanken an ihn so weit wie möglich weg, nur gelang ihr dies nicht immer. Man konnte es auch ein schlechtes Gewissen nennen, das wusste sie genau, aber das wollte sie nicht wahrhaben, nicht zugeben. Unter gar keinen Umständen wollte sie der Wahrheit ins Gesicht sehen. Dabei war sie Schuld an seinem Tod. Ja, das war sie. Aber ungeschehen machen konnte sie es nicht. Deshalb wollte sie nicht die Schuldige sein, nein und nochmals nein. Im Grunde genommen war Mirco, ihr Mann, dieses Schwein, Schuld. Er hatte sie doch angestiftet, ihm das Geld, das Vater in der Kassette im Schlafzimmerschrank versteckt hatte, zu geben. Er würde es Nullkommanichts verdoppeln. Sybille lachte böse vor sich hin. Ja, Nullkommanichts hatte er es dann verzockt, verspekuliert, verloren. Futsch, aus, und Vater hatte den Diebstahl entdeckt und Sybille gefragt, ob sie das Geld genommen habe. Es blieb ihr nichts anderes übrig, als dies zuzugeben. Es war furchtbar. Vater hatte nicht geschimpft oder gebrüllt, wie er es jeweils bei Mutter tat, er hatte sie auch nicht verprügelt. Er hatte sie angesehen, lange, wortlos, mit ganz traurigen Augen. Und er hatte gesagt: »Sybille, dass du das getan hast, das kann ich kaum glauben. Dieses Geld habe ich für Mutter und mich als zusätzliche Altersvorsorge zurückgelegt. Das wusstest du doch. Wir werden keine so hohe Rente haben und wir benötigen dringend ein zusätzliches Polster. Warum nur hast du das getan? Warum hast du uns bestohlen?«

Sybille hatte den Kopf gesenkt, wie eine reuige Sünderin, und es war ihr sogar gelungen, Tränen in die Augen zu bekommen. »Mirco hat mich dazu überredet«, hatte sie leise und mit brüchiger Stimme gesagt. Sie war selbst überrascht, dass sie ihrer Stimme einen derart unterwürfigen Klang verleihen konnte. »Er sagte, er würde das Geld an der Börse einsetzen und einen ganz schnellen Gewinn erzielen. Das sei doch vernünftiger, als die 60.000 Euro einfach in einer Büchse aufzubewahren. Geld müsse arbeiten und nicht einfach nur faul herumliegen.«

Vater hatte den Kopf geschüttelt. »Ich war schon immer dagegen, dass du deine Ausbildung einfach so abbrichst und zu diesem Mirco ziehst. Er hat keinen guten Einfluss auf dich und er ist ein Aufschneider und Angeber.«

Oh ja, das war von Anfang an klar gewesen, dass Vater ihren zukünftigen Mann Mirco nicht ausstehen konnte. Mutter meinte, das sei eben so mit den Vätern, die seien eifersüchtig auf ihre Töchter und hätten an jedem Schwiegersohn etwas auszusetzen. Aber auch sie war von Mirco nicht begeistert. Er würde so viel reden und sich mit seinen Heldentaten in den Mittelpunkt stellen.

Das forsche und überzeugte Auftreten Mircos hatte Sybille anfänglich auch etwas überrascht, aber es imponierte ihr dann doch, wie er sie umschwärmte und mit vielen Worten, Gesten und Geschenken einwickelte wie in einen Kokon, in dem sie sich gut aufgehoben fühlte.

Dabei hatte sie an jenem Freitagabend, als sie von ihrer Tante in Laubach nach Hause zu ihren Eltern fuhr, bei Brauheck ganz ohne feste Absicht einen kurzen Abstecher zum Golfplatz gemacht. Es war nicht das erste Mal, dass sie es sich auf der Gartenterrasse des Restaurants mit einem Cappuccino gemütlich machte und die Touristen und Golfer betrachtete, die sich auf dem weitläufigen Gelände herumtummelten. Die Atmosphäre hier gefiel ihr. Es war wie ein Duft der großen, weiten Welt, der sie umgab und den Mief und die Eintönigkeit des Alltags vertrieb. Hierher gehörte sie, nicht in das langweilige Büro in Daun oder die enge Küche ihrer Tante, ganz zu schweigen von der dunklen Wohnstube ihres Elternhauses.

»Na, meine Dame, zum ersten Mal hier?«, schreckte sie plötzlich eine männliche Stimme in einwandfreiem Hochdeutsch ohne einen Anflug von irgendeinem Platt aus der Eifel oder Mosel hoch. Vor ihr stand ein mittelgroßer, schlanker Mann in einem perfekt sitzenden dunkelblauen Golfer-Outfit. Er nahm die Schirmmütze ab und strich sich durch das dichte, braune, leicht gewellte Haar. Dunkle Augen mit einem kecken Blick, schlanke Nase, ebenmäßige Züge. »Mein Gott«, ging es Sybille durch den Kopf, »der Typ sieht gut aus.«

»Darf ich mich zu Ihnen setzen?«, fragte er und sie hatte in der Tat nichts dagegen, im Gegenteil, sie freute sich darüber.

»Was macht eine junge hübsche Dame so allein auf der Terrasse eines Golfplatzes?«

»Ich bin auf der Heimfahrt von Daun, wo ich arbeite, nach Ediger zu meinen Eltern.«

So begann alles. Und alles entwickelte sich rasend schnell. Er erzählte noch am selben Abend, dass er Mirco heiße und Immobilien- und Börsenmakler sei. Er wohne in Holland, in Arnhem. Freunde von ihm hätten ihn vor einiger Zeit hierher auf diesen Golfplatz geschleppt. Der Betreiber sei Holländer, der habe überall in Deutschland Golfplätze, aber dieser hier oberhalb der Mosel gefalle ihm, Mirco, am Besten, deshalb komme er so oft wie möglich hierher. Arnhem würde ihm auch gut gefallen. Eine kleine gemütliche Stadt mit vielen schönen Lokalen. Er bewohne eine großzügige Dachwohnung mitten im Zentrum mit herrlicher Aussicht auf einen Park und die Eusebius-Kirche, eine der vielen Sehenswürdigkeiten der Stadt. Sein Büro habe er im gleichen Haus, ein Stockwerk tiefer, das sei sehr praktisch und spare die Hin- und Herfahrerei zwischen Wohnung und Arbeitsplatz. Ein Büro habe er übrigens auch noch in Köln. Allein das alles zu managen, schaffe er gar nicht mehr allein, deshalb habe er seit einiger Zeit auch einen Partner. Sie würden sich die Arbeit teilen, sonst hätte er, Mirco, überhaupt keine Freizeit. Und das wäre doch schade, gerade jetzt, wo er eine so interessante Bekanntschaft gemacht habe.

Sybille saß einfach nur da, betrachtete ihr Gegenüber und hörte seinem Redeschwall zu, bis er dann unvermittelt innehielt und ein verlegenes Lächeln aufsetzte. »Ich rede und rede und lasse Sie überhaupt nicht zu Wort kommen. Wo wohnen Sie? In Ediger unten an der schönen Mosel, sagten Sie?«

Sie nickte.«»Ja, und seit ein paar Monaten bin ich in der Ausbildung als Bürokauffrau in Daun. Und da der Weg dorthin nicht der kürzeste ist, wohne ich während der Woche bei einer Tante in der Nähe von Laubach.«

Sie schwieg. Was sollte sie noch erzählen? Dass sie im Vergleich zu ihm ein ziemlich langweiliges Leben führte, aus dem sie nur allzu gern ausbrechen würde; dass sie in einem kleinen Büro den ganzen Tag Dinge zu erledigen hatte, die ihr überhaupt keinen Spaß machten und dass sie abends bei der Tante im Garten saß und ihren Erzählungen aus alten Zeiten zuhören musste, oder dass sie sich an den Wochenenden ab und zu in irgendeiner Disco, in Cochem oder Daun, mit irgendwelchen uninteressanten Jungen die Zeit vertrieb?«»Da gibt es nicht viel zu erzählen«, sagte sie deshalb und ließ ihren Blick über die grüne Fläche des Golfplatzes bis hin zu den Fichten und Tannen gleiten, die ihn abgrenzten, und dann noch weiter bis zu den fernen Hügeln des Hunsrücks drüben auf der anderen Seite der Mosel.

»Oh«, rief er bedauernd aus, »das tönt ja gar nicht fröhlich. Wie kommt das? Das Leben ist doch so kurz, man muss es genießen und voll ausschöpfen. Gerade wenn man so ein hübsches Wesen ist wie Sie.«

Am darauffolgenden Wochenende war sie mit Mirco nach Arnhem gefahren. Und als sie am Sonntagmorgen in dem großen Doppelbett in der feudalen Wohnung aufwachte, war es bereits beschlossene Sache, dass sie ihre Lehrstelle in Daun aufgab und bei Mirco im Büro anfing. »Ich bringe dir alles bei, was du als Sekretärin oder Mitarbeiterin wissen und können musst. Da musst du weiß Gott nicht drei Jahre lang für irgendeinen Möchtegerne-Chef den Lackel spielen. Und in der Freizeit machen wir uns ein schönes Leben. Ich habe genügend Geld, aber es macht mir keinen Spaß, allein zu ein. – Und übrigens, Baby, last, but not least: Ich habe mich schlicht und einfach in dich verliebt.«

In Mirco hatte sie einen ausgezeichneten Lehrmeister gefunden. Sie lernte sehr schnell, wie man ohne große Anstrengungen zu viel Geld kam, ob auf ehrliches Weise oder unehrliche. Das war ihr am Anfang nicht so richtig klar. Aber allmählich kam sie seinen Geschäftsgepflogenheiten auf die Spur. Sie staunte immer wieder, wie er es verstand, zahlungskräftigen Anlegern das Geld aus der Tasche zu ziehen, um es in hochspekulative, aber renditestarke Immobilienprojekte zu stecken. Wie leichtgläubig doch viele Menschen waren, wenn es um Geld und Gewinne ging. Mirco zog immer mehr Versprechungen und Lügengeschichten aus dem Hut, wie der Zauberer das Kaninchen, und so kamen Millionen zusammen, die er mit undurchsichtigen Börsenspekulationen zu vermehren versuchte. Und so glaubte selbst sie ihm, als er versprach, Vaters Erspartes zu verdoppeln.

Das alles versuchte sie Vater an jenem Nachmittag zu erklären, als er den Diebstahl entdeckt hatte. Sie saßen am Küchentisch, Vater hatte eine Flasche Wein vor sich stehen und Sybille schämte sich fürchterlich, dass sie ihren Eltern so etwas angetan hatte. Plötzlich stand Vater auf und ging zur Tür. Er wankte leicht, sicherlich war das nicht die erste Flasche Wein an diesem Tag.

»Wo willst du denn hin?« Sybille spürte plötzlich eine unerklärliche Angst in sich hochsteigen. »In deinem Zustand ...« Jäh verstummte sie.

»Was meinst du damit?«, schrie er dann los. »In meinem Zustand? Ich bin nicht besoffen, falls du das meinst. Und wenn – dann deinetwegen. Ich wollte das Beste für dich. Und du ..., du ..., du ...« Er fand keine passenden Worte, riss die Tür auf und schlug sie krachend hinter sich zu. Sybille hörte seine schweren Schritte im Flur, dann auf dem Hof. Eine Ahnung überfiel sie. Sie rannte aus der Küche nach draußen. Vater saß bereits auf dem Trecker und ließ den Motor aufheulen. Mit einem Sprung war sie oben neben ihm und setzte sich an seine rechte Seite auf den Sitz, auf dem sie früher oft mit Vater in den Wingert gefahren war.

Vater fuhr zur Moselstraße hinunter und bog nach rechts Richtung Bremm ein. Es war ein regnerischer Tag, die Wolken hingen schwer über dem Moseltal. Ein Lastkahn tuckerte langsam flussaufwärts. Wortlos stierte Vater auf die Straße. Rechts ging es am zwei Kilometer langen Calmont, dem steilsten Weinberg Deutschlands, vorbei, auf der andern Seite der Mosel spiegelte sich die Ruine des Klosters Stüben im Wasser, von dem es hieß, dass dort die Nonnen im 18. Jahrhundert einen lockeren Lebenswandel führten, sodass es am Ende geschlossen werden musste. Kein Auto kam ihnen entgegen. Lediglich ein paar Radfahrer waren unterwegs. Es war keine Zeit für Touristen. Das Moseltal schien in einen Dornröschenschlaf gesunken zu sein.

Vor Sankt Aldegund fuhr Vater einen schmalen Weg in die Weinberge hoch. Sybille hielt sich an den Haltegriffen ihres Sitzes fest und schrie: »Nicht so schnell, Vater.« Doch er reagierte nicht. Sybille wusste nun, wohin er wollte. Die Grundmanns hatten hier schon seit vielen Jahren einen Wingert von einem Bekann-

117

ten gepachtet, der aus Altersgründen den Weinanbau aufgegeben hatte. Sie erreichten eine ziemlich enge Linkskurve. Sybille hatte als Kind schon immer Angst gehabt, wenn sie die erreichten. Vater fuhr immer noch nicht langsamer.

Dann ging alles ganz schnell. Sybille konnte sich später nicht mehr an Einzelheiten erinnern. Sie sah noch, wie Vater das Lenkrad herumriss und gegenzusteuern versuchte. Doch der Trecker neigte sich bereits gefährlich nach links. Geistesgegenwärtig sprang Sybille rechts vom Fahrzeug auf den Boden. Als sie sich aufrichtete, war der Trecker schon die Böschung hinuntergekippt. Ihren Vater sah sie nicht mehr. Er war aus seinem Sitz herauskatapultiert worden und seitlich neben dem Trecker gelandet, wo er von einem der riesigen Räder zermalmt und begraben wurde. Sybille hörte ihn noch aufschreien, es war ein langer Schrei voller Schmerzen, Qual und Pein, ein Schrei, den sie ihr Leben lang nicht vergessen, der sie immer und überallhin begleiten würde, ein Schrei, der in ihr eine Welle von Hass emporspülte, Hass auf ihren Mann, Hass aber auch auf sich selbst, weil sie schon längst erkannt hatte, dass sie, genauso wie Mirco, in ihrem Inneren verdorben und verlogen war.

»Was möchten Sie denn nun haben?«

Sybille wurde sich jäh bewusst, dass sie seit einiger Zeit in dem Süßwarengeschäft stand und unschlüssig die vielen Schachteln mit Pralinen, Bonbons und Schokoladen betrachtete.

»Hier, diese Pralinen hätte ich gern«, sagte sie zu der jungen Verkäuferin mit den roten Strähnchen im Haar. »Können Sie die mir als Geschenk verpacken?«

»Aber ja, natürlich gern.«

Sybille bezahlte und verließ den Laden. Eigentlich hatte sie zum Rhein hinuntergehen wollen, um dort noch ein bisschen spazieren zu gehen. Aber ein Blick auf die Uhr sagte ihr, dass es besser war, gleich zu Tante Agathe ins Pflegeheim zu gehen.

Sie ging weiter die Hohenzollernstraße entlang und erreichte eine Kreuzung. Abrupt blieb sie stehen. »Markenbildchenweg – hier in der Nähe ist doch das Büro von Pias Bruder«, murmelte sie vor sich hin. »Zu Pia muss ich unbedingt, und zwar so schnell wie möglich. Aber heute schaffe ich das nicht mehr. Erst ist Tante Agathe an der Reihe.«

An jenem Abend, als Sybille zu Tante Agathe nach Lirstal zurückkehrte und ihr eröffnete, dass sie ihre Zelte bei ihr abbrechen werde, weil sie nach Holland ziehen wolle, war ihre Tante sehr traurig gewesen.

»Ich habe mich so an dich gewöhnt, Kind«, hatte sie gejammert, »dann bin ich wieder allein in dem großen Haus, jetzt, wo Ralf schon wieder weg ist.«

»Was ist mit ihm, hörst du denn nichts von ihm?«, lenkte Sybille das Gespräch in eine andere Richtung, obwohl sie das Thema Ralf lieber nicht angeschnitten hätte. Ralf, ihr Cousin, war Tante Agathes Ein und Alles gewesen. Sie hatte ihn verwöhnt und bemuttert, bis es ihm zu viel wurde und er die Flucht ergriff und in Bremen als Matrose anheuerte. Für Tante Agathe war das der Weltuntergang, ihr Ralf, ihr kleiner Ralf, dass er ihr so etwas angetan hatte. Doch so unerwartet er abgehauen war, so unerwartet stand er eines Morgens auf dem Hof und rief: »Mama, ich bin wieder da.« Sybille und Tante Agathe saßen gerade am Frühstückstisch und die Überraschung auf allen Seiten war perfekt: Auf der einen Seite, weil der verlorene Sohn zurückgekehrt war, auf der anderen, weil dieser seine Cousine Sybille, auf die er schon als Heranwachsender ein Auge geworfen hatte, in seinem Elternhaus vorfand.

Sybille hatte gerade ihre Lehrstelle angetreten und sich bei Tante Agathe häuslich eingerichtet. Ralf war ein Mann der Tat, mit hartem Griff, und es dauerte keine drei Tage bis die beiden sich miteinander im Bett vergnügten. Für Sybille bedeutete das weiter nichts als eine Abwechslung, sehr bald jedoch merkte sie, dass es für Ralf mehr war. Er begann, von einer gemeinsamen Zukunft zu reden, von einem eigenen Geschäft als Schreiner, schließlich habe er eine Ausbildung als Schreiner gemacht. Und er könne sich gut vorstellen, zusammen mit Sybille sesshaft zu werden, egal, ob sie nun Cousin und Cousine waren. Sybille sträubten sich innerlich die Haare. Ein gemeinsames Leben mit Ralf, so etwas kam doch überhaupt nicht in die Tüte. Klar, es machte Spaß mit ihm im Bett, er hatte eine festen, muskulösen Körper, den sie gerne spürte. Er konnte zärtlich sein, dann auch wieder brutal, aber nicht zu sehr, nur gerade so, wie sie es mochte. Das war es dann auch schon. Und was würde Vater zu so einem Schwiegersohn sagen? »Prinzessin, du hast etwas Besseres verdient!« Nein, nicht auszudenken war das. Diese Flausen musste sie Ralf schnell aus dem Kopf vertreiben.

Das war nicht einmal so schwer. Denn zu der Zeit lernte sie auf dem Golfplatz Mirco kennen, was ihr wie ein Glücksfall vorkam. Als sie Ralf erzählte, dass sie jemanden getroffen habe, mit dem sie zusammenziehen wollte, da war natürlich der Teufel los. Ralf war mehr als beleidigt, beschimpfte sie als Schlampe, wurde sogar handgreiflich und war am anderen Morgen erneut sang- und klanglos verschwunden. Das brach Tante Agathe fast das Herz, was Sybille richtig leidtat. Von den heißen Nächten der beiden sowie von Ralfs Plänen, zusammen mit Sybille ein gemeinsames Leben zu führen, hatte die Tante nicht die leiseste Ahnung. Und so sollte es auch bleiben. Sybille war sich ihrer Schuld voll bewusst. Ihretwegen war Ralf wieder abgehauen, ihretwegen war Tante Agathe erneut so unglücklich. Aber ändern konnte Sybille es nicht. Mirco war ihr wichtiger, nur er zählte.

Am Empfang des Pflegeheims war niemand. Sybille ging schnell die Treppe hoch in den ersten Stock. Tante Agathes Zimmer war gleich das erste um die Ecke. Nachdem sie sich kurz umgeschaut und vergewissert hatte, dass niemand in der Nähe war, zog sie sich schnell die Perücke vom Kopf und steckte sie in die große Tasche, die sie über die Schulter hängen hatte. Dann klopfte sie an die Tür.

»Herein!«, ertönte eine leise, leicht heisere Stimme.«

»Ich bin's, Tantchen. Wie geht es dir?« Sybille trat ans Bett der alten Frau, beugte sich nieder und küsste sie auf beide Wangen. »Hier habe ich dir etwas mitgebracht.« Sie zog die in rotes Papier eingewickelte Pralinenschachtel aus der Tasche. »Die isst du doch so gerne.«

»Aber das wäre doch nicht nötig gewesen, Kind. Ich bin doch schon glücklich, wenn du mich besuchen kommst, da brauchst du nicht noch Geschenke mitzubringen.«

»Das tue ich aber gerne, Tantchen.« Erneut musste Sybille feststellen, wie alt ihre Tante geworden war. Ihr Gesicht war mit tiefen Falten überzogen, die grauen Augen wirkten darin wie zwei glanzlose, kleine Seen. Natürlich, die Zeit war auch an Tante Agathe nicht spurlos vorübergegangen. Es war fast zehn Jahre her, dass Sybille aus dem Haus ihrer Tante ausgezogen war. Erst, als sie bei Angelika Ritter in Mayen Unterschlupf fand, kam ihr die Schwester ihrer Mutter wieder in den Sinn. Und sie beschloss, sie zu besuchen. Von Mayen war es nicht weit nach Laubach. Tante Agathe in ihrer bunten Kittelschürze kam gerade aus dem Haus, als Sybille auf den Hof fuhr. Sie konnte kaum ihr Entsetzen verbergen, als sie bemerkte, wie verbittert und alt ihre Tante geworden war. Diese freute sich aber sehr, dass ihre Nichte sie nicht vergessen hatte.

»Ich bekomme nur ganz selten Besuch, Sybillchen, deine Mutter ist ja auch schon so lange tot.« Sie machte eine Pause und seufzte. »Und Ralf – du warst ja noch hier, als er zum zweiten Mal verschwand. Weißt du noch?«

Sybille nickte. »Ja – und er hat sich nie gemeldet?«

Tante Agathe schüttelte den Kopf. »Nein, nie, ich habe nie mehr von ihm gehört. Das tat mir all die Jahre sehr weh, tut es heute noch. Ich weiß nicht, wo er ist, was er macht, ob er überhaupt noch lebt oder tot ist. Diese Ungewissheit ist schlimmer als alles andere. Was soll nur werden, hier mit dem Haus und den Äckern und Feldern, die ich verpachtet habe. Wenn ich das verkaufen würde, käme ein ganz hübsches Sümmchen zusammen. Das gehört doch alles Ralf, er ist der Erbe.«

In Sybille meldeten sich die alten Schuldgefühle. Sie war diejenige, die Ralf vertrieb, seine Gefühle für sie nicht ernst genommen hatte und sich von einem Anderen bezirzen ließ, einem, der mehr darstellte und vor allem mehr Geld hatte. Nie hätte sie damals daran gedacht, dass auch Ralf kein armer Schlucker war, das große Haus war da und sehr viele Ländereien. Mutter hatte oft gesagt, dass Tante Agathe viel besser dastand als sie mit dem Weingut. Das hatte sich dann auch bewahrheitet. Nach Vaters Tod musste ihr Weingut samt Haus zwangsversteigert werden und von dem Geld blieb nichts übrig, nachdem alle Schulden bezahlt worden waren. Doch Sybille war das damals egal. Sie hatte ja ihren Mirco und keine Geldsorgen. Und mit Ediger wollte sie sowieso nichts mehr zu tun haben.

Und jetzt stand sie auch gut da. Finanziell wenigstens. Nur musste natürlich ihr Plan gelingen. Das war die Voraussetzung. Trotz der Vorkommnisse beim Jagdhaus in Kürrenberg hatte sie keine Bedenken, dass etwas schief gehen könnte. Es würde schon alles klappen. Was nicht hieß, dass sie etwas gegen eine Aufstockung ihres Vermögens gehabt hätte. Ralf war aller Wahrscheinlichkeit tot. Ein unbekannter Toter auf irgendeinem Kontinent dieser großen Erde. Als Erbe fiel er also weg. Andere Erben gab es nicht – außer ihr selbst. Sie war die Nichte, ihr also stand das Erbe zu. Egal, ob sie nun an Ralfs Verschwinden Schuld war oder nicht, egal ob all die Jahre hindurch Tante Agathe nicht darüber hinwegkommen konnte, dass ihr einziger Sohn sie alleingelassen hatte. Sybilles Gewissensbisse wurden mit einem Mal zurückgedrängt und machten einem anderen Gefühl Platz, einem Gefühl, das in vielen Menschen rumorte und das man »Gier nach mehr Geld und immer noch mehr Geld« nennen konnte. Der Spirale nach oben war keine Grenze gesetzt.

Von nun an fuhr Sybille fast täglich zu Tante Agathe. Sie half ihr im Haushalt und im Garten, sie fuhr mit ihr zum Einkaufen nach Daun oder Wittlich, erledigte für sie den Schreibkram oder saß mit ihr auf der Bank vor dem Haus und hörte wie früher ihren Geschichten zu.

»Was würde ich nur ohne dich tun, Kind«, sagte Tante Agathe oft. »Du könntest auch wieder bei mir wohnen, falls du deiner Bekannten in Mayen zur Last fällst.«

»Tantchen, das geht leider nicht. Ich muss mir eine Arbeit suchen, ich bin gezwungen, Geld zu verdienen, denn ich habe ja keine finanzielle Stütze. Diese Bekannte in Mayen hat einen guten

Job, sie hat mir versprochen, ihren Einfluss geltend zu machen und mir zu helfen, etwas Passendes für mich zu finden.«

Sybille hatte beschlossen, Tante Agathe gegenüber die Rolle des »armen Lieschens« zu spielen, das gewillt war, sich wacker und tapfer durchs Leben zu kämpfen. Sie senkte deshalb mit traurigem Blick ihren Kopf und betrachtete ihre Fingernägel, die sie nicht lackiert hatte, denn das passte nicht zu einer jungen, bescheidenen Frau, die sorgenvoll in die Zukunft blickte. Außerdem mochte Tante Agathe keine lackierten Nägel.

Die Tante seufzte und legte ihre rechte Hand auf Sybilles Arm. »Ach, mein armes Mädchen, mach dir keine so großen Sorgen. Wir werden einen Weg finden, glaub mir.«

Der Weg war dann der, dass Tante Agathe ein Testament aufsetzte und darin Sybille zu ihrer einzigen Erbin erklärte. Sybille half ihr dabei, damit auch alles seine Richtigkeit hatte, und fuhr mit der Tante nach Cochem zu einem Notar, um das so wertvolle Schriftstück beglaubigen zu lassen.

»Siehst du, Sybillchen«, freute sich die Tante, »jetzt wird doch alles gut. Du brauchst dich nicht mehr um deine Zukunft zu grämen, brauchst keine Arbeit zu suchen, jetzt kannst du zu mir ziehen, ich bin ja nicht mehr die Jüngste und für deine Hilfe bin ich dir sehr dankbar. Und vergiss diesen Mirco, der dir keinen Unterhalt und gar nichts bezahlt, wie du mir erzählt hast, du brauchst sein Geld nicht mehr. Ein herzloser, böser Mensch ist das, der seine Strafe schon noch bekommen wird.«

Sybille versprach ihrer Tante, ihrer Bekannten in Mayen, sobald diese aus dem Ausland zurück sei, zu sagen, dass sie zu ihrer Tante ziehe. So schnell würde das aber nicht gehen, weil ihre Bekannte oft monatelang im Ausland sei. Wenigstens bei dieser Erklärung hatte sie nicht gelogen. Ansonsten war das meiste, was sie Tante Agathe anvertraut hatte, gelogen und sie musste aufpassen, dass sie sich nicht verplapperte. Aber sie hatte schon immer ein gutes Gedächtnis dafür, was ihre Lügengeschichten anbelangte, und sie konnte sich immer daran erinnern, was sie erfunden und erlogen hatte und was die Wahrheit war.

Etwas anderes beschäftigte Sybille viel mehr. »Er ist ein herzloser, böser Mensch, der seine Strafe schon noch bekommen wird«, hatte ihre Tante gesagt. Und dieser Satz ließ sie nicht mehr los. Je länger sie darüber nachdachte, desto hasserfüllter wurden ihre Gedanken. Das Geld spielte hier überhaupt keine Rolle. Das hatte sie sich selbst genommen. Sie war ja eine gelehrige Schülerin gewesen und hatte im Laufe der Jahre die Geschäfte, die Mirco tätigte, voll durchschaut. Nein, das Geld war es nicht, es war etwas viel Schwerwiegenderes, etwas das man nicht mehr gut machen konnte.

Dann geschah etwas, womit keiner gerechnet hatte. Tante Agathe brach sich das rechte Bein und auch noch den linken Arm. Sie war im Haus die schmale Treppe, die ins obere Stockwerk hinaufführte, heruntergefallen. Eine Nachbarin erwartete Sybille an jenem Morgen und erzählte ihr, dass der Hausarzt gekommen sei. Und dieser habe erreicht, dass Tante Agathe nach Koblenz in ein Krankenhaus kam. Dem sei auch eine Pflegeabteilung angegliedert, in der Patienten, die zu Hause keine Pflege hätten, so lange bleiben könnten, bis sie wieder zu Hause allein oder mit einer Pflegekraft einigermaßen zurechtkamen.

»Ist die Bekannte in Mayen schon zurückgekommen«, fragte Tante Agathe in ihrem Krankenbett. Sie hielt immer noch das Geschenk, das Sybille mitgebracht hatte, in ihren knöchrigen Händen.

»Nein, noch nicht.« Sybille war ans Fenster getreten und schaute in den Park vor dem Krankenhaus hinunter. Auf einem der Wege schlenderte ein junges Paar. Der Mann hatte zärtlich den Arm um die Schulter seiner Partnerin gelegt. Nach einer Weile standen sie still und küssten sich. Dann gingen sie langsam weiter.

Da war er wieder, dieser Hass, dieser zerstörerische, alles vernichtende Hass, der sie immer mehr zu zerfressen drohte. Sie kam immer weniger gegen ihn an. Er wurde immer stärker und größer, sie war die Unterlegene, das spürte sie. Deshalb musste sie handeln. »Ein herzloser, böser Mensch ist das, der seine Strafe schon noch bekommen wird«, waren Tante Agathes Worte gewesen. Ja, richtig, aber darauf wollte sie nicht warten. Sie war noch nie ein Mensch gewesen, der auf etwas warten konnte. Und je länger dieser Hass in ihr wütete, desto mächtiger wurde er. Nein, sie konnte nicht mehr warten. Sie musste handeln, musste die Sache selbst in die Hand nehmen. Wie sie vorgehen wollte, das hatte sie sich bereits gründlich überlegt. Ja, sie musste es tun, sonst würde sie nie mehr Ruhe finden. In ihrem Hirn hämmerte und klopfte es, es gab keinen Platz mehr für andere Gedanken, nur noch für diese zwei Worte: »*Tu es*!« – Ja, sie musste es tun, sie musste es tun.

Alles was sie für ihr Vorhaben brauchte, war eine Pistole.

9. Kapitel

Martin Borchert verschränkte die Hände hinter dem Kopf, lehnte sich in seinen Sessel zurück und sah seinem Kollegen Konstantin Röhrig zu, wie er das Foto des Toten im Wald bei Kürrenberg in die Mitte der Pinnwand heftete.

»Also«, begann dieser langsam, »was wir haben, ist nicht viel. Wir stochern wieder einmal in einem Sumpf des Nichtwissens herum. Wir haben hier einen Toten ohne Namen, ohne Ausweispapiere oder sonstige Dokumente, aus denen man schließen könnte, um wen es sich handelt, der jedoch mit einem Mietwagen, den eine Angelika Ritter am Frankfurter Flughafen gemietet hat, hierher gefahren ist. Das wenigstens steht fest, denn Faserspuren auf dem Fahrersitz konnten eindeutig seinem Anzug zugeordnet werden. Aber sonst gibt es auch im Auto keinerlei Hinweise darauf, wer der Tote sein könnte. Auf der Ablage lagen lediglich die Wagenpapiere und der Mietvertrag für den Wagen, und der lautet eben auf diese Angelika Ritter. So weit klar?«

Martin nickte. »Klar. Und weiter!«

»Ich habe diesen Typen vom Financial Dingsbums in Polch heute früh angerufen und ihm gesagt, dass seine Mitarbeiterin Ritter umgehend ihre Arbeit in Singapur unterbrechen und hierherkommen muss. Er machte erst Sperenzchen, wollte alles auf die lange Bank schieben, aber ich machte ihm klar, dass es unbedingt notwendig ist, es handele sich um Mord und Frau Ritter sei eine wichtige Zeugin. Er versprach, die Sache in die Wege zu leiten und Frau Ritter zurückzubeordern. In zwei bis drei Tagen sei sie hier und stehe uns zur Verfügung.«

Martin nickte erneut. »Gut, jedenfalls hat sie uns nicht die Wahrheit und auch nicht alles gesagt, was sie weiß. Weiter!«

Konstantin Röhrig schrieb den Namen »Angelika Ritter« auf die Pinnwand und verband diesen mit einem Pfeil zu dem unbekannten Toten. Daneben schrieb er nun den Namen »Sybille Grundmann« und verband diesen mit Pfeilen zu Angelika Ritter und dem Foto.

»Also weiter. Von dieser Sybille Grundmann fehlt jede Spur. Sie war mit deiner Pia Pilze suchen und verschwand in der Nähe des Jagdhauses auf unerklärliche Weise. Die Mordwaffe ist ein Jagdmesser, auf dem – wie wir jetzt wissen – die Fingerabdrücke von Sybille Grundmann sind. Und zwar nur ihre. In der Wohnung von Angelika Ritter fanden wir etliche Fingerabdrücke. Es ist anzunehmen, dass es zumindest die von Angelika Ritter und von Sybille Grundmann sind, und auch die von deiner Pia, die ja bekanntlich in dieser Wohnung herumgegeistert ist.«

Martin ließ seine Arme auf die Tischplatte sinken und richtete sich in seinem Sessel auf. »Kannst du bitte deine Spitzfindigkeiten lassen und dich auf das Wesentliche konzentrieren!?« Dabei lachte er leise.

Konstantin lachte ebenfalls. »Jedenfalls hat deine Pia uns ja auf den Suppentopf aufmerksam gemacht, weil diese Sybille sich vor dem Spaziergang noch eine Suppe gekocht habe und deswegen bei Pia nichts essen wollte. Da haben wir viele Fingerabdrücke gefunden, auch im Gästezimmer und natürlich im Bad, die offensichtlich Sybille Grundmann zuzuordnen sind, was uns also – im Zusammenhang mit den Fingerabdrücken auf der Tatwaffe – vermuten lässt, dass diese Sybille Grundmann die Mörderin des unbekannten Toten ist.«

Eine Pause entstand.

»Nur, wo ist sie? Wohin ist sie entschwunden?«, sinnierte Martin. »Hast du denn irgendetwas über sie herausgefunden? Wo hat sie früher gewohnt? Wer und wo ist dieser Mirco, ihr Ehemann? Ihr Geburtsname ist Grundmann. Ist sie gar nicht verheiratet? Ist sie geschieden? Hat sie ihren Geburtsnamen wieder angenommen? In welcher Beziehung stand sie zu dem Toten? Pia erzählte sie doch, sie sei nach Mayen gekommen einer neuen Liebe wegen, die aber dann in Brüche ging. War der Tote vielleicht dieser Typ und hat sie ihn, weil er sie sitzen ließ, ermordet? Ich möchte endlich Antworten auf die vielen Fragen.«

»Ich auch, Martin, ich auch. Aber die Dame ist wie ein Geist, ein unsichtbarer Geist, der herumschwebt. Es gibt sie nicht«, fuhr

Konstantin fort. Gemäß Melderegister ist sie in Ediger-Eller geboren. Vor etwas mehr als zwölf Jahren hat sie sich dort abgemeldet
und seither ist sie weg vom Fenster.«

»Ist sie ins Ausland gezogen? Das wäre doch möglich. Aber Pia
erzählte sie doch, dass sie in Köln gelebt hätte, und diese Angelika
Ritter sagte doch auch so etwas Ähnliches.«

»Nichts – niente – nada«, war von Konstantin zu hören. Wenn
sie da gelebt hat, dann im Untergrund, sie ist da nicht gemeldet
und war es auch nie.«

Martins Blick glitt zum Fenster, das halb geöffnet war, um den
sonnigen Herbstnachmittag hereinzulassen. Von der Straße her
drangen die üblichen Geräusche in das stille Büro, das Brummen
von Automotoren, die Stimmen von Menschen, Rufen, Lachen.
Ein neues, immer lauter werdendes Geräusch kam hinzu. Martin
kannte es nur allzu gut von früher her, aus seiner Heimat im
Hunsrück, und auch von der Mosel. Ein riesiger Schwarm Wildgänse, von Norden her kommend, wo sie ihre Sommergebiete
verlassen hatten, flog laut krächzend über die Stadt, um in weit
entfernten, südlichen Gefilden zu überwintern. Hunderte dieser
dunkel gefiederten Tieren zogen in streng geordneter Formation in
einem leichten Bogen vorbei und verdunkelten für einen Moment
den blauen Himmel vor dem Fenster. ›Für mich gibt es keine trau-
rigeren Schreie als die der Wildgänse, wenn sie über uns hinweg
ziehen. Es sind verlassene, einsame, heimatlose Schreie. Ja, hei-
matlos, Martin, das ist das richtige Wort, so klingen diese Schreie.
Wie gut nur, dass wir eine Heimat haben.‹ Es war, als wenn Pia
ins Büro getreten wäre und diese Worte sprach, die er so oft von
ihr gehört hatte.

»Dann haben wir noch den Typ im Jagdhaus«, Konstantin heftete ein Phantombild, das nach Angaben von Pia erstellt worden
war, an die Pinnwand. »Was ist mit dem?« Er schaute zu Martin
hinüber. »He, hörst du mir überhaupt zu, oder was ist?«

»Ja, ja, ich höre. – Von dem haben wir bis jetzt auch nichts.
Oder?«

»Nein, nichts, nur dass er Pia sagte, er sei aus Hamburg

gekommen. Jedoch mit Reifenabdrücken war nichts. Dieser Weg, auf dem sein Wagen hinter der Hecke stand, ist ein Weg für Trecker und andere schwere Transportfahrzeuge, und da haben sie in letzter Zeit etliche Baumstämme abtransportiert. Der Boden ist völlig aufgewühlt.«

Martin dachte eine Weile nach. »Übrigens, was ist denn mit den Zahnärzten? Sybille sagte doch beim ersten Treffen zu Pia, sie habe einen Zahnarzttermin.«

»Es wurden alle Zahnärzte in Mayen und sogar in der näheren Umgebung kontaktiert, in Mendig, Ochtendung und so weiter – Hier ist der Bericht von Anja und Frank – aber bei keinem war an jenem fraglichen Nachmittag eine Sybille Grundmann angemeldet.

»Wie machen sich denn die zwei Neuen?«, wollte Martin wissen. Anja Ternes und Frank Krieger waren seit ein paar Wochen der Kripo Mayen für einige Zeit von Koblenz her zugeteilt worden. Frisch von der Polizeischule sollten die beiden jungen Leute in allen möglichen Abteilungen Praxisluft schnuppern.

»Ganz gut«, meinte Konstantin. »Ich war gestern mit ihnen in Kürrenberg und habe dort an der Straße, die an den Wald grenzt, und auch noch weiter in den Ort hinein Befragungen durchgeführt. Es ging darum, ob jemandem irgendwelche Leute aufgefallen sind, die fremd waren oder die sich vielleicht sonst wie ungewöhnlich verhalten haben. Das haben die zwei gut gemacht. Gerade Anja, die scheint ein ehrgeiziges junges Ding zu sein. Auch Frank bringt viel Motivation mit.«

»Waren wir am Anfang unserer Laufbahn nicht alle so? Wir wollten die Menschheit vor dem Bösen und dem Verbrechen schützen und bewahren und kamen immer mehr zu der Erkenntnis, dass unsere Kräfte dazu gar nicht ausreichen.«

»Jedenfalls ist in Kürrenberg niemandem etwas aufgefallen. Auch da gab es keine neuen Resultate.«

»Und in Nitztal? Du weißt, dass Sybille auch in diese Richtung den Berg hinunter hätte laufen können.«

»Das machen Anja und Frank gleich morgen. Allein, da brauche ich nicht mehr mit. Aber wir sollten jetzt nochmals nach Kürrenberg hinauffahren. Der Besitzer des Jagdhauses ist aus dem Urlaub zurück. Er erwartet uns.«

Martin stand auf und streckte sich. »Ich muss wieder einmal ins Fitnessstudio. Das wollte ich eigentlich heute nach Dienstschluss tun. Marion ist mit den Zwillingen bei ihren Eltern und kommt auch später nach Hause. – Na denn, komm, fahren wir los.«

Als sie vom Parkplatz aus auf den Waldweg einbogen, der zum Jagdhaus führte, war die Schranke oben. »Er ist also schon da«, meinte Konstantin.

»Wer ist es denn? Erzähl mal.«

»Sein Name ist Friedrich Mommsen, soll ein passionierter Jäger sein, arbeitet als Geschäftsführer in einer metallverarbeitenden Firma in Andernach. Mehr weiß ich auch noch nicht.«

Die Eingangstür mit den dicken Eisenstäben war geöffnet. Davor stand ein großgewachsener, etwas korpulenter Mann, der den beiden Kriminalkommissaren winkte, als diese aus dem Auto stiegen.

Der Händedruck des Jägers war kräftig und bestätigte, dass er es gewohnt war, fest zuzupacken, wenn es nötig war.

»Kommen Sie! Herein in die gute Stube.« Er trat als Erster in eine kleine Diele, die in einen großen Raum mündete, der die ganze Länge des Jagdhauses einnahm. An der rechten Wand waren zwei Fenster und vorn führte eine Tür auf die Holzveranda hinaus, die sich an drei Seiten um das Haus herum zog. Fenster und Tür, die sonst mit Holzläden gesichert waren, standen ebenfalls weit offen. »Ich musste erst einmal frische Luft hereinlassen, das ist sonst arg muffig, wenn wochenlang niemand hier war. – Aber setzen Sie sich doch.«

Nachdem sich die beiden Kommissare vorgestellt hatten, setzten sich alle drei an den langen, massiven Holztisch, der mindestens zwanzig Personen Platz bot. Martin schaute sich kurz um. Dies war der passende Raum, in dem Jäger ihre Siege über das erlegte Wild feiern konnten. Die Wände zeugten davon. Hirschgeweihe, Reh-Gehörn, Muffelschnecken – wie diese Trophäen auch immer heißen mochten, hingen friedlich nebeneinander. Auf einem Sockel standen verschiedene Präparate von Kleinwild wie Marder oder Iltis.

»Ja, schauen Sie sich ruhig um«, Friedrich Mommsen stand auf. »Was darf ich Ihnen denn anbieten? Wasser, Bier oder gar etwas Schärferes? Ist alles da.« Er lachte und ging zu der Theke, die vor der gegenüberliegenden Wand stand. Der Dielenboden knarrte unter seinen Füssen, die in schweren Stiefeln steckten.

»Wenn, dann lediglich ein Wasser«, meinte Martin.

»Verstehe.« Friedrich Mommsen lachte erneut. »Wie heißt es doch so schön? Bin im Dienst. Aber Sie haben nichts dagegen, wenn ich mir ein Bierchen genehmige.« Er öffnete hinter der Theke einen Kühlschrank, holte zwei kleine Flaschen Wasser und eine Flasche Bier heraus. »Sie sehen, wir sind gut eingerichtet. Wir haben einen Generator für Strom, und fließendes Wasser gibt es auch. Unter dem Balkon hinten sind zwei große Container, die das Regenwasser vom Dach einsammeln. Zum Trinken ist es natürlich nicht.« Erneut lachte er und zwischen dem buschigen Schnurrbart blitzen seine Zähne hervor. »Verdursten müssen wir jedoch nicht, wir sind reichlich mit Trinkbarem eingedeckt.« Er stellte zwei Gläser und die zwei Fläschchen Mineralwasser vor die Kommissare und legte einen Flaschenöffner dazu. Er selbst verzichtete auf ein Glas. Er nahm einen Schluck aus der Flasche und setzte sich wieder. »Also, womit kann ich Ihnen dienen?«

»Wie lange waren Sie nicht mehr hier?«, begann Martin.

»Da brauche ich nicht lange zu überlegen. Ich war drei Wochen in Urlaub, Jagdurlaub in Slowenien. An einem Sonntag bin ich gefahren und am Sonnabend davor war ich noch einmal hier.«

»Kam Ihnen jetzt etwas verändert vor hier in diesem Raum?«

»Wir haben hier oben nicht nur diesen Raum, sondern auch noch zwei Schlafzimmer und ein kleines Gästezimmer. Einige meiner Freunde kommen von etwas weiter her, sodass sie gerne hier übernachten. Es ist ja alles da, was man braucht, sogar ein

Badezimmer mit Dusche. Eine Toilette gibt es übrigens auch, dort hinter dem Haus unter dem Balkon. Natürlich sind wir kein Fünfsternehotel, aber für uns ist es eine bequeme Unterkunft. Aber um auf ihre Frage zurückzukommen: Mir ist nichts aufgefallen. Alles schien so, wie ich es verlassen habe.«

»Und wie ist das mit dieser Einliegerwohnung links am Haus?«

»Ah, das ist etwas anderes. Ich bin der Einzige, der für hier oben einen Schlüssel hat. Es ist ja auch alles gut gesichert, die Fenster, die Türen.« Er nahm einen erneuten Schluck aus der Bierflasche. »Vor Jahren ist einmal eingebrochen worden. Viele Geweihe wurden geklaut, sonst gibt es ja hier nichts Kostbares für Diebe. Aber mein Onkel hat damals überall alles sichern lassen, das Haus steht doch manchmal wochenlang leer.«

»Und unten auf der Seite?«

»Gehen wir doch gleich mal runter.« Friedrich Mommsen stand auf und strich sich über seinen kahl geschorenen Kopf. »Lassen Sie ruhig alles stehen, wir kommen ja gleich noch einmal hierher zurück.«

Martin und Konstantin folgten dem Jäger am Haus entlang zum Seiteneingang. Während Friedrich Mommsen am Schlüsselbund den richtigen Schlüssel suchte, betrachteten sie nochmals die Gegend. Abendliche Ruhe breitete sich bereits über die Wipfel der Bäume aus. Die Sonne war verschwunden und ein kühler Wind kam auf. Irgendwo in der Ferne läuteten Kirchenglocken den Feierabend ein.

Sie betraten einen dunklen Raum. Friedrich Mommsen ging als Erstes zu den Fenstern, um diese zu öffnen. Auch hier war die Luft muffig und es tat gut, den bunten Gardinchen zuzusehen, die nun eifrig im frischen Wind flatterten.

Es war ein geräumiges Zimmer mit einem Holzbett in der Ecke unter einem der Fenster. In der Mitte stand ein Tisch mit vier Stühlen. Alles aus massivem Holz, in der anderen Ecke ein bequemer Lehnsessel mit etwas abgewetztem Bezug.

»Auch hier ist alles, was man braucht«, war von Friedrich Mommsen zu hören. »Hinter der Tür dort neben dem Eingang ist ebenfalls ein kleines Bad. Und da, von dem Vorhang abgetrennt, eine Kochgelegenheit, wenn auch nur mit zwei Kochplatten und ein paar Töpfen. Aber das genügt doch.«

Martin hörte den Ausführungen des Jägers zwar zu, seine Aufmerksamkeit jedoch war auf etwas ganz anderes gerichtet. Über dem Bett war ein Regal angebracht, auf dem ein paar Bücher und Zeitschriften lagen. Daneben stand ein geflochtenes Körbchen mit einem großen Henkel. An der einen Seite des Griffs war eine rote Kordel befestigt.

»Wer außer Ihnen hat einen Schlüssel für diese Räumlichkeiten?« Martin drehte sich zu Friedrich Mommsen um.

Dieser schaute ihn erstaunt an, denn Martins Stimme war auf einmal lauter und strenger geworden. »Wie ich andeutete, für oben habe nur ich einen Schlüssel, aber hier unten haben einige meiner Freunde freien Zugang. Die haben alle einen Schlüssel. Ehrlich, ich kann Ihnen im Moment wirklich nicht genau sagen, wer das ist. Es sind jedenfalls alles gute Freunde von mir, denen ich voll vertraue.« Nach einer Weile fügte er hinzu: »Wenn ich so darüber nachdenke, muss ich vielleicht noch gestehen, dass der eine oder andere Kollege mal den Schlüssel an jemand anderen ausleiht. Wir sind ja alles gestresste Geschäftsleute und manch einer ist froh darüber, wenn er mal ein oder zwei Tage ausspannen kann.«

Konstantin Röhrig hatte inzwischen ebenfalls das Körbchen auf dem Regal bemerkt. »Sagen Sie, Herr Mommsen, bringen denn Ihre Freunde manchmal auch ihre Frauen oder sonstige Bekannte mit?«

Friedrich Mommsen strich sich seinen Schnurrbart zurecht und lächelte. »Ah, verstehe. Sie meinen, ob der eine oder andere diese Unterkunft für ein Stelldichein benutzt?«

»Das meinte ich zwar nicht, aber tun sie's?«

»Ich bin hier doch kein Anstandswauwau. Und wir sind doch alles erwachsene Menschen. Das könnte also schon sein. Ich weiß das wirklich nicht. Und ganz ehrlich: Es interessiert mich auch nicht.«

»Aber zur Jagd? Sind da manchmal Frauen dabei?«

»Wir sind ein reiner Männerverein, wenn wir als Jäger unterwegs sind. Manchmal, wenn wir in den oberen Räumen feiern, sind schon ab und zu weibliche Wesen mit dabei. Wäre ja sonst langweilig.«

»Sind Ihnen die Namen der Damen geläufig, die schon einmal hier waren?« Martin war sich ziemlich sicher, dass sie hier nicht weiterkommen würden, er wollte aber nicht so schnell aufgeben.

Friedrich Mommsen schüttelte den Kopf. »So aus dem Stand heraus nicht, das muss ich ehrlich zugeben.«

»Haben Sie vielleicht einmal den Namen Sybille Grundmann gehört?«

Nach einer Pause schüttelte Friedrich Mommsen erneut den Kopf. »Nein, nie gehört. Unter meinen Freunden ist auch keiner, der Grundmann heißt.«

»Also, Herr Mommsen, verschließen Sie jetzt bitte wieder die Fenster, wir möchten uns nochmals mit Ihnen oben im Haus unterhalten.« Martin sah zu, wie der Angesprochene seiner Bitte nachkam. »Bitte fassen Sie jetzt nichts mehr an. Wir müssen jetzt hier die Eingangstür versiegeln. Morgen früh wird die Spurensicherung hierher kommen. Ist es möglich, dass Sie dann auch anwesend sind?«

»Ja, natürlich, ich habe sowieso noch zwei Tage Urlaub. Aber ich wäre Ihnen dankbar, wenn Sie mich endlich darüber aufklären könnten, was überhaupt passiert ist. Der Jagdpächter hat von einem Toten erzählt, der unten am Weg entdeckt wurde. Mehr weiß ich aber nicht. Und was soll mit dieser Sabine Grundmann sein?«

»Sybille Grundmann«, korrigierte ihn Martin und klebte das Siegel an die Tür.

Als sie oben im Haus wieder an dem riesigen Tisch saßen, zog Konstantin ein Foto aus der Tasche und legte es vor Friedrich Mommsen hin. »Kennen Sie diesen Mann?«

Friedrich Mommsen sah das Foto lange an. Martin und Konstantin betrachteten sein nachdenkliches von Luft und Sonne gegerbtes Gesicht. Nichts Auffälliges war darin zu entdecken, weder ein leichtes Erschrecken noch eine unterdrückte Überraschung. »Nein«, sagte er nach einer Weile, »dieser Mann ist mir völlig unbekannt. – Der sieht aber nicht aus wie ein Jäger, so elegant wie der angezogen ist.«

»Soweit kamen wir bis jetzt auch.« Konstantin steckte das Foto zurück in seine Aktentasche. »Aber vielleicht haben Sie ihn einmal gesehen, irgendwo, in der Stadt oder sogar hier in der Nähe.«

»Nein, wirklich nicht. Ist der ermordet worden?«

»Wir befinden uns am Anfang der Ermittlungen und – das wenigstens dürfen wir sagen – treten so ziemlich auf der Stelle. Wir müssen aber annehmen, dass jemand, der mit der Sache zu tun hat, in dieser Einlieger-Behausung gewesen ist.«

»Damit wollen Sie aber nicht sagen, dass einer meiner Freunde ein Mörder sein könnte.« Friedrich Mommsen nahm den letzten Schluck aus seiner Flasche und atmete schwer. »Das kann nicht sein. Nein, das ist unmöglich.«

»Das behaupten wir ja auch gar nicht«, beruhigte Martin den Mann. Er dachte: Wahrscheinlich leidet er an zu hohem Blutdruck und regt sich leicht auf. Er stand auf. »Hier, das ist unsere Telefonnummer, falls Ihnen noch etwas einfallen sollte.«

»Und falls es möglich ist, fertigen Sie uns doch bitte eine Liste mit Adressen und Telefonnummern Ihrer Freunde an, die einen Schlüssel zu der unteren Unterkunft haben.«

»Die wird aber sicherlich unvollständig sein. Wie ich Ihnen sagte, leihen sie sich manchmal untereinander den Schlüssel aus.«

»Dann machen Sie einfach eine Liste all Ihrer Freunde. So schnell wie möglich, bitte.« Martin streckte ihm zum Abschied die Hand entgegen. Der Druck des Jägers war nicht mehr so fest und kräftig wie bei der Begrüßung. Er wirkte mit einem Mal fahrig und mit seinen Gedanken irgendwo anders.

Sie hatten gerade den Parkplatz hinter sich gelassen und waren auf die B 258 nach links Richtung Mayen eingebogen, als sich

Martins Handy meldete. Er sah auf das Display und begann zu lächeln.

»Oho«, orakelte Konstantin, der am Steuer saß, »der Chef ist das ganz bestimmt nicht.«

Martin ging gar nicht erst auf ihn ein, sondern sagte: »Hallo, Pia, welche Überraschung.«

»Martin, wo bist du?«

»Warum? Ist etwas passiert?«

»Ich bin jetzt zu Hause. Eben angekommen. Ich war in Ediger-Eller, die Weinlese hat angefangen und ich habe den Eltern eine paar Tage geholfen. Ich sollte dir nun aber etwas Wichtiges berichten. Wenn du noch im Büro bist, könnte ich schnell rüber ins Forum kommen.«

»Nein, nein, bleib zu Hause. Ich bin unterwegs, aber in knapp zehn Minuten kann ich bei dir sein. Passt das?«

»Aber ja. Ich kann Kaffee kochen bis du kommst!«

»Ja, gute Idee. Bis gleich.«

»Soll ich dich in den Trinnel fahren?«, fragte Konstantin und drückte ein wenig stärker aufs Gaspedal. »Ich fahre so schnell es geht, Miss Marple überreicht dir sicher den Mörder auf einem Tablett oder weiß, wo sich ihre Freundin Sybille aufhält.«

»Du kannst es einfach nicht lassen, was?«

Neben der Volksbank an der St.-Veit-Straße ließ Konstantin seinen Kollegen Martin aussteigen. »Und grüß Miss Marple von mir.«

Pia erwartete ihn oben auf der Treppe vor der Wohnungstür. Neben ihr stand Tinchen und rief fröhlich: »Onkel Martin, da bist du ja. Wir haben etwas Neues erfahren, das ganz wichtig ist für dich, meint Mama.«

Martin beugte sich zu der Kleinen hinunter und strich ihr durch die dichten Locken. »Da bin ich aber mal gespannt. Und dich begrüße ich natürlich auch.« Taps wollte ebenfalls über den Kopf gestreichelt werden, anders hätte er keine Ruhe gegeben.

»Der Kaffee steht schon bereit.« Pia fasste Martin an der Hand und führte ihn in die Diele. Als sie das Wohnzimmer betraten, sprang ein schwarzer Schatten vom Fensterbrett hinunter hinter die Couch.

»Ach Molly, Dummchen, tu nicht so. Das ist Martin, den kennst du doch.«

Pia hatte bereits Kaffeetassen auf den niedrigen Tisch neben der Couch gestellt. »Ich hole gleich den Kaffee.«

»Kann ich ein Glas Saft haben?«, rief Tinchen hinter ihr her. Sie kletterte auf die Couch und setzte sich neben Martin. »Ich muss nämlich bei dem Gespräch dabei sein«, flüsterte sie Martin geheimnisvoll zu, »damit ich kontrollieren kann, ob Mami auch alles richtig erzählt.«

Pia kam zurück und schenkte Kaffee ein. »Soweit ich mich erinnere, trinkst du den Kaffee am liebsten ohne etwas, stimmt's?«

»Richtig erinnert.« Er nahm die Tasse und versuchte einen Schluck zu nehmen, stellte sie aber sofort auf den Tisch zurück. »Viel zu heiß. – Also, ich war eben nochmals beim Jagdhaus oben. Der Besitzer zeigte uns die Räumlichkeiten. Und weißt du, was ich in dieser unteren Behausung gefunden habe?«

Pia sah ihn fragend an und zuckte die Schultern.

»Den Mörder«, rief Tinchen vergnügt. »So wie du letztes Mal den Mörder gefunden hast.«

»Tinchen!«, ermahnte Pia. »Du gehst jetzt wohl am besten in dein Zimmer, da sind doch deine Kuscheltiere, die warten auf dich.«

»Nein, ich muss hier bleiben, das habe ich schon zu Martin gesagt. Ich kann dir dabei helfen, falls du etwas vergisst bei deiner Erzählung.«

Pia seufzte und lächelte zu Martin hinüber. »Also, was hast du im Jagdhaus entdeckt?«

»Das Körbchen, von dem du gesprochen hast. Du sagtest doch, es hätte außen auf einer Fensterbank gestanden. Als wir kamen und den Tatort und die Umgebung fotografierten, war es aber nicht mehr da. Stattdessen stand es drinnen auf einem Regal. Jemand muss es also reingeholt haben.«

»Aber wer? Vielleicht der Typ, der mich angeschrien hat. Oder gar Sybille selbst. Vielleicht wurde sie von dem Kerl gefangengehalten, gefesselt, mit einem Klebeband über dem Mund, sodass sie nicht schreien konnte.«

»Pia, hör auf! Deine Fantasie geht ja wieder mit dir durch«, sagte Martin streng, dabei lachte er jedoch.

»Weißt du noch? Wolfgang hat mich einmal entführt und in einer kleinen Höhle unterhalb der Kreuzkapelle festgebunden. Da habe ich ganz laut geschrien, bis du mich gefunden hast.«

»Und wie du geschrien hast«, fuhr Martin fort, »das war ja grauenvoll. Ich habe nie begriffen, wie du einen so lang gezogenen, gellenden Schrei ausstoßen konntest. Der zog sich über die Dächer von Ediger-Eller hin über die Mosel bis in den Hunsrück hinüber.«

»Du musst ganz viel Luft in dich hineinpumpen, so tief wie möglich in den Bauch hinunter, dann in die Seiten, ins Zwerchfell und in die Lungen, bis hinauf in den Hals. Du musst das Gefühl bekommen, dass du gleich platzt. – Ach, war das schön, Martin, du hast mich dann gefunden. Ich war ganz verdreckt, Wolfgang hatte mich mit Erde zugeschüttet. Aber du hast mich entdeckt und gerettet.«

Eine Pause entstand. Selbst Tinchen war ganz still und dachte über das Gehörte nach.

»Also, Pia, zurück in die Gegenwart. Was hast du mir zu berichten?«

»Wie ich dir bereits sagte, wir waren ein paar Tage bei den Eltern. Die Helfer aus Polen sind gekommen und ich half Mutter beim Kochen und natürlich auch im Wingert. Ein Stück weiter die Straße hoch, das vierte Haus, das war das Weingut der Grundmanns. An einem Vormittag, als ich mit Mutter in der Küche das Mittagessen vorbereitete, ging eine Frau vorbei, die ich nicht kannte. Mutter sagte, das sei die neue Besitzerin von Grundmanns Weingut. Sie und ihr Mann hätten den Betrieb nach der Zwangsversteigerung übernommen. Sie stammen von irgendwoher an der Untermosel. Also, ich, kurz entschlossen, nehme mein Tinchen, schnappe mir Taps und sage zu Mutter, dass ich einen kurzen Spaziergang mache. – Willst du noch einen Kaffee?«

»Ja, gerne.«

Nachdem Pia Martins Tasse erneut gefüllt hatte, fuhr sie fort. »Ich erreichte die Frau gerade, als sie in den Hof hinein wollte. Ich sprach sie einfach an und stellte ihr einige Fragen. Vor allen Dingen wollte ich erfahren, ob sie Sybille Grundmann kenne und ob diese in den letzten Tagen hier gewesen sei. Doch sie verneinte. Sie habe diese Sybille Grundmann nie gesehen, nie etwas von ihr gehört. Und überhaupt, weshalb ich denn das alles wissen wolle.«

»Sie glaubte, Mami sei eine Polizistin«, fuhr Tinchen dazuwischen. »Lustig, nicht?«

»Ich sagte ihr, dass ich eine Schulfreundin von Sybille sei. Da fing die Frau an zu lachen. Diese Sybille habe ja anscheinend viele Schulfreunde gehabt. Es sei nämlich heute Morgen ein Mann da gewesen, der ebenfalls diese Sybille suchte und behauptete, er sei ein alter Schulfreund von ihr. Natürlich wollte ich dann wissen, wie der angebliche Schulfreund ausgesehen habe.«

»Da wurde die Frau sogar sehr böse und schimpfte mit Mama«, fuhr Tinchen fort.

»Ja«, bestätigte Pia, »sie wurde richtig böse, sagte, sie hätte weiß Gott jetzt bei der Lese anderes zu tun, als irgendwelche fremden Kerle anzuschauen. Er sei dann die Straße hinunter gegangen, dort bei der Biegung hatte er sein Auto stehen. Aber Marke und Nummer hätte sie nicht sehen können. Sie habe ihre Brille nicht aufgehabt.«

»Und das ist alles, Pia?«

»Ja, ich dachte, das sei wichtig. Da ist ein fremder Typ, der Sybille sucht. Warum? Hat er gesehen, wie Sybille den Mann auf dem Waldweg umgebracht hat? Oder hat er ihn umgebracht? Martin, da ist so vieles unbegreiflich. Und wo nur ist Sybille? Ist sie vielleicht auch schon tot? Sag es mir doch, wenn du mehr weißt. Diese Ungewissheit ist zermürbend.«

»Wem sagst du das, Pia. Aber nochmals: überlege es dir genau. Ist das wirklich alles, was du herausgefunden hast?«

»Ja, sicher«, nickte Pia. »Ich habe dir doch versprochen, alles zu melden, was ich erfahre. Wirklich, das ist alles.«

Pia log nicht. Sie sagte in der Tat die Wahrheit. Denn sie hatte den Mann hinter einem Mauervorsprung am Ende der Straße nicht bemerkt und sie konnte auch nicht hören, was der in sein Handy sprach, nachdem sie im elterlichen Hof verschwunden war.

»Hi, ich bin's. Ich bin in Ediger-Eller. Auch hier von Sybille keine Spur. Aber weißt du, was ich entdeckt habe? Die Tussi, die zum Jagdhaus kam mit ihrem blöden Kläffer, die ist hier aufgetaucht. Erst ist mir das Auto mit einer Mayener Nummer aufgefallen, dass an der Straße stand. Ich dachte, da warte ich mal. Und siehe da, nach einer Weile kam sie aus dem Haus, mit einem kleinen Mädchen, wahrscheinlich ihre Tochter, und der Köter war auch dabei. Sie ging zum Grundmann-Weingut und dort hat sie mit der Besitzerin gequatscht, die ich vorher auch gesprochen hatte. Ich sage dir, der habe ich von Anfang an nicht getraut, wie sie da von einem schönen Jagdhaus gequasselt hat und von einer Freundin, die sie verloren hat. Die steckt doch mit drin in der ganzen Sache. Jedenfalls, ich finde raus, wo sie in Mayen wohnt und dann knöpfe ich sie mir mal vor.«

10. Kapitel

Als sie in die Küche kam und das Kaffeegeschirr von gestern Abend auf der Spüle stehen sah, fühlte sie einen leichten Stich in der Brust. Wie immer, wenn etwas Schönes vorbei war. Zum Beispiel wenn sie sich an der Raststätte Elztal von Sven verabschieden musste. Die gemeinsamen Tage mit ihm waren zu Ende. Jeder ging nun wieder seine eigenen Wege durch den gewohnten Alltag, hatte alleine die auftauchenden Probleme zu bewältigen, um die vor ihm stehenden Aufgaben zu erfüllen. Aber da war dann auch wieder die Freude auf das gemeinsame Wiedersehen irgendwann in der nahen Zukunft, sodass die kleine Wunde, die der Stich verursachte, sofort wieder verheilte.

Pia begann, das Geschirr in die Spülmaschine einzuräumen. Martins Tasse behielt sie einen Moment in der Hand und lächelte. »Ach, Martin – ein schöner Abend war es gestern.« Nachdem alle benutzten Teller und Tassen in der Maschine untergebracht waren, begann sie damit, den Frühstückstisch zu decken. Ein Blick auf die Küchenuhr an der Wand ließ sie schneller werden. »Tinchen«, rief sie, »beeil dich, wir müssen bald los.«

»Wo ist mein roter Pullover?«, erschallte es als Antwort aus dem Kinderzimmer. »Du weißt schon, der, den Omi gestrickt hat.«

»Schätzchen, der ist dir doch viel zu klein geworden, den kannst du nicht mehr anziehen.«

»Ich will aber.«

Pia gab keine Antwort darauf. Sie kannte ihre kleine Tochter. Wenn die sich etwas in den Kopf gesetzt hatte, war es schwierig, sie von etwas anderem zu überzeugen. Nur gut, dass Oma bereits einen ähnlichen, nur größeren roten Pullover in Arbeit hatte, der als Weihnachtsüberraschung für Tinchen gedacht war.

Nach einer Weile kam Tinchen in die Küche. »Hast recht, Mami, der ist viel zu klein. Hilf mir bitte, wieder rauszukommen, allein schaffe ich das nicht.«

Gemeinsam gelang es ihnen, Tinchen aus dem engen Wirrwarr

von Halsausschnitt und Ärmeln zu befreien. »Nun, komm aber und trink deinen Kakao. Wir sind spät dran, um neun Uhr müssen wir in Koblenz sein.«

Endlich war es so weit. Tinchen und Taps saßen hinten im Auto. Molly war zum Abschied damit getröstet worden, dass genügend Futter im Fressnapf in der Küche sei und dass man abends nicht spät nach Hause komme. Die Katzendame nahm es gelassen. Sie hatte gerade gefrühstückt, saß an ihrem Lieblingsplatz auf der Fensterbank und putzte sich ausgiebig, so, wie sie es nach jeder ihrer Mahlzeiten tat. Anschließend würde ein oder zwei Stündchen oder auch ein bisschen mehr geschlafen, falls nicht eine Fliege sich in ihre Nähe verirrte, die dann gejagt werden musste.

Nur gut, dass Molly sich so angepasst hat, dachte Pia, als sie den Motor des Fiats startete. So ein Tag allein zu Hause machte ihr nichts aus und sie hatte sich auch schnell daran gewöhnt, nach Ediger-Eller mitzufahren. Anfänglich kam aus dem Katzenkorb zu Beginn der Fahrt ein jämmerliches Miauen und Jaulen, schließlich aber sah Molly ein, dass es nicht gefährlich war, in einer sich bewegenden Wohnung durch die Gegend zu schaukeln. »Ihre Molly ist fit und gesund und wird bestimmt uralt«, hatte die Tierärztin anlässlich des letzten Kontrollbesuches gesagt.

»Mami, kommt Onkel Martin jetzt öfter zu uns?«, wurde Pia aus ihren Gedanken gerissen.

»Nein, Schatz, Onkel Martin hat sehr viel zu tun und er hat seine eigene Familie, um die er sich kümmern muss.«

Natürlich hätte auch sie es gern gehabt, wenn Martin sie öfter besuchen würde. Der gestrige Abend war wirklich schön gewesen. Nach dem Kaffee hatte sie ein paar Schnittchen gemacht und eine Flasche Wein vom elterlichen Weingut dazugestellt. Es gab so viel zu erzählen, sich zu erinnern und zu lachen über damals, als man noch so jung war. Tinchen hörte mit großen Augen zu und stellte dann Martin mit ernster Miene die Frage: »Wenn du Mami so lange kennst, warum hast du denn eine andere geheiratet und nicht sie?«

»Meine Kleine«, sagte Martin nach einer Pause, »es geht im Leben eben nicht immer so, wie man möchte.«

Kurz vor neun schloss Pia in Koblenz die Bürotür auf. Ärgerlich, dass ausgerechnet jetzt, wo die Weinlese begonnen hatte, Wolfgang und Hinrichs für drei Tage auf einen Lehrgang mussten. Die neue Sekretärin war zwar eingestellt, konnte aber erst im November mit der Arbeit beginnen. Also musste Pia dran glauben. Aber sie hatte den Eltern versprochen, sofort wieder zu kommen, um zu helfen, sobald die beiden Männer zurück waren.

Tinchen setzte sich mit einem Malblock an den kleinen Tisch neben Pias Schreibtisch. Sie wollte ein Bild von Opa malen, vor allem aber von Marek und Elsbieta, die aus Polen angereist waren und die so komisches Deutsch sprachen. Pia ließ gerade den Computer hochfahren, als ihr Handy, das sie diesmal nicht vergessen hatte, klingelte.

»Engelchen, guten Morgen, bist du schon wach?«

»Du bist gut, wir sind bereits im Büro in Koblenz«.

»Wir?«

»Ja, ich habe Tinchen dabei. Sie kann jetzt nicht an der Mosel sein, die Lese hat begonnen und die Eltern haben alle Hände voll zu tun.«

»Und warum hilfst du ihnen nicht?«

»Weil mein Bruder und sein Partner auf einen Lehrgang mussten. Übermorgen wollen sie wieder hier sein.«

»Das passt ja wunderbar, Engelchen, übermorgen bin ich auch hier, ich meine bei dir. Und weißt du was? Ich habe mit meinem Vater telefoniert. Ich bleibe eine Woche oder sogar länger. Da haben deine Eltern zwei Hände mehr im Weinberg.«

»Das ist ja ganz fantastisch«, rief Pia. »Ich freue mich, und die an der Mosel freu'n sich noch mehr, wenn ich es ihnen erzähle.«

»Halten wir also übermorgen Abend fest.«

»An der Tankstelle, wie immer, ja? Und du rufst mich an, wenn du weißt, um wie viel Uhr du da sein wirst.«

»Versprochen, Schatz, ich freue mich auf dich.«

Pia konnte sich nach dem Gespräch nicht richtig auf ihre Arbeit konzentrieren. Eine Woche Gemeinsamkeit, wenn auch ausgefüllt mit viel Arbeit, aber trotzdem, sie waren beieinander, die ganzen vierundzwanzig Stunden des Tages gehörten ihnen beiden allein, so, wie in einer ganz normalen Familie, keiner musste weg, keiner war gezwungen, den anderen alleinzulassen. Das war ein großes Geschenk, das sie soeben bekommen hatte. Denn die letzten Wochen und Monate waren eine Zeit der Entbehrung gewesen, während der sie jedoch deutlich erfahren hatte, wie sehr sie Sven vermisste, ihn herbeisehnte und wie sehr sie ihn liebte.

»Mami, ich habe Hunger!« Tinchen stand plötzlich neben Pia. »Kann ich etwas zu essen haben?«

»Sicher, komm in die Küche.«

Während Tinchen ein Honigbrot aß und eine Glas Milch trank, ging Pia die eingegangene Post durch, die sie mit in die Küche mitgenommen hatte. Wichtiges war nicht dabei, außer ein paar Rechnungen, die sie heute noch begleichen wollte. Dann bemerkte sie, wie müde ihre kleine Tochter war. »Komm, Schatz, du schläfst jetzt ein bisschen und Mami arbeitet währenddessen draußen am Computer.« Widerstandslos ließ sich das kleine Mädchen auf die Couch legen und in eine Wolldecke einpacken. Kurz darauf war sie bereits eingeschlafen.

Kaum hatte sich Pia an den Computer gesetzt, klingelte es an der Eingangstür. »Heute komme ich aber zu rein gar nichts, wenn das so weitergeht. Und du, sei ganz still«, beruhigte sie Taps, der gleich zu bellen anfangen wollte. Schnell nahm sie ihn auf den Arm. »Nicht bellen, du willst doch Tinchen nicht aufwecken.« Sie eilte durch den Flur und öffnete die Eingangstür.

Vor ihr stand mit zerknirschter Miene Sybille. »Bist du mir sehr böse, Pia?«

Pia war völlig überrumpelt und suchte nach Worten, fand aber keine.

»Darf ich reinkommen, ich muss dir einiges erklären. Es tut mir alles ja so leid.«

Noch immer sagte Pia kein Wort. Sie öffnete die Tür etwas

mehr, damit Sybille eintreten konnte. Dann wies sie diese in ihr Büro, in dem bereits zwei Schreibtische mit Computern standen, da ja die Neue bald hier anfangen würde. Die große Schiebetür, die in Wolfgangs Büro führte, war geöffnet, ebenfalls die Verbindungstür zu Hinrichs Räumlichkeit.

»Mein Gott, ihr seid ja fein eingerichtet.« Sybille sah sich staunend um. »Das hätte ich gar nicht gedacht, dass aus dem ›Kleinen‹ mal ein so großer Boss würde.«

Pia sagte immer noch nichts. Sie musterte Sybille von oben bis unten. Seit ihrem Spaziergang im Wald hatte diese sich ziemlich verändert, wenigstens was ihre Kleidung anbelangte. Die Wanderhose und der Schlabberpullover waren verschwunden, stattdessen trug sie einen engen schwarzen kurzen Rock, einen ebenso schwarzen Top und darüber eine hellgraue kurze Jacke. Die groben Wanderschuhe hatten eleganten schwarzen Pumps mit ziemlich hohem Absatz Platz gemacht. Der blonde Pferdeschwanz war geblieben, aber Pia fiel auf, dass sie nicht so ordentlich gekämmt war, wie sie es sonst an ihr kannte. Irgendwie war sie etwas zerzaust, so als hätte sie eine Mütze aufgehabt. Nicht ungewöhnlich, denn die Morgenstunden waren doch bereits ziemlich frisch, ging es Pia durch den Kopf.

»Setz dich«, waren die ersten Worte, die Pia zu Sybille sagte. »Ich nehme an, du bist nicht gekommen, um unsere Büros zu bewundern.«

Sybille setzte sich auf den Stuhl am Schreibtisch, auf den Pia gezeigt hatte. Sie stellte ihre Tasche neben sich auf den Boden und schlug die Beine übereinander, sodass der kurze Rock nach oben rutschte und einen Blick auf die schwarz bestrumpften Oberschenkel bis weit hinauf gewährte. Wie manchmal bei Talkshows im Fernsehen, dachte Pia, obwohl man als Frau ja wissen sollte, wie sich kurze Röcke beim Sitzen verhalten.

»Also was willst du?«, fragte sie Sybille ziemlich barsch, denn sie ärgerte sich, dass diese einfach so hereinplatzte, als wenn nichts gewesen wäre. Und überhaupt, was hatte sie hier zu suchen? »Wieso kommst du überhaupt hierher in unser Büro?«

Sybilles Gesicht wirkte nun noch zerknirschter. »Du bist mir böse, Pia, das verstehe ich ja. Das war wirklich nicht anständig von mir, dich und Tinchen so im Wald stehenzulassen. Aber es ist etwas Unerwartetes geschehen, ich konnte nicht anders, als zu verschwinden. Nur kann ich dir das alles nicht erklären, nicht jetzt, vielleicht später einmal.«

»Warum bist du denn überhaupt aufgekreuzt, wenn du es nicht sagen kannst. Nein, Sybille, das nehme ich dir alles nicht ab. Du redest um den heißen Brei herum. Sei einfach ehrlich und beantworte mir nur die eine Frage: Hast du den Mann da oben beim Jagdhaus umgebracht?«

Eine Pause entstand. Es war totenstill in dem Büro. Plötzlich war aus der Ferne eine Polizeisirene zu hören. Das Geräusch näherte sich und wurde immer lauter. Pia fiel auf, dass Sybille erschrak und zusammenzuckte. Aber innerhalb kurzer Sekunden hatte sie sich wieder völlig in der Gewalt. Mit großen Augen sah sie zu Pia hinüber, die ihr gegenüber am Schreibtisch saß. »Was für einen Mann? Davon weiß ich ja gar nichts.«

Pia wurde erneut ärgerlich. »Ach komm, hör doch auf mit dem Theater. Es kam in allen Zeitungen, im Fernsehen und im Radio, dass man bei dem Jagdhaus oben bei Kürrenberg einen ermordeten Mann gefunden hat.«

»Ehrlich, Pia, davon habe ich keine Ahnung. – Ich war auch gar nicht hier, ich musste auf eine längere Reise.« Sybille spürte, dass sie es bei Pia nicht mehr so leicht hatte wie damals, als sie noch Kinder waren. »Ich habe so viel um die Ohren, das musst du mir glauben. Ich bin völlig verzweifelt.« Sie zog eine Packung mit Papiertaschentüchern aus ihrer Tasche. Wenn Worte nicht genügten, um Pia auf ihre Seite zu ziehen, musste sie noch einen draufsetzen.

Pia sah, wie Tränen in Sybilles Augen traten und ihr über die Wangen liefen. Erst nur zwei, dann immer mehr.

»Ach, Pia«, schluchzte Sybille und fingerte ein Taschentuch aus der Packung, »wir waren doch einmal enge Freundinnen, nein, Schwestern waren wir. Erinnerst du dich? Wir saßen jahrelang nebeneinander auf der Schulbank, wir vertrauten uns unsere tiefsten Geheimnisse an, ich habe dir geglaubt und du mir. Und jetzt denkst du wirklich, dass ich eine Mörderin sein könnte?«

In Pia machte sich ein seltsames Gefühl bemerkbar. Spielte ihr Sybille hier nur etwas vor – so wie früher? Aber was bezweckte sie damit? Was wollte sie? Was erwartete sie von ihr? Ganz unheimlich wurde ihr zumute. Was hatte Sybille ihr früher für Märchen erzählt, immer gerade so, wie sie es haben wollte. Und Pia hatte ihr alles geglaubt, bis ..., ja, bis Martin erschien und sie darauf aufmerksam machte, dass sie Sybille gegenüber nicht so leichtgläubig, so vertrauensselig sein solle. Diese sei in seinen Augen – und nicht nur in seinen – ein kleines Luder, eine, vor der man sich in Acht nehmen müsse.

Es schien, als wären Sybilles Gedanken in die gleiche Richtung gewandert. Sie fragte unvermittelt: »Was ist eigentlich aus deinem Martin geworden? Warum habt ihr nicht geheiratet? Ihr wart doch ein so großes Liebespaar?«

Pia hatte schon auf der Zunge, dass Martin in Mayen bei der Kripo arbeite, doch im letzten Moment hielt sie sich zurück. Sie hasste Lügen. Lügen waren für sie Feigheit vor der Wahrheit. Der Lügner hatte Angst vor den Folgen der Wahrheit. Er wollte sich oder jemand anderen schützen, oder, was noch viel schlimmer war, er wollte sich selbst schützen und jemand anderem schaden. Dieses Mal jedoch durfte sie nicht die Wahrheit sagen, sie musste lügen. Deshalb sagte sie: »Ach, Martin, nachdem er nicht mehr nach Ediger-Eller in die Ferien kam, haben wir uns völlig aus den Augen verloren.« Bis hierhin war es noch die Wahrheit. Aber dann schloss sie mit den Worten: »Seither habe ich ihn nie mehr gesehen. Ich habe keine Ahnung, was aus ihm geworden ist.«

Sybille hatte inzwischen ihre Tränen getrocknet und ihren traurig-zerknirschten Blick wieder aufgesetzt. »Hör mir zu, Pia, ich habe dir zwar gesagt, dass ich keine finanziellen Sorgen habe, dass es mir in dieser Hinsicht gut geht, aber das ist auch alles. Ansonsten ist mein Leben eine Katastrophe. Mein Mann,

Mirco, ich erwähnte ihn bereits, war alles andere als ein idealer Ehegatte. Er verdiente mit einem zweifelhaften Immobiliengeschäft viel Geld, das er aber immer gleich wieder ausgab. Er war ständig pleite. Als ich zu ihm zog, habe ich angefangen, in seinem Geschäft mitzuarbeiten. Ach, was heißt ›mitarbeiten‹?! Den ganzen Laden habe ich geschmissen. Er hat die Leute belogen und betrogen und ihnen das Geld aus der Tasche gezogen. Ich hielt das einfach nicht mehr aus. Auch war er dauernd weg und hat sich mit irgendwelchen Weibern ein schönes Leben gemacht. Ich musste weg von ihm und irgendwo einen Neuanfang suchen.«

»Aber du hast mir doch erzählt, er sei ein Macho gewesen, der von vorn und hinten bedient werden wollte und von dir verlangte, wie ein Hausmütterchen nur für ihn da zu sein.« In Pia verstärkte sich das ungute Gefühl. Es war wie früher, das eine Mal erzählte Sybille eine Geschichte auf die eine Art und am nächsten Tag auf die andere. Und noch immer hatte sie nicht gesagt, was sie eigentlich wollte.

»Ihr habt wirklich ein tolles Büro hier, Pia, ich erwähnte es ja schon. Ist sicherlich auch spannend was ihr hier macht. Vielleicht sollte ich auch so einen Beruf lernen. Irgendetwas muss ich aus meinem Leben ja machen, ich kann ja nicht nur so in den Tag hinein leben. Im Fernsehen sehe ich mir gerne Krimis an. Die Polizisten sind alle immer bewaffnet, auch die Detektive oder die Sicherheitsleute. Ich kenne mich da zu wenig aus. Wie ist das im wirklichen Leben? Hat Wolfgang auch eine Waffe?«

Pia war froh, dass das Thema »Martin« abgehakt zu sein schien. Sie fühlte sich wieder sicherer, denn sie hätte nicht gern noch weitere Lügen ausgesprochen. Über Wolfgang zu sprechen war harmlos, sie sah da keine Gefahr. Außerdem war sie auch stolz auf ihren erfolgreichen Bruder. »Klar hat er eine Waffe, was meinst du denn?!«, war ihre prompte Antwort.

»Irre, und die trägt er immer mit sich herum?«

Pia schüttelte den Kopf. »Nein, natürlich nicht. Nur wenn er sich im Einsatz befindet. Jetzt ist er mit seinem Partner auf Fortbildung, da hat er die Pistole nicht mitgenommen. Die bewahrt er immer in seinem Schreibtisch auf.«

Als Sybille bemerkte, dass Pia ihre Papiere auf dem Schreibtisch zu ordnen begann, rief sie besorgt aus: »Ich stehle dir deine Zeit, entschuldige, du musst arbeiten, ich gehe jetzt wohl besser.«

»Einen Moment, Sybille, du könntest mir einen Gefallen tun, wenn du schon hier bist. Ich gehe mal schnell mit Taps runter, der muss das Bein heben. Und dabei hole ich gleich noch ein Brot beim Bäcker. Tinchen schläft in der Küche, die auch gleichzeitig unser Ruheraum ist. Könntest du noch kurz hier bleiben, bis ich wiederkomme? Falls Tinchen in der Zwischenzeit aufwacht, bin ich beruhigt, wenn jemand da ist.«

Pia befestigte Taps an der Leine, deshalb sah sie nicht das Aufblitzen in Sybilles Augen. »Ja, natürlich, ich bleibe gern. Vielleicht hast du eine Zeitung für mich?«

»Hier, die heutige Rheinzeitung. Bis gleich, es dauert nicht lange.« Und weg war sie.

Sybille hörte im Flur die Tür ins Schloss schnappen. Sie wartete noch eine Weile, dann stand sie schnell auf und ging so leise es ihre Stöckelschuhe erlaubten, durch die offene Schiebetür zu dem Schreibtisch, der vor dem Fenster stand. Sie hatte nur für den Schreibtisch einen Blick, das übrige Mobiliar sah sie nicht.

Erneut kam ein Blitzen in ihre Augen, als sie feststellte, dass der Schlüssel zur Mittelschublade steckte. Sie zog diese auf und vor ihr lag das, was sie für ihren Racheplan brauchte: eine 7.65er Walther. Dass das so leicht gehen würde, hätte sie im Traum nicht gedacht. Es war einfach eine Vermutung gewesen, dass sie hier eine Pistole finden würde. Natürlich wusste sie, dass nicht nur Polizisten eine Waffe tragen. Aber Pia hatte ihr – wie früher – abgenommen, was sie ihr auftischte und auch noch, naiv, wie sie war, verraten, wo das gute Ding aufbewahrt wurde.

Schnell packte sie Pistole, schloss die Schublade und stöckelte in Pias Büro zurück. Dort setzte sie sich brav auf ihren Stuhl, nachdem sie die Pistole in ihrer Tasche unter der Perücke verstaut hatte, und begann, die Zeitung durchzublättern. Als Pia mit Taps zurückkam, war sie in einen Artikel vertieft.

»Das ging aber fix«, sagte sie, faltete die Zeitung zusammen und stand auf. »Ich muss jetzt aber wirklich gehen, Pia, ich habe noch einen Termin.«

»Du hast es ja plötzlich so eilig!?«

»Es geht wirklich nicht anders.«

Pia sah Sybille zu, wie sie ihren Rock glatt strich und die Jacke zurechtrückte. »Du hast mir immer noch nicht erklärt, was dich hierhergeführt hat«, sagte sie langsam. »Es gibt doch sicher einen bestimmten Grund dafür?«

Sybille verneinte. »Nein, nein, ich wollte mich einfach bei dir entschuldigen, weil ich dich im Wald stehen ließ. Ich möchte, dass wir wieder Freundinnen, nein, Schwestern sind, wie damals. Doch ich gehe weg aus dieser Gegend, wir werden uns wohl nicht mehr sehen.«

»Und deine schöne Wohnung in Mayen?«

»Die habe ich bereits gekündigt.«

»Aber die Möbel, diese wunderschönen Möbel, was machst du mit diesen?«

»Dort lassen. Ich hatte die Wohnung möbliert gemietet!«

Pia drehte sich um, damit sie Sybille nicht mehr ansehen musste. Was die zusammenlügt, ging es ihr durch den Kopf, das alles geht im wahrsten Sinne auf keine Kuhhaut.

»Wo ziehst du denn hin? Hast du denn irgendwelche Pläne?«

»Ich habe dir ja gesagt, mein Leben ist eine Katastrophe. Ich muss erst alles neu ordnen, dann werde ich weitersehen.« Und plötzlich, als wenn es ihr soeben eingefallen wäre, fuhr sie fort: »Pia, eine Bitte habe ich noch, bevor ich von hier verschwinde. Hast du den Schlüssel gefunden?«

»Schlüssel?« Pia wusste im Moment nicht, was Sybille meinte. Dann dämmerte es ihr. Diesen Schlüssel, den sie Briefkasten gefunden hatte. Den hatte sie völlig vergessen. Er lag zu Hause in einer Schale bei allerlei Krimskrams wie Knöpfen, Büroklammern, und den Stoffmäuschen, mit denen Molly manchmal spielte, die sie dann aber überall herumliegen ließ, mit Murmeln, die Tinchen in der Wohnung verstreut hatte und einem Armband, dessen Verschluss kaputt war. »Hast du diesen Schlüssel in den Briefkasten geschmissen? Was ist damit? Den habe ich aber zu Hause, soll ich ihn dir zurückschicken?«

Wieder verneinte Sybille. »Gib mir bitte noch ein paar Tage Zeit, dann erkläre ich dir alles.

»Warum denn nicht jetzt gleich?« Pia spürte erneuten Ärger in sich hochsteigen. »Was spielst du mir denn da die ganze Zeit vor?«

»Ich spiele dir nichts vor!« Sybilles Stimme war plötzlich laut geworden. »Ich möchte dich nur um einen letzten Gefallen bitten. Ich werde dir bestimmt alles erzählen, du musst nur noch ein bisschen Geduld haben. Ich rufe dich in ein paar Tagen an und sage dir, was du mit dem Schlüssel machen sollst. Es geht um ein paar Dinge, die mir wichtig sind, und die ich unbedingt haben muss, bevor ich abreise. Ich sage dir dann auch, wohin du mir die Dinge bringen sollst. Und dann – versprochen – wirst du alles erfahren.«

»Vielleicht will ich das gar nicht mehr«, meinte Pia etwas schnippisch und öffnete die Ausgangstür. »Leb wohl.«

Sybille ging die Treppe hinunter. Sie drehte sich noch einmal um, aber nicht, um zum Abschied nochmals zu winken, sie wollte sich lediglich vergewissern, dass Pia die Tür auch wieder zugemacht hatte. Daraufhin zog sie ihre Perücke aus der Tasche und stülpte sie sich über den Kopf.

Es war nun doch etwas später geworden mit der Heimkehr nach Mayen. Kurz nachdem Sybille gegangen war, hatte der Geschäftsführer einer Firma angerufen und sie gebeten, ihm die Protokolle, die Hinrichs versprochen hatte, zu mailen. Die Protokolle waren jedoch noch gar nicht geschrieben, die Notizen lagen fein säuberlich geordnet auf ihrem Schreibtisch und es waren nicht einmal wenige. Pia machte sich also daran, diese in den Computer zu tippen. Dazwischen kam natürlich Tinchen, noch ganz verschlafen, aber mit einem Riesendurst, wie sie es ausdrückte. Und etwas essen wollte sie auch.

So war es bereits dunkel, als Pia den Wagen vor ihrem Haus Im Trinnel parkte. Sie stieg aus und klappte den Fahrersitz nach vorn, um Tinchen und Taps aussteigen zu lassen. In diesem Moment wurde sie von hinten gepackt und an das Auto gedrückt. Es waren brutale Hände, die sie umklammerten und schüttelten. Und es war eine genauso brutale Stimme, die ihr in die Ohren zischte: »Wo ist sie? Sag mir, wo sie ist, diese Schlampe. Du weißt, wo sie ist. Sag es oder ich breche dir sämtliche Knochen.«

11. Kapitel

Eigentlich wollte Martin heute Morgen eine halbe Stunde früher im Büro sein, um mit Konstantin zu besprechen, welche Schwerpunkte sie in die Befragung von Angelika Ritter einbauen wollten. Diese hatte sich gestern Nachmittag nach ihrer Rückkehr wie verabredet sofort telefonisch gemeldet und Konstantin hatte sie gleich auf heute Morgen um acht Uhr bestellt. Doch der Anruf seiner Schwägerin aus dem Hunsrück durchkreuzte Martins Pläne. Sie war völlig aufregt und erzählte, dass sein Bruder Heinz in der Schreinerei plötzlich zusammengebrochen sei und in Idar-Oberstein ins Krankenhaus gebracht werden musste. Er bekam keine Luft mehr und hatte grauenhaften Husten, an dem er fast erstickte Er keuchte und war ganz blau im Gesicht. »Es war ganz schrecklich«, weinte Iris ins Telefon.

»Nun beruhige dich erst einmal.« Martin versuchte sie zu trösten. »Er ist jetzt ja im Krankenhaus in guten Händen.«

»Du kennst ihn doch, den Sturkopf«, unterbrach sie ihn und zitierte seine oft gehörten Worte: »Keine zehn Pferde bringen mich jemals in ein Krankenhaus und untersuchen von irgendwelchen Ärzten lasse ich mich auch nicht. Die wissen nichts und können nichts und verschreiben einem Pillen und Tabletten, von denen man noch kränker wird.«

Und ob Martin seinen Bruder kannte. Schon als er noch ein kleiner Junge war, gab es Theater mit ihm, wenn er zum Doktor oder Zahnarzt musste. Und als er erwachsen wurde, ließ er sich sowieso nichts mehr vorschreiben. Stattdessen entwickelte er sich zu einem sehr starken Raucher, aber auch hier ließ er sich nicht belehren. Als er dann auch noch Asthma bekam und man ihm ans Herz legte, mit dem Rauchen aufzuhören, behauptete er, das Asthma komme eh nicht vom Rauchen, sondern vom Staub in der Schreinerei.

»Von mir lässt er sich sowieso nichts sagen, Martin«, fuhr seine Schwägerin fort, »am ehesten hört er auf dich. Kannst du nicht herkommen, bitte, und mit ihm reden? Er will nicht im Krankenhaus bleiben und sich auch nicht untersuchen lassen.«

Nach kurzem Überlegen willigte Martin ein. »Es ist zwar schwierig für mich, ich stecke mitten in einem Fall, aber ich komme so schnell wie möglich.«

»Wo willst du denn so schnell wie möglich hin?« Marion war ins Schlafzimmer gekommen und hatte die letzten Worte mitbekommen. »Hat deine ›alte Liebe‹ schon wieder Sehnsucht nach dir?«

»Ach Quatsch«, erwiderte Martin und musste über ihre Frage lachen. »Nein, mein Bruder ist im Krankenhaus. Iris hat angerufen und mich gebeten, in den Hünsrück rüber zu kommen, um mit Heinz zu reden.«

»Kannst du denn weg? Ich denke, ihr habt einen so komplizierten Fall?«

»Es passt mir ja auch nicht, Schatz, aber Iris ist völlig verzweifelt. Ich werde Konstantin fragen, ob er ein paar Stunden ohne mich auskommen kann.« Er legte die Arme um seine Frau und küsste sie. »Und du? Kommst du auch ein paar Stunden ohne mich aus?«

»Als wenn ich nicht dauernd ein paar Stunden und noch viel mehr ohne dich auskommen müsste.«

Martin spürte den etwas spitzen, fast vorwurfsvollen Ton in ihren Worten. So wie gestern Abend, als er nach Hause kam. Wider Erwarten waren Marion und die Zwillinge bereits da.

»Meine Mutter hat sich nicht so wohl gefühlt«, berichtete Marion, »deshalb sind wir früher gegangen und haben dafür die Äpfel vom Baum runter geholt.«

Ein Blick aus dem Fenster bestätigte Martin, dass die Äste des Apfelbaumes um einiges leichter geworden waren und, befreit von der Last, fröhlich im Winde schaukelten. »War das nicht zu gefährlich?«

»Ach was, Lerma ist eine Bauerntochter, die weiß, wie man auf eine Leiter steigt. Den Zwillingen hat es einen Heidenspaß gemacht. Und mir übrigens auch.«

Martin seufzte und setzte sich an den Küchentisch. »Schade, dass ich nicht dabei sein konnte.«

Marion trat hinter ihn, legte ihm die Arme um den Hals und beugte sich zu ihm hinunter. »Warst du denn wenigstens im Fitnessstudio?« Sie schnupperte an seinem Pullover. »Oh, là, là! Im Fitnessstudio wird aber ein besonders zarter Duft verteilt.«

»Ich war nicht im Fitnessstudio, ich war bei Pia.«

»Pia?« Marion dachte eine Sekunde nach. »Ach, deine große Liebe aus der Jugendzeit? Sie wohnt doch in dem Haus, in dem letztes Jahr ein Mann umgebracht wurde?«

»Ja. Und wie das Leben so ist. Sie hat auch dieses Mal mit meinem neuen Fall etwas zu tun.«

»Sag nur.« Marion richtete sich auf und dachte an das Sprichwort »Alte Liebe rostet nicht«.

Im Falle von dieser Pia und Martin schien es fast, als wenn sich nicht der geringste Rost angesetzt hätte. »Ist denn schon wieder jemand in ihrem Haus ermordet worden?«

»Mach du dich nur lustig, Schatz. Nein, in diesem Fall geht es um eine Freundin von Pia, die verschwunden ist und um einen Toten oben im Wald bei Kürrenberg. Pia hatte mir eine wichtige Beobachtung mitzuteilen.«

Von oben aus dem Badezimmer kam lautes Gekreische. Der allabendliche Kampf mit der Sauberkeit war in vollem Gange. Im Moment ging es um die Waffen. »Du hast meine Zahnbürste!«, schrie Ronny. »Gib sie sofort wieder her!« – »Dann will ich die rote Seife haben!«, forderte seiner Schwester. Daraufhin gab es einen Angriff mit dem nassen Element, wobei nicht festzustellen war, wer angefangen hatte. Auf jeden Fall wurden gewaltige Wassermassen verspritzt. Lermas laute Stimme brachte dann endlich Beruhigung in das Getümmel.

Später, vor dem Einschlafen, kam Marion nochmals auf das Thema Pia zu sprechen. »Hattest du nicht gesagt, dass sie einen Freund hat, einen Norweger?«

»Ja, den hat sie noch immer. Warum?«

»Nur so.«

Konnte es sein, dass Marion eifersüchtig war? In all den Jahren hatten sie in dieser Beziehung noch nie Schwierigkeiten gehabt. Es gab auch nie einen Anlass dazu. Sie vertrauten sich gegenseitig und wenn da mal ein kleiner Flirt dazwischenkam, trugen sie es mit Humor, denn beide wussten genau, wo die Grenzen waren.

Als er sie in die Arme nahm und zu küssen begann, flüsterte sie genüsslich: »Willst du mir etwa jetzt noch ein weiteres Kind machen?«

»Warum nicht! Dann hast du wenigstens keine Zeit mehr, um eifersüchtig zu sein.«

Martin dachte, dass die kleine Unstimmigkeit zwischen ihnen sich bis zum Morgen in Luft aufgelöst hätte, doch jetzt, als sie im Schlafzimmer vor ihm stand und ihm zusah, wie er sich einen Pullover über den Kopf stülpte, spürte er, dass er sich getäuscht hatte.

»Warum hast du mir früher denn nie etwas von dieser Pia erzählt?«

»Aber, Schatz, was soll das!? Das sind doch alles längst vergangene Geschichten.«

Marion sah ihn forschend an. »Aber letztes Jahr, als du sie wieder getroffen hast, da hättest du mir doch mehr von ihr erzählen können.«

»Mein Gott, da hatten wir diesen Mordfall in Pias Haus. Soll ich mich denn zu dir setzen und von der Zeit erzählen, als wir fast noch Kinder waren? Da hatte ich doch wirklich anderes zu tun.«

Marion spürte Martins leichte Verärgerung. Sie wollte ihn nicht weiter drängen, sondern das Thema wechseln. »Komm, der Kaffee ist fertig, du musst doch noch etwas frühstücken, bevor du gehst.«

Sie gingen die Treppe hinunter in die Küche. Auf dem Tisch stand eine Schale mit leuchtend roten Äpfeln. Martin ergriff einen und biss herzhaft hinein. »Die sind ja herrlich. Mehr zum Frühstück will ich nicht. Nun muss ich aber los, ich bin verdammt spät dran.«

»Aber eine Tasse Kaffee trinkst du noch?«

»Nein, wirklich, ich muss. Ich trinke eine im Büro. Und ich rufe dich an, sobald ich weiß, ob ich zu meinem Bruder fahre.«

»Ja, bitte. Ich will übrigens am Nachmittag zu den Eltern und ihnen von unseren Äpfeln bringen, ich habe es versprochen.«

Als Martin ins Forum kam und hinauf in sein Büro wollte, empfing ihn sein Kollege Konstantin in der Eingangshalle. »Da bist du ja. Die Ritter ist bereits im Vernehmungsraum, und das seit einer Viertelstunde. Wo trödelst du denn nur herum? Du wolltest doch früher kommen.«

»Ja, ja, guten Morgen erst einmal. Ich habe es nicht früher geschafft. Mein Bruder drüben im Hunsrück macht Probleme. Wenn es geht, fahre ich nach der Vernehmung der Ritter gleich mal nach Idar-Oberstein. Falls du nichts dagegen hast.«

»Nee, geht doch in Ordnung. Ist es etwas Schlimmes?«

»Ich weiß noch nichts Genaues. Er ist umgekippt und kam ins Krankenhaus. Aber ich beeil mich und versuche, heute Abend zurück zu sein.«

Angelika Ritter trug einen hellgrauen Hosenanzug mit roter Bluse. Jetzt, wo sie nicht nur als Computerbild zu sehen war, kam ihre tadellose Figur voll zur Geltung. Die dunklen Haare waren, wie während der Skype-Befragung, glatt nach hinten gekämmt. Auch trug sie die gleiche elegante Hornbrille, deren Umrandung genau auf den Farbton ihrer Haare abgestimmt war.

Als Martin ihr die Hand zur Begrüßung reichte, bemerkte er ein leichtes Flackern in ihren graugrünen Augen. Sein Gefühl signalisierte ihm deutlich, dass hinter ihrem sicheren Auftreten etwas verborgen war, das sie mit allen Kräften zurückzuhalten versuchte, weil sie es unter keinen Umständen preisgeben wollte.

»Sie sind seit gestern Nachmittag hier«, begann Martin »Ist Ihnen in Ihrer Wohnung irgendetwas aufgefallen?«

Angelika Ritter schüttelte den Kopf. »Ich habe natürlich gründlich nachgeschaut. Aber alles war so wie immer. Nein, aufgefallen ist mir nichts.«

»Andere Frage«, fuhr Konstantin fort. »Haben Sie in der Wohnung vielleicht irgendeinen Hinweis gefunden, wohin Frau Grundmann gegangen sein könnte?«

Wieder schüttelte Angelika Ritter den Kopf. »Nein, nichts. Aber wirklich, könnten Sie mir jetzt einmal offen sagen, was passiert ist? Es muss doch etwas Entscheidendes geschehen sein, wenn Sie mich vom andern Ende der Welt hierher beordern.«

»Ja, Frau Ritter, wir haben den Eindruck, dass Sie uns nicht alles gesagt haben, was Sie wissen. Und Sie haben recht, es ist in der Tat etwas geschehen, was uns Kopfzerbrechen macht.« Martin schwieg und betrachtete das sorgfältig geschminkte Gesicht der ihm gegenüber sitzenden Frau.

Konstantin Röhrig öffnete den Aktenordner vor sich auf dem Tisch, holte das Foto des unbekannten Toten von Kürrenberg hervor und schob es zu Angelika Ritter hinüber. »Kennen Sie diesen Mann?«

Sie schaute das Foto eingehend an. Und schon wieder schüttelte sie den Kopf. »Nein, den kenne ich nicht. – Ich nehme an, der ist tot?«

»Sind Sie ganz sicher, dass Sie diesen Mann noch nie gesehen haben?«

»Aber ja, das sagte ich doch.«

Nach kurzer Pause fuhr Martin fort: »In der Nähe haben wir ein Auto, einen Mietwagen, gefunden. Er wurde in Frankfurt am Flugplatz angemietet. Der Vertrag ist von Ihnen unterschrieben. Können Sie uns dazu etwas sagen?«

Da erschien wieder das Flackern in ihren Augen. Jetzt war Martin fest davon überzeugt, dass unter der sauberen, glatten Oberfläche ein dunkler, schlammiger Grund herrschte, zu dem er sich hinuntertasten musste.

»Also, was haben Sie uns dazu zu sagen?«, insistierte Konstantin.

Die Antwort kam langsam, fast stockend. »Ich habe Sybille – also Frau Grundmann – einen Gefallen erwiesen. Sie bat mich, in Frankfurt vor meinem Abflug einen Wagen zu mieten und den Schlüssel mit dem Vertrag am Auskunftsschalter zu hinterlegen.

Der Betreffende würde dann alles abholen. Das habe ich dann auch getan. Und dann habe ich eingecheckt und bin abgeflogen. Das ist alles.«

»Und wer der Betreffende war, der die Unterlagen abgeholt hat, wissen Sie nicht?«

»Nein, ehrlich, ich weiß nicht, wer es war.«

»Aber Sie mussten doch am Auskunftsschalter den Namen von demjenigen nennen, der die Unterlagen abholt?«

»Nein, ich habe alles in einen großen braunen Umschlag gesteckt und meinen eigenen Namen darauf geschrieben.«

Konstantin nickte. Er öffnete erneut den Aktenordner und nahm einen großen braunen Umschlag heraus. Darauf stand »Angelika Ritter« geschrieben.

»Das ist er!«, rief Angelika Ritter. »Genau, das ist der Umschlag.«

»Hat Ihnen vielleicht Sybille Grundmann einen Namen genannt, als sie Sie bat, den Wagen zu mieten? Sie muss doch irgendetwas gesagt haben.«

»Nichts Konkretes. Wirklich, ich weiß nicht, wer den Umschlag abgeholt hat. Ich sagte einfach an dem Schalter, dass jemand kommen und nach diesem Umschlag fragen würde.«

Martin sah kurz zu Konstantin, der aufgestanden war und zum Fenster ging.

»Nun erzählen Sie uns bitte noch einmal, wie Sie Sybille Grundmann kennengelernt haben.«

»Ist das denn so wichtig?«

»Wir würden nicht fragen, wenn es nicht wichtig wäre.« Konstantin kam vom Fenster zurück und setzte sich wieder neben Martin.

»Das ist jetzt etwas mehr als ein halbes Jahr her. Olaf, also Olaf Breitner, mein Partner, schickte mich zu einem Empfang bei der Deutschen Bank in Köln. Er habe mit dem besten Willen keine Zeit, sagte er. Mir war das auch nicht gerade passend. Ich kam von Paris zurück und schon im Flugzeug hatte ich schreckliche Kopfschmerzen. Ich wäre lieber gleich nach Hause gefahren als zu diesem Empfang.«

Martin und Konstantin sahen sich wieder kurz an. Sie wussten, dass Angelika Ritter jetzt nicht die Wahrheit sagte. Sie log. Konstantin hatte nämlich, als er Olaf Breitner anrief und diesen bat, seine Partnerin aus Singapur zurückzurufen, ihn auch gebeten, in seinem Terminkalender wegen dieses Empfangs bei der Deutschen Bank in Köln nachzuschauen. Olaf Breitner war völlig überrascht, er wusste weder etwas von einem solchen Termin, geschweige denn davon, dass er Angelika Ritter dorthin geschickt hätte.

»Fahren Sie fort, Frau Ritter.«

»Ja, ich fühlte mich wirklich mies und stand dann mit einem Glas Orangensaft an einem der Stehtische, die überall herumstanden. Plötzlich bemerkte ich neben mir eine junge Frau, die ebenfalls an einem Orangensaft nippte. Wir kamen ins Gespräch. Ich fand sie sehr sympathisch. Wir unterhielten uns erst über alles Mögliche, dann berichtete sie, dass sie sich an einem Scheideweg befände und nicht wisse, was sie machen solle. Ihr Mann würde sie betrügen, das sei so erniedrigend. Wenn sie mit ihm darüber sprechen wolle, würde er gleich aufbrausen, er habe sie auch schon geschlagen. Außerdem sei er auch beruflich ein Betrüger. Als Immobilienmakler und Anlageberater habe er zig Kunden immense Gelder aus der Tasche gezogen und verschwinden lassen. Sie ertrage das einfach nicht mehr. Am liebsten würde sie zur Polizei gehen und alles offenlegen. Aber das könne sie doch auch nicht, er sei schließlich ihr Mann. – Ach bitte, könnte ich vielleicht ein Glas Wasser haben?«

Martin nahm den Telefonhörer und bestellte eine Flasche Wasser. »Kommt gleich.«

Angelika Ritter trank fast ein ganzes Glas in einem Zug leer. »Entschuldigen Sie«, sagte sie lächelnd, »aber ich hatte eine ganz trockene Kehle.« –Sie nahm noch ein Schlückchen und fuhr mit ihrem Bericht fort. »Wir tauschten später unsere Telefonnummern aus und ich sagte ihr zum Abschied, sie dürfe sich ruhig an mich wenden, wenn sie noch mehr Schwierigkeiten bekomme. So war es dann auch. Zwei oder drei Wochen später rief sie mich an und weinte schrecklich. Sie müsse weg von ihrem Mann, aber sie wisse nicht, wohin. Ich schlug ihr vor, zu mir zu kommen. Ich sei die meiste Zeit sowieso weg und sie könne in aller Ruhe ihr Leben ordnen.«

Martin unterbrach ihre Rede. »Wie ist denn Frau Grundmann zu Ihnen gekommen. Hatte sie ein Auto?«

»Nein, nein, sie fuhr mit dem Zug nach Koblenz. Dort habe ich sie abgeholt. Sie hatte auch ganz wenig Gepäck. Das meiste davon ist noch in der Wohnung. Sie muss mit nur dem Allernötigsten weggegangen sein.«

»Aber sie saß doch wohl nicht den ganzen Tag in der Wohnung. Sie hat sich doch sicher bewegt. Hat sie da den Bus benutzt oder wie ist sie von Mayen weggekommen?«

»Mit meinem Auto. Sie hat mich ein paar Mal, wenn ich verreisen musste, zum Flugplatz Frankfurt und auch einmal auf den Hunsrück hinüber zum Flugplatz Hahn gefahren und jeweils auch wieder abgeholt. In der Zwischenzeit konnte sie mein Auto benutzen.«

»Wie war das mit einem Handy? Hatte sie eins?«, wollte Martin wissen. »Heutzutage lebt doch kein Mensch mehr ohne Handy?«

»Das habe ich sie auch gefragt. Sie hat immer nur mein Telefon benutzt. Sie sagte, sie habe ihr Handy absichtlich in ihrer Wohnung zurückgelassen, denn sie meinte, ihr Mann würde sonst versuchen, ihr Handy zu orten, um so herauszufinden, wo sie sich aufhielt.«

»Sie muss aber große Angst vor ihrem Mann gehabt haben.« Konstantin goss Angelika Ritter ein neues Glas Wasser ein. »Bitte bedienen Sie sich.«

»Kommen wir jetzt zu Sybilles Mann. Kennen Sie ihn?« Martin wollte ihr zwar erst auf den Kopf zusagen, dass Olaf Breitner eine andere Version über den Empfang bei der Deutschen Bank erzählt hatte, schob jedoch diese Diskussion noch ein Stück nach hinten. Denn es interessierte ihn brennend, was sie über den Mann von Sybille Grundmann zu berichten hatte.

Statt gleich zu antworten, ergriff Angelika Ritter das Glas, nahm einen Schluck und stellte es langsam wieder auf den Tisch.

Man konnte ihr ansehen, dass sie überlegte, was für eine Antwort sie geben sollte. »Ich kenne ihn aus den spärlichen Erzählungen von Sybille.«

»Aber seinen Namen wissen Sie?«

»Natürlich. Er heißt Mirco.«

»Mirco Grundmann?«

»Nein, Mirco Freilinger. Bei der Heirat hat Sybille ihren Mädchennamen behalten.«

Martin wunderte sich. »Wieso denn das? Wo und wann hat sie denn geheiratet?«

»Sie wollen sehr viel wissen über Dinge, die mir völlig unbekannt sind.« Angelika Ritter nahm noch einen Schluck Wasser.

»Aber Sybille Grundmann hat Ihnen sicherlich gesagt, wo sie mit ihrem Mann gewohnt hat.«

»In Köln«, kam die prompte Antwort. »Sie haben dort ja auch ihr Büro.«

Konstantin Röhrig beugte sich über den Tisch, näher zu Angelika Ritter hinüber. »Aber in Köln ist keine Sybille Grundmann gemeldet. Frau Ritter, uns kommt es fast so vor, als wenn Sie uns etwas verheimlichen. Und nicht nur das. Sie haben uns auch angelogen.«

Angelika Ritter rutschte nervös auf ihrem Stuhl nach vorn. Ihre Stimme zitterte leicht. »Wieso? Nein, das stimmt nicht.«

»Ihr Partner in Polch hat uns aber gesagt, dass er von keinem Empfang bei der Deutschen Bank wusste und sie auch nicht dorthin geschickt hat.«

»Dann habe ich das eben verwechselt.« Ihr Ton war jetzt leicht aggressiv.

»Nein, Sie haben nichts verwechselt. Sie machen uns etwas vor.« Martin wurde allmählich ungeduldig und ärgerlich. Ärgerlich aber vor allem auf sich selbst. Er hatte anfänglich einen guten Eindruck von dieser Frau gehabt, er hielt sie für kompetent und auch vertrauenswürdig. Das war sie vielleicht im Beruf, aber hier, wo es um private Dinge ging, fing die schöne Fassade des guten Eindrucks zu bröckeln an.

»Also gut«, sagte sie endlich, »es hat wohl keinen Sinn, Sie finden es dann ja doch heraus. Ich kenne Mirco Freilinger.«

»Wie lange schon?«

»Sehr lange. – Also, er kam eines Tages zu mir und erzählte mir, dass er geheiratet habe. Er habe auf einem Golfplatz – nur fragen Sie mich jetzt bitte nicht auf welchem – eine Superfrau kennengelernt, die wunderbar zu ihm passe. Sie würde bei ihm im Büro mitarbeiten und auch zu ihm nach Arnhem ziehen.«

»Stopp!«, rief Konstantin Röhrig. »Arnhem ist doch in Holland?«

»Ja, am Niederrhein. Er hat dort auch ein Büro und eine Wohnung. Eigentlich ist das sein Hauptsitz. In Köln ist er zwar auch sehr oft, aber er überlässt dort die meiste Arbeit seinem Partner.«

Angelika Ritter machte eine Pause, doch Martin drängte sie, fortzufahren. »Wie ging es dann weiter? Die beiden haben geheiratet?«

»Ja, und da fingen auch bereits die ersten Schwierigkeiten an. Sybille wollte eine ganz besondere Hochzeit. Vor allem eine, die viel Geld kostete. Denn Geld durfte bei ihr überhaupt keine Rolle spielen. Wenn man es hatte, gab man es aus. Und wenn man mehr hatte, gab man noch mehr davon aus. Und bei die Hochzeit, da sollte man überhaupt nicht auf den Geldbeutel schauen. Las Vegas musste es sein. Drei Wochen lang waren sie dort und Mirco erzählte später, dass Sybilles Verschwendungssucht dort einen wahren Höhepunkt erreichte. Er selbst ist zwar auch nicht sehr sparsam, aber Sybille übertrumpfte ihn bei Weitem.«

Die beiden Kriminalkommissare ließen ihr Zeit, noch einen weiteren Schluck Wasser zu trinken. Aber ungeduldig warteten sie auf die Fortsetzung. Die Ehe war nicht sehr glücklich, erfuhren sie, Sybille arbeitete zwar fleißig im Geschäft mit, aber Mirco bekam immer mehr den Eindruck, dass sie ihn in finanziellen Dingen hinterging. Sie ließ Gelder verschwinden und begann Akten zu kopieren, die sie dann versteckte. »Kurzum, die Sache war Mirco nicht mehr geheuer und so bat er mich, sie auf zufällige Weise kennenzulernen. Wir kamen auf die Idee mit dem Empfang bei der Deutschen Bank. Er wusste, dass sie dorthin gehen würde und er bat mich, ebenfalls dort anwesend zu sein. Es war ganz leicht, mit ihr in Kontakt zu kommen.«

Konstantin unterbrach sie erneut. »Sie wollen uns weismachen, dass während dieser ersten Begegnung Sybille Grundmann Ihnen, einer für sie wildfremden Person, ihr Herz ausschüttete?«

»Gerade wildfremden Menschen werden manchmal die intimsten Dinge anvertraut. Mit denen spricht es sich leichter, als mit engen Freunden oder Anverwandten«, erwiderte Angelika Ritter. »Und übrigens, Sie zweifeln wohl an meiner Fähigkeit, Gespräche zu führen und auf den Punkt zu lenken, auf den es ankommt! Jedenfalls während jenes Empfangs hatte ich Erfolg.«

In dieser Hinsicht glaubte Martin ihr völlig. Sie war eine ausgezeichnete Geschäftsfrau. Das hatte er schon während der Skype-Befragung gedacht. Sie verstand es, mit Kunden umzugehen, sie nicht nur zu beraten, sondern auch von Dingen zu überzeugen, denen sie erst skeptisch und abweisend gegenüber standen. Da war es sicherlich nicht allzu schwer, auch Sybilles Vertrauen zu gewinnen, obwohl diese, wie er ja aus eigener Erfahrung und von Pia wusste, selbst ein durchtriebenes Luder war.

»Da Mirco Andeutungen gemacht hatte, er vermute, dass Sybille in nächster Zeit etwas plane, kam ich auf die Idee, sie zu mir einzuladen, falls sie nicht wisse, wohin sie gehen solle. Auf diese Weise hatte ich sie unter Kontrolle und konnte Mirco auf dem Laufenden halten.«

Eine Pause entstand, während der Martin einen bestimmten Gedanken verfolgte. Unvermittelt fragte er: »Sie sagten uns, dass außer Sybille niemand einen Schlüssel für Ihre Wohnung hat. Stimmt das?«

Wieder das Flackern in ihren Augen. Ihre Lippen zuckten leicht und die Hände auf ihrem Schoß ballten sich zusammen. »Nein, Mirco hat auch einen Schlüssel.«

»Nun sagen Sie es schon! Wer zum Teufel ist denn dieser Mirco?« Martins Stimme war ziemlich laut geworden.

Ebenso laut stieß Angelika Ritter die Antwort in den Raum. »Mirco ist mein Bruder.«

12. Kapitel

Den ganzen Tag über schon war es düster und diesig gewesen. Jetzt, wo die Dunkelheit kam, senkte sich dichter Nebel über das Land. Damit hatte sie überhaupt nicht gerechnet. Erst waren es nur einzelne Schwaden, die ihr entgegen wehten, aber je weiter sie auf der A 61 Richtung Norden fuhr, desto zahlreicher und größer wurden diese, bis sie sich endlich alle miteinander verbanden und eine undurchdringliche, bedrohliche Wand bildeten.

Sybille schaltete einen Gang runter. Sie musste aufpassen, dass sie die Ausfahrt nicht verpasste. Ein Glück, dass sie am Tag zuvor die Strecke abgefahren war, um ganz sicher zu gehen, dass sie ihr Ziel fand. Dieses Ziel musste sie erreichen, Nebel hin, Nebel her. Es gab nichts, was sie noch davon abhalten konnte. Sie hatte einmal gelesen, dass ein Mensch, der sich umbringen will, ab einem bestimmten Punkt nicht mehr zu stoppen ist. Wenn man versucht, ihn von seinem Vorhaben abzubringen, muss man das tun, bevor dieser entscheidende Punkt überschritten ist, bevor er in den dunklen, engen Tunnel hinein rast, aus dem es kein Entkommen mehr gibt. Kein links, kein rechts mehr, kein oben, kein unten. Aber auch keinen Ausgang. Der ist zugemauert. Und das ist das Ende, das ist das, was sich der Selbstmörder wünscht.

Sybille lächelte vor sich hin. Es war kein gutes Lächeln. »Das Gleiche gilt auch für einen Mörder«, dachte sie. »Wenn der den Vorsatz gefasst hat, jemanden umzubringen, gibt es ab einem bestimmten Punkt auch kein Halten mehr. An diesem Punkt war sie längst angelangt, das spürte sie genau. Nämlich seit damals, als sie mit Tante Agathe auf der Bank vor dem Haus saß und diese sagte: »Ein böser, herzloser Mensch ist das, der seine Strafe schon noch bekommen wird.« Wie eine giftige Pflanze, die im Dunkeln dahinvegetiert, entwickelte sich in ihr dieser Gedanke immer weiter, bis sie davon überzeugt war, dass sie es selbst tun musste, diesen bösen, herzlosen Menschen bestrafen. Denn darauf mochte sie sich nicht verlassen, dass ein anderer, ein Gott, ein Teufel oder wer auch immer, dies tun würde. Nein, sie selbst musste es tun. Sie ganz allein und niemand anders.

Ein Schatten huschte vor ihrem Nebelscheinwerfer über die Straße. Dann noch einer. »Verdammt«, fluchte sie leise, »Rehe. Diese blöden Biester. Das fehlt noch, dass eins von ihnen ins Auto rennt und es beschädigt.« Es war nicht ihr Auto, sie hatte es sich ausgeliehen. Der Portier ihres Hotels war allzu gerne bereit gewesen, ihr diesen Gefallen zu tun. Natürlich mit einem Hintergedanken. Den hatte er deutlich zum Ausdruck gebracht, als sie um einen Stadtplan von Koblenz bat und er sich zusammen mit ihr darüber beugte, um ihr zu erklären, wie sie am schnellsten zum Friedrich-Ebert-Ring kam. Dabei drückte er sich in unverschämter Weise an sie und führte ihr vor, dass seine Männlichkeit jederzeit schussbereit sei. Sybille fühlte Zorn in sich aufsteigen. »Soweit kommt's noch, dass jeder hergelaufene Hotelportier mich besteigen kann.« Aber heutzutage war es ja um einiges leichter als früher, sich unliebsame, plumpe Annäherungsversuche vom Hals zu schaffen. Man brauchte ja nur Worte wie »sexuelle Belästigung« oder »Nötigung« bis hin zu »Vergewaltigung« zu erwähnen, damit die Kerle wieder kleiner, ja sogar kleinlaut wurden. Selbstverständlich willigte er ohne lange zu überlegen ein, dass sie sein Auto benutzen durfte. Sie würde auch darauf achtgeben, hatte sie versprochen, bevor sie losgefahren war.

Da, schon wieder so ein Schatten. Sybille bremste ab und wartete eine Weile. Vielleicht kamen noch ein paar Hirsche hinterher. Das wäre was für Pia gewesen. Die mit ihrer Tierliebe. Am liebsten hätte die wohl kleine Nester für Fliegen gebaut, damit die in Ruhe ihre Eier legen konnten. Nein, sie mochte Pia schon längst nicht mehr. Wenn sie ganz ehrlich war, sie hasste sie. Nur jetzt, wo sie ihre frühere Freundin durch Zufall in Mayen getroffen hatte, sah die Sache wieder etwas anders aus. Egal, ob sie sie hasste, sie brauchte sie und das zählte mehr. Nachher, wenn alles vorbei war, konnte Pia ihr dann wieder egal sein. Ihre Wege trennten sich erneut und sie würden sich aller Wahrscheinlichkeit nach nie wieder sehen.

Als sie Pia nach ihrem Wiedersehen vorschlug, im Wald bei Kürrenberg Pilze zu suchen, hatte sie sich das genau überlegt. Pia passte ausgezeichnet in ihren Plan. Deshalb hatte sie als Erstes an die Türklingel an der Marktstraße ihren Namen geklebt. Natürlich hatte Angelika Ritter etliche Einwände. Wenn sie sich schon vor ihrem Mann verstecke, sei das doch sehr unklug. Aber wie sollte Mirco wissen, dass sie ausgerechnet nach Mayen gefahren war. Auf diese Idee kam er doch nicht. Eher dachte er, sie halte sich in Ediger-Eller auf oder bei ihrer Tante in Laubach, falls er sie in dieser Gegend vermutete. Deshalb zerstreute sie Angelika Ritters Bedenken, denn für sie war es wichtiger, Pia vorspielen zu können, welch tolle Wohnung sie hatte und wie weit sie es trotz allem gebracht hatte. Natürlich, das Materielle zählte bei Pia nicht so viel wie bei ihr, aber sie sah sich doch bewundernd in der großen, teuer möblierten Wohnung um und das verlieh Sybille ein Gefühl der Überlegenheit.

Ursprünglich hatte sie einfach verschwinden wollen. Heutzutage verschwanden immer mehr Menschen aus den unterschiedlichsten Gründen. Bei ihr war es die Absicht, alles hinter sich zu lassen und ein neues Leben irgendwo auf dieser Welt zu beginnen, zusammen mit einem neuen Partner. Auch er wollte aus seinem bisherigen Leben ausbrechen. Auch er wollte alles hinter sich lassen und neu anfangen. Sie beide zusammen. War das nicht ein wunderbarer, herrlicher Gedanke? Sie hatte endlich den Mann gefunden, bei dem sie hoffte und glaubte, zur Ruhe zu kommen. Rainer war der ideale Mann für sie. Er nahm sie so, wie sie war. Er mäkelte nicht dauernd an ihr herum, wie Mirco es mehr und mehr in den letzten Jahren getan hatte. Schon bei der Hochzeit hatte es angefangen. Er warf ihr vor, sie würde das Geld mit vollen Händen aus dem Fenster schmeißen. Dabei war er selbst nicht besser. Auch er gab das Geld in vollen Zügen aus. Und dann sein dauerndes »Sybille, mach dies – Sybille, mach jenes«, das ging ihr immer mehr auf den Wecker. Sie war doch keine Marionette, die sich herumschubsen ließ. Einmal wollte er sie dazu verführen, Drogen zu nehmen. Das mache locker und vermittle ein freies Gefühl. Sie ließ sich dazu überreden, aber nur einmal, dann nie wieder. Sie spürte, wie das Koks ihr klares Denken vernebelte, wie es Überhand über sie gewann, wie es stärker war als sie. Und das wollte sie auf gar keinen Fall. Niemand und nichts sollte stärker sein als sie und sie kontrollieren können. Sie war es, die die Kontrolle haben wollte. Sie mied auch den Alkohol. Das vor allem auch deshalb, weil sie erlebt hatte, was der Alkohol mit Vater gemacht, wie er diesen vernichtet hatte. Nein, so etwas würde ihr nicht passieren. Sie war nicht nur schön, sie war auch mächtig, sie hatte die Fähigkeit, ihre Umwelt zu lenken und dahin zu führen, wo sie sie haben wollte.

Seitdem sie die Autobahn verlassen hatte, war ihr kein einziges Auto mehr begegnet. Die Straße führte abwärts, hinunter ins Nettetal, nach Nitztal. Dort kannte sie sich gut aus. Vom Jagdhaus in Kürrenberg aus war sie nach dort hinuntergelaufen. Glücklicherweise kam ein holländisches Ehepaar mit seinem Wohnmobil vorbei und nahm sie nach Mayen mit. Dort lief sie, so schnell sie konnte zur Bank, um die ganzen Unterlagen und Beweise, die sie unter ihrem großen Pullover versteckt hatte, zurück ins Schließfach zu bringen. Dass alles so schieflaufen musste. Hätte der von Rainer und ihr ausgeheckte Plan geklappt, hätten sie sich am Jagdhaus getroffen, wären heute bereits im Ausland und Mirco würde schön brav sehr viel Geld bezahlen, damit er das ganze Material, das ihn so ungeheuer belastete, wieder zurückbekam. Wie nur hatte Mirco in Erfahrung gebracht, dass sie sich mit Rainer am Jagdhaus treffen wollte? Das war ihr unerklärlich. Davon wusste doch niemand. Selbst Angelika Ritter hatte sie im Unklaren gelassen und diese nur gebeten, am Flugplatz Frankfurt einen Wagen zu mieten. Kein Wort hatte sie ihr von Rainer erzählt, nur ein paar vage Andeutungen gemacht.

Sybille fuhr langsamer. Hier musste dieser Waldweg sein, den sie gestern ausbaldowert hatte, wo sie ihr Auto hinstellen wollte. Sie hielt an und nahm ihre Handtasche. Es war ein berauschendes Gefühl, das sie übermannte, als ihre Finger über das kalte Metall strichen. Als Pia erzählte, ihr Bruder habe eine Detektei, war ihr sofort klar, dass der eine Knarre haben musste. Diese Pia, ein wahres Geschenk des Himmels. Ein naives Kind wie früher. So wie sie Sybilles tolle Wohnung in Mayen mit großen Augen bewundert hatte, glaubte sie ihr auch all die anderen Unwahrheiten, die sie ihr anlässlich ihres Besuches in ihrem Büro auftischte, auch, dass sie keine Ahnung von einem Toten beim Jagdhaus habe, da sie verreist gewesen sei. Und alles andere über ihren Mann, der ein Versager sei und dass sie gezwungen war, den ganzen Laden allein zu schmeißen, während er das Leben genoss.

Sybille schaute auf die Uhr. Noch hatte sie Zeit. Viel Zeit. Denn sie war vorsorglich viel früher in Koblenz losgefahren, um sich ja nicht zu verspäten. Es hatte sie einiges an Überzeugungskraft gekostet, Mirco so weit zu bringen, dass er sich einverstanden erklärte, sie zu sehen. Aber sie war gut gewesen während dieses Telefongesprächs, das sie mit ihrem Mann am Abend führte, nachdem sie bei Pia die 7.65er Walther mitgehen ließ. Sie musste ihn zu diesem Treffen überreden, denn er musste sterben. Sie wollte es so. Er war schließlich selbst Schuld, dass es so weit kommen musste. Denn was er ihr angetan hatte, war mit nichts wiedergutzumachen. Er hatte ihr Leben zerstört, ihre Zukunft, ihr Glück. Er hatte den Mann umgebracht, der ihr alles bedeutete. Ein Mensch, der so etwas tat, der musste sterben, der verdiente nichts anderes, das war nur gerecht. Was sie jetzt im Begriff war zu tun, war völlig richtig. Davon war sie fest überzeugt. Mirco war der Mörder ihres Geliebten. Wer anders hätte es auch sein sollen. Nur er kam infrage, kein anderer.

Als sie an jenem Nachmittag Pia und Tinchen auf der Bank im Wald zurückließ, glaubte sie, aus ihrem alten Leben in ein neues hinüberzugehen. Aber als sie zum Jagdhaus kam, wurde sie schnell eines anderen belehrt. Sie wusste wo der Schlüssel zur Wohnung unten versteckt war, nämlich hinter einem Balken an der Hausecke. Schließlich war sie nicht zum ersten Mal hier. Zusammen mit Jochen und Freunden hatte sie mit Mirco ein paar Mal an fröhlichen Abenden in dem saalähnlichen Wohnzimmer in der oberen Etage teilgenommen und von einer der anwesenden Frauen augenzwinkernd erfahren, wo der Schlüssel für die Lokalitäten unten versteckt war. Aber sie wollte erst Rainer anrufen und ihm sagen, dass sie angekommen war. Deshalb setzte sie sich mit ihrem zur angeblichen Pilzsuche mitgenommenen »Alibi-Körbchen« auf die Bank. Da bemerkte sie das geöffnete Fenster und vernahm Männerstimmen, die sie sofort erkannte. Die eine gehörte ihrem Mann Mirco und die andere seinem Kompagnon Jochen Hansen, den sie von Anfang an nicht gemocht hatte.

Sie brauchte gar nicht lange zu überlegen. Wenn einer von den beiden rauskommen würde, wäre das eine üble Überraschung. Natürlich hätten die zwei ihr sofort die Beweise und Dokumente weggenommen, die als Basis für ihr neues Leben mit Rainer dienen sollten. Vorsichtig stand sie auf und schlich vom Jagdhaus weg. Der Weg führte talwärts. Schnell laufen konnte sie nicht, denn das Gepäck unter ihrem Pullover hinderte sie daran. Aber je weiter sie vorankam, desto sicherer wurde sie, obwohl ihr der Schreck in alle Glieder gefahren war. Noch jetzt, wo sie mit der Pistole in der Hand im Auto des geilen Hotelportiers saß, lief es ihr eiskalt den Rücken hinunter. Nicht auszudenken, was Mirco und dieser arrogante Jochen mit ihr angestellt hätten.

Nur blöd, dass sie das Körbchen vergessen hatte. Mirco hatte es bestimmt erkannt, als er es auf der Fensterbank entdeckte. Trotzdem – sie hatte es geschafft. Sie war ihnen entkommen. Als sie im Wohnwagen der Holländer Richtung Mayen fuhr, war sie sogar stolz auf sich. Wenn auch das Herz wie wild klopfte nach diesem Schreck, aber sie hatte die Gefahr gemeistert. So wie vorgestern auch das Telefongespräch mit Mirco. Da hatte sie aus ihrer Trickkiste das Rollenbuch der »reuigen, zerknirschten Ehefrau« hervorgeholt und viele Tränen rollen lassen.

»Hallo, Mirco, ich bin es, ich möchte mit dir sprechen.«

»Ich aber nicht mit dir.« Zu Beginn war er völlig abweisend und wütend, so wütend sogar, dass er auch gleich wieder auflegen wollte.

»Nein, hör mich bitte an, Mirco. Glaub mir, ich habe lange darüber nachgedacht. Es tut mir alles so furchtbar leid.«

»Was ist denn das wieder für eine Masche?«

»Keine Masche, Mirco, ich meine es ehrlich. Ich verstehe sehr gut, dass du wütend bist auf mich. Ich habe es auch nicht anders verdient.«

»Du verdienst noch ganz andere Sachen, du Luder. Ich habe endgültig die Schnauze voll von dir.«

»Das ist mir völlig klar. Aber ich möchte dir einen Vorschlag machen.«

»Der einzige Vorschlag, den du mir machen kannst, ist der, mir die Unterlagen und das Geld zurückzugeben, das du gestohlen hast.«

»Aber das will ich ja gerade.« Sybille legte ihrer Stimme einen zärtlichen Ton bei. »Ich habe überstürzt und gedankenlos gehandelt. Ehrlich gesagt, heute ist mir gar nicht mehr klar, weshalb ich das alles getan habe.« Sie legte eine Kunstpause ein. »Ich liebe dich noch immer, Mirco.«

Keine Antwort. Würde er anbeißen und auf ihren Vorschlag eingehen?

»Bist du noch da, Mirco? Du sagst ja nichts.«

»Sag du, was du willst und lass mich dann in Ruhe. Ich habe zu tun.«

»Ich möchte mich mit dir verabreden und dir die Sachen zurückgeben.«

Sie hörte sein höhnisches Lachen, das sie so gut kannte und das sie hasste, wie sie alles hasste, was mit ihm zu tun hatte. Von ihrer Verliebtheit von damals auf dem Golfplatz über Ediger-Eller war nichts, aber auch rein gar nichts, zurückgeblieben. Ihr Vater hatte recht gehabt. Mirco war nichts weiter als ein aufgeblasener, wichtigtuerischer Mensch, der überall im Mittelpunkt stehen wollte und ein großes Mundwerk hatte. Wieso hatte sie das nicht von Anfang an erkannt? Ach, wozu sich über das Vergangene noch Gedanken machen?! Es war sowieso bald vorbei für ihn. Er würde büßen für alles, was er ihr angetan hatte.

»Erinnerst du dich an den Waldsee bei Rieden?«

Er zischte barsch: »Was soll das? Willst du ablenken?«

»Nein, im Gegenteil. Also sag, erinnerst du dich? Wir waren zwei oder drei Mal mit Geschäftsfreunden dort in dem schönen Lokal direkt am See.«

»Ja, und? Jetzt komm schon zur Sache.«

»Könnten wir uns da treffen? Auf dem Parkplatz?«

»Spinnst du jetzt? Ich soll durch die Eifel gurken, um mit dir alte Zeiten aufleben zu lassen? Nein, nein, ich gehe auf nichts ein. Du kommst einfach schön brav nach Hause und bringst mir alles zurück. So machen wir das.«

»Auf gar keinen Fall. Ich bin dabei, aus Deutschland zu verschwinden und ein neues Leben anzufangen. Eigentlich bin ich schon weg, ich will vorher nur noch mit dir reinen Tisch machen.«

Nach kurzer Pause sagte er: »Hast du etwa Angst wegen des Toten im Wald bei Kürrenberg?«

Jetzt entstand bei ihr eine Pause, denn diese Unverfrorenheit und Kaltschnäuzigkeit hätte sie nun doch nicht erwartet. Er wusste genau, wer wegen dieses Toten Angst haben musste, nämlich er selbst, denn er war es, der den Mord begangen hatte. Allzu gerne hätte sie ihn gefragt, woher er denn wusste, dass sie sich mit einem Liebhaber im Jagdhaus treffen wollte. Hatte er sie überwachen lassen? Hatte er Detektive auf sie angesetzt, um sie zu bespitzeln? Aber je mehr sie sich den Kopf zerbrach, desto weniger fand sie eine Erklärung. War das aber alles nicht völlig unwichtig im Vergleich mit der Tatsache, dass Rainer tot war und nichts mehr ihn lebendig machen konnte?

»Ich weiß nicht, wovon du sprichst«, sagte sie. »Ich möchte einfach nicht zu dir kommen, weil ich dir nicht traue. Ich weiß nicht, was du aushecks. Du bist imstande, mich der Polizei als Erpresserin zu übergeben oder ...«

«oder als Mörderin«, fuhr er dazwischen.

»Wie kannst du nur so einen Unsinn behaupten? Ich war überhaupt nicht am Jagdhaus.«

»Oh doch. Ich habe einen Beweis, dass du da warst, mein Kind.« Mirco lachte hämisch. »Denk an dein schönes Körbchen. Das habe ich auf dem Fensterbrett gefunden.«

Also war es, wie sie schon vermutet hatte, er hatte ihr Körbchen entdeckt. Plötzlich fühlte sie sich schlapp und kraftlos. Die Hoffnung sank, dass sie ihn dazu überreden konnte, zum Waldsee zu kommen. Aber aufgeben wollte sie nicht. Und mit viel Geduld und der Androhung, die ganzen Beweismittel für seine Betrügereien der Polizei zu übergeben, schaffte sie es dann doch. Er erklärte sich bereit, sie an diesem verfluchten See zu treffen.

»Aber wehe, wenn du irgendwelche Spielchen spielst oder mir nicht alles zurückgibst. Verarschen lasse ich mich nicht. Und von dir schon gar nicht.«

Sybille schaute erneut auf die Uhr. Es war allmählich Zeit, ihr Versteck aufzusuchen. Sie steckte die Pistole in ihre Jackentasche und wollte gerade die Perücke vom Kopf nehmen, als ihr einfiel, dass das nicht nötig war. Er würde sie gar nicht zu Gesicht bekommen und wenn doch, würde er die Erinnerung an seine blonde Frau mit einer dunklen Kurzhaar-Perücke mit ins Grab nehmen. Eine Taschenlampe wäre ihr jetzt dienlicher gewesen, aber sie konnte keine im Auto finden. Also musste sie sich wie eine Blinde durch den Nebel zu der Schutzhütte neben dem Parkplatz tasten. Einen Moment blieb sie stehen und horchte in die Dunkelheit hinein. Nichts war zu hören. Es schien, als wäre sie allein auf dieser Welt, allein in dieser Stille im Nebel, in dieser Stille der Verlassenheit.

Sie steckte die rechte Hand in die Jackentasche und die Berührung mit dem kalten Metall verstärkten den Zwang, unter dem sie stand, ihr Vorhaben zu vollenden. Ein Glück nur, dass sie bei Ralf das Schießen gelernt hatte. Tante Agathe war entsetzt gewesen, als ihr Sohn ihr und Sybille seine Pistole gezeigt hatte. Ein Kumpel habe sie ihm gegeben, war seine Erklärung gewesen und er war allzu gerne bereit, Sybille im nahen Wald in die Schießkunst einzuweihen.

Langsam ging sie am Straßenrand entlang bis zur Abzweigung nach rechts. Sie wusste, dass der Weg zu der Ferienhaus-Siedlung auf der anderen Seite des Sees führte. Sie musste sich links halten, dann kam sie direkt zur Schutzhütte, an die der Parkplatz grenzte.

Sie zog die Walther aus der Tasche. Ralf, der Seemann, dachte sie spöttisch, der als Schreiner zusammen mit mir ein Leben als Sesshafter aufbauen wollte. War nicht der Vater von Pias Martin auch Schreiner gewesen im Hunsrück drüben? Martin ist vielleicht in seine Fußstapfen getreten. Das wäre ja was geworden, Pia und sie als Ehefrauen von zwei Schreinern. Ja, zu Pia passte das, aber doch nicht zu ihr, der kleinen Prinzessin mit dem Blondschopf, wie Vater sie immer nannte. Für sie hatte das Leben doch viel mehr bereit als nur Hobel- und Sägespäne und ein paar Kinder, für die sie sich abrackern musste.

Was denke ich denn da für einen Stuss zusammen. Jetzt ging es weiß Gott um Wichtigeres. Sie musste all ihre Sinne zusammennehmen, sich auf das Wesentliche konzentrieren, nicht dass im letzten Moment etwas schiefging. Vor allen Dingen durften ihre Hände nicht zittern.

Da, in der Ferne ein leises Motorengeräusch. Es schien näherzukommen. Sie drückte sich an die Hinterwand der Schutzhütte und verfolgte angespannt das immer lauter werdende Brummen eines Automotors. Zwei Scheinwerfer tauchten aus dem Nebel auf. Langsam schwenkten sie nach links, in ihre Richtung. Sie presste sich noch mehr an die Holzbretter, obwohl keine Gefahr bestand, dass sie entdeckt wurde.

Der Wagen blieb keine zehn Meter von ihr entfernt auf dem Parkplatz stehen. Die Scheinwerfer wurden ausgeschaltet. In der grauen Finsternis waren nur schemenhaft die Umrisse des Wagens zu erkennen. Sie hörte wie ein Seitenfenster heruntergelassen wurde. Typisch Mirco. Während der Fahrt rauchte er nie. Aber kaum dass er irgendwo anhielt, drehte er das Fenster an der Fahrerseite auf und steckte sich einen Glimmstängel an. So auch jetzt. Sie konnte die glühende Spitze der Zigarette genau sehen.

Jetzt musste es geschehen. Eine heiße Welle von Angespanntheit und Erregung, gepeitscht von Wut und Hass, jagte durch ihren Körper. Geräuschlos trat sie langsam einen Schritt vor und senkte leicht die Knie, um einen guten Stand zu haben. Die Pistole hielt sie mit beiden Händen in Richtung des kleinen, glühenden Punktes. In ihren Ohren hämmerte und rauschte es so wild, als wenn ihr im nächsten Moment der Kopf zerplatzen würde. Plötzlich kam ein anderes Geräusch hinzu. Ein Geräusch, das sie nur allzu gut kannte. Es war das lang gezogene, schmerzerfüllte Stöhnen ihres Vaters, als er vom Trecker geschleudert und zermalmt wurde.

Dann schoss sie.

13. Kapitel

Schlaftrunken sah er erst auf den Wecker auf dem Tischchen neben dem Bett, bevor er zum Handy griff, dessen Klingeln ihn so jäh aus dem Schlaf gerissen hatte. Halb fünf. War etwas passiert? Mit Marion? Oder mit den Zwillingen? Schlagartig war Martin hellwach.

Doch, Gott sei Dank, war es lediglich sein Kollege Röhrig, von dem um diese Tageszeit sicherlich auch keine frohen Botschaften kommen konnten.

»Konstantin, was ist denn los? Guten Morgen erst mal.«

»Ja, guten Morgen, lieber Martin. Ich hoffe, du verbringst eine schöne Zeit im Hunsrück, während hier bei uns in der Eifel der Teufel los ist.«

»Erzähl schon. Spann mich nicht auf die Folter.«

»Sag du erst einmal, wann du zurückkommst. Vorgestern wolltest du am Abend wieder da sein. Von oben macht der Chef Druck, weil wir immer noch keine Ahnung haben, wer der Tote am Jagdhaus ist. Und von dieser Sybille fehlt weiterhin jede Spur.«

»Um das zu melden, rufst du mich zu dieser unchristlichen Zeit an? Ich weiß ja selbst, dass wir nicht vorankommen. Die sollen sich mal nicht so haben in der Chefetage. Wir tun doch unser Möglichstes.«

»Ja, gerade du! Oder hast du eine neue Spur im Hunsrück gefunden?« Die Ironie in Konstantins Stimme war nicht zu überhören.

»Ach, hör auf, mir ist wirklich nicht zum Lachen zumute. Bei meinem Bruder sieht es gar nicht gut aus. Ich habe ja den Chef gestern früh orientiert und mir noch zwei Tage frei geben lassen.«

»Wie geht es denn deinem Bruder? Ist es schlimm?«

»Wie man es nimmt. Heute Morgen haben wir, also meine Schwägerin Iris und ich, nochmals eine Besprechung mit dem Chefarzt hier über das weitere Vorgehen.«

Martin dachte an die zähen Gespräche mit seinem Bruder.

Auf nichts wollte Heinz eingehen, für nichts Verständnis zeigen und keine Versäumnisse eingestehen, vor allem nicht seine eigenen. Doch Martin ließ nicht locker und es gelang ihm endlich, einen kleinen Durchgang durch den Betonkopf seines Bruders zu bohren und zu seinem Gehirn und Verstand vorzudringen. »Du bist nicht allein auf dieser Welt, du hast vor allen Dingen eine Familie, eine Frau und drei Kinder. An die musst du zuallererst denken, die brauchen dich, für die musst du gesund werden, für die musst du sorgen, genauso wie für deine Mitarbeiter in der Schreinerei. Die sind auf ihre Arbeitsplätze angewiesen. Auch die haben Familien, Kinder, die sie ernähren müssen.« Den Mund hatte er sich fusselig geredet, bis Heinz endlich einwilligte, im Krankenhaus zu bleiben und eine Generaluntersuchung über sich ergehen zu lassen. Das war der erste Schritt in die richtige Richtung. Iris war ihrem Schwager um den Hals gefallen, als er mit dieser Mitteilung aus dem Krankenhaus kam.

Der zweite Schritt war dann seine Zusage, mit dem Rauchen aufzuhören. Das würde zwar eine längere, schmerzhafte Angelegenheit werden, auch mit Rückfällen gepflastert, aber viele schafften es. Wieso sollte sein Bruder das nicht auch schaffen?

»Peter, der älteste Bruder, du weißt schon, der aus Mainz, der mit der kleinen Mira, der ich meine Bekanntschaft mit Marion zu verdanken habe, ist gestern auch hierhergekommen, um seine Unterstützung anzubieten. Wir sind also guten Mutes, dass alles klappt. – Aber nun zu dir. Was gibt es denn so Wichtiges?«

»Es geht wieder einmal um deine Pia.«

»Was hat sie denn jetzt wieder angestellt?«

Konstantin Röhrig begann zu erzählen: »Gestern Abend, kurz vor Feierabend, rief mich der Beamte an, der unten am Empfang Dienst hatte, und berichtete, dass ein etwas verwahrloster Mann da wäre, der unbedingt den Kommissar Martin Borchert sprechen müsse. Der ließe sich nicht abweisen, obwohl er ihm gesagt habe, dass KOK Borchert auf Dienstreise ist. Der Beamte holte mich deshalb zu Hilfe. Es stellte sich heraus, dass es sich um Anton Meurer handelte. Du weißt schon, der, der dauernd im

Park vor dem Haus deiner Pia herumlungert. Und der erzählte mir Folgendes: Er sei im Park spazierengegangen, es war bereits dunkel, da kam Frau Engel nach Hause, und als sie aus dem Auto stieg, wurde sie von einem Unbekannten angegriffen. Ganz brutal sei er mit Frau Engel umgegangen, den Kopf habe er ihr auf das Wagendach gedrückt und ihr sehr wehgetan. Da sei er Frau Engel zu Hilfe geeilt, habe dem Kerl fürchterlich eine verpasst und so lange auf ihn eingeprügelt, bis der das Weite gesucht habe.«

»Und weiter?«

»Er hat dann Pia mit Tinchen und dem Hund bis zur Haustür begleitet. Pia habe an der Stirn geblutet und sei völlig verwirrt gewesen. Er wollte einen Arzt rufen, doch das lehnte sie ab. Aber die Polizei solle sie anrufen, habe er geraten. Das würde sie am nächsten Morgen tun, meinte sie. Zudem fahre sie sowieso dann zu ihren Eltern nach Ediger-Eller, um bei der Weinlese zu helfen.«

»Konnte er denn den Kerl beschreiben, der auf Pia losging?«

»Es war ja schon dunkel. Und du weißt doch, wie solche Beschreibungen ausfallen. Das Einzige, was ihm an dem Typen auffiel, waren seine langen Haare, die er hinten im Nacken zusammengebunden hatte.«

»Und das Alter?«

»Das ist auch vage. So um die 30 oder etwas mehr. Aber da ist er sich gar nicht sicher, da er das Alter anderer Menschen nur schlecht schätzen könne.«

»Pia ist jetzt in Ediger-Eller?«

»So sagte er. Verrätst du mir nun endlich, wann du zurückkommst?«

»Heute, nach der Besprechung mit dem Oberarzt.«

»Siehst du, da hatte ich doch eine gute Nase. Ich möchte dir nämlich vorschlagen, deiner Pia in Ediger-Eller einen Besuch abzustatten, um mehr von ihr zu erfahren. Wer weiß, wann sie wieder nach Mayen kommt, es soll dieses Jahr eine gute Ernte geben, habe ich in der Zeitung gelesen. Übrigens, dieser Meurer hat mir noch verraten, dass der Norweger mit dabei sei. Vielleicht ist das der künftige Nachfolger auf dem Weingut der Engels.«

Diesen letzten Satz hätte sich sein Kollege sparen können. Martin fand ihn störend. Während der ganzen Fahrt zur Mosel hinunter hatte er darüber nachgegrübelt, was ihn daran so störte. Jetzt, wo er über die Brücke bei Senheim fuhr und drüben auf der anderen Seite die Häuser von Ediger-Eller sah, ärgerte er sich richtig über diesen Satz. Ganz gewaltig sogar. Wie oft war er mit seinen Eltern diese Strecke gefahren, wie oft hatte er sich auf das Wiedersehen mit Pia gefreut. Da gab es nur Pia – und keinen zusätzlichen Norweger.

Moselaufwärts tuckerte gemächlich ein Schubverband. Bis der in Trier und noch weiter oben ist, dauert es seine Zeit. Da gilt es, noch einige der Staustufen zu überwinden, ging es Martin durch den Kopf. Früher saßen Pia und er oft am Moselufer, betrachteten die vorbeigleitenden Schiffe und schmiedeten Pläne für die Zukunft. Pia war dafür, dass sie als Binnenschiffer auf den Flüssen Europas herumgondeln sollten. An einem Tag hier, am nächsten dort. Und immer frei und ungebunden. Dass das Leben auf so einem Lastkahn harte Arbeit bedeutete und dass man von einem Termin zum anderen hetzen musste, davon wollte sie nichts wissen. Später wollte sie dann, dass Martin Flugkapitän wurde und sie Stewardess. Sie würden im gleichen Flugzeug fliegen und zusammen alle großen Städte der Welt kennenlernen. Seine Einwände, dass man aber für solche Besichtigungen überhaupt keine Zeit habe, weil man an einen strengen Flugplan gebunden war, und dass es auch gar nicht sicher sei, dass man immer im gleichen Flugzeug fliegen würde, ließ sie auch nicht gelten. »Du bist ein Spielverderber!«, protestierte sie. »Dann bleiben wir eben hier.« Schlussendlich balgten sie sich auf der Wiese herum und versuchten, sich gegenseitig Grashalme in die Nase zu stecken.

Der Tag war doch noch sonnig geworden. Als er sich am späten Vormittag von seiner Schwägerin Iris verabschiedete, sah es eher nach Regen aus. Jetzt war es für diese Jahreszeit richtig warm.

Das spürte er, als er auf dem Hof des Weinguts aus dem Wagen stieg. Er strich sich über sein kurz geschnittenes Haar und sah sich um. Alles war wohl vertraut, es schien ihm, als käme er nach Hause. Das alte Wagenrad hing tatsächlich immer noch an der Wand neben der Eingangstür und auf dem Mäuerchen stand eine Reihe von Blumentöpfen.

»Onkel Martin, Onkel Martin!« Ein kleines Mädchen mit dunklem Wuschelkopf kam auf ihn zu gerannt. »Das ist aber schön, dass du uns besuchst.«

Er beugte sich zu ihr hinunter und hob sie hoch. »Hallo, Tinchen, was bist du in der kurzen Zeit gewachsen! Ich habe dich ja kaum erkannt.«

Tinchen lachte. »Das sagt Sven auch immer, wenn er lange von uns weg gewesen ist. Ich bin aber noch nicht groß genug. Ich muss noch mehr wachsen, damit ich so groß wie Mami werde. Sie ist übrigens in der Küche und bereitet mit Omi das Abendessen vor.«

Martin stieg die zwei Stufen zur Eingangstür hinauf. Er überlegte, ob er die Klingel benutzten sollte. Das hatte er früher nie getan, da war er immer gleich reingestürmt und hatte nach Pia gerufen. Aber dies ziemte sich jetzt ja wohl nicht so ganz. Oder doch? Er gehörte doch auch heute noch zur Familie. Also drückte er die Klinke runter und trat in den Flur. Ein appetitanregender Geruch aus der Küche stieg in seine Nase. Auch so wie früher. Und allzu gerne setzte er sich jeweils neben Pia und den Rest der Familie an den Küchentisch und ließ es sich schmecken. Mutter Engel kochte auch gar zu gut.

Laut kläffend stürzte ein grauer Wollknäuel auf vier Beinen aus der Küche auf ihn zu. Doch als Taps den Gast erkannte, verwandelte sich sein drohendes Bellen in ein aufgeregtes Begrüßungs-Quietschen.

»Hallo Sportsfreund, nur nicht so stürmisch«, mahnte Martin.

»Das ist aber eine Überraschung, Martin, dass du dich endlich wieder einmal zu uns verirrst.« Mutter Engel stand unter der Küchentür und wischte sich die Hände an ihrer Schürze trocken.

»Komm rein in die Küche, Pia und ich sind allein. Alle anderen sind im Wingert. Und die bringen bestimmt einen Riesenhunger mit, wenn sie Feierabend machen.«

Pia saß am Tisch und schnippelte Möhren und allerlei anderes Gemüse klein. Als Martin in die Küche trat, sprang sie hoch und lief auf ihn zu. Sie wirkte etwas verlegen, was ihrer Freude über das Wiedersehen aber keinen Abbruch tat. Martin küsste sie auf beide Wangen und fragte, auf das Pflaster an ihrer Stirn deutend: »Was ist denn das hier?«

»Das? – Weiter nichts. Tut auch gar nicht mehr weh.«

»Martin, du bleibst doch zum Essen. Es ist auch bald so weit. Die werden bestimmt alle in Kürze kommen.« Mutter Engel ging an den Herd zurück, auf dem in einem schwarzen Topf ein riesiges Stück Fleisch brutzelte.

»Ja, ich bleibe«, war Martins spontane Antwort. »Erst möchte ich aber mit Pia einen kleinen Spaziergang machen, denn ich denke, sie hat mir einiges zu erzählen.«

»Diese leidige Geschichte mit Sybille.« Mutter Engel drehte das Bratenstück mit zwei langen Fleischgabeln um. »Habt ihr sie denn noch nicht gefunden?«

»Nein, leider nicht.«

»Pia, nimm doch Taps mit. Der freut sich schon lange auf einen Spaziergang«, rief sie den beiden nach, als sie die Küche verließen.

Tinchen wollte nicht mit. »Ich bleibe lieber bei Marie, wir müssen unseren Puppen noch zu essen geben, bevor sie schlafen gehen.«

»Die kleine Marie ist Tinchens Busenfreundin, deshalb ist sie auch so gern hier in Ediger«, erklärte Pia und nahm Taps an die Leine.

Schweigend gingen sie nebeneinander her die Straße hoch bis sie ans Ende des Dorfes kamen. Ein herrlicher Blick über die Weinberge und den Calmont bot sich ihnen. »Ist das nicht herrlich?«, schwärmte Pia, »Immer wenn ich hierherkomme, gehe ich einmal zu dieser Stelle hinauf.«

»Da waren wir doch früher auch oft. Erinnerst du dich?«

Pia nickte. »Aber ja, Martin, ich erinnere mich an sehr viel, was wir gemeinsam gemacht haben. Auch wenn es jetzt doch bereits etliche Jahre her ist und man vieles vergessen hat, die Erinnerungen an die Kindheit – die bleiben.«

Wieder bewunderten sie stumm die Aussicht. Überall in den Weinbergen sah man farbige Punkte: Frauen in bunten Tüchern und Männer in ebensolchen Hemden bewegten sich zwischen den Rebstöcken. Auf der Moselstraße unten, die an dem Fluss entlangführt, standen Trecker mit Anhängern, die mit Trauben gefüllt waren.

»Sven ist übrigens auch hier, er ist mit Vater drüben, ziemlich hoch am Calmont oben. Und er trägt die gefüllte ›Bütt‹ jeweils zum Trecker hinunter. Kannst dir vielleicht vorstellen, wie er abends stöhnt, wenn er nach Hause kommt. Vater hat ihm gesagt, dass die Steigung 76 Prozent beträgt. Sven ist jedoch der Meinung, dass es seinem Rücken und seinen Beinen nach mehr als 90 Prozent sein müssen.«

»Gefällt Sven denn der Beruf des Winzers?« Natürlich hoffte Martin im Stillen, ein Nein zu hören. Denn wieso sollte ein norwegischer Transportunternehmer Spaß daran finden, an der Mosel in den steilen Weinbergen herumzukraxeln?

Die Antwort fiel jedoch anders aus. »Stell dir vor, er ist davon sehr angetan. Vor allem natürlich auch deshalb, weil es ihm an der Mosel so gut gefällt.«

»Aber ich denke, seine Eltern sind davon nicht begeistert, wie du ja bereits sagtest.«

»Ja schon. Aber sein Vater hätte im Grunde genommen nichts dagegen, wenn Sven in Deutschland leben würde. Ich habe dir vielleicht einmal erzählt, dass sein Vater ein Besatzungskind im Zweiten Weltkrieg war, also ein so genanntes ›Deutschen-Kind‹. Die Mutter war Norwegerin, der Vater Deutscher. Da seine Mutter nach der Geburt starb, kam er nach Deutschland zu Pflegeeltern. Er fühlt sich halb als Norweger, halb als Deutscher.«

»Und deshalb würde er sich freuen, wenn sein Sohn Sven eine Deutsche heiraten würde?«

»Ja, so ist es.«

»Dann lösen sich ja allmählich deine Probleme. Das Weingut bleibt erhalten, deine Eltern bekommen Hilfe. Und du wirst ja dann auch Mayen verlassen und wieder hierher nach Hause ziehen.«

»Na ja, so ganz einfach ist es auch nicht. Wir haben gerade gestern Abend darüber gesprochen. Vielleicht könnten wir einen Mittelweg finden, da Sven ja doch nicht ganz ohne seinen Truck leben kann. In den Zeiten, wo hier nicht so viel zu tun ist, könnte er mit seinem Truck unterwegs sein und ansonsten auf dem Weingut arbeiten. Ich aber möchte meine Wohnung in Mayen nicht aufgeben. Wolfgang und Hinrichs haben zwar jetzt eine Sekretärin eingestellt, aber ich will doch auch weiterhin in Koblenz arbeiten. Und von Mayen aus ist es näher. – Aber was soll's. Kommt Zeit, kommt Rat. Warten wir es einfach ab.«

»Und bis dahin ist viel Wasser die Mosel hinuntergeflossen. Vielleicht sind bis dahin auch die Schleusen vergrößert und instand gesetzt, was ja anscheinend dringend notwendig ist.«

»Und bis dahin haben die Kormorane alle Fische im Fluss gefressen, worüber die Angler dauernd schimpfen.«

»Und bis dahin ist das Moseltal Weltkulturerbe. Ein Verein, der in den nächsten Jahren eine Bewerbung an die UNESCO ausarbeiten soll, ist bereits gegründet.«

»Und bis dahin ...« Beide fingen zu lachen an.

»Und bis dahin ... Und bis dahin ... Und bis dahin ...« Pia konnte sich kaum beruhigen. Sie lachte und lachte. »Ich komme mir vor wie früher. Weißt du noch, dieses Spiel haben wir oft zusammen gespielt!«

»Und ob ich das noch weiß. Der Sieger war jeweils derjenige, der die meisten ›Und-bis-dahin-Einwände‹ hatte. – Aber nun zurück in die Gegenwart. Woher stammt die Verletzung an deiner Stirn?«

Pia lachte nicht mehr. Ihr Gesicht wurde mit einen Schlag todernst. »Weiter nichts, als dass mich so ein blöder Typ vor dem Haus überfallen wollte. Wahrscheinlich hatte er es auf meine

Geldbörse abgesehen.« Die Erklärung hörte sich ziemlich unbeholfen an.

»Jetzt erzähle von Anfang an, bitte. Ich glaube kaum, dass es dabei um deine Geldbörse ging.« Martins Stimme enthielt einen strengen Ton. Vorbei war das fröhliche Lachen.

»Ich kam zu Hause an, wollte gerade Tinchen aus dem Hintersitz heben, da war plötzlich ein Kerl hinter mir und drückte mich mit aller Gewalt an die Wagentür, wobei mein Kopf aufs Dach prallte und ich mich verletzte.«

»Was sagte der Kerl? Der musste doch irgendetwas gesagt haben.«

»Weiter nichts als zwei oder drei Mal: ‚Wo ist sie? Du weißt es‘.«

»Der wollte bestimmt nicht deine Geldbörse. Das ist dir wohl selbst klar!?«

»Ich dachte …«

»Pia, im Schwindeln warst du nie sehr gut. Er fragte nach Sybille, nicht wahr?«

Pia nickte stumm.

»Sag mir die Wahrheit, Pia. Weißt du, wo sie ist?«

Ohne zu zögern sagte sie: »Nein, das weiß ich nicht.« Das war nicht gelogen. Sie wusste wirklich nicht, wo sich Sybille aufhielt. War sie in Koblenz oder war sie woandershin gefahren? Sie musste doch irgendwo bei irgendwem untergekommen sein. Bei Freunden? In einem Hotel? Oder wo sonst? Sie wusste es wirklich nicht. Das war keine Lüge. Trotzdem bekam sie Herzklopfen. Wenn Martin sie fragen würde, ob sie Sybille in den letzten Tagen getroffen hätte, käme sie in eine echte Zwickmühle. Einerseits hatte sie Sybille fest versprochen, noch ein paar Tage zu warten – und das hieß doch, nichts zu unternehmen, nicht die Polizei einzuschalten, einfach zu warten, bis Sybille anrief und ihr sagte, was sie mit dem Schlüssel machen und wohin sie die für sie wichtigen Sachen bringen soll. Dann würde Sybille ihr alles erzählen, hatte sie gesagt. Vielleicht war ja alles gar nicht so schlimm, sondern eher harmlos. – Aber andererseits konnte sie Martin nicht anlügen. Nie und nimmer. Wenn er diese Frage stellte, musste sie ihm sagen, dass Sybille sie im Büro ihres Bruders besucht hatte.

»Wie sah der Kerl denn aus?«, fragte Martin. Pia fühlte sich auf einmal wieder auf festem Boden.

»Ich habe ihn nicht richtig sehen können. Es war doch bereits dunkel.«

»Versuche, dich zu erinnern. War das vielleicht der Kerl aus dem Jagdhaus?«

»Nein, auf keinen Fall. Er war kleiner als der. Und vor allen Dingen, er hatte die Haare hinten im Nacken zusammengebunden, weil die so lang waren.«

»Ist dir sonst noch etwas an ihm aufgefallen?«

Pia dachte nach. »Nein, nichts. Ich fühlte mich völlig überrumpelt und ich hatte auch Angst. Da ist man doch viel zu abgelenkt, als dass man auf besondere Dinge achtet.«

»Wie hat er gesprochen? Dialekt, Hochdeutsch, Deutsch mit Akzent?«

Wieder dachte sie eine Weile nach. »Ich konnte keinen Akzent feststellen. Auch keinen Dialekt. Zudem hat er leise gesprochen, so durch die Zähne gezischt.«

»Und du hast diesen Kerl noch nie gesehen? Er war dir völlig fremd?«

»Ja, ganz sicher.« Aber wenn sie diesen Überfall nochmals wie einen Film vor ihren Augen vorbeiziehen ließ, da war doch irgendetwas. Irgendetwas, das wie ein Schleier, weit, weit drin in ihren Erinnerungen, den Zugang versperrte. – Doch nein, sie täuschte sich, da war wirklich nichts. Sie hatte den Kerl noch nie gesehen.

»Dann komm, gehen wir zurück.« Martin fasste Pia an der Hand und hielt sie fest, bis sie das Weingut erreichten. Dort herrschte bereits viel Betrieb. Vater Engel stieg gerade vom Trecker, Sven stand schon im Hof und reckte sich. Als er Pia erblickte rief er fröhlich: »Engelchen, wusstest du, dass du einen Helden zum Mann bekommst?« Dann entdeckte er Martin. »Die Polizei bringst du auch gleich mit?« Lachend trat er auf Martin zu und reichte ihm die Hand. Das »Grüß dich« kam ihm ganz selbstverständlich über die Lippen.

»Und wieso willst du ein Held sein? Hast du einen Drachen bezwungen?« Wie bei früheren Gelegenheiten schon musste Martin sich im Stillen eingestehen, dass ihm der Norweger sehr sympathisch war.

»Viel schlimmer«, konterte Sven, »ich habe den Calmont bezwungen. Den ganzen Tag habe ich volle Bütten zum Hänger runter geschleppt, um anschließend mit den leeren wieder hochzukraxeln. Als ich einmal bei Vater oben zusammenbrechen wollte, rief er: ›Los, sei ein Mann. Denk daran, Steillagen-Winzer sind Helden‹«.

Das große Tor zum Weinkeller war bereits geöffnet. Marek und Elsbieta sowie noch zwei ihrer Verwandten, die sie aus Polen mitgebracht hatten, wollten gerade beginnen, die Trauben vom Wagen zur Traubenpresse zu bringen. Doch da trat Mutter Engel aus der Haustür und rief: »Nein, fangt noch nicht an. Das Essen ist fertig, kommt erst rein, bevor alles kalt wird.«

»Wir aber erst sollen Trauben in Maische quetschen«, rief Elsbieta, die die deutsche Sprache von allen am besten beherrschte.

»Das könnt ihr nach dem Essen auch noch«, beschwichtigte Vater Engel.

»Ich noch satt sein von der – Wie heißen? – von der ›Gräwes‹ heute Mittag im Weinberg.«

»Kennst du ›Gräwes‹ noch?«, fragte Pia zu Martin gewandt.

»Dieser nickte. »Sicher, den Eintopf mit Püree mit Sauerkraut und Würstchen. Das habe ich doch oft bei euch gegessen.«

In diesem Moment meldete sich sein Handy. Martin schaute auf das Display, trat dann ein paar Schritte von den anderen weg und meldete sich.

»Martin, wo bist du?«, fragte sein Kollege Röhrig.

»Ich bin gerade auf der Rückfahrt und habe, wie du mir empfohlen hast, in Ediger-Eller einen Halt gemacht.«

»Dann reiß dich los und komm sofort nach Mayen. Wir haben schon wieder einen Toten.«

14. Kapitel

Eine beruhigend schöne Abendstimmung breitete sich über das Moseltal aus. Es war schon fast dunkel. Hoch oben am Himmel leuchtete die runde Scheibe des Vollmondes, manchmal verdeckt von vorüberziehenden Wolken. Eine wahre Bilderbuchstimmung. Auf der Moselstraße herrschte reges Treiben. Trecker mit vollen Weinwagen tuckerten ihrem Heimatziel entgegen. Die Erntehelfer fuhren mit ihren Autos ebenfalls dahin, wo sie für die Nacht einen Ruheplatz hatten. Die meisten der Autos trugen polnische oder rumänische Schilder, denn die viel gepriesene Freizügigkeit, in der EU verkündet, machte sich überall bemerkbar. Aber auch Touristen waren überall zu sehen. Die Zeit der Weinfeste hatte bereits begonnen. Auf den Parkplätzen standen Busse aus nah und fern, um die trinkfreudigen Bummler wieder sicher nach Hause zu bringen.

Martin fuhr auf der Moselstraße Richtung Cochem. Er kam aber nicht so schnell vorwärts, wie er es gerne getan hätte. Die launische Mosel machte auch gar zu viele Schleifen und die Straße hatte man entsprechend dem Flusslauf anpassen müssen. Schade, dass er nicht länger bei den Engels bleiben konnte. Er hätte gerne noch eine Weile im Kreis der Familie gesessen und sich unterhalten.

»Was ist denn passiert, Martin, dass du so schnell aufbrechen musst?«, hatte Vater Engel ihn beim Abschied gefragt.

»Wir haben einen weiteren Toten.«

»Was!?«, rief Pia entsetzt. »Wo denn?«

»Ich weiß noch nichts und wenn ich etwas wüsste, dürfte ich nicht darüber sprechen.«

»Was ist denn nur in Mayen los?«, meinte Vater Engel und zwinkerte schelmisch mit den Augen. »Siehst du, Pia, ich habe es dir schon vor Jahren gesagt, als du nach Mayen gezogen bist, dass da die ›Duudschläjer‹ (*Totschläger*) wohnen. Du wolltest es ja nicht glauben.«

Dann fuhr Martin los, die schmale Straße zur Mosel hinunter. Im Rückspiegel sah er Vater Engel, Pia und Sven vor der Hofeinfahrt stehen. Pia winkte ihm hinterher. Sven legte einen Arm um sie und zog sie näher zu sich heran. Sven war ein aufrichtiger, offener Typ, Pia würde bei ihm gut aufgehoben sein. Trotzdem, Martin gefiel das nicht.

Bei Cochem verließ er die Mosel und bog in das Enderttal ein, Richtung Landkern. Hier war es bereits ruhiger auf der Straße und er kam zügiger voran. Bestand da ein Zusammenhang zwischen den beiden Toten? Konstantin hatte ihn nur kurz informiert und von einem Mann berichtet, der am Waldsee bei Rieden erschossen in seinem Auto aufgefunden worden war. Der eine bei Kürrenberg erstochen, der andere bei Rieden erschossen, dachte Martin. Um einen Serienkiller kann es sich nicht handeln, der mordet erfahrungsgemäß immer auf die gleiche Weise. Es sind aber unterschiedliche Tatwaffen verwendet worden. Martin schüttelte den Kopf und grinste spöttisch. Von wegen ›eine ruhige Kugel schieben, wenn du in die Provinz gehst‹, wie ihn damals seine Kollegen in Mainz zum Abschied hänselten. Habt ihr 'ne Ahnung, ich wohne jetzt in einer Stadt, wo anscheinend rundherum männliche Personen gemeuchelt werden.

Plötzlich fiel ihm Marion ein. Er hatte sie am Morgen von Idar-Oberstein aus angerufen, dass er heute nach Hause komme. Sie freute sich auf einen ruhigen, gemütlichen Abend mit ihm und wollte etwas besonders Leckeres kochen. Und nun musste er erst ins Büro, wo Konstantin auf ihn wartete. So sehr er seinen Beruf auch liebte, so sehr hasste er ihn auch manchmal.

Bei Kaisersesch erreichte er die Autobahn und eine Viertelstunde später betrat er Konstantins Büro. »Hier bin ich. Ich habe mich beeilt.«

Konstantin Röhrig war gerade dabei, einem Schinkenbrötchen den Garaus zu machen. Kauend winkte er Martin zu, schluckte und sagte: »Den ganzen Tag habe ich noch keine Zeit gehabt, etwas zu essen. Komm, setz dich, ich erzähle dir gleich von Anfang an.«

Nachdem der letzte Bissen unten war, fing Konstantin seinen Bericht an. »Ein Ehepaar war auf einer Wanderung zum Schloss Bürresheim. Sie kamen am Waldsee vorbei und dachten, in der Gaststätte dort einen Kaffee zu trinken. Am Rande des Parkplatzes, in der Nähe einer Schutzhütte, stand ein Mercedes, das Seitenfenster auf der Fahrerseite heruntergedreht. Das kam ihnen etwas seltsam vor. Denn wer lässt sein Auto mit offenem Fenster einfach so stehen und dann noch auf diesem einsamen Parkplatz. Sie gingen näher heran und sahen, dass eine Person darin lag. Es handelte sich um einen Mann, offensichtlich den Fahrer des Wagens. Er war seitwärts auf den Beifahrersitz umgekippt und überall war Blut, an den Scheiben, dem Polster, den Armaturen. Sie riefen sofort die Polizei, denn sie glaubten nicht, dass er noch lebte. Und sie hatten recht. Er muss vergangene Nacht zwischen 22.00 Uhr und Mitternacht erschossen worden sein. Den genauen Zeitpunkt bekommen wir noch.«

»Und wer ist es? Oder haben wir es schon wieder mit einem unbekannten Toten zu tun?« »Nein, nein, er hatte alle wichtigen Papiere bei sich. Es handelt sich um einen Antonio Blaschek, 42 Jahre alt, unverheiratet, wohnhaft in Leverkusen. Der Mercedes ist auf ihn zugelassen. Von den Kollegen in Leverkusen wurde bestätigt, dass er ordnungsgemäß gemeldet ist. Er ist auch noch nie polizeilich auffällig geworden.«

»Was ist er denn von Beruf?«

Konstantin zuckte leicht mit den Schultern. »Er gibt – oder gab – sich als Kaufmann aus.«

»Das kann vieles heißen. – War er in einer Firma angestellt?«

»Nein, er arbeitete als Selbstständiger.«

Martin dachte eine Weile nach. »Sag mal, herrschte gestern hier nicht ein so grässlich dicker Nebel? Im Hunsrück war er zwar nicht so heftig, aber als ich gestern Abend zu Hause anrief, um den Zwillingen Gute Nacht zu wünschen, sagte mir Marion, dass man in der Eifel kaum die Hand vor Augen sehen kann.«

»Ja, stimmt genau. Das habe ich ja selbst auf der Heimfahrt erlebt.«

»Was also hat ein Kaufmann aus Leverkusen in einem derma-ßen dicken Nebel nachts um zehn Uhr an einem abgelegenen See in der Eifel zu suchen?«

»Wenn wir das wüssten, hätten wir vielleicht auch ganz schnell den Mörder.« Konstantin fegte ein paar Krumen von seinem Schreibtisch und rückte einige Aktenordner zurecht. Nicht nur Martin, auch die anderen Kollegen, amüsierten sich oft über seine Pingeligkeit.

»Was ist mit seinem Umfeld in Leverkusen? Hast du da schon etwas erfahren?«

»Bis jetzt nur wenig. Anja und Frank sind dabei, Erkenntnisse zu sammeln. Es scheint aber, dass dieser Antonio Blaschek ein völlig unbeschriebenes Blatt war. Morgen erfahren wir mehr.«

»Was hat die Spusi am Waldsee herausgefunden? Gibt es da schon irgendwelche Hinweise?" Martin stand auf und ging im Büro auf und ab. Er hatte wieder einmal das Gefühl, dass man nicht von der Stelle kam. Alles ging zu langsam.

»Da gibt es einiges. Der Schütze muss sich an der Schutzhütte aufgehalten haben. Wahrscheinlich hat er dort auf sein Opfer gewartet. Dann ist er ein paar Schritte auf den Parkplatz hinaus-getreten und hat aus einer Entfernung von etwa sieben bis acht Metern geschossen.«

»Die Tatwaffe? Habt ihr die gefunden?«

Konstantin schüttelte den Kopf. »So freundlich war der Mörder nicht, dass er die Waffe auf die Bank in der Schutzhütte gelegt hätte. Aber wir haben entdeckt, dass am Seeufer an einer Stelle das Gras zertreten ist. So, als wenn jemand dort gestanden hätte. Es könnte sein, dass von dort aus die Waffe ins Wasser geworfen wurde.«

»Habt ihr Taucher angefordert?«

»Ja, aber es war schon zu spät für eine Suche. Wie du weißt, wird es bereits früh dunkel. Morgen, sobald es hell wird, geht es gleich los.«

»Wie sieht es denn mit den Ermittlungen in Kürrenberg aus? Gibt es da etwas Neues?«

»Nee, nichts. Wir haben alle Vermisstenstellen in der Bundesrepublik verständigt und Fotos verschickt, aber der unbekannte Tote scheint bei niemandem eine Lücke hinterlassen zu haben.«

»Habt ihr wenigstens etwas über Sybille Grundmann erfahren?«

»Nee, auch nichts. Tanja und Frank haben halb Nitztal abgeklappert, aber genau wie in Kürrenberg hatte niemand irgendetwas Auffälliges bemerkt. In welche Richtung auch immer diese Sybille vom Jagdhaus aus gelaufen ist, sie hat sich unsichtbar gemacht. – Aber was hat dir denn deine Pia in Ediger erzählt? Hat sie den erkannt, der sie überfallen hat?«

Jetzt war es Martin, der »Nein« sagen musste. »Der Typ vom Jagdhaus, den sie an jenem Morgen getroffen hat, sei es auf gar keinen Fall gewesen. Da ist sie sich ganz sicher. Derjenige, der sie überfallen hat, habe langes Haar gehabt, zu einem Pferdeschwanz zusammengebunden, und gesehen hat sie ihn noch nie.«

»Das hat dieser Meurer auch gesagt. Aber weißt du was? Bei all diesen vielen Erfolgserlebnissen in Anführungsstrichen habe ich für heute die Schnauze voll. Lass uns noch ein Bier trinken gehen.«

Doch Martin winkte ab. »Ich muss nach Hause. Marion wartet. Sie ist sowieso etwas sauer, weil ich so spät aus dem Hunsrück zurückkomme.«

«Und dein Bruder? Gibt es von dem etwas Positives zu berichten?«

»Ja, mehr oder weniger. Er lässt sich durchchecken und gibt das Rauchen auf.«

»Na, wenigstens etwas. Komm gut heim und verschlaf morgen nicht.«

Es war kurz vor 23.00 Uhr als Martin die Haustür aufschloss. Überall dunkel. Allem Anschein nach war Marion bereits zu Bett gegangen. Seine Reisetasche ließ er im Flur stehen, er fühlte sich auf einmal hundemüde und abgeschlagen. In der Küche war wie immer alles sauber aufgeräumt. Auf dem Tisch stand eine Schale mit Nüssen. Sicherlich war Marion mit den Zwillingen und Lerma bei den Eltern gewesen. Die hatten zwei große Nussbäume im Garten. Im Kühlschrank entdeckte er einen Teller mit Frikadellen. Er nahm eine und biss ein Stück davon ab. Erst jetzt spürte er seinen großen Hunger. Die Frikadelle war ruckzuck weg. Er griff sich noch eine und dazu eine Flasche Bier. Die Stille im Haus tat gut. Er setzte sich an den Küchentisch und dachte über all das nach, was er von Konstantin erfahren hatte. Irgendwie sagte ihm sein Bauchgefühl, dass zwischen den beiden Morden ein Zusammenhang bestand. Aber was für einer? Wenn er nur den kleinsten Anhaltspunkt, den geringsten Hinweis sehen könnte, an welcher Stelle die unsichtbaren Fäden miteinander verbunden waren. Aber nichts, rein gar nichts sah er. Seufzend nahm er noch einen Schluck aus der Bierflasche. Gut, dass Marion schon schlief, sie sah es gar nicht gern, wenn er kein Glas benutzte. Wenn man wüsste, wer der Tote in Kürrenberg war, wäre es einfacher, eine Verbindung zu finden. Teufel auch, warum vermisste den denn niemand? Jeder Mensch lebt doch in einem sozialen Umfeld, hat Familienangehörige, Verwandte, Bekannte, Kollegen am Arbeitsplatz. Es muss doch auffallen, wenn plötzlich jemand verschwindet. Aber es gab natürlich auch Fälle, und eigentlich gar nicht so wenige, wo Menschen in ihren Wohnungen starben und erst nach Monaten gefunden wurden, weil niemand sie vermisste.

Martin stand auf. Heute Nacht würde er dieses Problem nicht mehr lösen. Er nahm noch eine Frikadelle aus dem Kühlschrank und öffnete die Terrassentür. Kühle Nachtluft wehte ihm entgegen. Das letzte Stück der Frikadelle warf er hinaus in den Garten unter den Apfelbaum. Er musste nicht lange warten. Es raschelte im Gras, ein grau-weißer Katzenkopf erschien kurz, schnappte sich die Beute und verschlang sie gierig. »Als wenn du zu Hause nichts zu fressen bekämst«, murmelte Martin. Es waren die Zwillinge, die dem Kater dauernd irgendwelche Leckerbissen hinwarfen, obwohl die Nachbarn das nicht gerne sahen, denn ihr Moritz sollte nichts anderes als nur das allerbeste Katzenfutter bekommen. Doch Moritz scherte sich nicht darum, er fraß, was ihm schmeckte.

Martin löschte unten alle Lichter und ging die Treppe in den ersten Stock hinauf. Unterwegs knöpfte er bereits sein Hemd auf und warf es im Bad in den Wäschekorb. Die heiße Dusche wirkte wie eine Wohltat und schwemmte seinen Frust und seine Erschöpfung hinunter in den Abfluss. Er sehnte sich nach Marions warmem Körper. Leise betrat er das Schlafzimmer und schlüpfte vorsichtig unter die Decke. Ein zufriedenes Grummeln signalisierte ihm, dass er willkommen war.

Punkt acht Uhr betrat Martin sein Büro. Ein paar Minuten später bereits klopfte Konstantin an die Tür. Im Schlepptau brachte er Anja und Frank, die beiden Neulinge, mit. Anja war eine hochgeschossene, schlanke Mittzwanzigerin. Ihr Vater sei auch bei der Kripo gewesen, hatte sie erzählt, in Stuttgart und in Heilbronn. Den Ehrgeiz, die Welt ein Stück besser zu machen, hatte sie von ihm. Bei Frank waren es auch Vorbilder in der Familie, die ihn diesen Beruf ergreifen ließen. Ein Onkel von ihm arbeitete beim Landeskriminalamt in Düsseldorf.

Nach dem Auffinden der Leiche am Waldsee hatte Konstantin gestern bei der Kripo in Leverkusen angefragt, ob er zwei junge Kollegen vorbeischicken könne, um sich in der Wohnung des Ermordeten und im näheren Umfeld etwas umzusehen. Natürlich wäre es auch sehr hilfreich, wenn man den jungen Berufsanfängern mit Rat und Tat zur Seite stehen würde.

»Also, wie war eure Reise nach Leverkusen?«, wollte Martin nach der Begrüßung als Erstes von den beiden wissen.

»Die waren alle sehr nett in Leverkusen«, begann Anja auch gleich, »sie haben uns wirklich viel geholfen.«

»Ja, ja, gerade Dieter. Der hatte ja nur Augen für dich«, hänselte Frank.

»Kommen wir also zuerst zur Wohnung«, unterbrach Konstantin.

»Sie befindet sich in einem Wohnblock in der Nähe des Willy-Brandt-Rings«, begann Anja. »Da hatte dieser Blaschek im fünften Stock eine Zweizimmerwohnung gemietet. Seit etlichen Jahren schon würde er da wohnen, hat der Hausmeister erzählt. Ein ganz unauffälliger Typ sei er gewesen.«

»Und die Wohnung selbst? Habt ihr da irgendeinen Hinweis gefunden, weshalb er an den Waldsee gefahren ist oder sonst etwas, das uns weiterhelfen könnte?«

Anja und auch Frank schüttelten den Kopf. »Nichts, es ist eine typische Junggesellenbude, zweckmäßig eingerichtet, ohne viel Schnickschnack. Und auch etwas unordentlich und nachlässig. Auf gemütliches Wohnen legte er allem Anschein nach keinen großen Wert.«

»Einen Telefon-Festanschluss hatte er nicht. Er benutzte nur das Handy, das bei ihm gefunden wurde.«

Martin unterbrach den jungen Mann. »Sind die Daten vom Mobiltelefon schon ausgewertet worden, Konstantin?«

Dieser verneinte. »Noch nicht, aber die Kollegen sind dran.«

»Also weiter!«, drängte Martin, sich wieder den jungen Kollegen zuwendend. »Habt ihr irgendwelche Papiere oder dergleichen gefunden?«

»Ja«, war von Anja zu hören, »in dieser Beziehung schien er sehr ordentlich gewesen zu sein. Mietvertrag, Versicherungsscheine für Lebensversicherung, Kasko fürs Auto, Rechtsschutz und dergleichen, alles fein abgeheftet in einem Ordner. Die Kollegen in Leverkusen meinten auch, dass man nichts Auffälliges entdecken konnte. Wie der Hausmeister schon sagte: Ein völlig unauffälliger Typ.«

»Und ihr habt keine Unterlagen darüber gefunden, für wen er arbeitete oder was er überhaupt tat? Irgendetwas wie zum Beispiel einen Arbeitsvertrag oder einen Dienst- oder Werkvertrag für freie Mitarbeiter oder so was Ähnliches?«

Anja und Frank sahen sich an und erklärten unisono: »Nein, nichts.«

Martin dachte eine Weile nach, dann forderte er die beiden auf, weiter zu berichten: »Was war dann? Habt ihr die Hausbewohner befragt, ob sie etwas über diesen Blaschek wussten.«

»Wir haben alle Hausbewohner befragt. Das heißt, ein paar

waren nicht zu Hause. Aber die wir erreichten, die sagten alle, dass sie Herrn Blaschek ab und zu im Treppenhaus begegneten, dabei sei er höflich, aber immer kurz angebunden gewesen. Offensichtlich legte er keinen Wert auf irgendeine Unterhaltung. Die Kollegen in Leverkusen wollen die restlichen Hausbewohner auch noch befragen und uns dann Bescheid geben. Im Übrigen sagten alle, dass er oft sehr lange verreist war, aber keiner wusste, wohin.«

»Und das ist alles?« Martin wirkte sichtlich enttäuscht.

»Nein«, Anja wurde um einiges lebhafter. »Das Beste haben wir bis zum Schluss aufgespart. – Willst du erzählen, Frank?«

Der junge Mann winkte ab. »Nein, nein, berichte du.«

»Im Parterre wohnt eine alleinerziehende Mutter mit ihrem zwölfjährigen Sohn. Der Mann war als Offizier der Bundeswehr einige Zeit in Afghanistan. Als er zurückkam, hatte er sich sehr verändert. Die Ehe ging in Brüche, die Frau zog mit ihrem Sohn nach Leverkusen. Ihre Eltern leben da und sie ist froh, dass Oma und Opa manchmal auf den Jungen aufpassen.«

»Anja, komm zum Punkt«, ermahnte Konstantin, »oder willst du uns auch noch die Lebensgeschichte von Oma und Opa erzählen?«

»Entschuldigung«, Anja lächelte verlegen. »Wir haben uns lange mit der Frau unterhalten, sie hat uns sogar zu einem Kaffee eingeladen. Jedenfalls erzählte sie, dass ihr Junge, Mark heißt er, ein paar Mal mit Herrn Blaschek gesprochen habe. »Mark sei ein sehr aufgeschlossenes, wissbegieriges Kind«, sagte sie. »Einmal begleitete er Herrn Blaschek zu dessen Auto und fragte ihn, wohin er denn fahre. Herr Blaschek habe gelacht und gesagt: ›In eine Stadt mit einer sehr berühmten Brücke.‹ Mark wollte natürlich mehr wissen und habe weiter gefragt, bis Herr Blaschek ihm verraten habe, dass die Stadt Arnhem heiße.

»Arnhem«, mit einem Mal war die Enttäuschung, mit der Martin zu kämpfen hatte, verflogen. »Also doch, ich habe es gewusst.« Dann sagte er zu den beiden jungen Leuten: »Danke, das habt ihr gut gemacht. Wenn es für den Moment weiter nichts gibt, so könnt ihr jetzt in euer Büro gehen und einen ausführlichen Bericht schreiben. Ich nehme an, das habt ihr noch nicht getan.«

»Wir sind ja erst nach Mitternacht zurückgekommen«, ließ Frank von sich hören. Es klang fast ein bisschen beleidigt.

Nachdem Anja und Frank gegangen waren, saßen sich Konstantin und Martin eine Weile nachdenklich gegenüber. Dann fragte Martin: »Hast du eigentlich diesen Freilinger erreicht?«

»Ich habe mir von dessen Schwester seine Adressen in Arnhem und in Köln und auch die Handy-Nummer geben lassen, du warst doch noch dabei. Du kannst mir glauben, ich habe unzählige Mal versucht, diesen Freilinger zu erreichen. Doch auch der scheint verschwunden zu sein. Nicht einmal sein Partner ist im Büro in Köln.

Martin erinnerte sich nur allzu gut an das Ende der Befragung von Angelika Ritter. Nachdem sie gestanden hatte, dass Mirco Freilinger ihr Bruder ist, wirkte sie nicht mehr so angespannt und nervös. Jetzt musste sie sich nicht mehr verstellen und sich überlegen, was sie sagen sollte. Sie erklärte, dass sie keine Ahnung habe, wo sich ihr Bruder jeweils aufhalte. Sie habe genügend Stress in ihrem eigenen Job und könne sich nicht noch um Mirco kümmern. Das habe sie zur Genüge getan, als er klein war. Sie versprach jedoch, sobald sie etwas von ihm höre, Bescheid zu geben.

»Da fällt mir noch etwas ein«, hatte sie zum Abschied gesagt. »Haben Sie die Handtasche von Frau Grundmann gefunden?«

»Ja, warum?«

»War bei ihren Sachen nicht ein Autoschlüssel?«

»Ja«, bestätigte Martin. Er dachte kurz darüber nach, warum sie das wissen wollte. »Ach so«, fiel ihm ein, »das ist der Schlüssel zu Ihrem Auto?!«

»Ja, ich habe ihn schon in der ganzen Wohnung gesucht. Könnte ich ihn vielleicht zurück- bekommen?«

Nachdem der Schlüssel aus der Asservatenkammer gebracht worden war, verabschiedete sie sich. »Ich werde Sie auf dem Laufenden halten, falls ich wieder ins Ausland muss.« Dann war sie weg.

Daran, dass Angelika Ritter die Kripo auf dem Laufenden halten würde, wollten jedoch weder Martin noch Konstantin so richtig glauben.

Konstantin riss Martin aus seinen Gedanken. »Komm, wir müssen unbedingt zum Waldsee, die erwarten uns dort.«

Als sie am Schwimmbad vorbei an der Nette entlangfuhren, fragte Konstantin plötzlich: »Sag mal, diese ›Brücke von Arnhem‹, von der habe ich zwar schon gehört, aber wieso soll die so berühmt sein? Ich kenne nur die ›Brücke von Remagen‹. Da sind doch die Amis im Frühjahr 1945 mit ihren Panzern drüber gebrettert, und nachdem alle auf der rechten Rheinseite waren, ist die Brücke zusammengefallen. Es gab doch auch einen Film darüber.«

»Es gab auch einen Film über die ›Brücke von Arnhem‹, antwortete Martin, der am Steuer saß und hinter einem Trecker herschleichen musste, bis sich eine günstige Gelegenheit zum Überholen bot. »Im Herbst 1944 versuchten alliierte Streitkräfte, diese Brücke zu erobern. Aber die deutsche Wehrmacht behielt die Oberhand, es war einer ihrer letzten siegreichen Kämpfe. – Zufrieden? Oder willst du noch mehr wissen?«

Als sie den Waldsee erreichten, hatte die Spusi bereits die rot-weißen Absperrbänder entfernt. Zwei Taucher waren aber noch im See draußen. Martin und Konstantin gingen am Ufer entlang. Auf der gegenüberliegenden Seite waren Liegewiesen für Badefreudige, von denen natürlich zu dieser Jahreszeit nichts zu sehen war. Nur ein paar Wanderer standen auf dem Weg, der dem Wald entlang führte, und schauten neugierig zu ihnen hinüber.

»Wie kann man nur?«, meinte Konstantin. »So eine Idylle und dann das!«

Martin begriff sofort, was er meinte. Am Abhang stand übereinander und nebeneinander ineinander verschachtelt eine ganze Reihe von Ferienhäuschen, die wie die Faust aufs Auge in diese ländliche Abgeschiedenheit passten.

»Komm, die haben etwas gefunden. Sie winken uns.«

Sie gingen zurück zu den Männern der Spusi. Einer der Taucher hielt etwas wie eine Trophäe in die Höhe.

»Eine 7.65er Walther. Das könnte die Tatwaffe sein. Das Opfer wurde mit so einer erschossen«, sagte einer der Spusi-Leute. »Ich rufe gleich mal an, um zu fragen, auf wen sie registriert ist.«

Sie brauchten nicht lange zu warten. Die Antwort kam prompt. Der Mann von der Spusi trat zu Martin und Konstantin hin und sagte: »Die Pistole gehört dem Inhaber einer Privatdetektei in Koblenz, einem Wolfgang Engel.«

15. Kapitel

Mirco Freilinger war ein gut aussehender, um nicht zu sagen schöner Mann. Das wusste er auch und er tat alles, um seine blendende Erscheinung noch eindrücklicher zum Vorschein zu bringen. Dafür war ihm nichts zu teuer. Immer die besten Maßanzüge, teuersten Hemden, modernsten Schuhe. Mit Kleidung von der Stange gab er sich schon gar nicht ab.

Im Moment trug er überhaupt keine Kleidung. Er stand nackt im Badezimmer seiner Schwester und betrachtete seinen im Solarium gebräunten Körper in dem großen Spiegel neben der Badewanne, der vom Boden bis fast zur Decke reichte. Noch war alles an ihm fest und muskulös. Aber er musste aufpassen. Er war kein sportlicher Typ. Sport war ihm zuwider. Schon in der Jugend hielt er nichts davon. Fußball spielen war ihm sogar ein Gräuel. Er fand es ein grobes, fast brutales Spiel, bei dem man sich verletzen und die Knochen nicht nur verrenken, sondern auch brechen konnte. Nein, das wollte er seinem Körper nicht antun. Da saß er lieber am Computer und beschäftigte sich mit den Börsenberichten. Das war schließlich etwas, womit man Geld verdienen konnte.

Er strich sein braunes, leicht gewelltes Haar zurück. Wie jeden Morgen registrierte er stolz, dass er nirgendwo einen grauen Ansatz entdecken konnte. Das war ihm wichtig, schließlich hatte er die Vierzig überschritten, da war Vorsicht geboten. Er schritt langsam aber sicher dem Lebensabschnitt des »älter werdenden Herrn« entgegen, doch zu diesen Herren wollte er noch lange nicht gehören. Er zog die Bauchmuskeln an, begutachtete seine Seitenansicht und kam zu der Überzeugung, dass er sich auch ohne Sport überall zeigen konnte.

Er tat ja auch auf andere Weise viel für seinen Körper. Zwei bis drei Mal wöchentlich ging er zur Massage. Er genoss es, wenn weiche, zarte Hände seinen Körper kneteten, seine Muskeln lockerten und als Zugabe auch noch für die völlige Entspannung sorgten. Natürlich konnte er diese Rundumbedienung nur in bestimmten privaten Massagesalons in Anspruch nehmen, weswegen die Kosten von keiner Krankenkasse übernommen wurden. Aber darauf pfiff er. Das zahlte er gerne aus eigener Tasche. Und mit großzügigem Trinkgeld geizte er auch nicht. Er ließ sich auch nicht nur von einer der Damen dort bedienen, sondern er wechselte ab. Einmal gefiel ihm die Behandlung der einen besser, ein nächstes Mal bevorzugte er eine andere.

Auch als er Sybille heiratete, gab er seine Gewohnheiten nicht auf. Nach wie vor liebte er die Abwechslung. Es gab so viele schöne Frauen auf der Welt, vor allem blonde, diese mochte er am meisten. Mit Sybille hatte er zwar weiterhin seinen Spaß, aber mit der Zeit und den Jahren wurde es etwas langweilig mit ihr. Langeweile mochte er schon gar nicht. Deshalb war es ein wahres Geschenk, dass er Natascha kennenlernte. Natürlich war auch ihr Haar blond und sehr lang. Sie hatte große blaue Augen und einen äußerst sinnlichen Mund, der ihn an einem bestimmten Bereich seines Körpers besonders aufregte.

Von nun an ließ er sich fast nur noch von Natascha massieren. Sie stammte aus Russland, war hinter dem Ural in Omsk geboren und sie erzählte ihm viel von ihrer Heimat. Wie Tausend andere junge Frauen aus Ost-Europa wollte sie in Deutschland Geld verdienen und landete prompt in einem Bordell in Köln.

Immer mehr wünschte sich Mirco, dass dieser sinnliche Mund nur für ihn da war. Deshalb wollte er Natascha unbedingt aus dem Bordell herausholen. Das war zwar nicht ganz leicht, doch was sich ein Mirco Freilinger in den Kopf setzte, das wurde auch durchgezogen. Zum Glück kannte er den Bordellbesitzer und so kam es, dass Natascha eine kleine gemütliche Eigentumswohnung in Köln-Lindenthal beziehen konnte und nur noch Mirco zu bedienen hatte. Sie war jedoch eine umtriebige junge Frau, die die Zeit dazwischen nutzbringend verbringen wollte. Mirco hatte nichts dagegen, als sie ein Nagelstudio eröffnete. Bei diesem Gewerbe handelte es sich bekanntlich meistens um eine weibliche Klientel, die ihm nicht gefährlich werden konnte.

Großzügig finanzierte er Natascha einen hübschen Laden,

half ihr bei der Einrichtung, beriet sie bei der Werbung und bald hatte sie ein florierendes kleines Geschäft, über das sie sich kindlich freute. Dafür belohnte sie ihn mit all dem, was ihm wohltat und was er sich wünschte. Natürlich sollten auch ihre Eltern und Geschwister hinter dem Ural an ihrem Erfolg teilhaben. Da sie sich der Macht, die sie über Mirco hatte, voll bewusst war, fing sie an, erst kleinere, dann größere Geldbeträge durch die unendlichen Weiten Russlands an ihre Lieben zu transferieren. Da das Geld dann natürlich für die Ladenmiete und alle anderen Ausgaben fehlte, wurde Mirco gebeten, mit seinem Scheckheft einzuspringen und alles wieder in Ordnung zu bringen. Seine Schwester Angelika wusste von dem geheimen Techtelmechtel, suchte sogar ein paar Mal Nataschas Studio auf, um sich die Nägel maniküren und pediküren zu lassen. Sie fand die junge Russin zwar sehr nett, schüttelte aber trotzdem missbilligend den Kopf und meinte: »Wenn Männer nicht mehr mit dem Kopf denken ...« Später, als immer mehr Geld nach Omsk floss, wurde sie sogar richtig böse und machte Mirco des Öfteren Vorhaltungen. Er solle doch endlich vernünftig werden, meinte sie.

Aber was wusste Angelika schon von Männern. Sie war einmal verheiratet gewesen, nur kurz zwar, aber es hatte ihr genügt. Der Ritter, den sie ehelichte, erwies sich nur mit dem Namen als ein solcher. In Wirklichkeit war er ein Prolet, der am liebsten den ganzen Tag ungewaschen und unrasiert vor dem Fernseher klebte. Mirco konnte sich nie erklären, wieso seine Schwester dieses nachlässige Benehmen nicht schon vor der Ehe bemerkt hatte. Gerade sie, die so etepetete war. Jedenfalls fand schnell die Scheidung statt und der Ritter verschwand aus Angelikas Leben, nur der Name blieb. Es wurde nie mehr von ihm gesprochen, diese Episode war für seine Schwester abgehakt.

Draußen ging die Eingangstür. Gleich darauf ertönte der Ruf »Mirco!« durch den Flur.

»Ich bin im Bad«, rief er zurück, ergriff den weißen Bademantel und schlüpfte in seine flauschigen Hauslatschen.

Angelika war bereits in der Küche und goss Wasser in die Kaffeemaschine. Er legte die Arme um sie und küsste sie sanft auf die eine Schläfe. »Guten Morgen, Schwesterherz, hast du knusprige, frische Brötchen mitgebracht?«

Sie stieß ihn abrupt weg und zischte: »Ich hab dir noch was ganz anderes mitgebracht. Da wird dir der Appetit auf knusprige Brötchen vergehen.« Sie wies ins Wohnzimmer hinüber. »Dort auf dem Tisch, dritte Seite.«

Neugierig ging er zum Esszimmertisch, hob die Zeitung hoch und blätterte zu Seite drei. Die dicken, großen Lettern der Überschrift trafen ihn wie ein Faustschlag mitten ins Gesicht. Er ließ sich auf die Couch fallen und las: »Mord am Waldsee. Wanderer entdecken auf dem Parkplatz neben dem Restaurant in einem Auto einen Toten. Der mutmaßliche Täter, von dem bis jetzt jede Spur fehlt, muss das Opfer mit einem gezielten Schuss in den Kopf ermordet haben. Die Mayener Kripo hat die Ermittlungen aufgenommen.«

Mirco ließ die Zeitung sinken und starrte ins Leere. Er konnte das Gelesene erst gar nicht begreifen. Dann mit einem Mal, nachdem ihm klar wurde, dass eigentlich er es hätte sein sollen, der auf dem Parkplatz als Toter in dem Auto saß, entfuhr ihm: »Dieses Luder, dieses verdammte Luder, die wollte mich glatt abknallen. Die wollte mich umbringen. Alles hätte ich der zugetraut, das nun aber doch nicht.«

Angelika betrachtete ihn schweigend von der Küche aus. Dann nahm sie Kaffeegeschirr aus dem Schrank und begann, den Frühstückstisch zu decken. Was ihr an dieser Wohnung besonders gut gefiel, war diese zum Wohnzimmer hin offene Küche. Das war praktischer als eine Durchreiche, auf die man erst Teller, Schüsseln und was man sonst noch brauchte hinstellen musste, um sie dann von der anderen Seite zu holen und auf dem Tisch zu platzieren.

»Meinst du nicht, dass du mir endlich einmal die ganze Geschichte erzählen solltest, Mirco? Bis jetzt weiß ich nur Bruchstücke, die ich nicht zusammensetzen kann.«

»Da gibt es gar nicht viel zu sagen. Vor ein paar Tagen hat mich

Sybille angerufen und die reuige Ehefrau gespielt, der alles leid tut. Du kennst sie ja. Sie wollte unbedingt, dass ich auf den Parkplatz am Waldsee komme. Da werde sie mir all die Unterlagen, die sie mir gestohlen hat, zurückgeben. Ich glaubte ihr natürlich kein Wort, sagte dann jedoch zu. Geheuer war mir die Sache aber ganz und gar nicht. Weiß Gott, was die wieder ausgeheckt hatte. Ich dachte, ich frage mal Antonio, ob er die Angelegenheit für mich übernimmt. Ein kräftiger Typ wie er würde mit ihr zurechtkommen. Vielleicht kam sie ja nicht allein. Auf Antonio ist Verlass. Wir kennen uns doch seit der Schulzeit.«

»Und schon damals habt ihr öfter Dinge gedreht, die nicht ganz so astrein waren«, warf Angelika ein.

»Ach, hör doch auf, Schwesterchen, so schlimm war das doch gar nicht.«

»Was ist bei dir schon schlimm. Du weißt schon, dass ich dein Geschäftsgebaren nicht gutheiße. Vater würde das auch nicht freuen, wenn er noch lebte.«

»Jetzt komm nicht wieder mit deinen Ermahnungen. Ich mag nicht bevormundet werden, schon gar nicht von meiner älteren Schwester.«

»Aber die verschiedenen Suppen auslöffeln, die du dir eingebrockt hast, dafür ist deine Schwester gut genug.«

»Ja, ja, aber ich habe dir versprochen, mich zu bessern.«

»Um gleich wieder rückfällig zu werden.« Angelika brachte die Kaffeekanne aus der Küche und schenkte die beiden Tassen voll. »Willst du Marmelade oder lieber Käse und Wurst?«

»Ein bisschen Käse. Großen Hunger habe ich in der Tat nicht.«

Sie setzte sich ihm gegenüber und begann, ein Vollkornbrötchen aufzuschneiden. »Ich habe dich vor Jahren bereits vor dieser Sybille gewarnt. Erinnerst du dich? Die heuchelte dir Liebe vor, in Wirklichkeit wollte sie einfach raus aus ihrem Mosel-Kaff zu jemandem, der genügend Geld hatte.«

»Das ist mir dann ja auch schnell klar geworden. Nur machte sie die Sache immer wieder damit wett, dass sie fleißig im Geschäft mitarbeitete. Da kannst du ihr wirklich keine Vorwürfe machen. Auf einen Achtstundentag hat sie keine Rücksicht genommen. Nur als ich dann dahinter kam, dass sie zu betrügen begann, Gelder abzweigte und verschwinden ließ, sah das Ganze anders aus.«

»Warum hast du sie nicht zur Rede gestellt?«

»Wollte ich ja, sobald ich genügend Beweise in der Hand haben würde.« Mirco hatte keine Lust mehr, sich von Angelika verhören zu lassen. Er lenkte deshalb das Gespräch auf einen anderen Weg. »Du warst doch neulich im Forum bei der Kripo. Was hast du denen denn erzählt?«

»Nur das Nötigste. Oder das, was sie sowieso herausgefunden hätten.«

»Und von mir. Haben sie auch nach mir gefragt?«

Angelika strich Butter und dann Marmelade auf die eine Hälfte ihres Brötchens. »Ich konnte es nicht vermeiden und musste ihnen sagen, dass du mein Bruder bist. Es ging nicht anders. Aber ich betonte, dass ich keine Ahnung hätte, wo du dich befindest, würde es jedoch sofort melden, sobald ich es wüsste.«

»Was wollen die denn von mir?« Mirco rührte mit dem Löffel in seiner Kaffeetasse.

»Nun spiel nicht das Unschuldslamm. Du warst doch oben im Jagdhaus. Du wusstest doch, dass sich Sybille mit dem Mann verabredet hatte, mit dem sie verschwinden wollte. Ich habe es dir doch verraten.«

Angelika erinnerte sich noch genau, wie dieses Geheimnis ans Tageslicht kam. Sie selbst war gerade von einer mehrtägigen Reise zurückgekommen. Sybille hatte sie am Flughafen Köln-Wahn abgeholt. Zu Hause in Mayen wollte sie erst einmal in die Badewanne. Sybille sagte, sie würde inzwischen einen Tee aufbrühen. Es sei auch Kuchen da. Sie habe beim Bäcker welchen geholt.

Bevor Angelika in die Wanne stieg, fiel ihr ein, dass sie im Schlafzimmer die frische Wäsche und ihren Hausanzug vergessen hatte. Als sie die Badezimmertür öffnete, hörte sie Sybille telefonieren. »Ja, Schatz, ich freue mich auch sehr. Dann ist endlich diese Geheimnistuerei vorbei und unser neues Leben kann beginnen.« Angelika kam sich schäbig vor, als sie so im Flur stand und das Telefongespräch belauschte. Aber schließlich hatte sie ihrem Bruder versprochen, auf alles achtzugeben, was Sybille tat. Dann hatte Sybille das Entscheidende gesagt- »Hast du meine Zeichnung bekommen, den Plan, wie du zum Jagdhaus kommst? – Gut! – Ach, Rainer, ich kann es kaum erwarten. Jetzt sind es nur noch knappe drei Wochen bis zum Fünfundzwanzigsten.«

Angelika betrachtete ihren Bruder, der ihr gegenüber saß und eine Apfelsine schälte. Sie war zwei Jahre älter als er. Sie dachte daran, wie glücklich ihre Eltern über die Geburt eines Stammhalters gewesen waren. Dass er dann ein so hübscher Junge wurde, machte das Maß des Glücks noch voller. Von Anfang an wurde Mirco von allen Seiten verwöhnt, was seiner Entwicklung nicht besonders gut bekam. Je älter er wurde, desto mehr glaubte er, dass die Welt sich um ihn zu drehen hatte. Da man ihm als Junge kleine Sünden verzieh und sie als Bagatellen abtat, kam er zu der Überzeugung, dass die Umgebung mit seinen größeren Sünden auch so umgehen müsse. Beim Vater kam das zwar nicht so gut an, aber er half ihm doch aus mancher Patsche. Später, nach dem tragischen Autounfall der Eltern, war es dann seine Schwester Angelika, der er seine Fehltritte beichtete und die er um Hilfe bat. Was seine Finanzgeschäfte betraf, gewährte er ihr jedoch keinen großen Einblick. Sie vermutete, dass da einiges im Argen lag, um nicht zu sagen im Kriminellen. Sybille war natürlich dahintergekommen und hatte es für ihre Zwecke ausgenutzt.

»Mirco«, sagte Angelika nach einer Weile, »du warst doch oben im Jagdhaus? Ich verlange von dir eine ehrliche Antwort.«

»Schwesterchen, jetzt wird es aber ernst, nicht wahr?«, meinte er verschmitzt lächelnd.

»Was ist da oben in Kürrenberg geschehen? Warst du es? Hast du diesen Typen umgebracht?«

»So etwas traust du mir zu? Nein, ich schwöre dir, ich war es nicht.«

»Wie oft habe ich diesen letzten Satz schon von dir gehört.«

»Ich habe den nicht einmal gesehen, weder lebendig noch tot. Ehrenwort.«

»Dann erzähl doch endlich!« Allmählich wurde sie ungehalten.

»Nachdem ich von dir erfahren hatte, wo und wann die beiden sich treffen wollten, habe ich mit meinem Partner Jochen Hansen verabredet, dass wir auch zum Jagdhaus fahren. Wir kannten uns ja da aus. Wir waren schon ein- oder zweimal mit Freunden zur Jagd dort gewesen, mit anschließender Feier, die jeweils in ein Saufgelage ausartete. Wir quartierten uns also in die kleine Wohnung unten im Jagdhaus ein. Während wir da so saßen und warteten, muss Sybille gekommen sein. Wir hatten die kleinen Fenster geöffnet. Ich vermute, sie hat gehört, wie wir uns unterhielten, und ist abgehauen. Wir haben nichts bemerkt, aber als ich mal ins Freie trat, um frische Luft zu schöpfen, sah ich ihr Körbchen auf dem Fensterbrett stehen, das Körbchen, das sie immer mitnahm, wenn sie Pilze suchen ging. Wir dachten, die kann noch nicht weit sein und sind sofort los, um sie zu suchen. Doch sie war spurlos verschwunden. Wir fuhren überall herum, bis nach Mayen hinunter. Doch nichts. Wir kehrten ins Jagdhaus zurück und übernachteten dort. Es hätte ja sein können, dass sie zurückkam. Von dem Typen, den sie erwartete, war nichts zu sehen. Dass der da unten am Abhang unterhalb des Jagdhauses tot aufgefunden wurde, davon erfuhren wir erst, als wir Tage später die Zeitung aufschlugen. Ich schwöre dir nochmals, Schwesterchen, das ist die Wahrheit und nichts als die Wahrheit. Ich habe von Sybille nichts mehr gehört oder gesehen bis zu ihrem Anruf neulich, als sie mich bat, zum Waldsee zu kommen, weil ihr alles so leidtue.«

Irgendwie glaubte ihm Angelika. Ihr Bruder war zwar ein gerissener, um nicht zu sagen skrupelloser Geschäftsmann, aber ein Mörder? Nein, das war er nicht. So groß war seine Eifersucht auf Sybille wohl nicht; er war ja nicht zum Jagdhaus gefahren, um seinen Rivalen zu töten, sondern um die von Sybille gestohlenen Unterlagen zurückzuholen. Das musste ja brisantes Material sein, ging es Angelika durch den Kopf. Aber es hatte keinen Sinn, danach zu fragen, er würde ihr doch nichts sagen.

Sie stand vom Tisch auf und begann, das Geschirr zusammenzuräumen. »Willst du noch Kaffee?«, fragte sie. Ihr Bruder schwieg. Er hatte die Zeitung wieder hochgenommen und las den Artikel über den Mord am Waldsee noch einmal.

»Diese linke Bazille!«, rief er plötzlich. »Erinnerst du dich daran, was sie dir bei dem Empfang der Deutschen Bank gesagt hatte? Du hast es mir erzählt. Sie sagte ›Ich ertrage seine Betrügereien nicht mehr, aber ich kann doch meinen Mann nicht bei der Polizei anzeigen‹. Nein, das brachte sie nicht übers Herz. Nur erpressen und niederknallen konnte sie ihn.«

»Erpressen?« Angelika schüttelte den Kopf. »Wenn sie dich erschossen hätte, wie hätte sie dich dann erpressen können? Nein, nein, das passt nicht zusammen, es sei denn, sie hätte in ihrem Hass auf dich einen völligen Realitätsverlust erlitten. Denn einen Toten kann man nicht erpressen.«

Mirco stand ebenfalls auf. Zornig schleuderte er die Zeitung auf den Boden. »Was weiß ich, was in dem Schädel dieses Miststücks vorgeht. – Ich geh mich anziehen.«

Als er durch den Flur ging und im Gästezimmer verschwand, hob Angelika die Zeitung vom Boden auf, setzte sich auf die Couch und las selbst den Artikel. Es war kein Foto dabei und der Name des Toten wurde auch nicht erwähnt. »Antonio« hatte Mirco gesagt. Vage erinnerte sie sich daran, dass dieser Mirco ab und zu besuchte. Ihre Eltern waren davon nicht besonders begeistert, denn Antonios Vater hatte ein oder zwei Jahre im Gefängnis verbracht. Weshalb, wusste sie nicht mehr. Auch als Studenten waren ihr Bruder und Antonio noch oft zusammen. Und wie es aussah, dauerte diese Freundschaft bis heute. Jedenfalls, als Mirco sie vor zwei Tagen anrief, erwähnte er kurz dessen Namen. Sie war im Büro in Polch, Besuch war da, das Telefon klingelte ununterbrochen, ihre beiden Partner wollten sie unbedingt sprechen. Sie hatte den Kopf dermaßen voll, dass sie das Gefühl hatte, sie stehe völlig daneben. Deshalb hörte sie ihrem Bruder nur mit halbem Ohr zu. Der würde sie sicherlich wieder um etwas bitten wollen und dafür hatte sie jetzt einfach keine Zeit. Nur das Wort

»Waldsee« war hängengeblieben. Als Mirco gestern spät abends dann auch noch unerwartet vor der Tür stand, dachte sie sich sofort, dass etwas Schlimmes vorgefallen war. Ihr Bruder war jedoch müde. Sie ließ ihn zu Bett gehen. Morgens, beim Frühstück, würde er dann von sich aus berichten. Als sie dann am Zeitungskiosk die Schlagzeile »Mord am Waldsee« las, war ihr Interesse sofort geweckt. Eine große Wut stieg in ihr hoch, die sich auch noch nicht gelegt hatte, als sie in die Wohnung zurückkam und von ihrem Bruder mit Küsschen begrüßt wurde, als wäre nichts geschehen.

Sie saß immer noch gedankenverloren auf der Couch, als ihr Bruder rasiert und angezogen wieder auftauchte.

»Setz dich noch ein bisschen zu mir«, forderte sie ihn auf. »Ich habe nachgedacht. Wo hat Sybille eigentlich ihren neuen Freund kennengelernt und wie hast du davon erfahren?«

»Was soll das? Machst du jetzt ein Interview mit mir?«

»Nein, es interessiert mich einfach.«

»Dann hole ich mir erst noch einen Kaffee.« Er ging in die Küche und kam gleich wieder mit einer vollen Tasse zurück. »Ist zwar nicht mehr heiß, aber immerhin.«

Angelika sah ihn an. Er trug eine dunkelblaue Hose und ein weißes Hemd, aber noch keine Krawatte. Die würde er sich erst umbinden, wenn er wegging. Anscheinend hatte er das noch nicht vor.

»Sybille und ich waren mit Antonio verabredet. Wir wollten zusammen einen netten Abend mit gutem Essen und anschließendem Bar-Besuch verbringen. Antonio brachte einen alten Freund aus der Studienzeit mit, den ich nicht kannte. Und das Schicksal nahm seinen Lauf. Du wirst lachen, ich merkte gar nicht, wie Sybille auf diesen Rainer abfuhr. Zumal er eigentlich gar nicht ihr Typ war. Er schien mir völlig farblos und langweilig zu sein. Auch Antonio war nichts aufgefallen. Ich habe dann auch diesen Abend und diesen Rainer wieder vergessen. Deshalb war ich natürlich völlig von den Socken, als mir Antonio vor einem Dreivierteljahr berichtete, dass er Sybille mit Rainer gesehen habe. Irgendwo in einem Park bei uns in Köln wären sie spazieren gegangen, eng umschlungen, glücklich strahlend. Da wurde ich nachdenklich. Ich hatte ja schon einige Zeit kleine Veränderungen an Sybille bemerkt. Nichts Gravierendes, nur so kleine Puzzlesteine, die zusammengesetzt darauf hinwiesen, dass Sybille etwas plante. Deshalb bat ich dich, ihre Bekanntschaft zu machen und sie auszuhorchen.«

»So also war das«, sagte Angelika nachdenklich. Es klang alles plausibel und passte zusammen. Dann fiel ihr noch etwas ein. »Sag mal, Brüderchen, wenn Sybille deinen Freund mit einem gezielten Schuss töten konnte, wo eigentlich hat sie das Schießen gelernt?«

Mirco starrte seine Schwester an, als hätte sie ihn gefragt, ob er wisse, wann die Welt untergeht. Mit einem Satz sprang er hoch und trat ans Fenster.

»Nicht zu nah ans Fenster«, ermahnte Angelika, »wenn einer von der Kripo durch die Marktstraße geht und dich sieht, bin ich dran. Ich habe ja bei denen gesagt, dass ich keine Ahnung habe, wo du dich aufhältst.«

Mirco ging in die Küche, kam zurück ins Wohnzimmer, ging wieder in die Küche, kam wieder zurück ins Wohnzimmer. Er war in höchster Erregung. Er sah seine Schwester an, schlug sich die rechte Hand vor die Stirn und sagte: »Ich Idiot, ich Riesenrindvieh! Warum bin ich nicht früher drauf gekommen? Ich weiß, wo dieses durchtriebene Miststück sich versteckt!«

»Jetzt mach es nicht so spannend. Wo denn?«, drängte seine Schwester.

»In der Nähe von Laubach, in einem kleinen Nest unten im Tal. Ich glaube, Lirstal heißt das Dorf. Da hat sie eine Zeit lang bei ihrer Tante gelebt, bis sie dann mit mir nach Arnhem zog. Und da war auch ein Cousin, wie der heißt, weiß ich nicht mehr. Aber der brachte ihr das Schießen bei. Das hat sie mir selbst erzählt. Da fahr ich gleich mal hin.«

In diesem Moment meldete sich sein Handy. Es war sein Partner Jochen Hansen.

»Du kommst mir wie gerufen, Jochen. Wir müssen uns sehen. Wo bist du?«

Angelika sah, wie Mircos Gesicht sich verfinsterte, als er Jochen zuhörte.

»Was?«, rief er dann. »Ich wusste es ja!« Und zu Angelika gewandt meinte er: »Sie hat Jochen angerufen. Anscheinend weiß sie noch nicht, dass sie den Falschen erschossen hat. Sie glaubt, ich bin derjenige, der tot ist. Jetzt will sie Jochen erpressen.« Dann sprach er wieder zu Jochen. »Nein, lass das mit der Freundin Im Trinnel. Ich sagte dir doch bereits, du sollst sie in Ruhe lassen. Das bringt nur noch mehr Ärger. Ich weiß jetzt, wo Sybille ist. Jetzt ist endgültig Schluss mit der, ich drehe ihr den Hals um.«

16. Kapitel

»Nordländer, ich mag dich. Komm bald wieder!« Mit diesen Worten umarmte Vater Engel den um gut einen Kopf größeren Sven.

Pia stand lächelnd neben den beiden Männern. Sie freute sich, dass ihr Vater Sven so gern mochte, war aber auch traurig, dass die Zeit des Abschieds gekommen war. Der Fiat Punto war bis oben hin vollgepackt. Hinten saß Tinchen mit ihrem Teddy Hans, neben ihr stand der Katzenkorb mit der leise maunzenden Molly und daneben hechelte Taps vor lauter Aufregung, dass es bald losging. Der Kofferraum war gefüllt mit Taschen, Tüten und einfach allem, was mit musste.

»Meinst du, das kleine Auto schafft es die steile Straße hinauf bis in die Eifel, so vollgeladen mit euch allen?«, fragte Vater schmunzelnd, als er seine Tochter zum Wagen begleitete. »Sieht ja aus wie ›Auszug aus Ägypten‹. Vielleicht sollte ich den Trecker vorspannen?«

»Au ja«, rief Tinchen, »dann kann ich auf Mamis Platz sitzen und lenken, wenn Opa zieht.«

»Heute lenkt aber Onkel Sven und Mami kann sich neben ihm ausruhen.«, meinte Sven gut gelaunt und zwängte sich hinters Steuer. »In meinem Truck sitze ich aber wirklich viel bequemer«, stöhnte er, als er seine langen Beine hineinzog.

»Hast du auch die beiden Kartons mit dem Wein?«, fragte Vater Engel und beugte sich zum geöffneten Wagenfeinster hinunter.

»Alles gut verpackt im Kofferraum. Die werden sich freuen, wenn ich ihnen den herrlichen Tropfen vom Calmont mitbringe.«

»Und vergiss nicht, ihnen von unseren Plänen zu erzählen. Ich hoffe ja, deine Eltern bald persönlich kennenlernen zu dürfen.«

»Sicher, das glaube ich fest. Unsere Ideen von gestern Abend sind doch gar nicht schlecht. Ich glaube, ich kann nicht nur Vater, sondern auch Mutter davon begeistern.« Sven lachte und ließ den Motor an.

Pia stand noch bei ihrem Vater. Sie legte die Arme um seinen Hals und küsste ihn auf die etwas stoppeligen Wangen. »Ach, Paps, du und Sven, ihr seid ja so große Plänemacher.«

Sie dachte an den gestrigen Abend. Sie alle, auch die polnischen Helfer Elsbieta und Marek und die übrigen Verwandten, saßen am großen Küchentisch, von dem sie nach dem Essen überhaupt noch nicht aufstehen wollten. Vater Engel holte ein paar Flaschen Wein und die Zeit verflog wie im Flug. Plötzlich war es bereits Mitternacht.

»Der Schuppen da neben dem Haus«, fing Vater plötzlich an, »den könnte man doch ausbauen. Eine schöne, kleine Wohnung gibt das. Zwei Zimmer, Küche, Bad. Deine Eltern sind jederzeit willkommen, Sven. Von hier aus kann dein Vater in ganz Deutschland herumreisen. Du hast doch erzählt, dass er sich als halber Deutscher fühlt und das Land besser kennenlernen möchte.«

»Papa«, unterbrach ihn Pia, »du stellst dir das alles so leicht vor. Svens Mutter möchte nicht von Norwegen weg.«

»Ach was«, konterte Vater, »bei uns an der schönen Mosel wird es ihr schon gefallen.«

Nun war die Reihe an Sven, zu kontern. »Wir haben auch schöne Landschaften in Norwegen. Der Süden, da wo Kristiansand liegt, wird nicht umsonst der Riviera-Gürtel genannt. Da ist es im Sommer warm und sonnig. Und im Winter ist es wunderbar in der Telemark, sie ist ein bekanntes Skigebiet.«

»Und im Sommer, da gibt es viele Mücken in den Wäldern.« Vater Engel hob lachend sein Glas. Sein Gesicht war leicht gerötet. »Ich habe mal gelesen, dass im Sommer die Elche und Rehe aus den Wäldern herauskommen, um sich vor den riesigen Mückenschwärmen zu retten. Und da laufen oder liegen sie sogar auf den Straßen.«

»Die brauchen alle Mückenspray«, kicherte Tinchen.

»Und du brauchst jetzt vor allen Dingen deinen Schlaf.« Pia stand auf und hob ihre Tochter vom Stuhl. »Du bist doch todmüde.«

Widerwillig verließ Tinchen an der Hand ihrer Mutter die

Küche. Als Pia nach einer halben Stunde zurückkam, hatten Vater Engel und Sven bereits einen neuen Plan in Angriff genommen. Wenn Pia und Sven des Öfteren länger hier sein wollten, so reichten die beiden Zimmer im oberen Stockwerk nicht mehr. Da konnte man die Wand zum angrenzenden Speicher einreißen und ein zusätzliches Zimmer sowie ein Bad mit kleiner Küche einbauen. So hätten die zwei jungen Leute und Tinchen einen eigenen Wohnbereich. Klar, dass Pia dann die Wohnung in Mayen aufgeben würde. Die brauchte sie doch wirklich nicht mehr. Wenn erst die neue Sekretärin im Büro in Koblenz eingearbeitet wäre, würde sie auch kaum noch dahin fahren müssen.

»So, so, ihr entscheidet also über meinen Kopf hinweg, was ich zu tun und zu lassen habe.« Pia setzte sich wieder neben Sven. Ein ganz kleines bisschen böse war sie.

Mutter Engel begann, das Geschirr in die Spülmaschine zu räumen. Sie kannte ihre Tochter. Diese ließ sich nicht gerne etwas sagen, und vorschreiben schon gar nicht. Um die Situation zu entspannen, meinte sie humorvoll: »Pia, so sind sie nun mal die Männer. Lass die noch ein oder zwei Flaschen mehr trinken, dann bauen die das ganze Dorf um.«

Zu guter Letzt einigte man sich darauf, die ganzen Umbauten zu verschieben und endlich schlafen zu gehen, um nach einem ausgiebigen Frühstück die Taschen zu packen und an die Rückfahrt nach Mayen zu denken.

Gerade als Pia sich neben Sven auf den Beifahrerplatz setzen wollte, streckte ihr ihre Mutter eine Plastikdose entgegen. »Hier, nicht vergessen, noch ein Stück von dem Winzerbraten von gestern. Und da noch ein halbes selbst gebackenes Brot, das Sven so gern mag. Da habt ihr heute Abend noch etwas zu essen und du brauchst nicht noch groß zu kochen.« Sie umarmte ihre Tochter. »Eigentlich keine schlechte Idee, was die Männer da gestern ausgebrütet haben. Und die Wohnung in Mayen ist wirklich überflüssig.«

»Ja, Mama, vielleicht.« – Pia wusste aber, dass dieses »Vielleicht« ein »Nein« bedeutete. In ihrem Inneren, im tiefsten Winkel, zu dem sie niemandem Zutritt gewährte, hatte sich die geheime Tür einen Spaltbreit geöffnet und die Wahrheit guckte schonungslos heraus. Die hieß nicht »Ich will in Mayen bleiben, weil ich die Stadt so liebe« oder »Von Mayen aus bin ich schneller und bequemer über die Autobahn in Koblenz«. Die Wahrheit hatte ein völlig anderes Gesicht und bedeutete: »Wenn ich nicht mehr in Mayen bin, besteht kaum noch die Möglichkeit, Martin zu sehen. Ich will ihn aber nicht zum zweiten Mal verlieren. Das erste Mal hat schon genug wehgetan.«

Ziemlich brüsk schlug sie diese verräterische geheime Tür mit der Wahrheit zu und sagte stattdessen: »Ich bin bereit, Sven, fahr los.«

Gegen fünf Uhr am anderen Morgen wachte Pia auf. Draußen war es noch dunkel. Neben ihr hörte sie Svens regelmäßige Atemzüge. Die schwere Arbeit der vergangenen Tage steckte ihm noch tief in den Knochen. Das hatte er am Abend lachend ehrlich zugegeben. »Ich bin zwar ein Held als Steillagen-Winzer, aber als Liebhaber heute eher eine Niete. Liebst du mich trotzdem, Engelchen?« Und dann war er auch schon eingeschlafen.

Pia verstand ihn nur allzu gut. Sie kannte die schwere Arbeit im Wingert von Kindsbeinen an. Die Weinlese gehört zu den mühsamsten Arbeiten des Winzers. Deshalb hatten Wolfgang und sie selbst immer gesagt, dass sie nicht in die Fußstapfen der Eltern treten wollten. Sie waren da bei Weitem keine Ausnahme. Die Töchter und Söhne aus Winzerfamilien haben immer weniger Lust, sich diese harte Arbeit für die Weingewinnung aufzubürden. Andernorts, vor allem in den Städten, gab es mehr Geld für weniger Mühe.

Dann war ja auch noch die Straußwirtschaft da. Hierfür hatte Mutter Engel zwar eine Hilfe aus einem der Nachbarorte angeheuert, eine entfernte Verwandte, die sich gerne ein Zubrot verdiente, aber trotzdem, es bedeutete eine Menge Mehrarbeit. Gerade wenn viele Touristen unterwegs waren, die sich gerne in der urigen Umgebung eines Winzerguts einen kühlen Schoppen genehmigen wollten. Schon vor Jahren hatte Vater die eine Hälfte der Scheune umbauen lassen. Holztische und Bänke, sogar eine kleine Theke wurden aufgestellt. Pia hatte zusammen mit Mutter Girlanden gebastelt und diese überall als Verzierung aufgehängt. Bei schönem Wetter konnte man im Hof unter freiem Himmel sitzen, wenn es regnete, bot die Scheune Schutz vor Nässe und Wind.

Diesen Herbst waren jeden Tag Besucher erschienen. Anscheinend zog es immer mehr Menschen von nah und fern in die Natur und ins Tal der Mosel. Natürlich fehlte es auch nicht an passender Musik. Von »Oh Mosella« bis »Wein, Wein, goldener Wein« war alles dabei. Tante Elfriede war hocherfreut, dass Pia ihr zur Hand ging und belegte Brötchen zubereitete. Und Vater Engel war glücklich über den Andrang, denn kaum einer ging vom Hof, ohne ein paar Flaschen Wein gekauft zu haben.

Pia rekelte sich im Bett und genoss die Ruhe und die Stille. Es war gut gewesen, dass Mutter ihr von dem Winzerbraten und dem Brot mitgegeben hatte. Denn nicht nur Sven fühlte sich müde, auch sie spürte die Anstrengungen der vergangenen Tage. Ja, Sven war begeistert, ihm gefiel das umtriebige bunte Leben. Aber ob das andauern würde? Jetzt war alles neu und ungewohnt für ihn. Er sah das Ganze mit fast verklärten Augen. Aber was, wenn sich das Bild in gewöhnlichen Alltag verwandelte? Würde es ihm weiterhin Spaß machen, die Abhänge rauf und runter zu kraxeln, in der Mühle die Trauben zu Maische zu zerquetschen und den frisch gepressten Most in Fässer abzufüllen? Das alles musste gründlich überlegt sein.

Mit dieser Erkenntnis schwang sie sich aus dem Bett, ging leise ins Bad und unter die Dusche. Sie mussten alle um halb acht fertig sein. Erst würde sie Sven zur Raststätte Elztal fahren und von dort aus ging es für sie direkt nach Koblenz. Bestimmt war einige Arbeit angefallen. Sie hatte in den letzten Tagen ein paar Mal mit Wolfgang telefoniert. Ihr Bruder erwartete sie sehnsüchtig. Und das war gut so. Alles war gut so, wie es war. Sie wünschte sich keine Änderung. Alles sollte so bleiben.

Sie war gerade dabei, in der Küche den Tisch zu decken, als Tinchen erschien. »Mami, was soll ich heute anziehen? Du hast mir noch nichts bereit gelegt.«

»Das habe ich glatt vergessen, mein Schatz. Entschuldige. Ich komme gleich.«

»Geht Onkel Wolfgang heute wieder mit uns italienisch oder chinesisch essen? Dann möchte ich gerne das grüne Trägerkleid mit der weißen Bluse anziehen.«

»Wer will italienisch essen gehen und das grüne Trägerkleid anziehen?« Sven, der gerade aus dem Badezimmer kam, hatte den Dialog zwischen Mutter und Tochter mitgekriegt. »Da möchte ich aber auch dabei sein.«

»Dann bleib doch hier bei uns und fahr nicht wieder so weit weg«, rief Tinchen, bevor sie in ihrem Zimmer verschwand.

»Das möchte ich ja, ich will gar nicht wegfahren.« Sven war hinter Pia getreten und schlang die Arme um sie. »Die Tage waren so schön an der Mosel, Engelchen, ich finde Gefallen an einem sesshaften Leben mit dir zusammen. Du nicht auch?«

»Sicher, Schatz. Das weißt du doch. Aber meinst du nicht, wir sollten uns endlich auf den Weg machen und solch ernsthafte Gespräche auf einen späteren Zeitpunkt verlegen?«

»Was bist du doch für eine praktische, vernünftige Frau.« Sven küsste sie auf den Hals. »Dann gehe ich mich eben startklar machen.«

Endlich waren dann alle so weit. Das Frühstück war erstaunlicherweise für Tinchen unfallfrei verlaufen. Sie hatte weder mit dem Marmeladebrot gekleckert, noch den Kakao verschüttet, sodass das grüne Trägerkleid mitsamt weißer Bluse unbeschadet die Fahrt nach Koblenz antreten konnte. Taps und Molly hatten ebenfalls ihre Morgenportion verschlungen. Letztere saß bereits auf der Fensterbank und putzte sich genüsslich erst die rechte und dann die linke Vorderpfote.

Dann an der Raststätte Elztal neben dem Truck eine letzte Umarmung, ein letzter, langer Kuss. »Ich ruf dich heute Abend an«, versprach Sven.

216

»Komm bald wieder. Ich warte auf dich.«

Und da war sie wieder – die Trennung bis zum nächsten Mal.

Punkt halb neun betrat Pia mit Tinchen und Taps im Schlepptau die Büroräume ihres Bruders in Koblenz.

»Da bist du ja endlich«, wurde sie von Wolfgang und seinem Partner Hinrichs begrüßt. »Wir haben dich wirklich vermisst. Wie geht es denn mit der Lese an der Mosel voran?«

»Alles okay«, meinte Pia, »wir haben viel geschafft. Sven hat sich richtig ins Zeug gelegt. Ich muss aber immer wieder unsere Eltern bewundern, unglaublich, was die in ihrem Alter noch alles leisten.«

»Deshalb«, sagte Hinrichs lachend, »ist es an der Zeit, dass du deinen Sven heiratest und dass ihr Vater und Mutter unter die Arme greift.« Er nahm Tinchen auf den Arm und drehte sich mit ihr im Kreis. »Wollen wir tanzen, junge Dame?«

In diesem Moment klingelte es an der Eingangstür. »Ich geh schon«, rief Pia und verschwand im Flur, um kurze Zeit später mit zwei Besuchern zurückzukommen.

Wolfgang und Hinrichs sahen ihnen erstaunt entgegen und nachdem diese sich als Kriminalhauptkommissar Schubert und Kriminalkommissar Gruber von der Kriminalpolizei Koblenz vorgestellt hatten, war das Erstaunen, gepaart mit Neugierde, um einige Grade gewachsen.

Pia bat die beiden Kommissare, in Wolfgangs Büro Platz zu nehmen. Dieser Raum war der größte von allen, ein Teil war als Besucherecke eingerichtet, mit einem kleinen Tisch und ein paar bequemen Sesseln. Sie bot Kaffee oder Tee an. Doch die beiden Männer winkten dankend ab. Pia schloss die Schiebetür zu ihrem Büro und bedeutete Tinchen und Taps, still zu sein und die Besprechung nebenan nicht zu stören.

Doch es waren noch keine fünf Minuten vergangen, da öffnete Wolfgang die Schiebetür wieder und bat Pia, zu ihnen herüberzukommen.

»Das ist meine Schwester, Pia Engel«, stellte er sie vor. »Sie schmeißt den Laden hier.«

Pia war leicht verwirrt, sie hatte keine Ahnung, worum es ging. Was wollte die Koblenzer Kripo hier bei ihrem Bruder? Wahrscheinlich ging es um einen Klienten, das war eigentlich die naheliegendste Erklärung.

Der ältere der Kommissare mit leicht angegrauten Schläfen kam auch gleich zur Sache. »Ihr Bruder sagte uns, er und sein Partner seien neulich auf einem Lehrgang gewesen. Sie waren in der Zwischenzeit hier und haben – wie man so schön sagt – ›das Büro gehütet‹.« Er lächelte und sah Pia interessiert an.

»Ja, wie immer. Ich wohne in Mayen, fahre aber fast jeden Tag hierher. Je nach Arbeitsanfall. Wenn wenig zu tun ist, komme ich nicht. Oder ich nehme mir auch Arbeit mit, die ich von zu Haus aus erledigen kann.«

»Kam während der Abwesenheit ihres Bruders und Herrn Hinrichs irgendjemand zu Besuch? Oder auch vorher und nachher?«

Pia dachte einen Moment nach. Da war inzwischen so viel gewesen. Aus dem Stegreif konnte sie sich nicht daran erinnern, wann welche Besucher hier waren. Sie lächelte verlegen. »Ich war inzwischen an der Mosel bei meinen Eltern, um bei der Weinlese zu helfen. Heute bin ich den ersten Tag wieder da und muss mich erst wieder zurechtfinden. Aber wissen Sie was? Ich hole meinen Terminkalender. Da sind alle Termine eingetragen.«

Nach kurzer Pause kam sie zurück. Sie blätterte in einem dicken, schwarzen Buch, in das sie nicht nur Wolfgangs und Hinrichs' Termine eintrug, sondern auch Dinge, die sie an dem und dem Tag zu erledigen oder an die sie ihre Chefs zu erinnern hatte.

»Also während der ganzen Tage, an denen die beiden Männer auf Lehrgang waren, ist nichts eingetragen. Und nachher, nachdem ich an die Mosel gefahren war, auch nichts. Das heißt jedoch nicht, dass niemand zu Besuch kam. Mein Bruder und Herr Hinrichs tragen die Termine nicht immer in den Kalender ein.«

Wolfgang nickte lachend. »Da hat meine Schwester recht. Wir sind in dieser Beziehung nicht die Gründlichsten. – Aber weshalb ist das denn so wichtig mit unseren Besuchern? Sie haben uns immer noch nicht verraten, weshalb Sie hier sind.«

Die beiden Kommissare schauten sich kurz an. Dann ergriff der Jüngere das Wort. Doch statt einer Antwort stellte er eine weitere Frage. »Wo bewahren Sie Ihre Waffe auf, Herr Engel?«

»Hier in meinem Schreibtisch. Ich muss gestehen, ich nehme sie sehr selten mit, wenn ich rausgehe. Unsere Aufträge sind ja nicht gerade so, dass man dauernd eine Schießerei zu befürchten hätte.«

»Bitte zeigen Sie uns, wo sie ist.« Die beiden Kommissare standen auf und begleiteten Wolfgang zu seinem Schreibtisch.

Dieser zog die mittlere Schublade heraus und als er die leere Stelle in der Ecke entdeckte, sagte er entsetzt: »Mein Gott, die ist nicht da!« Er drehte sich zu den Kommissaren um. »Die muss jemand gestohlen haben. Sind Sie deshalb hier?«

Wieder gaben die beiden Kommissare keine Antwort, sondern fragten weiter. »Wer hat außer Ihnen einen Schlüssel zu Ihrem Schreibtisch?«

»Mein Kollege Hinrichs und meine Schwester Pia, damit sie auch Zugang zu den Akten haben, wenn ich mal nicht hier bin, sonst niemand.«

Der Ältere der Kripo-Beamten wandte sich an Pia und Hinrichs, die inzwischen ebenfalls aufgestanden waren und ziemlich verdutzt das Ganze verfolgten. »Haben Sie die Waffe herausgenommen?«

Hinrichs schüttelte energisch den Kopf. »Was soll ich damit? Ich habe meine eigene.«

Pia wich entsetzt einen Schritt in Richtung Schiebetür zurück. »Nein, um Gottes Willen, das Ding würde ich nie anrühren.«

»Kommen Sie, setzen wir uns wieder«, war von dem jüngeren Kommissar zu hören. Nachdem alle wieder ihre Plätze eingenommen hatten, fuhr er fort. »Die Kriminalpolizei Mayen hat uns darüber informiert, dass eine Pistole aus dem Waldsee bei Rieden geborgen wurde. Diese ist auf Ihren Namen eingetragen, Herr Engel, es handelt sich also um die Waffe aus Ihrem Schreibtisch.«

Eine längere Pause entstand. Wolfgang, Hinrichs und Pia mussten das Gehörte erst einmal aufnehmen und verdauen.

»Kennen Sie einen Antonio Blaschek?«, fragte plötzlich Hauptkommissar Gruber.

»Wer soll denn das sein?« Fast synchron kam die Frage von den Dreien.

Kriminalhauptkommissar Schubert zog ein Foto aus seiner Tasche und legte es auf den Tisch. Die Drei starrten es an, schüttelten dann aber wieder fast synchron die Köpfe, als sie das Bild des Toten sahen.

»Dieser Mann wurde mit Ihrer Pistole erschossen, Herr Engel, und zwar auf dem Parkplatz neben dem Waldsee.«

Schlagartig fiel Pia der abrupte Abschied von Martin ein, als er nach einem Anruf aus Mayen nicht mehr in Ediger-Eller zum Essen bleiben konnte und sofort wegfahren musste. »Wir haben schon wieder einen Toten«, hatte er gesagt. Damit war bestimmt dieser Blaschek gemeint. Sicherlich hatte auch etwas in der Zeitung gestanden, aber zum Zeitungslesen war sie in der vergangenen Zeit überhaupt nicht gekommen.

»Davon habe ich doch im Radio etwas gehört und in der Zeitung gelesen«, meinte Hinrichs, »aber wie kommt denn Wolfgangs Waffe an den Waldsee?«

»Das würden wir auch sehr gerne wissen.« Die beiden Kommissare standen auf. »Wir möchten Sie bitten, in nächster Zeit oder bis wir mehr erfahren haben, keine größeren Reisen zu unternehmen oder, wenn es notwendig ist, uns darüber zu informieren.« Schubert packte das Foto wieder ein und legte stattdessen seine Visitenkarte auf den Tisch.

Nachdem die beiden Kommissare sich verabschiedet hatten und gegangen waren, saßen die drei völlig gedankenverloren an ihren Schreibtischen. Sie konnten sich überhaupt keinen Reim darauf machen, was das für eine sonderbare Geschichte sein könnte. Das war doch alles völlig verrückt. Es musste sich um einen Irrtum handeln. Doch je mehr sie grübelten, desto weniger fanden sie eine plausible Antwort.

»Schwesterlein, machst du uns mal einen Kaffee, bitte«, rief Wolfgang zu Pia hinüber.

»Ja, gleich. Aber passt ihr mal auf Tinchen auf. Ich geh erst mit Taps, der muss mal. Und ich hole dann gleich noch ein frisches Brot.«

Sie nahm Taps an die Leine und ging in den Flur. Plötzlich kam ihr alles vor wie ein Déjà-vu. Bevor sie die Ausgangstür erreicht hatte, fiel es ihr wie Schuppen von den Augen. Die Beine fühlten sich an wie aus Gummi, sie schwankte leicht und konnte sich gerade noch an der Wand abstützen. »Sybille«, flüsterte sie, »Sybille war hier, sie hat die Pistole gestohlen und diesen Mann erschossen. – Ich muss sofort zu Martin und ihm alles erzählen.«

Nachdem sie Kaffee getrunken hatten, stand keinem der drei der Sinn nach einem Mittagessen, weder italienisch noch chinesisch, was bei Tinchen einen wahren Strom von Tränen auslöste. Um dem Einhalt zu gebieten, ging Wolfgang schnell zum Thai-Imbiss an der Ecke hinunter und holte für sie eine Kinderportion gebratene Nudeln, die die Kleine jedoch nur bis zur Hälfte aufaß, und das auch noch schmollend. Pia erledigte währenddessen ein paar dringende Mails, sortierte die Post, schrieb zwei Briefe, die nicht aufgeschoben werden konnten und versprach, am nächsten Tag früh um halb neun wieder im Büro zu sein.

Endlich war sie in Mayen in ihrer Wohnung. Wie sie die Fahrt dahin gemeistert hatte, war ihr schleierhaft. Tinchen und Taps schliefen Gott sei Dank hinten auf ihren Plätzen, während die Gedanken in ihrem Kopf wahre Purzelbäume schlugen. Sybille war zu ihr gekommen, um die Pistole zu stehlen, so viel war ihr klar. Aber wer war dieser Blaschek? Und hatte sie nicht ebenfalls den Unbekannten oben beim Jagdhaus getötet, obwohl sie es leugnete? Sie hatte als Kind schon immer gelogen und Pia hatte ihr geglaubt. Jetzt, als Erwachsene, log sie weiter und Pia glaubte ihr immer noch. Wie blöd war sie eigentlich?! Früher schon hatte Martin sie vor ihrer Freundin gewarnt, aber sie wollte es einfach nicht wahrhaben, dass Sybille einen schlechten Charakter hatte und ein böser Mensch war, vor dem man sich besser in Acht nahm. »Hab noch ein paar Tage Geduld«, hatte dieses Biest gesagt,

»ich rufe dich an und dann erzähle ich dir alles.« Natürlich, sie wollte Zeit herausschinden, um ihre teuflische Tat am Waldsee zu begehen. Wahrscheinlich ließ sie überhaupt nichts mehr von sich hören. Doch halt – der Schlüssel! Was war mit diesem Schlüssel? Sie wollte, dass Pia etwas für sie abholte und ihr an einen bestimmten Ort brachte. Warum nur hatte sie Martin nichts davon erzählt? Warum hatte sie geschwiegen? Er hatte sie gefragt, ob sie wisse, wo Sybille sei. Das hatte sie verneint, denn sie wusste es wirklich nicht. Aber sie hätte ihm gleich sagen sollen, dass sie bei ihr im Büro aufgekreuzt war. Warum, warum nur hatte sie geschwiegen? – Weil sie Sybille versprochen hatte, mit niemandem über ihren Besuch zu sprechen. Lachhaft! Was galt denn ein Versprechen bei Sybille? Nichts. Sie brach jedes und verriet jeden, wenn es um ihren Vorteil ging.

Tinchen wollte nichts essen, sondern mit Teddy Hans in ihr Zimmer gehen, um den anderen Puppen zu erzählen, was sie heute alles erlebt hatte. Taps und Molly hingegen bestanden darauf, dass ihre Fressnäpfe nachgefüllt wurden. Plötzlich fuhr ein Gedanke durch Pias Kopf, der sie zutiefst erschreckte. Sie trug die Schuld daran, dass ein Mensch erschossen wurde. Wegen ihres naiven Vertrauens hatte Sybille die Pistole stehlen können. Das war das eine, und das andere, dass sie geschwiegen hatte.

Sie musste sofort Martin sprechen. Auch wenn es ihr noch so schwerfiel, denn er würde mit Sicherheit sehr böse auf sie werden. Sie ging ins Wohnzimmer und ließ sich auf die Couch fallen. In ihr bohrte ein wilder Schmerz, der viele Namen hatte: Schlechtes Gewissen, Scham, Traurigkeit, Wut auf sich selbst, Zorn auf Sybille, Reue, weil nichts mehr rückgängig zu machen war und Angst vor den Folgen. Dieser ganze Klumpen drohte ihre Brust zu zersprengen, drängte, nach außen zu gelangen. Erst kam ein Schluchzen, dann flossen die Tränen. Und die nahmen kein Ende mehr.

Endlich, nachdem sie sich etwas gefasst hatte, nahm sie ihr Handy aus der Handtasche. Sie hatte Martins Durchwahl gespeichert. Zu ihrem Erstaunen meldete sich jedoch sein Kollege Röhrig.

»Hier ist Pia Engel«, begann sie mit heiserer Stimme.

»Oh, unsere Miss Marple. Sind Sie erkältet? Das hört sich ja schlimm an."

»Nein, nein, es geht schon.«

»Ich nehme an, Sie wollen Martin sprechen. Er ist irgendwo unterwegs im Haus. Ich sage ihm, wenn er zurückkommt, er soll Sie sofort anrufen.«

Nach dem Gespräch legte sie das Handy auf den Tisch und wartete. Sie hoffte, dass Martin sich gleich melden würde. Doch die Minuten verrannen, nichts geschah. Vielleicht wusste er bereits Bescheid und war so sehr verärgert, dass er nichts mehr mit ihr zu tun haben wollte. Wieder begannen die Tränen zu fließen.

Plötzlich ertönte die Türklingel. Sie ging in den Flur und fragte durch die Sprechanlage: »Ja, wer ist da?«

»Ich bin's, Martin. Mach bitte auf.«

Sie stand unter der offenen Eingangstür, als er zwei Stufen auf einmal nehmend das Treppenhaus heraufeilte. Mit ihrem zerzausten Haar und dem verheulten Gesicht sah sie gewiss nicht aus wie eine begehrenswerte junge Frau. Aber im Moment war ihr das egal.

»Was ist denn passiert, Pia? Konstantin hat mir gesagt, dass bei dir etwas nicht stimmt. Deshalb bin ich gleich hergekommen.«

Pia wollte sich ihm in die Arme werfen, doch er schob sie sanft in die Wohnung hinein, schloss die Tür und führte sie ins Wohnzimmer. »Setz dich.«

Sie zog einen Stuhl, der neben dem Fenster stand, etwas näher heran. In einen der bequemen Sessel wollte sie sich nicht setzen. Das geziemte sich nicht für eine Angeklagte, die sie gleich sein würde. Außerdem hatten Molly und Taps die Sessel in Beschlag genommen, um sich nach ihrer üppigen Mahlzeit eine Ruhepause zu gönnen.

»Ich bin schuld«, schluchzte sie. »Ich bin schuld, dass der Mann am Waldsee erschossen wurde.«

Martin, der sich auf die Couch gesetzt hatte, starrte sie entgeistert an. »Erzähl doch keinen solchen Unsinn, Pia, du bist doch nicht schuld. Wie kommst du nur darauf?«

»Doch, doch, ich bin schuld. Mir tut das Ganze furchtbar leid. Ich habe zugelassen, dass ein Mensch getötet wurde. Aber das wollte ich nicht. Wirklich nicht. Ich hatte doch keine Ahnung, dass sie die Pistole stehlen würde. Ich war ja so nachlässig. Weil ich eine Akte brauchte, habe ich den Schreibtisch aufgemacht. Ich wollte ihn ja auch gleich wieder zuschließen, aber da klingelte sie schon. Ich war so überrascht, dass ich es vergessen habe.« Sie machte eine Pause, holte ein frisches Taschentuch aus der Papiertüte und wischte sich damit über die Augen.

»Mit ›sie‹ meinst du wohl Sybille?« Martin versuchte, sich ein Bild davon zu machen, was Pia ihm mit ihrem wirren Geständnis erklären wollte. »Sie kam in euer Büro in Koblenz? – Wann war das?«

»In der Zeit, als Wolfgang und Hinrichs auf Lehrgang waren.«

»Und weshalb kam sie?«

»Sie wollte mich um Verzeihung bitten, dass sie mich einfach so im Wald hatte stehen lassen.«

»Das war ihre einzige Erklärung?«

»Ja. Ich fragte sie ganz offen, ob sie den Mann oben beim Jagdhaus umgebracht habe. Sie war entsetzt, dass ich ihr so etwas zutrauen würde. Sie hätte keine Ahnung von diesem Toten, sie sei verreist gewesen, habe auch nichts in der Zeitung gelesen.«

Je ausführlicher Pia Martin die ganze Geschichte erzählte, desto ruhiger wurde sie. Es war, als wenn sie sich von einer schweren Last befreien würde und jemand da war, der ihr diese abnahm. »Ich weiß, Martin, dass ich einen schweren Fehler gemacht habe, weil ich dir bei unserem letzten Treffen in Ediger-Eller nichts davon erzählt habe. Aber sie hat mir das Versprechen abgerungen, niemandem von ihrem Besuch bei mir zu erzählen. Sie würde sich in Kürze bei mir melden wegen des Schlüssels und mir dann alles erzählen.«

»Was für ein Schlüssel? – Pia, was alles kommt noch ans Tageslicht?« Martin sah das Häufchen Elend, das ihm gegenüber saß, an. Er fühlte Ärger in sich aufsteigen, gerne hätte er ihr mit Strenge ihr Fehlverhalten vor Augen geführt – aber was hätte das gebracht? Sie wusste ja selbst, dass sie falsch gehandelt hatte. Vielmehr musste er sie weiter berichten lassen, um noch den letzten Rest ihres Geständnisses zu erfahren.

»Sybille hat mir einen Schlüssel in den Briefkasten geworfen; in einem weißen Umschlag, auf dem nur »Pia« stand.« Pia ging zu dem Körbchen, in das sie den Schlüssel gelegt hatte. »Sie wolle mich um einen letzten Gefallen bitten, dann würde sie für immer von hier und aus Deutschland verschwinden.«

»Das scheint ein Schlüssel für ein Schließfach zu sein«, meinte Martin, nachdem er diesen begutachtet hatte. »Was solltest du damit machen?«

»Das wollte sie mir sagen, wenn sie anruft. Irgendetwas holen, glaube ich, aber ich weiß nicht, wo und was.«

Martin dachte eine Weile nach. Hatte Angelika Ritter nicht etwas erzählt von irgendwelchem brisanten Material, das Sybille in der Firma ihres Mannes mitgehen ließ? Das könnte es sein. Sie hatte es irgendwo versteckt und wollte es von Pia holen lassen. Denn selbst konnte sie das nicht tun, das wäre zu gefährlich für sie.

»Pia«, sagte er dann eindringlich, »ich meine es jetzt sehr ernst. Wenn Sybille anruft, so hörst du genau zu, was sie will. Was immer sie verlangt, du erklärst dich damit einverstanden. Stelle ihr auch keine Fragen. Hör einfach nur zu. – Und dann rufst du mich sofort an, egal welche Tageszeit es ist. Versprichst du mir das? Sofort rufst du mich an!«

Pia nickte. »Ja, ich verspreche es. Ich mache alles, was du willst.«

»Es ist wirklich sehr, sehr wichtig. Wir müssen diese Sybille kriegen. Vermutlich ist sie eine Mörderin, womöglich eine zweifache.«

Pia lief ein Schauer über den Rücken. »Nochmals, Martin, ich verspreche es dir. Ich halte mich an deine Anweisungen und mache keine Alleingänge mehr.«

»Warum weinst du, Mami?« Unbemerkt war Tinchen ins Wohnzimmer getreten. Sie lief zu ihrer Mutter und kletterte auf ihren Schoß. »Mami, nicht traurig sein.« Plötzlich bemerkte sie Martin, der immer noch auf der Couch saß. »Onkel Martin, bist du schon lange hier? Ich habe dich gar nicht kommen hören. Weint Mami wegen dir?«

Pia drückte ihre Tochter an sich. »Nein, nein, ich weine nicht wegen Onkel Martin. Ich erzähle es dir dann später. Willst du etwas trinken?«

»Ja. Saft, bitte.«

Pia war froh, sich mit etwas beschäftigen zu können. Sie stand auf und ging in die Küche. »Willst du auch etwas trinken, Martin?«

»Ja. Ich nehme auch einen Saft. Wie Tinchen.«

Die Kleine setzte sich neben Martin auf die Couch. »Mami weint nie. Sie ist immer fröhlich und lustig. Weißt du, was sie hat, warum sie traurig ist?«

»Später, wenn ich wieder weg bin, wird sie mit dir über alles sprechen.«

Pia kam mit einem Tablett, auf dem drei Gläser und eine Flasche Orangensaft standen, aus der Küche zurück. Ihr Gesicht war immer noch gerötet. Die Augen glänzten wässrig, ohne den Glanz, den man sonst bei ihr gewohnt war. Sie stellte die Gläser auf den Tisch und schraubte den Verschluss der Flasche auf.

Martin zog sein Handy aus der Tasche. »Ich muss nur kurz Konstantin anrufen. Der ist im Büro und wartet auf mich. »Hallo, Konstantin, ich bin's.« Dann hörte er seinen Kollegen sagen: »Hoffentlich kommst du bald ins Büro. Wir haben eben eine Mail von der Kripo in Bergisch-Gladbach bekommen. Eine Frau hat dort ihren Mann als vermisst gemeldet.«

17. Kapitel

Das Holz der Eingangstür war dunkelbraun gebeizt und in Augenhöhe hing daran ein Schild mit der Aufschrift »Dr. med. Ellen Sattler, prakt. Ärztin«. Im Treppenhaus war es totenstill. Martin und Konstantin blieben einen Moment stehen, dann drückte Martin auf den Klingelknopf. Gleich darauf hörte man drinnen eilige Schritte, die sich der Tür näherten. Als diese sich öffnete, stand vor den beiden Männern eine junge Frau in einem weißen Kittel und weißen Gesundheits-Sandalen. Sie hatte ein hübsches, leicht gebräuntes Gesicht, aus dem den beiden Besuchern lebhafte blaue Augen entgegensahen.

Die beiden Männer waren leicht überrascht, ohne dass sie das jedoch zum Ausdruck brachten. Eine so junge Ärztin hatten sie nicht erwartet.

»Frau Dr. Sattler?«, fing Konstantin an.

Doch die junge Dame winkte sofort ab. »Nein, nein, die Chefin ist in ihrem Zimmer. Sie erwartet Sie. Bitte, treten Sie ein.«

Es war eine große Arztpraxis. Rechts vom Eingang war die Anmeldung, was eine lang gezogene Theke mit Computer und allerlei sonstigem technischen Gerät bewies. Gleich daneben der Warteraum, dessen Tür offen war. Martin und Konstantin konnten jedoch nur leere Stühle entdecken. Kein Wunder an einem Mittwochnachmittag. Da waren normalerweise die Arztpraxen für Patientenverkehr geschlossen.

Die junge Dame begleitete die beiden Kommissare den Flur entlang an weiteren Türen vorbei. Auf der einen war »Labor« zu lesen, auf den anderen »Behandlungsraum 1« und »Behandlungsraum 2«.

»So, hier sind wir«, sagte sie und blieb stehen. Sie klopfte an die Tür und öffnete sie nach einer kurzen Pause. »Frau Doktor, die beiden Herren sind jetzt da.«

»Bitte treten Sie ein.« Die Frau, die den beiden Männern die Hand entgegenstreckte, trug ebenfalls einen weißen Kittel, aber sonst unterschied sie sich in auffallender Weise von der Frau, die sie am Eingang in Empfang genommen hatte. Wieder waren die beiden Männer erstaunt, zeigten dies jedoch in keiner Weise.

Frau Dr. Sattler bat sie, sich auf die zwei Stühle vor ihrem Schreibtisch zu setzen. Sie selbst nahm dahinter Platz. In ihrem Kittel wirkte ihre Figur rundlicher als sie tatsächlich war, was aber nicht störte, sondern ihr einen Hauch von Mütterlichkeit verlieh. Martin dachte an den Toten beim Jagdhaus in Kürrenberg. Dessen Alter war auf 40 Jahre geschätzt worden, was die Kollegen von der Polizei in Bergisch-Gladbach bestätigen konnten, als Martin mit Konstantin vor ein paar Stunden vorbeikam. Sie hatten sich telefonisch verabredet, um sich ein persönliches Bild von Ellen Sattler zu machen. Denn wieso dauerte es so lange, bis diese Frau ihren Mann als vermisst meldete. Das hatten sich die Kollegen in Bergisch-Gladbach natürlich auch gefragt. Es war doch äußerst seltsam, dass sie so viel Zeit verstreichen ließ. Im Übrigen waren die Bergisch-Gladbacher-Kollegen froh, dass sie Unterstützung aus der Eifel bekamen. Bei der Befragung von Frau Sattler wollten sie auch gar nicht dabei sein. Sie hätten genügend anderen Kram zu erledigen, meinten sie.

Martin betrachtete die Frau ihm gegenüber eindringlicher. Wie passte sie zu diesem Mann? Der war doch sicherlich etliche Jahre jünger als sie. Als hätte sie seine Gedanken gelesen, sagte sie: »Ich bin fünfzehn Jahre älter als mein Mann; das überlegen Sie sich doch gerade. Aber heutzutage ist es doch keine Seltenheit mehr, wenn eine ältere Frau einen jüngeren Mann heiratet!« Ihre grauen Augen hinter der Hornbrille schauten fast provozierend ihre beiden Gegenüber an.

»Ich bitte Sie, Frau Dr. Sattler«, sagte Martin entschuldigend. »Der Altersunterschied ist es nicht, was uns wundert. Vielmehr möchten wir wissen, weshalb Sie soviel Zeit verstreichen ließen, bis Sie der Polizei meldeten, dass Ihr Mann verschwunden ist.«

Ein leichtes Lächeln machte sich bei ihr bemerkbar, das heißt, die nach unten geneigten Mundwinkel bogen sich noch um einiges mehr in diese Richtung, was ihrem Gesicht einen harten, vor allem aber verbitterten Ausdruck gab. So sehen Menschen aus, die in der Vergangenheit Schweres durchgemacht haben und die von der Zukunft auch keine Änderung zum Positiven erwarten, ging es Martin durch den Kopf.

»Ich habe es schon bei unserer hiesigen Polizei gesagt: Ich war verreist, zu einem Kongress in Hamburg und anschließend zu einer Fortbildung. Ich glaube, die haben das alle bereits geprüft.«

»Ja«, nickte Konstantin, »aber ist es nicht so, dass man, wenn man für einige Tage oder Wochen verreist ist, zu Hause anruft und sich erkundigt, ob alles in Ordnung ist?«

»Ich habe jeden Tag hier mit der Praxis mit meiner Vertretung telefoniert. Hier gab es nichts Außergewöhnliches. Mein Mann hat mit der Praxis nichts zu tun. Wir haben etwas außerhalb ein Haus. Natürlich habe ich auch mit ihm telefoniert. Er ist aber viel unterwegs, da er für einen Pharmakonzern im Außendienst tätig ist.«

»Trotzdem«, beharrte Konstantin, »es hätte Ihnen doch auffallen müssen, wenn er längere Zeit nicht erreichbar ist. Ich nehme an, er hat doch auch ein Handy?«

»Gewiss«, bestätigte Ellen Sattler, »aber sehen Sie, das ist einmal etwas, was man als ältere Frau eines jüngeren Mannes akzeptieren muss. Er mag nicht, wenn ich dauernd hinter ihm her telefoniere. Das gefällt vielleicht den meisten Männern nicht, aber bei meinem musste ich besonders Rücksicht nehmen. Gängelei jeglicher Art ging ihm auf den Wecker – um es salopp zu sagen.«

»Erzählen Sie uns von Ihrem Mann«, forderte Martin sie auf, nachdem er sich kurz in dem Raum umgesehen, aber nichts Besonderes entdeckt hatte. Es war das Besprechungszimmer eines Arztes, wie man es überall antreffen konnte. Am Fenster ein großer Gummibaum, im Regal daneben fein säuberlich sortiert verschiedene medizinische Bücher, an der gegenüberliegenden Wand ein hoher, weißer Schrank, dessen Türen geschlossen waren.

»Was möchten Sie denn wissen?«, gab sie die Frage zurück.

»So viel wie möglich. Immerhin suchen wir einen Mörder, deshalb ist alles wichtig, was mit Ihrem Mann zu tun hat, seine Arbeit, seine Freunde, sein ganzes Umfeld eben und nicht zuletzt auch die Beziehung zu Ihnen.«

Ellen Sattler strich sich mit der rechten Hand durch ihr Haar, das zum größten Teil grau war. Nur ein paar vereinzelte Strähnen verrieten die ursprünglich hellbraune Farbe. Die Haare waren lang, im Nacken zu einem Knoten zusammengebunden, was ihre Mütterlichkeit noch mehr zum Ausdruck brachte.

»Wir sind seit zwölf Jahren verheiratet. Rainer war 28, als er eines Tages bei mir im Wartezimmer saß, ein introvertierter, fast schüchterner Typ. Er litt an einer schweren Bronchitis. Da er der letzte Patient an diesem Vormittag war, habe ich mich etwas länger mit ihm unterhalten. Er tat mir irgendwie leid. Er schien so hilflos, auch orientierungslos zu sein. Er lebte allein, eine Partnerin hatte er nicht, einen Beruf ebenfalls nicht. Irgendwo in der Gegend von Frankfurt gab es eine Mutter, die vom Vater verlassen worden war und zu der er keinen Kontakt mehr hatte. So fing alles an. – Ist das ausführlich genug für den Anfang unserer Beziehung?«

Martin und Konstantin sagten nichts. Sie waren überzeugt, dass sie gleich weiterreden würde. So war es dann auch. Nur, dass sie abrupt auf ein anderes Thema umschwenkte und von sich zu sprechen anfing.

»Sie sind noch jung und können vielleicht gar nicht verstehen, was es für eine Frau bedeutet, die Vierzig überschritten zu haben, erfolgreich im Beruf, aber allein zu sein. Eigentlich war ich immer allein. Meine Eltern lebten ihr eigenes Leben, sie nahmen mich nur am Rande wahr, verlangten aber, dass ich immer gute Noten nach Hause brachte und ein Studium anfing. Ich entschloss mich, Ärztin zu werden. Da könnte ich anderen Menschen helfen, dachte ich.«

Sie machte eine kurze Pause und fuhr dann fort: »Ich will mich kurz fassen. Schon als ich ein Kind war, war oft eine große Traurigkeit in mir. Ein Arzt diagnostizierte den Beginn einer Depression. Meine Eltern jedoch wollten nichts davon wissen, sie schimpften mich aus, ich solle mich vernünftig beschäftigen und nicht dauernd in der Ecke hocken und haufenweise Bücher verschlingen. Eine Zeit lang schluckte ich irgendwelche Tabletten und während des Studiums war ich dann doch sehr abgelenkt und gefordert, sodass ich mich ganz gut fühlte und meine Traurigkeit vergaß. Ich hatte nach meiner Promotion die Möglichkeit, in der Praxis hier anzufangen und diese, als der Inhaber sie aus Altersgründen aufgab, zu übernehmen. Damals bewohnte ich eine kleine Wohnung in der Nähe. Und wenn ich abends allein darin saß, war es die alte Freundin Depression, die hartnäckig anklopfte und sagte: ›Guten Tag, ich bin wieder da. Erinnerst du dich an mich?‹ – Verstehen Sie, was ich meine?«

Die beiden Männer nickten. Natürlich verstanden sie die Frau.

»Dann können Sie sich vielleicht ein Bild davon machen, was es für mich bedeutete, Rainer zu begegnen. Es war, als wenn mein Leben um viele Jahre zurückgedreht würde und ich wieder von vorn anfangen könnte. Zusammen mit Rainer gab es keine dunklen Gefühle, die sich in die Wohnung schlichen. Im Gegenteil. Wir schauten gemeinsam nach vorn, von der Vergangenheit wollten wir nichts mehr wissen. Wir kauften ein Grundstück, bauten ein Haus. Rainer kam plötzlich aus seiner Nussschale heraus, wollte unbedingt auch seinen finanziellen Teil zu unserem gemeinsamen Leben beitragen. Ein guter Freund von mir hat einen Pharmakonzern in Köln. Rainer fing dort an und arbeitete sich bis zum Leiter der Außendienstabteilung empor. Eine große Leistung, da er ja nichts als einen Hauptschulabschluss vorweisen konnte. Aber er ließ nicht locker, besuchte Abendkurse und weitere Fortbildungsmaßnahmen. Er wollte mir zeigen, was in ihm steckte.«

Wieder machte sie eine Pause. »Meine Güte«, rief sie plötzlich und griff zum Telefonhörer. »Ich habe Ihnen noch gar nichts angeboten. Möchten Sie Tee, Kaffee oder Wasser?«

Man einigte sich auf Kaffee. Kurze Zeit später kam die junge Dame vom Empfang ins Sprechzimmer. Sie schob einen Servierwagen vor sich her, auf dem Kaffeegeschirr und eine kleine Schale mit Gebäck standen.

Nachdem sie den Raum wieder verlassen hatte, sagte Martin:

»Wenn wir das alles so hören, kann man wohl sagen, dass Ihre Ehe glücklich war?«

»Ja«, sagte sie offen, »unsere Ehe war sehr glücklich. Auch wenn man das in meiner Umgebung nicht so richtig verstehen konnte. Eine studierte Frau mit gut gehender Praxis und ein Mann, der eigentlich ihr Sohn hätte sein können.

»Eine andere Frage noch«, Konstantin rührte in seiner Kaffeetasse, in die er zwei Stück Zucker getan hatte. »War Ihr Mann Jäger?«

»Jäger?« Ellen Sattler begann zu lachen. »Nein, gewiss nicht. Er hätte doch nicht mit einem Gewehr auf ein Tier zielen können. Wieso fragen Sie?«

»Dort, wo ihr Mann gefunden wurde, ist in der Nähe ein Jagdhaus, in dem sich oft Jäger zur Jagd verabreden. Können Sie sich vorstellen, was er da gesucht haben könnte?«

»Mit dem besten Willen nicht.«

»Er war ja eigentlich auch nicht für die Jagd angezogen«, sagte Martin. »Trug Ihr Mann immer so teure Anzüge und Schuhe?«

Ellen Sattler betrachtete ihre Hände, die vor ihr auf der Tischplatte lagen. »Mein Mann stammte aus ärmlichen Verhältnissen. Er gab nicht viel auf sein Äußeres, zog also das an, was ihm gerade in die Finger kam. Ich brachte ihm bei, wie man sich auch als Mann modisch und elegant kleiden konnte. Mit der Zeit machte ihm das Spaß. Er war immer und überall tadellos angezogen, nur zu Hause erlebte ich ihn im Freizeitanzug.«

»Eine andere Frage«, sagte Konstantin. »Kennen Sie eine Angelika Ritter?«

»Angelika Ritter?« Ellen Sattler dachte eine Weile nach, dann schüttelte sie den Kopf. »Nein, diesen Namen höre ich zum ersten Mal. Wer soll das sein?«

»Diese Frau hat am Frankfurter Flughafen den Wagen gemietet, mit dem ihr Mann nach Mayen gefahren ist.« Martin sah sein Gegenüber genau an, um eine Reaktion zu entdecken. Doch nichts geschah. Selbst ihre Hände auf der Tischplatte blieben völlig ruhig.

»Hat Ihr Mann Ihnen jeweils von seinen Bekannten oder

Geschäftsfreunden erzählt? Können Sie sich da an irgendwelche Namen erinnern?«

»Tut mir leid. Im Moment fällt mir dazu nichts ein. Wir haben beide beruflich viele Bekannte oder auch Freunde, aber wir lebten sehr zurückgezogen, privat gingen wir selten aus. Früher öfter, aber in den letzten Jahren eigentlich nicht mehr.«

»Noch eine letzte Frage, Frau Dr. Sattler.« Martin war bereits aufgestanden. »Hat Ihr Mann sich in der letzten Zeit verändert? Ist Ihnen da etwas aufgefallen? War er anders als sonst und wenn ja, wie anders.«

»Nein, auch hier kann ich Ihnen leider nicht weiterhelfen.« Ellen Sattler stand ebenfalls auf. Sie war um einiges kleiner als die beiden Kommissare.

Martin überreichte ihr seine Visitenkarte und bat, ihn anzurufen, falls ihr etwas einfiele, was er wissen sollte.

»Bleiben Sie, Frau Dr. Sattler«, sagte Konstantin, »wir finden den Weg allein hinaus. Wir wollen Sie nicht länger aufhalten.«

Die beiden Männer gingen den Flur entlang. Hinter dem Tresen saß die junge Dame und war mit einem Stapel Patientenakten beschäftigt.

»Kannten Sie Herrn Sattler?«, fragte Konstantin.

»Flüchtig. Selten, dass er in die Praxis heraufkam. Er gehörte wahrscheinlich zu den Menschen, die Arztpraxen lieber umgehen. Wenn er Frau Doktor abholte, wartete er immer im Café unten an der Ecke.«

Nachdem die Eingangstür hinter ihnen geschlossen war und sie die Treppe hinuntergingen, meinte Martin: »Lass uns doch kurz auch in dieses Café gehen.«

Es war ein kleines Café mit nur ein paar Tischen und Stühlen, die alle, bis auf eine Ausnahme, nicht besetzt waren. Am Fenster in der Ecke saß ein junges Pärchen, das sich an den Händen hielt und tief in die Augen schaute.

»Wahrscheinlich verspricht er ihr gerade, ihr seine Briefmarkensammlung zu zeigen, wenn sie heute Abend zu ihm nach Hause kommt«, murmelte Konstantin.

Martin wollte gerade eine treffende Antwort geben, aber schon trat ihnen ein jüngerer Mann in schwarzer Hose und weißem Hemd entgegen. »Wo möchten die Herren Platz nehmen?«, fragte er mit leichtem Akzent, der auf Italien schließen ließ. »Vielleicht hier in der Nische?«

Kaffee wollten sie nicht schon wieder. Deshalb bestellte Martin zwei Wasser und kam dann auch gleich zur Sache. »Sagen Sie, kennen Sie Herrn Sattler? Den Mann von der Ärztin nebenan?«

Der Mann im weißen Hemd nickte. »Ja, er kam ab und zu hierher und wartete auf seine Frau. Wir haben uns jeweils unterhalten, wenn ich Zeit hatte. Ist was mit ihm? Ich habe ihn schon lange nicht mehr gesehen.«

»Was hat er denn so erzählt, wenn er hier war?«

»Nicht viel. Er war ein stiller – wie sagt man? – in sich gekehrter Mensch. Ich habe am meisten gesprochen, ihm von meiner Heimat erzählt, von meinen Bambini und meiner Familie.«

»War er in letzter Zeit anders als sonst? Ist Ihnen da etwas aufgefallen?«

»Warum fragen Sie eigentlich? Sind Sie von der Polizei?«

Martin bestätigte das. »Wir sind aber nicht von hier, sondern aus der Eifel und wir müssen nur etwas abklären.«

»Ach, so ist das. Es ist dem Herrn Sattler doch nichts passiert?« Und ohne eine Antwort abzuwarten, fuhr er fort. »Ja, da fällt mir etwas ein. Vor einiger Zeit war das. Da wirkte er ganz glücklich und er sagte etwas Seltsames zu mir, er meinte: ›Jetzt wird alles anders. Ich habe die Frau meines Lebens gefunden‹.«

Die beiden Kommissare gingen zu ihrem Wagen. Gerade als sie einsteigen wollten, machte sich Martins Handy bemerkbar. Er hörte eine Weile zu, ließ sich auf den Beifahrersitz fallen und wies Konstantin an: »Fahr los! Eben hat Pia angerufen. Sybille Grundmann hat sich gemeldet. Sie will Pia treffen.«

18. Kapitel

Bei Laubach verließ sie die A 48. Es war noch hell, würde aber bald dunkel werden. Pia spürte ihre Nervosität im ganzen Körper. Würde sie es schaffen? Mutete sie sich nicht zu viel zu? Würde sie die Kraft haben, alles so zu handhaben wie abgesprochen? Was, wenn etwas schief ging? Wenn sie einen Fehler machte? Ein Glück, dass Vater gestern Abend kam und Tinchen mit nach Ediger-Eller holte. Sie saß ganz allein im Auto. Nicht einmal Taps war dabei. Als sie ihm zu Hause vor der Abfahrt erklärte, dass er dieses Mal nicht mitkommen dürfe, hatte er sich stinkbeleidigt in seinen Hundekorb zurückgezogen. Das war ja etwas ganz Neues, dass er sein Frauchen nicht begleiten durfte.

Nach einem kurzen Stück durch den Wald kam sie nach einer Linkskurve in das Dorf. Die Straße war kürzlich neu saniert worden und sah recht anheimelnd aus. Rechts und links befanden sich bequeme Bürgersteige gesäumt mit Bäumen, die grüne Farbe in das Grau der Straße und der schiefergedeckten Häuser brachten. Zwei Frauen unterhielten sich angeregt. Weiter vorn spielten einige Kinder. Pia hörte ihr Lachen und ihre lauten Rufe. Aus einem Haus trat ein Mann mit einem Hund an der Leine. Beide schienen sich auf den Abendspaziergang zu freuen.

Mit einem Mal war Pia todtraurig. Sie hatte das Gefühl, außerhalb zu stehen. Sie gehörte nicht mehr in dieses normale Leben, in dem man als Ehefrau und Mutter Einkäufe macht, mit der Nachbarin einen kurzen Schwatz hält, sich die Erlebnisse der Kinder anhört, wenn sie nach Hause kommen, sich darauf freut, abends mit dem Mann zu einem Grillabend bei Freunden zu gehen. All diese unzähligen Kleinigkeiten, die das alltägliche Leben der Menschen ausmachen, die sogar oft als langweilig und spießbürgerlich abgetan werden, waren mit einem Mal für sie nicht mehr da, sondern in weite Fernen gerückt.

Pia schaute auf den dicken, braunen Briefumschlag, der neben ihr auf dem Beifahrersitz lag. Verfluchter Umschlag, dachte sie wütend, verfluchte Papiere, die darin sind, vor allem aber verfluchte Sybille, mit der alles begann. Sie schaltete einen Gang zurück, weil ein Junge auf einem Fahrrad vor ihr fuhr. Wäre sie ihrer früheren Freundin nur nicht wieder begegnet vor ein paar Wochen in Mayen vor dem Café. Dann wäre das alles nie passiert. Dann könnte sie sich fühlen wie all diese Menschen um sie herum. Sie bräuchte keine Angst zu haben vor dem, was sie in Kürze erwartete und könnte mit Tinchen bei ihren Eltern sein oder im Büro bei ihrem Bruder. Und vor allen Dingen könnte sie sich unbeschwert auf Sven freuen, der bald wieder bei ihr sein wollte. Stattdessen fuhr sie mit einem geheimnisvollen Briefumschlag durch die Gegend, um in einem kleinen Nest hier in der Nähe Sybille zu treffen und ihr diesen zu übergeben. Dabei wusste sie nicht einmal, was eigentlich drin war. Denn sie hatte sich genau an die Anweisungen von Martin gehalten. Keine Fragen stellen, nur zuhören und das tun, was Sybille verlangt, hatte er ihr eingeschärft. Dann war er gegangen und hatte sie allein gelassen mit ihren Gewissensbissen.

»Mami, weshalb bist du so traurig und weinst?«, war Tinchens erste Frage, nachdem Martin gegangen war.

Pia schloss ihre kleine Tochter in die Arme und strich ihr eine vorwitzige Haarsträhne aus dem Gesicht. »Schatz, jeder Mensch ist mal traurig und dann wieder fröhlich. Das ist nun mal so. Das kennst du doch von dir selbst.«

»Ja, schon. Aber ist es wegen Onkel Martin oder Sven? Oder sogar wegen mir?«

»Nein, nein, wegen keinem von euch. Ich bin wegen mir selbst traurig. Ich habe etwas gemacht, was ich nicht hätte tun sollen.«

»Was denn?« Tinchen ließ nicht locker.

»Ich habe Onkel Martin nicht die volle Wahrheit gesagt.«

»Du hast gelogen, Mami!« Vorwurfsvoll betrachtete Tinchen ihre Mutter.

»Nein, nicht gelogen – ich habe ihm etwas, was ich wusste, nicht gesagt, habe es also verschwiegen.«

»So etwas darf man nicht tun. Das sagst du mir doch immer.«

»Ja, deshalb tut es mir ja auch so leid. Deshalb bin ich traurig und habe geweint.«

»Jetzt weine nicht mehr, Mami. Onkel Martin ist weg und er ist nicht einmal böse auf dich geworden.«

Ja, darüber war Pia mehr als erleichtert. Sie hätte es schwer ertragen, wenn Martin sie mit Vorwürfen überhäuft oder sie sogar ausgeschimpft hätte. Sie wusste ja selbst, dass sie falsch gehandelt hatte und sie wollte alles wiedergutmachen, auf gar keinen Fall wollte sie mehr irgendwelche Alleingänge unternehmen.

Sich jetzt nur nicht mit unnötigen Gedanken quälen. Pia versuchte sich zu beruhigen. Vielleicht löste sich ja das Problem von selbst und Sybille rief gar nicht an. Das könnte doch ohne Weiteres sein. So unzuverlässig, wie sie immer gewesen war, würde es niemanden erstaunen, wenn sie sang- und klanglos verschwand. Sie war auf der Flucht. Was sollte sie sich noch lange um einen Schlüssel und irgendwelche Unterlagen kümmern. Sie musste zusehen, dass sie so rasch wie möglich verschwand, bevor man sie verhaftete.

Doch da hatte Pia sich getäuscht. Sybille rief am andern Tag an. Tinchen hielt gerade ihren Mittagsschlaf und Pia saß am Computer. Sie erledigte ein paar Mails für ihren Bruder. Dieser hatte sich früh am Morgen gemeldet und ihr gesagt, sie solle noch zu Hause bleiben, Hinrichs und er würden schon zurechtkommen.

Da klingelte das Telefon.

»Hallo, Pia, störe ich dich?«

Sie erkannte die Stimme sofort. Am liebsten hätte sie geschrien: Natürlich störst du! Was willst du? Hau endlich ab, du Mörderin! Doch sie erinnerte sich sofort an Martins Anweisungen. Nichts fragen, zuhören, tun, was sie verlangt. Deshalb sagte sie so ruhig wie möglich: »Nein, du störst nicht.«

»Als ich dich neulich im Büro besuchte, habe ich dich um einen Gefallen gebeten, erinnerst du dich?«

»Ja, sicher.«

»Es ist auch nicht viel, was ich von dir verlange. Du hast doch den Schlüssel, den ich dir in den Briefkasten geworfen habe?«

»Ja. Und jetzt sag, was ich damit soll?«

»Es ist ein Tresorschlüssel von der Bank bei dir gegenüber. Du solltest hinübergehen und aus dem Tresor einen großen Briefumschlag holen.«

»Wann? Jetzt?«

»Besser wäre morgen Vormittag.«

»Und dann, wie weiter?«

»Du kennst doch Laubach? Da kommst du doch immer durch, wenn du nach Ediger-Eller fährst, oder?«

»Ja.«

»Unten im Tal neben Laubach ist ein kleiner Ort, er heißt Lirstal. Da erwarte ich dich morgen gegen Abend.«

»Und wo erwartest du mich? Ich kenne mich da nicht aus.«

»Im Haus meiner Tante. Du kannst es nicht verfehlen. Also in Laubach fährst du nicht wie sonst geradeaus nach Müllenbach, sondern nach rechts, Richtung Kelberg. Es geht durch den Wald steil runter ins Tal mit vielen Kurven. Unten kommst du dann in den kleinen Ort. Es ist das erste Haus, ein altes Bauernhaus mit Hof und dahinter Wiesen und Obstbäume.«

»Ja, gut.«

»Hast du verstanden, Pia? Ich verlasse mich auf dich. Du wirst mich danach nie mehr sehen. Aber morgen erzähle ich dir alles, wie ich es versprochen habe.«

Sofort nach dem Gespräch hatte Pia Martin angerufen. Dieser befand sich irgendwo auf Dienstreise, wollte jedoch so schnell wie möglich kommen. Sie solle auf ihn warten und nicht etwa in die Stadt gehen.

Drei Stunden verbrachte sie dann mit Warten. Als Tinchen aufwachte, konnte die Kleine nicht verstehen, dass Mami nicht mit ihr spazieren ging.

»Onkel Martin will vorbeikommen, ich habe eben mit ihm telefoniert. Er weiß nicht genau, wann er hier sein kann. Wir müssen also auf ihn warten. Und vergiss nicht, Opa kommt dich heute Abend holen. Du willst doch morgen an Mariechens Geburtstag dabei sein.«

Tinchen hüpfte von einem Bein aufs andere. »Ja, ja, ich habe fest versprochen, dass ich kommen werde. Und weißt du, was ich ihr schenke? Drei mal darfst du raten.«

Pia war nicht nach Raten zumute. »Ich habe keine Ahnung.«

Tinchen rannte in ihr Zimmer und kam mit einer Puppe zurück. »Ich schenke ihr meine Lola. Die mag Mariechen so gern. Damit mache ich ihr eine große Freude.«

Pia suchte eine passende Schachtel und Papier. Somit war Tinchen beschäftigt, ein schönes Geschenkpaket zu machen. Sie musste natürlich ihrer Tochter ein wenig helfen, schaute dabei aber dauernd auf die Uhr und wurde immer ungeduldiger, je mehr Zeit verstrich.

Endlich ertönte das ersehnte Klingelzeichen. Martin war nicht allein, er brachte seinen Kollegen Röhrig mit. Sie bot Kaffee an, aber die beiden schüttelten den Kopf.

»Wenn du etwas Wasser hättest, würde uns das genügen. Wir kommen nämlich direkt von der Autobahn.«

Pia ahnte, dass es nun ernst werden würde. Sonst wäre Martin sicherlich allein gekommen. Die beiden hatten vielleicht schon einen Plan, wie sie vorgehen wollten. »Komm, Tinchen, du kannst doch Lola nicht einfach nur so einpacken. Sie will bestimmt Abschied von den anderen Puppen und Teddy Hans nehmen. Geh in dein Zimmer, wo ihr alle ungestört seid.«

Nachdem die Kleine verschwunden war, kam Martin sofort zur Sache. Sie musste in allen Einzelheiten über das Telefongespräch mit Sybille berichten. Wenn jeweils etwas nicht ganz klar war, stellte er sofort Zwischenfragen. Pia kam sich vor wie auf der Zeugen-, wenn nicht sogar auf der Anklagebank.

»Dieses Lirstal gehört zum Landkreis Daun. Wir müssen uns sofort mit Horst Pleinen, unserem Freund dort, kurzschließen. Der wird uns wieder behilflich sein, wie damals in Arbach«, sagte Konstantin Röhrig, nachdem Pia mit ihrem Bericht fertig war. »Vielleicht schickt er ein paar zusätzliche Kollegen. Wir müssen doch rundherum alles absichern.«

»Absichern?«, entfuhr es Pia. »Wieso denn absichern?«

»Keine Panik«, beschwichtigte Konstantin Röhrig. »Es gilt einfach, alle Vorsichtsmaßnahmen zu treffen, damit unserer ›Miss Marple‹ nichts passiert.« Doch die witzig gemeinte Bemerkung kam nicht gut an. Weder Pia noch Martin versuchten, ein Lächeln hervorzuzaubern.

»Ehrlich gesagt«, Martin nahm die Sprudelflasche und schenkte sich erneut ein, »wenn ich richtig darüber nachdenke, mir ist die ganze Sache zu jauke.«

»Zu was?«, riefen Pia und Konstantin im Chor.

»Zu gefährlich.«

»Lernst du jetzt in deiner Freizeit Mayener Platt?«

»Das habe ich von meiner Schwiegermutter. Der ist immer alles ›zu jauke‹. Pia, ich meine, wenn du nicht nach Lirstal fahren willst, dann sag es offen heraus. Dann müssen wir einen anderen Weg suchen, um an diese Sybille heranzukommen.«

»Martin, du weißt, ich habe einiges wiedergutzumachen. Ich habe keine Angst. Ich werde das tun.«

»Wir werden dich selbstverständlich keine Sekunde allein lassen und immer in deiner Nähe sein, auch wenn du uns nicht siehst.«

»Sollen wir sie vielleicht mit einem Mikro verkabeln?«, überlegte Konstantin.

»Nein«, Pia sprang aus ihrem Sessel hoch. »Das will ich auf gar keinen Fall. Das habe ich so oft im Fernsehen gesehen. Da wird das Mikrofon meist entdeckt und die Sache wird für den Betreffenden noch schlimmer.«

Martin lächelte matt. »Du solltest nicht so viele Krimis im Fernsehen gucken. – Also gut, kein Mikro. Ich vermute, Sybille kommt allein. Sie will nur diese Unterlagen. Wir wissen, dass sie ein unberechenbares Mistück ist, aber wenn sie das bekommt, was sie will, wird sie wahrscheinlich Ruhe geben. Und wir sind ja dann auch sofort zur Stelle. Auf keinen Fall lassen wir Pia zu lange allein mit ihr. Sobald sie das Haus betreten hat, folgen wir ihr.«

»Das wäre die einfachste Variante«, meinte Konstantin, »es

könnte aber sein, dass Sybille nicht allein ist. Vielleicht bringt sie irgendeinen Typen mit, von dem wir nichts wissen.«

»Das ändert aber nichts an der Tatsache, dass wir Pia nur wenige Minuten Vorsprung geben.«

»Und was ist, wenn sich hinter dem Haus oder sonst wo ein Kerl versteckt hält, der uns entdeckt und Sybille per Handy warnt?«

»Konstantin, Leute von uns oder von Daun werden bereits am Morgen die Gegend und das Haus observieren, damit wir keine unangenehmen Überraschungen erleben.«

Alles lief wie am Schnürchen. Wenig später war Vater Engel da, um Tinchen in Empfang zu nehmen. Er war ziemlich erstaunt, Martin und einen Kollegen im Wohnzimmer vorzufinden, ließ sich aber nichts anmerken. Er setzte sich kurz zu den beiden Männern und berichtete von der Weinlese, sagte, dass es ein guter Jahrgang werden würde. Pia packte inzwischen ein paar Sachen für Tinchen zusammen, auch das Paket für Mariechen und natürlich Teddy Hans wurden in die Tasche gesteckt. Vater Engel sah seine Tochter zwar ein paar Mal fragend an, stellte aber keine Fragen, obwohl einiges in seinem Kopf vorging, worüber er gerne Klarheit bekommen hätte. Er verabschiedete sich von seiner Tochter mit einem »Pass auf dich auf, mein Kind«.

Bald darauf machten sich auch Martin und Konstantin auf den Weg ins Büro.

»Ich hole dich morgen früh nach acht Uhr ab. Dann gehen wir gleich zur Bank und holen die Unterlagen. Versuche trotz allem, gut zu schlafen, du musst morgen ausgeruht sein«, beruhigte Martin Pia, denn er spürte ihre Nervosität.

Im Schalterraum der Bank waren wenige Besucher, als Martin und Pia diesen betraten. Sie wurden herzlich begrüßt, denn beide waren Kunden bei dieser Bank. »Frau Engel, Herr Borchert, was kann ich denn für Sie tun?«, fragte einer der Angestellten.

Martin zeigte den Schlüssel und erklärte, dass der Tresor von einer Bekannten von Frau Engel angemietet wurde, diese aber verhindert sei, persönlich zu kommen.

»Ach ja, geht in Ordnung«, nickte der junge Mann, »ich erinnere mich. Sie hat sogar eine Vollmacht unterschrieben, damit Frau Engel keine Schwierigkeiten bekommt. Bitte folgen Sie mir.« Sie gingen hinter dem Angestellten die Treppe hinunter zum Tresorraum. »Ist doch angenehm, in einer kleinen Stadt zu leben«, sagte Martin zu Pia. »Jeder kennt jeden und es geht fast familiär zu.«

Als sie wenig später die Bank verließen, hatte es Martin plötzlich eilig. »Wir müssen unbedingt wissen, was in dem Umschlag ist. Allem Anschein nach handelt es sich um keine sauberen und legalen Dinge. Ich nehme an, das wird etwas für das Wirtschaftsdezernat sein. Aber keine Angst, du bekommst ihn genau so wieder zurück, wie er ist. Sybille wird keinen Verdacht schöpfen.«

Und nun lag also dieser Umschlag neben ihr und sie fuhr durch die schöne, neue Straße von Laubach. Dort vorn war bereits der Kreisel, in dessen Mitte ein großer, alter Leiterwagen zur Verzierung platziert war.

Pia wäre gerne geradeaus gefahren, dort, auf der ihr bekannten Route nach Müllenbach und Büchel in Richtung Mosel fühlte sie sich sicher. Da hatte sie das Gefühl, dass ihr nichts passieren konnte. Aber sie musste rechts aus dem Kreisel heraus, Richtung Kelberg. Als sie den Wald sah, der dunkel und – wie ihr schien – drohend vor ihr stand, konnte sie ihre Angst nicht mehr unterdrücken. Ihr Herz begann spürbar zu klopfen. Am liebsten wäre sie umgekehrt und zurück nach Mayen gefahren. Warum hatte sie nicht auf Martin gehört. Er hatte gesagt, wenn sie nicht wolle, würden sie eine andere Möglichkeit suchen, an Sybille heranzukommen und ihrer habhaft zu werden. Aber jetzt war es zu spät. Jetzt musste sie da durch. Sie ganz allein. Wenn doch wenigstens Taps hinten im Auto sitzen würde. Aber Martin hatte ihr empfohlen, auch den Hund zu Hause zu lassen. Er könnte sonst stören, indem er plötzlich zu bellen oder zu jaulen anfing.

Als sie an den hohen Bäumen zum immer dunkler werdenden Himmel emporblickte, fiel ihr mit einem Mal Onkel Frieder ein. Er war immer für ein paar Wochen im Herbst gekommen, um bei der Weinlese zu helfen, und er konnte so gut Märchen und sonstige Gespenstergeschichten erzählen. Wenn er sich im Wohnzimmer aufs Sofa legte, um sich etwas auszuruhen, setzte sich Pia neben ihn und bettelte, er solle eine Geschichte erzählen. Am liebsten von Räubern im Wald, die Postkutschen überfielen. Onkel Frieder lebte in Stuttgart, er war die schwere Arbeit im Weinberg nicht gewohnt. Und so schlief er meist ein, bevor er mit einer Geschichte angefangen hatte. Die kleine Pia jedoch gab keine Ruhe, trommelte auf seine Brust und weckte ihn immer wieder auf. Der arme Onkel Frieder begann dann schläfrig: »In einem tiefen Wald lebten einst böse Räuber ...« Und schon schlief er wieder ein. Wie froh wäre Pia gewesen, wenn jetzt Onkel Frieder neben ihr gesessen hätte. Egal ob schlafend oder wach.

Die Straße ging nun steil bergab. Eine Kurve folgte der anderen. Kein Auto kam ihr entgegen, keines überholte sie, nirgends sah sie Menschen. Martin hatte doch gesagt, seine Leute würden auf sie aufpassen, seien immer in ihrer Nähe. Obwohl davon überhaupt nichts zu spüren oder zu sehen war, beruhigte sie dieser Gedanke ein wenig. Martin würde sie auf keinen Fall im Stich lassen. Davon war sie felsenfest überzeugt.

Sie musste bald unten sein. Schon sah sie durch die Bäume Häuser. Aus einem Schornstein qualmte Rauch. Ein Beweis, dass sie nicht ganz allein auf der Welt war. Laut krächzend flogen ein paar Raben in die Höhe, die am Straßenrand auf Futtersuche gewesen waren. Irgendwo in der Ferne bellte ein Hund. Sonst war es totenstill.

Pia entdeckte das Haus sofort, das Sybille ihr beschrieben hatte. Sollte sie in den Hof hinein fahren oder an der Straße stehen bleiben? Nach kurzem Zögern entschloss sie sich für das Letztere. Wenngleich sie während der Fahrt noch gedacht hatte, dass es ihr unmöglich sein würde, aus dem Auto zu steigen und ihre Füße zu bewegen, war sie nun erstaunt, wie leicht das doch ging. Zwar klopfte ihr Herz immer noch überdurchschnittlich laut, aber sie hatte ihren Körper völlig in Gewalt. Sie nahm den braunen Umschlag und schaute sich unauffällig ganz kurz um, ob sie am Waldrand oder sonst wo ihre Beschützer entdecken könnte. Doch Fehlanzeige, nichts war zu sehen. Langsam ging sie auf die Hofeinfahrt zu und näherte sich der Haustür. Neben dem Eingang bemerkte sie eine Bank. Darauf stand ein Korb, halb gefüllt mit Äpfeln. Ob Sybille diese gepflückt hatte? Oder wer sonst? War Sybille vielleicht doch nicht allein?

So leise wie möglich öffnete sie die Haustür. Im Flur war es stockdunkel. Kein Licht brannte. Rechts und links Türen, die geschlossen waren. Hinten führte eine Treppe in das obere Stockwerk. So viel konnte sie mehr erahnen als sehen.

»Sybille!«, rief Pia, aber nicht sehr laut. Es war ihr nun doch unheimlich zumute.

Dort, hinter der Schwelle der letzten Tür, da war ein Lichtschein. Sie ging ein paar Schritte nach vorn und rief nochmals, diesmal etwas lauter: »Sybille, bist du da?«

Nichts. Totenstille. Nur die Dielen knirschten leise, als sie noch ein paar Schritte auf den Lichtschein zuging.

Nun stand sie vor der Tür. Sie fasste nach der Klinke, rief nochmals: »Sybille. Ich bin hier. Gib doch endlich Antwort.«

Wieder nichts.

So leise wie möglich drückte Pia die Klinke herunter und öffnete die Tür einen Spaltbreit. In diesem Moment wurde diese aufgerissen, sie wurde unsanft an den Armen gepackt und in den Raum hinein geschleudert. Zwei grobe Hände hielten sie fest und pressten sie an die Wand gegenüber der Tür.

Sie erkannte ihn sofort. Es war der Typ, den sie im Jagdhaus in Kürrenberg geweckt und der sie unflätig angeschrien hatte.

»Wo ist denn dein kleiner Kläffer. Ich würde ihm gern den Hals umdrehen«, zischte er. Sein Gesicht war nah dem ihrigen. Er roch nach Zigaretten und Pfefferminz. »Dann sei jetzt ein nettes Mädchen und gib mir den Umschlag. Deshalb bist du doch hergekommen.«

Er wollte ihr den Umschlag aus der Hand nehmen, doch sie hielt ihn fest.

»Wo ist Sybille?«

»Hast Angst um deine Freundin? Ich habe ja im Jagdhaus bereits gewusst, dass du mit ihr unter einer Decke steckst. Gib endlich her!«

»Jochen, sei nicht so grob mit ihr«, ertönte eine Männerstimme aus dem Hintergrund des Zimmers.

Pia versuchte, in die Richtung zu gucken, aus der die Stimme kam. Allmählich gewöhnte sie sich an das schummerige Licht. Sie nahm eine Stehlampe wahr, die den Raum so gut sie konnte beleuchtete. Es war ein Wohnzimmer. Eine Schrankwand war entlang der einen Seite, auf der anderen, doch ziemlich in Dunkel gehüllt, befanden sich eine Couchgarnitur und ein niedriger Holztisch, daneben eine Standuhr, die bei Liebhabern reißenden Absatz gefunden hätte.

Dann entdeckte sie den zweiten Mann. Er stand an die gegenüberliegende Wand gelehnt und hatte einen fast gelangweilten Ausdruck im Gesicht. Pia fiel seine elegante Kleidung auf, die gar nicht in diese Bauernstube passen wollte. Sogar eine Krawatte hatte er umgebunden. Derjenige hingegen, der sie immer noch mit eisernem Griff festhielt – der, den der Elegante Jochen gerufen hatte – machte eher einen saloppen, sportlichen Eindruck. Er trug Jeans und Pullover, wie bei der ersten Begegnung im Jagdhaus.

»Was hat Ihnen denn Sybille über den Inhalt des Umschlages erzählt?« Der Elegante duzte sie nicht wie sein Partner, sondern benutzte die Höflichkeitsform.

Aber was nutzte ihr das? Die waren zu zweit und sie war denen völlig ausgeliefert. Wenn nur Martin bald auftauchen würde. Er hatte doch gesagt, sie würden sie nicht zu lang allein lassen. »Ich weiß nichts von dem Inhalt«, murmelte sie.

»Lüg nicht!«, zischte derjenige, der Jochen hieß. Sein Griff wurde härter. »Was hat sie gesagt? Los, raus mit der Sprache.«

»Ich weiß wirklich nicht, was in dem Umschlag ist. Sie hat nur gesagt, sie würde mir alles erzählen, wenn ich ihn ihr hierher bringe.«

Die beiden Männer lachten höhnisch. »Mirco, ich glaube die

Freundin hier lügt genauso wie unsere Sybille. Da haben sich ja die zwei Richtigen gefunden.«

Jetzt fiel bei Pia der Groschen. Das war Mirco, der Mann von Sybille, der Mann, dem sie all diese Unterlagen gestohlen hatte, den sie erpressen oder der Polizei ans Messer liefern wollte. Wieder versuchte Pia, zu ihm hinüberzusehen. Doch er stand nicht mehr am alten Platz. Er war ein paar Schritte zur Seite getreten und gab somit den Blick auf die Couch frei.

Pia erstarrte. Ihre Füße fühlten sich an, als wenn sie in einem Eisklumpen festgefroren wären. Auf der Couch lag eine Gestalt. Die blonden Haare bedeckten völlig das Gesicht. Ein Arm und ein Bein hingen leblos seitwärts auf den Teppich hinunter. Der Rock war bis zum schwarzen Slip hochgerutscht, die rote Bluse vorn zerrissen. – Es war Sybille, die da lag. Und wie Pia von ihrem Standort aus feststellen konnte, war Sybille tot.

Langsam sog sie Luft ein und presste sie tief hinunter in den Bauch, bis nichts mehr hineinging. Dann lenkte sie die Luft ins Zwerchfell und anschließend in die Lungen. Als sie das Gefühl hatte, gleich zu zerplatzen, öffnete sie ganz weit den Mund und stieß so laut es ging einen Schrei aus. Der Schrei schien kein Ende zu nehmen, war so laut, dass er aus dem Wohnzimmer hinaus in den Flur drang, hinaus in die Nacht über die Dächer der Häuser hinweg bis hinüber an den Waldrand. Er war so gellend, so durchdringend und vor allem so überraschend, dass die beiden Männer erschrocken zusammenfuhren und gar nicht bemerkten, wie die Tür jäh aufgestoßen wurde und ein paar Männer hereinstürmten.

Martin war als Erster bei Pia. »Alles okay?«

Pia brachte kein Wort hervor. Der Schrei war beendet, verhallt. Sie fühlte sich wie ein Ballon, in dem sich keine Luft mehr befand, der kraftlos zu Boden flattert. Gott sei Dank hielt Martin sie fest, sie konnte nicht fallen. Konstantin Röhrig, der ebenfalls zu den Überraschungsgästen gehörte, brachte schnell einen Stuhl. »Setzen Sie sich, Frau Engel, es ist alles vorbei.«

Nachdem Pias Atem wieder in die Normalität zurückgekehrt war, schaute sie die Männer an, die plötzlich die Wohnstube bevölkerten. Außer Martin und Konstantin war da noch einer, der keine Uniform trug. Er wirkte irgendwie gemütlich, war nicht so groß wie Martin, dafür aber etwas korpulent. Zwei andere waren uniformierte Polizisten, es waren die, die mit schussbereiter Pistole als Erste in den Raum gestürmt waren. Wenn die noch schwarz vermummt wären, ging es Pia durch den Kopf, dann wäre das glatt eine Szene aus einem »Tatort« im Fernsehen. Sie war selbst erstaunt, dass ihre Fantasie sie trotz der überstandenen Aufregungen und Strapazen nicht verlassen hatte.

Einer der Polizisten ging zu der Couch und beugte sich über Sybille. Er berührte ihre Halsschlagader, drehte sich dann um und sagte: »Sie ist tot. Wie es scheint, ist sie erwürgt worden. Natürlich ist das meine unfachmännische Beurteilung. Soll ich den Notarzt rufen, Herr Hauptkommissar?«

»Ja, bitte, sofort«, war die Antwort des Mannes, der keine Uniform trug.

»Ich nehme an, wir haben das Vergnügen mit den Herren Mirco Freilinger und Jochen Hansen. Ich denke, da gibt es einiges zu erklären, nicht nur das, was hier geschehen ist.« Martin hielt den Umschlag, den er Pia abgenommen hatte, in der Hand. »Und ich nehme auch an, dass der Inhalt hier vor allem das Wirtschaftsdezernat interessieren wird.«

Mirco Freilinger wollte gerade zu einer Antwort ansetzen, als im oberen Stockwerk ein lautes Rumpeln zu vernehmen war. Es schien, als wenn etwas mit einem dumpfen Plumps auf den Boden fiel. Kurze Zeit später polterten schwere Schritte die Treppe herunter. Die Tür wurde von einem Fuß aufgestoßen, dass es knallte und dass sie fast aus den Angeln fiel. Herein torkelte eine Gestalt, die sich kaum noch auf den Beinen halten konnte. Der Mann musste sturzbetrunken sein, die Alkoholfahne, die er vor sich her trug, ließ alle Anwesenden den Atem anhalten.

Der Mann trug einen blauen Arbeitsanzug und ein schmutziges, kariertes Hemd, an dem die oberen Knöpfe fehlten. Das lange, ungepflegte Haar war im Nacken zusammengebunden. Pia hielt sich vor Schreck die rechte Hand vor den Mund. Sie erkannte ihn sofort. Das war der Kerl, der sie vor ihrem Haus in Mayen überfallen hatte. Aber nicht nur von da kannte sie ihn. Mit einem Mal fiel der Schleier von ihrer Erinnerung, jetzt wusste sie, dass sie ihn von früher her kannte. Er war als junger Bursche ein paar Mal bei den Grundmanns in Ediger-Eller gewesen. Es war Ralf, der Cousin von Sybille, der all die Jahre verschwunden war.

Mit glasigen Augen schaute er in die Runde. Sein Gesicht war fahl und von vielen Falten durchfurcht. An seinen Mundwinkeln lief Speichel herunter, er wischte ihn mit dem Handrücken weg. Dann schrie er: »Was wollt ihr hier? Das ist mein Haus! Versteht ihr? Niemand hat hier etwas zu suchen. Verschwindet auf der Stelle! Ich lasse mir nichts wegnehmen. Alles gehört mir, das Haus, das Land, ich gebe es nicht her.«

Er machte eine Pause, wischte sich nochmals mit dem Handrücken über den Mund und wies in die Ecke, auf die Couch mit der toten Sybille darauf. »Diese Schlampe wollte mir alles klauen, hat sich bei meiner Mutter eingeschmeichelt, bis die ihr alles vererbte. Aber das lasse ich nicht mit mir machen. Nein, nicht mit mir. Diese Hure hat alles kaputt gemacht, das Leben meiner Mutter, mein Leben, meine Zukunft. Ich wollte sie heiraten, mit ihr Kinder haben, eine Familie, doch sie hat nur ans Bumsen gedacht und hat sich dann einen anderen gekrallt, einen mit viel Geld.«

Wieder schwieg er. Seine Kraft schien ihn zu verlassen. Doch dann fasste er sich erneut. Er hob die Hände. »Da sind meine Hände. Sie sind stark und kräftig. Sie hat es nicht anders verdient, diese Hure. Hier mit diesen meinen Händen habe ich sie erwürgt.«

19. Kapitel

»Herein mit euch!«, sagte Martin, als es an seine Tür klopfte und Anja Ternes den Kopf hereinsteckte. Er schloss die Akte, in der er gerade gelesen hatte. »Setzt euch. Was gibt es für Neuigkeiten?« Die beiden Praktikanten zogen zwei Stühle näher an Martins Schreibtisch heran. »Hat alles geklappt«, fing Frank Knieper an. Im Vergleich zu Anja konnte man ihn als klein bezeichnen. Er wirkte aber sehr zäh und ausdauernd, ging so oft wie möglich ins Fitnessstudio, wie Anja Martin verraten hatte.

»Wir waren also nochmals bei der Jagdhütte oben in Kürrenberg, um von Friedrich Momsen die Liste seiner Gäste zu holen. Er hatte sie endlich fertig, sagte aber, dass sicherlich noch der eine oder andere Name fehlen könne. Es seien ja auch gar viele und so eine Liste habe er eben noch nie geführt«, fing Frank an.

Anja schien ungeduldig zu werden. Sie fand, Frank berichte zu ausführlich und komme zu langsam auf den Punkt. Deshalb fuhr sie schnell fort, als er eine kleine Sprechpause einlegte. »Wir haben die Liste natürlich sofort durchgesehen. Den Namen Grundmann und Freilinger haben wir nicht gefunden, sind aber auf einen anderen gestoßen, und zwar auf den von Jochen Hansen, und das ist doch der Geschäftspartner von Mirco Freilinger.«

Martin nickte. »Gute Arbeit, ihr beiden. Das war also die Verbindung zum Jagdhaus. Jochen Hansen hat seinen Freund Mirco und dessen Frau Sybille zu fröhlichen Jägerabenden dorthin mitgeschleppt. Ein schönes Versteck mitten im Wald, aber kein geheimes. Sybille wollte es ganz schlau anstellen, aber die anderen waren schlauer als sie. Sie kamen ihr auf die Schliche, nachdem sie sich von Angelika Ritter in deren Wohnung locken ließ und diese das Telefongespräch belauschte, bei dem Sybille sich mit ihrem Liebhaber verabredete.«

Martin sah Anja an, dass sie noch mehr zu berichten hatte. Sie platzte fast vor Eifer. »Wir haben aber noch mehr herausgefunden. Und das wird Sie sicher sehr interessieren.«

»Na, dann schieß mal los.«

Frank wollte sich von Anja nicht in den Hintergrund drängen lassen. Also ergriff er wieder das Wort. »Als wir das Jagdhaus verließen, kamen ein paar Waldarbeiter mit einem Trecker samt Anhänger vorbei. Sie schleppten Baumstämme den Hang hinauf. Anja ging zu ihnen hin und fragte sie, ob sie die sind, die den leeren Mercedes gefunden haben.«

»Sie waren es«, fuhr Anja fort »Ich dachte, dass ihnen vielleicht noch etwas eingefallen ist zu dem Hergang. Doch Fehlanzeige, sie wussten dem nichts hinzuzufügen. Doch der eine erinnerte sich daran, dass zwei oder drei Tage davor, als er am späten Nachmittag mit seinem Moped nach Hause gefahren war, plötzlich eine Person aus dem Wald herausgelaufen kam. Die war völlig neben sich, stierte vor sich hin, sah nicht rechts und nicht links und wäre fast von ihm überfahren worden, wenn er nicht jäh abgebremst hätte. Wir zeigten ihm das Foto, das Sie uns gegeben hatten. Er sagte sofort, dass es sich um die gleiche Person handle.«

Martin atmete auf. »Somit hätten wir also alle Täter. Das ist ein wahrer Glückstag.«

»Haben Freilinger und Hansen denn schon gestanden, dass sie Sybille umgebracht haben?«, fragte Anja. »Sie haben uns ja noch gar nicht berichtet, wie es in Lirstal war.«

»Sybille wurde nicht von den beiden umgebracht, sondern von ihrem Cousin Ralf. Als Freilinger und Hansen in das Haus kamen, war Sybille bereits tot. So sagten es die beiden, und ich glaube ihnen sogar.«

»Dieser Cousin – hatte der denn einen Grund, Sybille umzubringen? Wie kommt der denn plötzlich ins Spiel?«

»Ja, Anja«, meinte Martin lächelnd, »alles schön der Reihe nach. Sobald dieser Ralf Mohr seinen Rausch ausgeschlafen hat, wird er uns alles ausführlich erzählen. Wir denken, er muss sich schon länger in der Gegend herumgetrieben haben. Von irgendwoher hat er wohl erfahren, wo Pia, die Schulfreundin von Sybille, wohnt. Er hoffte, dass diese den Aufenthaltsort seiner Cousine kennt. Deshalb lauerte er Pia Im Trinnel auf. Anschließend fuhr er mit einem geklauten Motorrad nach Lirstal. Das Motorrad fanden wir im Schuppen hinter dem Haus. Sybille tappte dann voll in die Falle. Sie wollte Pia treffen, die ihr die Unterlagen vorbeibringen sollte. Danach wollte sie unter falschem Namen aus Deutschland verschwinden. Wir haben einen gefälschten Pass gefunden, ein Flugticket und andere Unterlagen auf ihren neuen falschen Namen.«

Martins Handy klingelte. »Ja, Konstantin, wir sind noch hier im Büro. Aber wir kommen gleich runter.« Er steckte das Handy in die Tasche und stand auf.

»Also, nachdem Ralf Mohr seine Cousine umgebracht hatte«, fuhr er fort, »ließ er sie auf dem Sofa liegen und ging hinauf ins obere Stockwerk, wahrscheinlich um weiterzutrinken. Er muss dann in einen Tiefschlaf gefallen sein, denn er hörte nicht, wie Freilinger und Hansen ins Haus kamen, später Pia und zum Schluss wir von der Polizei. Ich denke, der laute Schrei von Pia hat ihn aufgeschreckt. Er kam heruntergetorkelt und hat gestanden, dass er Sybille erwürgt hat. Wie gesagt, Einzelheiten wird er noch erzählen. Aber jetzt müssen wir runter. Der Waldarbeiter, dieser Florian Mettler, ist zur Gegenüberstellung gekommen.«

Der junge Mann, der unten im Parterre zusammen mit Konstantin Röhrig wartete, hatte einen kahl geschorenen Kopf und eine Tätowierung auf der rechten Halsseite. Er trug eine graue, leicht schmuddelige Jacke und Jeans, die ihm im Schritt fast bis zu den Knien herunterhingen. »Ich komme direkt von der Arbeit«, meinte er leicht verlegen, »man hat mir ausgerichtet, ich soll sofort zu Ihnen kommen, es sei wichtig.«

»Und es dauert auch gar nicht lange«, beschwichtigte ihn Martin, der eine leichte Nervosität des jungen Mannes registrierte. »Es handelt sich lediglich um eine Gegenüberstellung.«

»Gegenüberstellung?« Florian Mettler schien zu erschrecken. »Aber es ist doch so wie in den Filmen, ich bin dabei nicht zu erkennen!?«

»Nein, nein, keine Angst, niemand wird Sie sehen.«

Nach wenigen Minuten konnte der junge Mann zu seiner Arbeit im Wald zurückgeschickt werden. Er hatte die betreffende Person gleich wiedererkannt. »Ja, da ist sie, die Zweite von rechts«, sagte er ohne Zögern, als er durch die Glasscheibe in den anderen Raum guckte. »Hundertprozentig, auch wenn sie jetzt ganz anders aussieht, ich meine, ruhig und gefasst, nicht so aufgewühlt und so völlig geistig verwirrt, wie ich sie an dem Tag erlebt habe, als sie aus dem Wald herausrannte.«

»Na, dann wollen wir mal«, meinte Konstantin zu Martin, nachdem der junge Mann das Forum verlassen hatte.

Ellen Sattler trug ein dunkelblaues Kostüm mit weißer Bluse. Die Schuhe waren, passend zum Kostüm, ebenfalls dunkelblau und mit niedrigem Absatz. Ihre Tasche hatte sie an die Stuhllehne gehängt und die Arme auf den Tisch gelegt. Ihre Hände spielten mit einem Papiertaschentuch. Die Haare waren zu einem Dutt zusammengebunden, sodass sie jetzt noch mütterlicher wirkte als in ihrem Arztkittel.

»So schnell sieht man sich wieder«, meinte sie verlegen bei der Begrüßung.

Die beiden Kommissare setzten sich ihr gegenüber. Eine kleine Pause entstand.

»Sie haben uns angelogen«, begann Martin die Befragung. Irgendwie fühlte er sich nicht wohl beim Anblick seines Gegenübers. Es regte sich etwas in ihm, was man Mitleid nennt.

»Ich weiß. Und es tut mir ja auch sehr leid.«

»Sie waren also nicht bei der Fortbildung, wie Sie anlässlich unseres Besuches in Bergisch-Gladbach sagten?«

»Nein, das war ich nicht.«Sie machte eine kurze Pause, schaute kurz auf ihre Hände und dann wieder zu den beiden Kommissaren hinüber. »Als sie mich besuchten, habe ich Ihnen erzählt, was es für mich bedeutet hat, Rainer kennenzulernen. Wir haben beide jemanden gesucht, an dem wir uns festhalten konnten. Nicht nur Rainer brauchte eine Stütze, auch ich brauchte jemanden, an den ich mich anlehnen konnte, obwohl ich den Eindruck einer starken Frau mache. Ja, und wie ich es Ihnen schon sagte, klappte alles am Anfang wunderbar. Rainer konnte sich entwickeln und weiterbilden, ich konnte meiner Depression Ade sagen. Die ersten

Jahre waren wirklich schön. Doch mit jedem Jahr wird man älter. Und mit jedem Jahr verstärken sich bestimmte Gedanken, wie ›Was wird werden, wenn ich alt bin und mein Mann noch in den besten Jahren ist?‹ oder ›Was soll werden, wenn ich pflegebedürftig werde? Kann ich von meinem jungen Mann erwarten, dass er mich pflegt? Er steht doch noch mitten im Leben. Nein, so etwas würde ich ihm auf gar keinen Fall zumuten‹. Solche Gedanken kamen mir immer häufiger in den Sinn. Und natürlich war die Depression auch wieder da und machte sich in mir breit. Ich begann Tabletten zu schlucken. Ich saß ja an der Quelle und die Beschaffung war überhaupt kein Problem, nur die Menge, die immer größer wurde. Dazu kam die Angst, meinen Mann zu verlieren. Wenn wir durch die Stadt schlenderten, fühlte ich die Blicke der Vorübergehenden. Mein Stolz, einen jungen Mann zu haben, war längst verflogen. An dessen Stelle trat eine Art Scham. Ja, ist das nicht seltsam? Ich schämte mich. Vor allem wenn junge Frauen meinen Mann ansahen und anschließend mich musterten. Natürlich kam dann noch die Eifersucht hinzu ...«

»Möchte jemand einen Kaffee«, fragte Konstantin unvermittelt, als Ellen Sattler nicht mehr weitersprach.

»Gerne«, war ihre Antwort und auch die von Martin.

Konstantin verschwand und kam kurze Zeit später mit einem Tablett, auf dem drei Becher Kaffee standen, zurück.

»Gab Ihnen Ihr Mann mit seinem Verhalten denn Grund zur Eifersucht? Oder hatte er außereheliche Beziehungen, von denen Sie wussten?«

Sie schüttelte energisch den Kopf. »Nein, überhaupt nicht. Er war Frauen gegenüber ziemlich zurückhaltend und er gab mir auch nie Grund dazu, eifersüchtig zu sein. Es waren meine eigenen Gefühle und Gedanken, die mich quälten, die keine Ruhe mehr gaben und mich selbst zerstörten. Ich hatte einfach immer mehr Angst, manchmal sogar Panik, ihn zu verlieren. Aus welchen Gründen auch immer. Aber ein Leben ohne ihn, das konnte, das wollte ich mir nicht vorstellen. Aus meiner beruflichen Erfahrung war mir völlig klar, dass ich meine Gefühle in die völlig falsche

Richtung fließen ließ. Nicht klammern, sondern lernen, loszulassen, wie oft versuche ich, meinen Patienten gerade dies klarzumachen. Aber zu anderen Menschen kann man das gut sagen, nur nicht zu sicher selbst.«

»Haben Sie denn in den letzten Wochen und Monaten irgendwelche Veränderungen an Ihrem Mann bemerkt? War er anders als sonst? Hat er seinen Tagesablauf geändert? Oder war sonst irgendetwas sonderbar an ihm?«

Wieder schüttelte Ellen Sattler den Kopf. »Ich sagte Ihnen ja schon während unserer ersten Besprechung, dass wir uns durch unsere beruflichen Verpflichtungen oft tagelang nicht sahen und dass mein Mann auch öfter mehrere Tage unterwegs war. Es fiel mir beim besten Willen nichts Außergewöhnliches an ihm auf.«

Martin beugte sich etwas über den Tisch und sah Ellen Sattler in die Augen. »Aber Sie geben zu, dass Sie Ihren Mann in Kürrenberg unterhalb des Jagdhauses erstochen haben?«

»Ja«, sagte sie laut und deutlich.

»Bevor Sie uns jetzt den Tathergang schildern, möchten wir von Ihnen wissen, weshalb sie Ihren Mann so spät als vermisst gemeldet haben. Da haben Sie doch auch nicht die volle Wahrheit gesagt, nicht wahr?«

»Ja«, sagte sie erneut. »Ich wollte ihn erst überhaupt nicht als vermisst melden, sondern einfach abwarten. Ich war natürlich in einer katastrophalen Verfassung, als ich von Mayen nach Hause kam. Ich musste meine Gedanken erst sortieren und mir überlegen, was ich tun sollte. Ich brauchte einfach Zeit. Denn ich konnte überhaupt nicht begreifen, dass ich es war, die so etwas Furchtbares getan hatte. Erst als die Nachbarn zu fragen anfingen, wo denn mein Mann sei, sie hätten ihn ja schon lange nicht mehr gesehen, da entschloss ich mich, zur Polizei zu gehen und sein Verschwinden zu melden. Schon da hätte ich am liebsten die Wahrheit gesagt, denn mit jedem Tag wurde ich mir meiner Schuld stärker bewusst. Auch als Sie zu mir kamen, war ich drauf und dran, alles zu gestehen, aber anscheinend war der Leidensdruck noch nicht groß genug. Ich tat es wieder nicht.«

»Und dann taten Sie es doch vor ein paar Tagen! Warum?«, fragte Konstantin.

»Wie es so oft ist im Leben, es fehlte nur noch ein ganz kleines Mosaiksteinchen, bis ich so weit war, dass ich es nicht mehr ertragen konnte. Es kamen nochmals zwei Kripo-Beamte bei mir vorbei. Sie sagten, sie hätten im Auftrag von Ihnen noch ein paar Fragen. Einer von ihnen war ungefähr im Alter von Rainer. Und er hatte eine verblüffende Ähnlichkeit mit ihm. Mir krampfte es das Herz zusammen. Es war, als wäre Rainer persönlich vorbeigekommen, um mir zu sagen, dass ich zu meiner Tat stehen soll. Ich weiß gar nicht, was die beiden mich fragen wollten, ich ließ sie gar nicht zu Wort kommen, sondern sagte ganz spontan: ›Ich habe meinen Mann umgebracht.‹ Ich konnte nicht anders. Es musste heraus. Nie im Leben hätte ich mit dieser Schuld so weiterleben können. Dann ging ich zum Schrank, holte all die Papier heraus, die ich meinem toten Mann in Panik aus den Taschen genommen hatte, und gab sie den beiden.«

Martin betrachtete lange die weiß gestrichene Wand ihm gegenüber und dachte über das Gehörte nach. Was die Frau erzählt hatte, war völlig plausibel und glaubhaft. Sie sagte die Wahrheit. Die bittere Wahrheit einer Frau, die es im Leben zu etwas gebracht hatte, aber dann trotzdem, verletzt und verzweifelt, aus Schmerz zur Mörderin geworden war.

»Sind Sie nun soweit in der Lage, uns den Tathergang zu schildern?«, fragte er, nachdem er seinen Blick wieder der Frau zugewandt hatte. »Und bitte erzählen Sie auch, wie sie überhaupt erfahren haben, dass Ihr Mann sich beim Jagdhaus mit jemandem treffen wollte.«

Ellen Sattler presste die Lippen zusammen, sodass die Mundwinkel noch mehr nach unten gezogen wurden und ihr Gesicht um einiges verbitterter aussah. Sie atmete tief durch. Dann begann sie: »Mein Mann war immer schon – wie soll ich sagen – etwas schusselig. Er ließ überall Dinge herumliegen, vergaß vieles. Ich würde nicht einmal sagen, dass er unordentlich war, nein, ›nachlässig‹ ist das bessere Wort. Ich musste ihm ständig etwas hinterhertragen, wenn er wieder mal vergessen hatte, seine Taschen zu leeren, oder nicht wusste, wo er seine Notizen liegen gelassen hatte. Auf diese Weise geriet ich an einen Briefumschlag mit einem Zettel, auf dem eine Zeichnung von dem Jagdhaus war und die genaue Wegbeschreibung, wie man dorthin gelangen konnte. Auf der Rückseite stand: ›Hier beginnt unser neues, gemeinsames Leben. Ich liebe dich. S.‹ Es dauerte einige Zeit, bis ich begriff, was das zu bedeuten hatte. Der Briefumschlag war in Mayen abgestempelt worden. Ich besorgte mir eine Wanderkarte von dieser Gegend und wurde bald fündig. Dieses Jagdhaus befand sich oberhalb von Mayen im Wald, neben dem Ortsteil Kürrenberg an der Straße zum Nürburgring. Es war ganz einfach, das herauszufinden. Jetzt musste ich nur noch erfahren, wann dieses neue Leben beginnen sollte. Auch das war ein Kinderspiel. In seinem Terminkalender war ein Tag mit einem Rotstift eingekreist. Es war genau der Tag, an dem ich zu meiner Fortbildung fahren wollte.«

Ellen Sattler machte eine Pause und spielte wieder mit ihrem Papiertaschentuch.

»Und so sagten Sie also die Fortbildung ab und fuhren stattdessen nach Mayen?«, half Konstantin ihr weiter.

Sie nickte. »Ja. Da ich nicht wusste, wann diese S. und mein Mann sich treffen wollten, fuhr ich ganz früh los. Meinen Wagen ließ ich im Ort drin stehen, da fiel er am wenigsten auf. Im Feld gegenüber dem Waldrand entdeckte ich eine Scheune, dort wartete ich. Ich hatte einen guten Überblick auf die Straße, konnte die Autos sehen, die vorbeifuhren. Wenn jemand anhalten und in den Wald gehen würde, konnte mir das nicht entgehen. Mein Beobachtungsposten war ideal. Natürlich hatte ich gedacht, mein Mann würde mit seinem eigenen Wagen kommen. Dem war aber nicht so. Plötzlich bemerkte ich einen Mercedes, der immer langsamer wurde und dann in einen Waldweg einbog. Ich erkannte Rainer sofort, als er ausstieg. Er ging noch an den Straßenrand zurück und schaute sich um. Wahrscheinlich wollte er sich vergewissern, dass ihm niemand gefolgt war.«

Ellen Sattler verstummte erneut. Martin und Konstantin gaben ihr Zeit, wollten sie nicht drängen. Denn jetzt kam der Teil ihres Geständnisses, der ihr am meisten Mühe machte. »Nachdem Rainer im Wald verschwunden war, wartete ich eine ganze Weile. Ich wollte ihn erst am Jagdhaus zur Rede stellen. Vielleicht war diese S. schon da und ich konnte mit beiden reden.«

»Hatten Sie die Absicht, ihn zu töten?«, unterbrach sie Martin.

»Nein, ich wollte meinen Mann, den ich so sehr liebte, doch nicht umbringen. Wenn jemanden töten, dann sie. Sie, die an allem Schuld war, sie, die mir meinen Mann wegnahm, sie, die ich nicht kannte und doch so sehr hasste. Ich wollte meinen Mann zurück, ich wollte, dass er bei mir blieb, ich wollte unsere Ehe retten. Alles andere war egal. Die Gedanken an später, wenn ich älter sein würde, oder gar krank und pflegebedürftig, die waren nicht mehr wichtig. Es würde zur gegebenen Zeit schon eine Lösung geben. Nur verlassen, mich allein lassen, das durfte er nicht. Er musste bei mir bleiben.«

Ihre Hände begannen zu zittern. Sie hatte das Papiertuch völlig auseinandergerissen, knüllte es zusammen und sah sich nach einem Abfallbehälter um.

»Kommen Sie, geben Sie es mir.« Konstantin nahm die Papierfetzen und brachte sie nach draußen.

Als er wieder zurückkam, fuhr Ellen Sattler fort: »Als ich das Jagdhaus erreichte, sah ich ihn gleich. Er war allein, drehte mir den Rücken zu und betrachtete die Gegend. Er drehte sich um, als ich mich näherte. Wahrscheinlich glaubte er, dass es diese S. war, denn sein Gesicht strahlte, wie ich es nur selten bei ihm erlebt hatte. Doch dann, als er mich erkannte, verwandelte es sich zu einer erschreckten Fratze. ›Du?‹, rief er. ›Woher kommst denn du?‹

›Von zu Hause‹, sagte ich, ›von deinem – unserem Zuhause, das du im Begriff bist zu verlassen. Tu es nicht, bleib bei mir, bitte‹.

Da begann er zu lachen. Und blitzschnell wurde mir klar, dass ich mich hätte ihm zu Füssen werfen können, er würde nicht aufhören mit diesem schrecklichen Lachen. Ich konnte tun, was ich wollte, er würde mich verlassen, ich hatte ihn verloren, endgültig. Kraftlos stand ich vor ihm. Ich wollte keinen Streit, wollte einfach nur sprechen, ihm begreiflich machen, was ich fühlte, wie mir zumute war. Doch ich fand keine Worte mehr.

›Ellen, fahr einfach nach Hause und lass mich in Ruhe. Ich habe mich entschieden. Ich bleibe nicht bei dir. Alles hat sich verändert. Nie im Leben hätte ich gedacht, dass ich einmal eine Frau treffen würde, die mir so viel bedeutet, dass ich bereit bin, alles aufzugeben und mit ihr neu anzufangen. Es waren schöne Jahre mit dir, Ellen, du hast mir sehr geholfen, das werde ich nie vergessen. Versuche aber nicht, mich zu halten. Ich komme nicht zu dir zurück.‹ Das waren seine Abschiedsworte.«

Ellen Sattler hatte ein frisches Papiertuch aus ihrer Tasche geholt und fing an, auch dieses auseinanderzuzupfen. »Ich weiß sie auswendig, diese Worte, denn ich sage sie mir jeden Tag unzählige Male vor, wie eine Schauspielerin, die den Text ihrer Rolle lernt. – Nachdem er das gesagt hatte, drehte er sich um und ging den Abhang hinunter. Mit jedem Schritt wurde der Abstand zwischen uns größer. Das konnte ich nicht ertragen. Das war einfach zu viel für mich. Plötzlich entdeckte ich das Körbchen auf dem Fensterbrett und das Messer darin. Von da an konnte ich keinen klaren Gedanken mehr fassen. Ich ergriff das Messer und rannte hinter ihm her. Er hatte nicht einmal mehr Zeit, sich umzudrehen. Ich riss die Schutzhülle von dem Messer und stieß es ihm in den Rücken. Einmal hätte genügt, aber in mir war eine wahre Hölle am Wüten. Ich stach immer und immer wieder zu.«

Ellen Sattler sah die beiden Männer an, die ihr schweigend zuhörten.

»Der Mensch und sein Gehirn«, fuhr sie nachdenklich fort, »sein Denken und Fühlen, sein Handeln, einfach der ganze Mensch, so wie er geschaffen wurde, ist ein Wesen, das schwer, wenn überhaupt zu verstehen ist. Wissen Sie, was ich dachte, als ich meinem Mann das Messer in den Rücken rammte? – Der schöne Anzug, den er so gerne getragen hat und den wir zusammen ausgesucht hatten, der ist nun völlig hin, schade eigentlich.«

Es entstand eine längere Pause. Ellen Sattler schien erschöpft zu sein. Auf ihrer Stirn bildeten sich ein paar Schweißtropfen.

Aber etwas musste noch geklärt werden. Es waren nur von Sybille Fingerabdrücke auf dem Messer gefunden worden. »Wieso sind keine Fingerabdrücke von Ihnen auf dem Messer?«, fragte Martin.

»Weil ich Handschuhe getragen habe.«

»Das zeugt doch von einer Absicht, Ihren Mann umzubringen, oder?«, warf Konstantin ein.

Sie schüttelte den Kopf. »Nein, das hätte ich Ihnen schon früher sagen sollen. Beim Autofahren trage ich immer Handschuhe. Und da es in dieser Scheune am Waldrand ziemlich staubig und nicht gerade sauber war, habe ich sie nicht ausgezogen. Ich bin da sehr empfindlich, bekomme leicht einen Ausschlag an den Fingern.«

Als Martin in sein Büro zurückkam, wurde es bereits dunkel. Er schaltete das Licht ein und ließ sich in seinen Sessel hinter dem Schreibtisch fallen. Er fühlte sich müde und ausgelaugt. Die Vernehmung von Ellen Sattler war nicht spurlos an ihm vorüber gegangen. Erst dieser Ralf, ein etwas roher Klotz, dem es an allzu viel Gefühl mangelte – so sah er wenigstens von außen aus – dem jedoch Wunden zugefügt wurden, die nicht mehr heilten, der Verletzungen erlitten hatte, die so tief greifend waren, dass er am Ende zum Mörder wurde. Und heute diese Ellen Sattler, eine gebildete, sensible Frau. Schmerz, Enttäuschung und Verzweiflung ließen auch sie zur Mörderin werden. Beide waren jedoch nicht nur Täter, sie waren auch Opfer. Opfer von Sybille Grundmann, die diese beiden Menschen in ein schwarzes Loch stürzte, aus dem sie sich nicht mehr befreien konnten.

Martin hatte das Klopfen an der Tür nicht gehört, so sehr war er in Gedanken versunken. Erst als Konstantin vor ihm stand und er die Worte vernahm »In welche Träume hast du dich denn verlaufen?«, kam er in die Gegenwart zurück.

»In keine Träume, oder eher in Albträume«, murmelte Martin.

Konstantin setzte sich auf einen der Stühle und schlug die Beine übereinander. »Weißt du, was ich mir eben überlegt habe? –

An dem Tag, an dem Sybille verschwand, war ja ganz schön was los in der entlegenen Jäger-Behausung im tiefen Wald.«

»Wie meinst du das?« Martin fühlte sich weder zum Scherzen noch zum Rätselraten aufgelegt.

»Also, ich sage dir, wie es gewesen sein muss. Da geht also deine Pia mit ihrer Freundin im Wald spazieren, um Pilze zu suchen. Sybille lässt Pia mit Tochter und Hund auf einer Bank zurück und verschwindet, um am Jagdhaus ihren Geliebten zu treffen. Dieser jedoch ist noch nicht da. Also muss sie auf ihn warten. Sie stellt ihr Körbchen mit dem Messer drin auf ein Fensterbrett der unteren Wohnung. Wie wir wissen, sind Mirco und sein Kumpel aber schon dort. Sybille hört also im Inneren der Wohnung Stimmen. Sie erkennt sie. Sie gehören ihrem Mann Mirco und dessen Partner. Vor lauter Schreck flüchtet sie und lässt das Körbchen zurück. Dieses wird wenig später von den beiden Männern entdeckt. Sie wissen jetzt, dass Sybille da war, und sie machen sich auf, diese zu suchen. – Kannst du mir folgen? Oder hörst du mir gar nicht zu?«

»Doch, doch, fahr fort.«

»Jetzt trudelt Rainer Sattler, der Angebetete von Sybille ein. Und kurze Zeit später erscheint seine Frau und ersticht ihn unten am Hang. Es ist inzwischen dunkel geworden, so wie jetzt. Mirco und sein Partner kommen zurück. Sybille haben sie nicht gefunden. Sie legen sich schlafen und werden am anderen Morgen von Pia und ihrem bellenden Ungeheuer geweckt. Nach dem Gespräch, das Jochen Hansen mit ihr führte, ist es den beiden nicht mehr geheuer. Sie kennen diese Pia nicht. Wer ist sie? Was spielt sie für eine Rolle? Bedeutet sie vielleicht eine Gefahr für sie? Läuft sie zur Polizei und erzählt, dass sie jemanden bei der Jagdhütte angetroffen hat. Sie räumen alles auf in der Wohnung, holen vorsorglich das Körbchen herein und verschwinden. Wenig später kommt die Schulklasse den Hügel hoch und entdeckt die Leiche. Der Lehrer ruft uns an und nun endlich erscheinen auch wir an dem Ort des Geschehens. – Das meinte ich eben mit ›da war ganz schön viel los da oben bei dem Jagdhaus.‹ Hast du das jetzt verstanden?«

»Ja, natürlich, was ist denn los mit dir. Bist du jetzt unter die Schulmeister gegangen?«

»Martin, wieso hast du so schlechte Laune? – Komm, wir machen Feierabend und gehen noch ein Bierchen trinken. Das kann uns nur guttun.«

Martin stand auf und reckte sich. »Gute Idee. Den Trubel zu Hause kann ich im Moment noch nicht ertragen.«

Sie verließen das Forum und gingen die Hahnengasse hinunter Richtung Marktplatz. Plötzlich blieb Martin stehen. »Entschuldige Konstantin, aber das mit dem Bier verschieben wir. Mir ist eben eingefallen, ich habe noch etwas Dringendes zu erledigen.«

20. Kapitel

Es fiel ihr unendlich schwer, aufzuwachen und die Augen zu öffnen. Sie fühlte sich wie in einen Kerker eingesperrt. Dicke Mauern erdrückten sie und schlossen sie von der übrigen Welt ab. Dazu kam dieser Traum, ein schrecklicher Traum, an den sie zwar fast keine Erinnerung mehr hatte, der ihr aber unendliche Angst einflößte. Irgendwelche Männer saßen auf Bänken herum und starrten sie an, die Gesichter mit Masken verdeckt. Sie sprachen, doch sie verstand nichts. Aber dann war da ein anderes Bild, das die Traumbilder viel stärker und eindrücklicher verdrängte, ein Bild, das sie Tag und Nacht verfolgte, ein Bild, das sie ihr Leben lang nie vergessen würde: das Bild der toten Sybille auf dem Sofa, mit hängenden Armen und Beinen und hochgerutschtem Rock.

Pia spürte eine weiche Schnauze am Arm, der auf der Decke lag.»Tapsilein, du Guter«, sie kraulte seine Ohren. »Du und Molly, ihr möchtet sicherlich euer Fresschen bekommen.« Mühsam erhob sie sich und ging barfuß über den weichen Teppich in die Küche. Molly war bereits da und begrüßte sie mit leisem Miauen. Pia hob die Fressnäpfe vom Boden und spülte sie mit heißem Wasser aus. Dann füllte sie diese mit frischem Futter und stellte sie auf den Boden zurück. Zwei hungrige Mäuler machten sich sofort über ihre Beute her. »Langsam, langsam, meine Herrschaften, es stiehlt euch keiner was.«

In der Kaffeekanne entdeckte sie einen Rest, den sie sich in eine Tasse goss. Weder frisch, noch heiß, aber besser als nichts, dachte sie und setzte sich an den Küchentisch, auf dem einiges in kunterbuntem Durcheinander herumlag. Eine Tüte mit Einkäufen, die sie noch nicht ausgepackt hatte, benutztes Geschirr, dass sie noch nicht in die Spülmasche getan hatte, eine Schachtel Pralinen, die noch verschlossen war.

»Von wem sind diese Pralinen?«, sinnierte sie. »Wer war denn hier? Wie bin ich überhaupt von diesem Lirstal nach Hause gekommen? Wann war das überhaupt? Vor einem Tag? Vor zwei

Tagen? Oder lag es noch länger zurück?« Sie stand auf und ging zum Küchenfenster. Unten auf dem Parkplatz stand ihr Auto. So wie immer. Hatte sie selbst es dahin gestellt? Sie hatte keine Ahnung. Ihr Kopf war wie leer gepustet. »Wisst ihr«, sagte sie zu Taps und Molly, »eines verstehe ich nicht: Wenn im Fernsehen ein Krimi zu Ende geht, mag es noch so turbulent, gefahrvoll und womöglich mit viel Ballerei zugegangen sein, am Schluss sind die Ermittler fröhlich und gelöst, so als wenn nichts gewesen wäre, als hätten sie nichts erlebt, was man erst einmal verkraften müsste. Mir hingegen sitzt der Schreck noch heute in den Knochen und ich kann keinen klaren Gedanken fassen.«

Das Interesse der Vierbeiner an hintergründigen Überlegungen war jedoch gleich null. Sie hatten nach vollendeter Mahlzeit die Küche verlassen. Taps lag bereits mit gut gefülltem Bauch in seinem Korb und Molly saß im Wohnzimmer auf der Fensterbank und widmete sich ihrer Körperpflege.

Mechanisch begann Pia, das Geschirr in die Spülmaschine zu stellen und die Küche aufzuräumen. Es musste doch wieder Ordnung einkehren, in der Küche, in der Wohnung, in ihrem Kopf und vor allem auch in ihren Schultern. Die taten immer noch höllisch weh. Das kam von dem Grobian, der sie in Tante Agathes Wohnstube gerissen und an die Wand gedrückt hatte. Was wäre nur geschehen, wenn Martin nicht mit seinen Polizisten gekommen wäre? Die beiden Kerle, Mirco und sein Freund, hätten alles getan, um ihr die Unterlagen wegzunehmen. Wer weiß, vielleicht hätte sie das gleiche Ende genommen wie Sybille.

Pia hielt mit ihrer Arbeit inne. Der Schock saß noch tief in ihr. Sie brauchte nur daran zu denken, und schon begannen ihre Beine schwach zu werden. Sie setzte sich wieder auf den Stuhl am Küchentisch. Ja, Martin hatte schon recht gehabt mit seinen Bedenken, sie nach Lirstal fahren zu lassen. Sie war weder eine ausgebildete, noch eine erfahrene Polizistin, die für solche Momente gewappnet war. Aber sie hatte es tun wollen. Unbedingt. Sie wollte wiedergutmachen, was sie verbockt hatte. Obwohl der Mann, den Sybille mit Wolfgangs Pistole erschossen hatte, dadurch nicht mehr lebendig gemacht werden konnte. Wie hatte sie nur so dumm sein können und Sybille allein im Büro lassen? Sie hätte doch wissen müssen, dass diese nicht nur gekommen war, um sie um Verzeihung zu bitten, sie hätte sich denken können, dass diese etwas im Schilde führte. »Wie kann man nur so naiv sein?!«, hatte sie von Martin später zu hören bekommen. »Wie konntest du verraten, wo dein Bruder die Waffe versteckt hält!« – »Aber Sybille war doch meine Freundin, wir waren wie Schwestern, verstehst du, ich habe mir dabei wirklich nichts gedacht«, hatte sie sich verteidigt.

Die Pralinen waren von Martin. Jetzt erinnerte sie sich wieder. Ja, jetzt erinnerte sie sich wieder. Martin hatte sie von Lirstal nach Hause gefahren. »Du kannst in deinem jetzigen Zustand auf gar keinen Fall hinters Steuer. Ich fahre dich«, hatte er gesagt. Er hatte den Wagen auf dem Stellplatz geparkt und war dann mit ihr in die Wohnung hinauf gekommen. Sie hatte sich im Wohnzimmer auf die Couch gelegt, denn ihr Magen begann zu rebellieren. Sie fühlte sich todelend. Wie ganz selbstverständlich hatte er Tee gekocht und sich eine Weile zu ihr gesetzt. »Geht es wieder?«, hatte er gefragt. Anschließend rief er ihre Eltern in Ediger-Eller an, um zu sagen, dass alles in Ordnung sei und sie sich keine Sorgen zu machen brauchten. Tinchen kam ans Telefon und wollte unbedingt mit Mami sprechen, um zu erzählen wie sehr sich Mariechen über das Geburtstagsgeschenk gefreut hatte. »Mami fühlt sich im Moment nicht so gut«, hatte Martin zu ihr gesagt, »aber sie kommt dich bald wieder abholen.«

Nach dem Tee fühlte sich Pia wieder etwas besser. »Ich komme mit runter, Taps muss noch raus«, hatte sie gesagt. Doch Martin drückte sie auf die Couch zurück. »Du bleibst liegen, ich gehe. Wo ist die Leine?«

Als er zurückkam, setzte er sich nochmals zu Pia auf die Couch. »Auf den Küchentisch habe ich noch etwas Süßes gelegt Ich weiß es noch von früher. Wenn du aufgeregt warst oder traurig, wolltest du immer Schokolade essen.«

Sie lächelte. »Dass du das nicht vergessen hast.«

»Ich habe vieles nicht vergessen. Aber vielleicht wäre es besser, wir rufen einen Arzt. Der könnte dir eine Beruhigungsspritze geben, damit du gut schlafen kannst. Es war heute zu viel für dich. Ich mache mir Sorgen.«

Doch sie wollte keinen Arzt. »Nein, nein, es wird schon wieder. Ich gehe jetzt gleich zu Bett und morgen bin ich wieder fit.«

Fit war sie natürlich am anderen Morgen nicht. Aber sie konnte wenigstens aufstehen und mit Taps eine Runde drehen. Wieder zu Hause, legte sie sich aber erneut hin und schlief auch sehr bald wieder ein. Am späten Nachmittag wurde sie vom Klingeln des Telefons geweckt.

»Engelchen, ich bin's«, vernahm sie Svens Stimme. »Wie geht es dir?«

»Ich fühle mich ein bisschen müde.«

»Das hört sich gar nicht gut an. Du bist doch nicht etwa krank?«

»Nein, nein, mach dir keine Sorgen. Es ist nichts Schlimmes.«

Doch Sven ließ nicht locker. »Hat das etwa mit dieser schrecklichen Sybille zu tun?«

»Das ist alles vorbei«, sagte sie so nebensächlich wie möglich, »die ist nämlich tot. Sie wurde erwürgt.«

Pause. Dann ein lang gezogenes »Waaas? – Und das sagst du so, als hätte die sich eine Erkältung zugezogen! Was ist denn passiert?«

»Ich erzähle dir alles ausführlich, sobald du bei mir bist.«

»Bist du in Gefahr? Muss ich mir Sorgen machen?«

Schon wieder einer, der sich um sie sorgte. Trotz all dem Ungemach, das geschehen war, fühlte sich das gut an. »Nein, Sven, alles ist gut. Sag mir lieber, wann du kommst.«

»Ich denke nächste Woche. Noch bin ich in Kristiansand, fahre aber heute noch los. Und wenn ich alles erledigt habe, mache ich auf der Rückfahrt bei dir eine längere Pause und werde dich gesund pflegen.«

Nach dem Telefongespräch mit Sven musste sie wieder eingenickt sein. Denn als sie die Augen öffnete, war es bereits dunkel.

Obwohl sie seit dem Frühstück nichts mehr gegessen hatte, verspürte sie keinen Hunger. Ob sie Wolfgang anrufen sollte, um ihm zu sagen, dass sie bald wieder ins Büro kommen würde. Nein, besser nicht. Ihr Bruder war ziemlich böse auf sie. Er hatte sie fürchterlich ausgeschimpft wegen der Pistole. »Wie kannst du nur? Du kennst doch diese Sybille von Kindheit an und weißt genau, was für ein Biest sie ist. Und du bindest ihr auf die Nase, wo ich meine Walther aufbewahre. Wirklich, Pia, ich verstehe dich nicht. Ich hätte dich für klüger gehalten.« Er ließ sie überhaupt nicht zu Wort kommen und im Grunde genommen hatte er ja recht. Sybille hatte sich bei jeder Gelegenheit vor ihr aufgespielt, um ihr zu zeigen, dass sie etwas Besseres war, dass sie mehr wusste als ihre Freundin, mehr konnte und mehr erreichte. Nun wollte sie eben auch einmal auftrumpfen und zeigen, dass sie einen Bruder hatte, der seine eigene Waffe besaß. Mit so was konnte Sybille nicht aufwarten. Kindisch eigentlich, sie hatte sich wirklich wie ein dummes Kind benommen, das war Pia im Nachhinein völlig klar.

Taps schoss bellend aus seinem Korb. Es hatte geklingelt. Ein Mal lang, drei Mal kurz. Das war Martin. Er hatte mit ihr dieses Klingelzeichen ausgemacht. »Aber trotzdem an der Sprechanlage nachfragen, wer da ist«, hatte er ihr eingeschärft. Deshalb eilte sie in den Flur, nahm den Hörer ab und fragte brav: »Ja, bitte?«

»Mach auf, Pia, ich bin's, Martin.«

Mit leicht zerzaustem Haar stand sie in ihrem grünen Hausanzug in der Wohnungstür, als er die Treppe heraufkam.

»Ich wollte unbedingt sehen, wie es dir geht«, rief er ihr entgegen. »Du siehst aus, als hättest du den ganzen Tag geschlafen.«

»Ich sehe nicht nur so aus, ich habe es auch getan«, sagte sie und lachte. »Und es geht mir wirklich bereits wieder ganz ordentlich. Komm herein.«

Als sie im Wohnzimmer saßen, fragte sie, ob er Kaffee wolle oder Wasser oder vielleicht sogar ein Glas Wein.

»Wenn er von deinem Vater und vom Calmont ist, sage ich bei Wein nicht nein«, kam die prompte Antwort. »Ich habe fast ein bisschen so etwas wie eine Feiertagsstimmung, denn die Fälle sind gelöst. Jetzt kommt nur noch die aufwendige und anstrengende Arbeit mit dem Checken der Fakten und dem Schreiben der ausführlichen Vernehmungsprotokolle. Und noch ein paar Zeugenvernehmungen stehen an. Doch davon will ich im Moment nichts wissen. Mir reicht es für heute.«

Er schaute Pia nach, die in die Küche ging. Mit ihren ungekämmten Haaren und in der legeren Hausbekleidung sah sie fast so aus, wie er sie von früher in Erinnerung hatte. Als sie mit einer Flasche und zwei Gläsern zurückkam, fragte er: »Wann kommt Sven denn wieder?«

»Nächste Woche will er hier sein. Heute Nachmittag hat er angerufen.« Sie streckte ihm die Flasche und einen Korkenzieher entgegen. »Machst du bitte auf?«

»Aber natürlich. Setz dich. Ich schenke auch gleich ein.«

Sie prosteten sich zu und tranken den ersten Schluck. »Großartig«, meinte Martin, und Pia fügte hinzu: »Dieses Jahr wird er ebenso gut, hat Vater gesagt. – Aber nun erzähl mal. Warum hat Sybille diesen Mann am Jagdhaus umgebracht? Sie hat zwar mir gegenüber behauptet, dass sie nichts von dem Toten gewusst habe, sie sei verreist gewesen, aber das glaubte ich ihr nicht. Und später am Telefon sagte sie, sie würde mir dann alles in Lirstal erklären. Aber da war sie dann bereits tot und konnte nichts mehr erzählen.«

»Sybille hat ihn nicht getötet. Es war seine eigene Frau.«

Pia starrte Martin an. »Jetzt verstehe ich überhaupt nichts mehr.«

»Fangen wir bei dir an, Pia. Sybille benutzte dich. Sie ging mit dir Pilze suchen, um in Anwesenheit einer Zeugin zu verschwinden. Sie wollte sich am Jagdhaus mit ihrem Liebhaber treffen und mit ihm zusammen abhauen. Sie hatte bereits eine Menge Geld von den Konten ihres Mannes Mirco ins Ausland geschafft und ihm brisante Unterlagen gestohlen, mit denen sie ihn erpressen wollte, um noch zu mehr Geld zu kommen. Diese Unterlagen hatte sie bei sich.«

Pia sah ihre Freundin, wie sie vor ihr auf dem Waldweg ging.

Sie trug eine Hose und einen viel zu weiten, grünen Pullover. Sie sah darin fast etwas plump aus. »Jetzt weiß ich, weshalb sie einen solch unförmigen Pullover anhatte, sie hatte darunter die Unterlagen versteckt. Ach, so war das! Auf so etwas wäre ich nie gekommen. Ich dachte lediglich: Wie kann sie sich nur so unvorteilhaft anziehen? Und dann, Martin, wie ging's weiter?«

»Am Jagdhaus war jedoch nicht ihr Liebhaber, sondern Mirco mit seinem Partner.«

»Wie haben die denn erfahren, dass Sybille ihren Liebhaber da treffen wollte?«

»Erinnerst du dich an die Wohnung in der Marktstraße. Da fragte ich dich, ob du eine Angelika Ritter kennst. Die Wohnung ist von ihr seit fünf Jahren gemietet. Und diese Angelika Ritter ist die Schwester von Mirco Freilinger. Sie spielte sich gegenüber Sybille als Freundin auf, in Wirklichkeit jedoch hat sie Sybille für ihren Bruder ausspioniert.«

»Das wird ja immer haarsträubender. Da ist die oberschlaue Sybille an Leute geraten, die noch schlauer waren als sie, und auf die ist sie herein gefallen.«

»Sybille ist natürlich erschrocken, als sie bemerkte, dass ihr Mann und dessen Freund auf sie warteten. Es gelang ihr aber, zu entkommen. Wie sie nach Mayen zurückkam, wissen wir noch nicht, jedenfalls hat sie die Unterlagen ins Bankschließfach gebracht und ist dann nach Koblenz – so vermuten wir – gefahren.«

»Du meinst, sie war die ganze Zeit über in Koblenz?« Pia war ganz aufgeregt.

»Genau wissen wir das noch nicht. Jedenfalls hat sie in einem kleinen Hotel an der Rizzastraße gewohnt. In Lirstal im Schuppen haben wir einen Wagen gefunden, der dem Portier gehört und der ihr diesen mehrmals geliehen hatte. Aber wie gesagt, das muss alles noch abgeklärt werden.«

»Da war doch aber noch das Körbchen, das Sybille zum Pilze sammeln mitgenommen hatte, und das Messer. Was ist damit?«

»Vor lauter Schreck, dass ihr Mann im Jagdhaus war, hat sie

das Körbchen stehen lassen – und das verriet sie. Mirco und sein Freund fuhren daraufhin los, um sie irgendwo abzufangen. Während dieser Zeit muss der Liebhaber gekommen sein. Und wenig später dessen Ehefrau. Die hat das Messer aus dem Körbchen genommen und damit ihren Mann erstochen. Wir dachten ja erst, dass Sybille die Mörderin ist, weil nur ihre Fingerabdrücke auf dem Messer waren. Aber die Ehefrau des Opfers hat uns gesagt, dass sie meistens Handschuhe trägt, weil sie so empfindliche Hände hat. Deshalb also keine Fingerabdrücke von ihr.«

Pia nahm einen großen Schluck aus ihrem Glas. »Mein Gott, das ist mir aber ein Krimi. Aber wie kommt denn dieser Mann am Waldsee ins Spiel? Was hat der mit allem zu tun und weshalb hat Sybille ihn erschossen?«

»Trink nicht so schnell, du bist noch nicht auf dem Damm. Nicht dass du mir noch umkippst.« Martin lachte. »Ich kann nur hoffen, dass du endlich genug hast von deinen kriminalistischen Ambitionen und dich auf andere Dinge konzentrierst. – Also, sie wollte den nicht erschießen. Sie hat den Falschen getroffen, denn sie hatte ihren eigenen Mann an den See bestellt.«

»Aber sie wollte den doch erpressen, hast du gesagt. Wenn sie ihn erschießt, kann sie ihn nicht mehr erpressen.«

»Richtig gedacht. Aber sie muss einen ungeheuren Hass auf Mirco gehabt haben, weil sie dachte, er sei der Mörder ihres Liebhabers. Da muss es bei ihr ausgehakt haben, sie konnte nicht mehr realistisch denken. Sie glaubte übrigens bis sie in Lirstal war, um dich zu treffen, dass sie Mirco umgebracht hätte. Kannst dir vielleicht vorstellen, wie sie erschrak, als plötzlich die beiden Männer, denen sie im Jagdhaus entkommen konnte, in Tante Agathes Wohnstube standen.«

»Was geschieht jetzt mit diesen beiden?«

»Damit haben wir weiter nichts mehr zu tun. Die müssen sich vor dem Wirtschaftsdezernat und der Steuerbehörde in Köln verantworten, sobald wir mit ihren Vernehmungen hier fertig sind. Da wird ihnen einiges blühen.«

»Und Tante Agathe? Wo war die denn die ganze Zeit?«

»Sie ist schon lange in Koblenz in einem Pflegeheim. Als man ihr gestern die Nachricht überbrachte, dass ihr Sohn Ralf noch lebt, hat sie wenig später einen Schlaganfall erlitten und liegt jetzt im Koma. Es besteht wenig Hoffnung. Sybille hatte die alte Tante ja dazu überredet, ein Testament zu ihren Gunsten zu machen, um noch mehr Geld anzuhäufen. Aus diesem Grund hat Ralf sie umgebracht. Das hast du ja gehört.«

Pia saß lange schweigend da. Es galt, das Gesagte und Gehörte, all die vielen kleinen Mosaiksteinchen zusammenzufügen, zu begreifen und zu verarbeiten. Martin sah ihrem Gesicht an, wie es in ihr tobte und ihre Gefühle in Aufruhr waren.

»Du sollst dir nicht so viele Gedanken mehr machen wegen der Pistole. Du bist nicht schuld, dass dieser Mann am Waldsee damit erschossen wurde. Sybille war ein Mensch ohne jegliches Gewissen, sie war nur auf ihren eigenen Vorteil bedacht, dafür tat sie alles, ging sogar über Leichen. Für alle anderen Menschen hatte sie nur Abneigung, Verachtung und Hass.«

»Wo sie stand und ging, überall verbreitete sie Leid und Trauer.« Pia sah Martin mit einem traurigen Blick an. »Jetzt begreife ich alles. Ihre Mutter, ihren Vater hat sie in den Tod getrieben, ihren Cousin Ralf zum Mörder gemacht, Tante Agathe wird ihretwegen sterben. Dann diese Frau, diese arme Frau ihres Geliebten. Sie hat sie so weit gebracht, dass auch sie zur Mörderin wurde. Und mich? Mich hat sie auch immer nur benutzt, als Kind und jetzt als Erwachsene. Es werden noch viel mehr Menschen gewesen sein, die sie verletzt, gedemütigt und deren Leben sie kaputt gemacht hat. Nur kennen wir sie nicht. Martin, warum? Warum nur gibt es solche Menschen wie Sybille?«

Martin lehnte sich auf der Couch zurück und streckte sich. »›Die ganze Welt ist eine Bühne und alle Frauen und Männer bloße Spieler, sie treten auf und gehen wieder ab.‹ – Das ist zwar nicht von mir, sondern von Shakespeare, aber vielleicht hilft dir das ein wenig, deine jetzige Verfassung zu ertragen.«

Pia stand auf und trat ans Fenster. Dunkelheit und Stille herrschten draußen. Sie sah hinüber zu den Häuserreihen auf der anderen Seite der Nette. Der Albtraum Sybille war vorbei. Das normale Alltagsleben konnte wieder beginnen. Morgen würde sie nach Ediger-Eller fahren, ihren Eltern zur Hand gehen, Tinchen abholen, sie würde wieder im Büro in Koblenz arbeiten, und vor allen Dingen würde sie sich auf das nächste Wiedersehen mit Sven freuen. – Und Martin? Er würde wie gewohnt seiner Arbeit nachgehen, den Kampf gegen das Böse weiterführen, um die Welt etwas besser zu machen. Abends würde er nach Hause gehen, wo seine Frau ihn erwartete, seine Zwillinge mit ihm spielen wollten. Alles würde seinen gewohnten Gang gehen. So wie immer.

Plötzlich kam ihr etwas in den Sinn und sie musste trotz der Ernsthaftigkeit der Stunde ein Lachen unterdrücken. Sie drehte sich zu Martin um. »Aber der Schrei in Lirstal, der war gut, nicht wahr? So wie damals? Ich glaube, dadurch ist Ralf in seinem tiefen Rausch aus dem Bett gefallen. Es hat doch so gepoltert, erinnerst du dich?«

»Oh, Pia, wann wirst du nur endlich erwachsen?« Er war neben sie getreten. Eine Weile schauten sie beide aus dem Fenster. Plötzlich umarmte er sie und begann sie zu küssen. – So wie damals. Erst war sie völlig überrumpelt, stand stocksteif da, doch dann gab ihr Körper nach und sie schmiegte sich eng an ihn – so wie damals.

Nach einer Weile, die wie eine Ewigkeit schien, ließ er sie los und sah sie eindringlich an. »Das von eben, das darf nie wieder geschehen!«

»Nein«, sagte sie leise, »nie wieder.«

– Ende –

Danksagung

Als weiterhin überzeugter Single habe ich das Manuskript – ohne Sekretärin – alleine geschrieben, und mir auch selbst Kaffee gekocht (nur den Kuchen habe ich beim Bäcker geholt).

Mein Dank gilt erneut Polizeihauptkommissar a. D. Achim Siewert von der Polizeiinspektion Mayen, der mich bei Fachfragen beraten hat.

Auch danke ich Wolfgang Wabnitz in Bremm, Winzer und langjähriger Vorsitzender des Fördervereins Calmont Region e. V., der mich in die Kunst des Weinanbaus einweihte.

Weiterhin mein Dank wieder an den Büroleiter der Stadtverwaltung Mayen, Uwe Hoffmann, für seine freundliche Unterstützung.

Und ein großes Dankeschön an meine Verlegerin Gerlinde Heß und ihr Team, besonders an Christina Schmitt, für ihre Arbeit und Mühe.

Dank auch an Ulla Reiners-Jacob für ihr schnelles Eingreifen beim Korrekturlesen.

Ich danke auch meinen Freunden und Bekannten für ihr Verständnis, dass ich sie während des Schreibens des Manuskriptes etwas vernachlässigt habe.

Und last, but not least, gilt mein Dank auch meinem Kater »Herrn Lutz«, der sich – sobald ich mich an den Computer setzte – auf sein Kissen legte und mir mit lautem Schnurren und ausgiebigem Schlafen Gesellschaft leistete.

Ebenfalls bei TRIGA – Der Verlag erschienen

Mascha Fisch
Die Nacht, als der Fremde kam
Eifel-Krimi aus Mayen

Eines Nachts wird in dem Haus, in dem Pia Engel zusammen mit ihrer kleinen Tochter Tinchen, ihrem Hund Taps und der Katze Molly in einer Dreizimmer-Dachwohnung wohnt, ein Mann ermordet. Sie, die »Miss Marple aus Mayen«, die schon als Kind Detektivin werden wollte, beginnt auf eigene Faust zu recherchieren. Dabei stößt sie auf ein düsteres Geheimnis und gerät selbst in Gefahr. – Da geschieht in einem kleinen Dorf in der Nähe von Mayen ein weiterer Mord ...

Paperback. 320 Seiten. 14,90 Euro. ISBN 978-3-89774-953-5
eBook. 9,99 Euro. ISBN 978-3-89774-954-2

TRIGA – Der Verlag
Leipziger Straße 2 · 63571 Gelnhausen-Roth · Tel.: 06051/53000 · Fax: 06051/53037
E-Mail: triga@triga-der-verlag.de · www.triga-der-verlag.de